Benjamin Cors

LEUCHTFEUER

Ein Normandie-Krimi

dtv

Von Benjamin Cors
sind bei dtv außerdem erschienen:
Strandgut (21716)
Küstenstrich (21722)
Gezeitenspiel (26141)

Originalausgabe 2018
2. Auflage 2018
© 2018 dtv Verlagsgesellschaft mbH & Co. KG, München
Umschlaggestaltung: dtv unter Verwendung eines
Fotos von Alamy Stock Photo
Satz: pagina GmbH, Tübingen
Gesetzt aus der Aldus 10/14˚
Druck und Bindung: CPI – Ebner & Spiegel, Ulm
Gedruckt auf säurefreiem, chlorfrei gebleichtem Papier
Printed in Germany · ISBN 978-3-423-26210-1

Well I stepped into an avalanche,
it covered up my soul.
Leonard Cohen

Sandown, Isle of Wight
Südengland

Ihr Name war Ayleen und sie war die letzte Überlebende. Ihm war immer klar gewesen, dass er sie auswählen würde, von Anfang an. Seit er beschlossen hatte, dass es nun genug war. Nicht Henriette oder Samira. Auch nicht Violet, obwohl sie am kräftigsten war und sich bei der Witterung dort draußen womöglich am besten schlagen würde. Nein, ihm war nie eine andere als Ayleen in den Sinn gekommen.
Sie oder keine.
Vielleicht, weil sie verlässlich war und weil ihr gutmütiger Blick ihn immer schon berührt hatte. Weil er ihre eisgraue Farbe so sehr liebte und das schillernde Grün an ihrem Hals und weil sie nie zurückgewichen war, wie die anderen, wenn er seine Hand nach ihr ausgestreckt hatte.
Und nun war es entschieden und Ayleen war bereit. Sie musste es auch sein, er brauchte sie mehr denn je. Es war eine furchtbare Nacht und sie würde anders enden, als er gehofft hatte.
Sanft streichelte er über ihr Gefieder, liebkoste mit seinen zitternden Fingern ihren Hals und ihre Brust, umfasste sie behutsam, er spürte ihr kleines Herz schlagen. Ihre Flügel schlugen kurz aus, als draußen der Wind durch die kahlen Bäume fuhr.
Es war stürmisch, Ayleen würde all ihre Kraft brauchen.
»Du schaffst das schon«, flüsterte der alte Mann in der

Dunkelheit des Taubenschlages. »Du musst es einfach schaffen.«

Und fast schien es ihm, als würde die Taube nicken, als würde Ayleen ihm ein Zeichen geben, dass er sich keine Sorgen zu machen brauchte.

Alles würde sich richten.

Henriette und Samira und Violet und die anderen sieben Tauben lagen tot auf dem Boden.

Er hatte ihnen kurzerhand den Hals umgedreht, weil er nicht wusste, was er sonst hätte tun sollen, wohin er sie hätte geben können in dieser Nacht. Mit seinen Händen, in denen die Gicht seit Jahren arbeitete, hatte er ihnen ein paar Brotkrumen hingehalten, und als die Vögel zufrieden gurrten, da hatte er ihnen nacheinander den Hals umgedreht.

Einfach so.

Es war viel leichter gewesen, als er gedacht hatte. Noch nicht mal ein kleinstes Knacken war zu hören gewesen, als ihre Knochen und Muskelstränge nachgaben, und er hatte gedacht, dass das ein schöner Tod sein musste; beim Essen sterben, wenn man es am wenigsten erwartet.

Der Gedanke war ihm Trost gewesen, und zum ersten Mal in dieser Nacht hatte er kurz gelächelt. Und beschlossen, dass es nun wirklich gut war.

Es gab nur noch ihn. Und Ayleen, die sich zu freuen schien, dass er ihr einen kleinen Käfig hinhielt, in den sie mit leisem Gurren hineinschlüpfte. Sie war die Letzte und sie würde dieser Nacht doch noch einen Sinn geben. Sie würde aus dem Ende einen Anfang machen.

»Alles wird gut, Ayleen«, sagte der alte Mann mit gebrochener Stimme und richtete sich auf, den Käfig fest in der Hand. Sein Rücken schmerzte, der Taubenschlag war nicht besonders groß, er hatte die vergangene Stunde in gebückter Haltung verbracht.

»Verdammtes Alter«, fluchte er leise und knipste die kleine Lampe aus, die neben der Tür des Bretterverschlages angebracht war. Er blinzelte, seine Augen suchten im Halbdunkel nach einem Anhaltspunkt. Der hintere Teil des Gartens lag im Schatten der Rotbuchen, die hier im Süden des Landes in vielen Gärten standen. Eine einzelne Schneeflocke trudelte vor ihm durch die eisige Luft, weitere folgten, lautlos, als Vorboten eines Winters, der zu früh über die Insel kam. In der Ferne hörte er die Brandung, die Wellen schoben sich gegen die Klippen, wie sie es schon immer getan hatten.

»Komm schon, Ayleen«, sagte er und blickte den Vogel in seinem Käfig an. »Ich weiß, es ist kalt und ungemütlich heute Abend, aber du darfst nach Hause. Was hältst du davon?«

Die Taube tippelte hin und her, sie reckte erwartungsvoll den Hals, wie immer, wenn sie fliegen durfte. Ihr Heimatschlag war nicht hier, in jenem Teil seines Gartens, wo die Schatten der Bäume kaum Licht hinließen. Sondern fern von hier, dort, wo sich jemand anderes um Ayleen kümmerte.

Jemand, dem der alte Mann vertraute wie kaum einem anderen Menschen.

Und dem er gleichzeitig misstraute wie kaum einem anderen Menschen.

»Ist das möglich, Ayleen?«, murmelte er, als er an den Menschen dachte, zu dem sie fliegen sollte. »Vertrauen und Misstrauen zu gleichen Teilen?«

Die Taube blieb stumm und blickte ihn an, als wartete sie auf das, was er als Nächstes sagen würde.

»Gut und böse«, sagte er und sein Atem blieb in der kalten Luft hängen. »Freude und Angst, geht das zusammen, deiner Meinung nach? Ich meine, kannst du dir vorstellen, jemand zu gleichen Teilen zu lieben und zu hassen, ihn gar zu verabscheuen?«

Der alte Mann machte einige Schritte über den gefrorenen

Rasen und stieg über die verfaulten Äpfel eines längst aufgegebenen Obstbaumes.

»Das Leben ist seltsam, Ayleen«, fuhr er fort, als würde er mit sich selbst reden. »Der Tod natürlich auch. Aber das ist dann nicht mehr so wichtig, was meinst du?«

Mit dem Käfig durchschritt er einen kleinen Kräutergarten, den keiner mehr nutzte, seit sich die Krankheit leise und hinterhältig in ihr Leben geschlichen hatte. Er dachte an seine Frau, die reglos in ihrem Schlafzimmer lag, weil diese Nacht ihr den letzten Atemzug genommen hatte, mit kalter, unnachgiebiger Hand. Und er hatte dabei zugesehen und geweint und an eine Taube gedacht und an das, was nun kommen würde.

Als er die kleine Hintertür des Bauernhauses erreichte, stellte der alte Mann den Käfig mit Ayleen auf einen Gartentisch und zündete eine Kerze an, die er in ein Windlicht stellte. Dann setzte er sich auf einen Stuhl und blickte forschend in die Dunkelheit, als würden sich die Schatten der Vergangenheit und Zukunft darin verbergen.

Im schwachen Schein der Kerze betrachtete er seine knochige Hand, seinen glänzenden Ehering.

Wie bereits so oft im Laufe dieser Nacht.

Ayleen gurrte, als wollte sie ihm Mut zusprechen. »Du hast recht, Ayleen. Aber gib mir noch eine Minute, ja?«

Der Blick des alten Mannes wanderte durch den Garten, die Hecke entlang, bis zur Grundstücksgrenze. Dahinter wohnten die Ashburys, Tom und Helen, aber ihr Haus war weit genug entfernt. Über ihm fuhr der Wind durch das reetgedeckte Dach, seit Jahren hatte ihm seine Versicherung dazu geraten, das Dach zu erneuern und endlich mit ordentlichen Ziegeln decken zu lassen.

Aber er und seine Frau hatten dieses Haus auch aufgrund eben dieses Reetdaches so sehr geliebt, sie hatten dem Makler damals schon an der Haustür zugesagt, ohne es von innen gesehen zu haben. Weil sie gewusst hatten, hier würden sie wieder glücklich sein.

Ayleens Gurren holte ihn zurück in den dunklen Garten, der alte Mann fuhr sich müde durchs Gesicht.
»Also gut.«
Langsam stand er auf.
»Ich bin gleich wieder da, Ayleen. Einmal noch gehe ich rein, dann müssen wir wirklich los.«

Auch drinnen brannte kein Licht, nur eine Kerze, die seine Frau angezündet hatte und von der er genau wusste, wann sie abgebrannt sein würde.
Ihm blieb nicht viel Zeit.
Langsam tastete er sich durch einen kleinen Flur, er spürte die Kälte, die durch das Gemäuer kroch, spürte den Winter, der nach den Menschen griff, nach den Lebenden und den Toten. Als er die große Diele erreichte, bemerkte er den beißenden Geruch, aber er störte ihn nicht mehr. Er musste kein Licht anmachen, hier im Haus hätte er sich mit geschlossenen Augen zurechtgefunden. Mit den Fingern strich er über den großen Tisch, über die Stühle und über eine Kommode, auf der ein Bild aus besseren Zeiten stand.
Durch das Fenster in der Eingangstür sah er die Umrisse der Bäume, windzerzaust und schwankend, sah, wie der Schnee nun immer dichter fiel.
Und Licht. Er blinzelte, aber es war tatsächlich da. Ein schwaches Glimmen, die erste Ahnung eines neuen Tages. Die Eingangstür ging nach Osten, dorthin, wo der Tag erwachte.
Aber das war nun bedeutungslos. Er trat über die Schwelle des Schlafzimmers, wo der Geruch am stärksten war und die Nacht am dunkelsten. Vorsichtig, als könnte er sie stören, machte er ein paar Schritte hin zu ihrem Bett. Eine Diele knarzte, so wie sie es immer getan hatte, schon als sie ein-

gezogen waren. Seine Frau hatte immer gehört, wenn er frühmorgens aufgestanden war, um nach den Tauben zu sehen. Sie hatte etwas gemurmelt und sich dann wieder umgedreht. Und er war hinaus in den neuen Tag geschlichen.

Vorsichtig setzte er sich auf die Bettkante und atmete tief durch. Er hörte das Gebälk über sich knarzen, durch die dünnen Fensterscheiben drang der Wind.

Sie war wunderschön, immer noch. Gezeichnet, ja, aber nicht verblasst. Ihr langes Haar war zu einem dicken Zopf geflochten, so wie sie es gewollt hatte. Er hatte sie geschminkt, ihr Haar gebürstet und dabei geweint.

Sie hatte gelächelt.

»Sag es ihm nicht«, hatte sie gebeten. Und das waren ihre letzten Worte gewesen. Und er hatte gewusst, dass er anders entscheiden würde.

Er hatte sie nie betrogen, sie nie angelogen, ein Leben lang. Aber nun, wo sie tot war, würde er sie hintergehen. Für jemanden, dem er so sehr vertraute. Für jemanden, dem er so sehr misstraute.

Er konnte nicht anders.

Er zog die Nachttischschublade auf und nahm einen Zettel und einen Stift heraus. Und im Schein der einzigen Kerze im Haus begann er zu schreiben. Es waren nur wenige Sätze, aber ihm war bewusst, welches Unheil sie anrichten würden.

Trotzdem schrieb er sie, und als er fertig war, rollte er den Zettel zusammen und band ein Gummiband darum.

Er war so weit.

»Es tut mir leid«, flüsterte er und setzte sich zu seiner Frau. Sie hatte die Hände wie im Gebet verschränkt, ihr Gesicht war friedvoll. Die Krankheit hatte ihr jahrelang zugesetzt, aber nun, da sie gesiegt hatte, hatte sie seiner Frau ein friedliches Ende gegönnt. Er beugte sich über sie, und als er sie auf die Stirn küsste, rannen seine Tränen über ihr Gesicht. Liebevoll strich er ihr eine Haarsträhne zur Seite und zog die Bettdecke ein bisschen höher. Sie sollte nicht frieren.

Sein Blick fiel auf die Kerze, die fast abgebrannt war, und mit einem Ruck zwang er sich aufzustehen und aus dem Zimmer zu gehen, ohne sich umzublicken.

Die Nacht ging zu Ende, ein neuer Tag stand vor der Tür. Und Ayleen würde der Sonne entgegenfliegen.

Entschlossen, den Weg zu Ende zu gehen, den er eingeschlagen hatte, trat er aus dem Haus. Er wunderte sich, dass seine Finger zitterten, als er den Käfig öffnete und behutsam den kleinen Zettel an Ayleens Fußring befestigte. Offenbar war er doch aufgeregter, als er sich eingestehen wollte. Die Taube gurrte und pickte vorsichtig nach seiner Hand, diese Berührungen gaben ihm Kraft. In seinem Rücken ging die Sonne auf, immer mehr Licht drang in den Garten, auf dem Reetdach glitzerte der Schnee. Die Schatten zogen sich zurück.

»So, geschafft.« Seine Stimme klang jetzt fest, und während er den Rücken durchstreckte, lächelte er für einen kurzen Augenblick.

»Ich wünschte, ich könnte mit dir kommen.« Mit einem Seufzen strich er der Taube über das Gefieder.

»Na, komm«, sagte er schließlich, schloss den Käfig und hob ihn vom Tisch herunter. Mit den Fingern seiner linken Hand streifte er das Mauerwerk, als er das Haus umrundete und nach vorne Richtung Straße lief. Wo in der Dämmerung das Meer wartete, dort, wo das Land endete und der Ärmelkanal begann.

Als der alte Mann das Gartentor öffnete und hinaus auf die Straße trat, sog er die kalte Luft ein. Kurz setzte er den Käfig ab, um seine Jacke zuzuziehen.

»Du musst schnell fliegen, Ayleen. Dann wird dir auch warm, flieg nur schnell genug.«

Niemand war zu sehen, das Dorf lag noch im Tiefschlaf. Der Milchmann würde erst in einer halben Stunde seine Runde machen, die alte Dorothy etwas später ihren alten Cockerspaniel ausführen. Die Straße lag ruhig da, die wenigen Laternen brannten noch, ihr Lichtschein spiegelte sich auf dem feuchten Asphalt, der nach und nach von Schnee bedeckt wurde. Er blickte hinüber zu der Hecke, an der ein schmaler Pfad entlangführte.

»Nun denn.«

Mit festem Schritt folgte er dem Pfad, der nach etwa hundert Metern nach rechts abbog und in die Felder führte. Er ließ die Siedlung Yaverland hinter sich und lief parallel zur Küste, leicht bergan. Die Herbstsonne schickte sich an, der Insel und der Küste einen schüchternen Besuch abzustatten. In seiner Hand schaukelte der Käfig, Ayleen schien zu ahnen, dass ihr Ausflug nun bald begann. Er hatte sie noch nie von den Felsen von Culver Down aufgelassen, sondern stets von seinem Taubenschlag aus. Und wenn er sie Wochen später drüben auf der anderen Seite des Kanals wieder abgeholt hatte, dann hatte sie geduldig auf ihn gewartet und ihm Brotkrumen aus der Hand gepickt.

Als er kurz darauf eine kleine Anhöhe erreichte, merkte er, dass der Wind nachgelassen hatte und dass kein Schnee mehr fiel. Es war still, für einen Augenblick war nichts außer dem Anbranden der Wellen zu hören.

Und als er sich umdrehte, konnte er das Feuer sehen.

Stumm blickte der alte Mann hinab auf Sandown, auf seine Straße und sein Haus, aus dessen Fenstern hohe Flammen schossen. Er setzte den Käfig auf dem Boden ab und sah zu, wie sein Leben im Feuer aufging. Nichts würde übrig bleiben, so hatten sie es verabredet. Sie war längst fort, ihr Geist war gegangen und alles andere ging nun in Flammen auf. Das Schlafzimmer und die breite Diele, der große Tisch und das Bild auf der Kommode.

Sie hatte die Kerze selbst angezündet, er hatte ein mit Benzin getränktes Tuch um den Stumpf gewickelt und durchtränkte Bettlaken daneben, während sie im flackernden Schein noch einmal ihre größte Bitte ausgesprochen hatte, leise und eindringlich.

»Sag es Mathieu nicht.«

Er würde es ihm nicht sagen. Das würde Ayleen übernehmen.

Die Kerze hatte zuerst die Bettdecke entzündet, dann das Holzgestell, die Dielen und die schweren Vorhänge. Dass es schnell ging, dafür hatte das Benzin gesorgt, das er in rauen Mengen überall im Haus ausgeschüttet hatte. Die Flammen waren die Wände hinaufgekrochen, hatten sich ausgebreitet, die Küche erobert und sich schließlich in das Reetdach gefressen.

Und von da an ging alles sehr schnell. Genau, wie sie es geplant hatten.

Als er drüben am Flughafen Blaulicht sah und Sirenen vernahm, drehte er sich um und nahm den Käfig wieder in die rechte Hand.

»Alles gut, Ayleen«, sagte er, als der Vogel kurz aufflatterte. »Wir haben es gleich geschafft.«

Und während in seinem Rücken eine dunkle Rauchsäule in den fahlen Morgenhimmel aufstieg, schritt er voran, den Hügel hinauf, dorthin, wo er die Taube fliegen lassen konnte.

Die Horseshoe Bay war nur wenige Meter von der Culver Down Battery entfernt, einer kleineren Festung aus dem 2. Weltkrieg, die heute ein Anziehungspunkt für die Touristen auf der Insel war. Noch aber lagen die Felsen und die gesamte Küste verlassen vor ihm. Er blickte auf das Meer hinaus, das ihm in schweren Stunden stets ein Trost gewesen war.

Heute jedoch spürte er beim Anblick der Wellen und des weiten Horizontes nichts mehr. Er hatte seine Gefühle dort gelassen, in den Flammen, die dabei waren, ihr Haus aufzufressen. Daran würde auch die wie immer zu spät anrückende Inselfeuerwehr nichts ändern.

»Geschafft, Ayleen«, murmelte er, als sie den höchsten Punkt der Anhöhe bestiegen hatten. Von hier aus konnte er den Sandhill Holiday Park sehen und das Bembridge Fort. Und die Brandung, die zehn Meter unter ihm gegen die Felsen schlug. Die Kälte kroch ihm in die Glieder und er zitterte.

Langsam öffnete er den Käfig und holte den Vogel heraus. Ayleen wand sich zuerst etwas in seinen Händen, auch sie zitterte, sie war das Fliegen bei einer solchen Kälte nicht gewohnt. Doch dann drehte sie ihr Köpfchen rasch nach rechts, in Richtung ihres Heimatschlags, wohin der alte Mann sie nun fliegen lassen würde. Mit einer Botschaft, die er nicht hätte schreiben sollen.

Und die ihm doch so wichtig war.

Behutsam strich er über das eisgraue Gefieder, beruhigte das Tier mit den Händen.

»Du darfst nach Hause«, murmelte er. »Flieg einfach geradeaus, lass dich nicht ablenken von Wind und Schnee. Immer nur geradeaus. Du kennst den Weg.«

Die Rauchsäule hinter ihnen wurde dichter, das Reetdach musste bereits lichterloh brennen. Eine Schneeflocke setzte sich auf seine Hand, er betrachtete sie, als sie rasch dahinschmolz.

Und dann, als er die Tränen spürte, die über seine Wange liefen, als er aufschluchzte, weil er den letzten Willen seiner

Frau tatsächlich ignorieren würde, da öffnete er seine Hände und ließ den Vogel frei.

Und Ayleen, die letzte Überlebende, schwang sich hinauf in die kalte Luft und der Wind über dem Wasser griff nach ihr, schleuderte sie hinauf und brachte sie schwankend auf Kurs.

Und der alte Mann beschloss, dass auch er nun aufbrechen musste. Er hatte genug gehadert, genug gezögert, der Lauf der Dinge ließ sich nicht mehr aufhalten.

Er schloss die Augen und saß noch einmal auf seinem alten Stuhl hinten im Garten, seine Frau stand hinter ihm und flüsterte ihm ins Ohr, während er die Tauben fütterte.

Die Sonne wärmte seinen Rücken.

»Es ist schön mit dir«, sagte sie.

»Es ist gut mit uns«, sagte er.

Und mit diesem Bild im Kopf trat er an den Rand der Klippe. Weiter vorne flog Ayleen eine letzte Schleife über der Küste, bevor sie nach Osten abbog.

»*Adieu*, kleine Taube«, murmelte er.

Langsam ließ er sich nach vorne fallen, ohne Furcht und ohne Gram. Denn was auch immer Ayleens Ankunft auslösen würde, ihn betraf es nicht mehr. Er spürte die Schwerkraft, die nach ihm griff, den Wind in seinem Gesicht, der seine Tränen trocknete.

»Bis gleich«, dachte er und es war ein schöner Gedanke.

Das Letzte, was er sah, waren die ersten Strahlen der Morgensonne, die über das Wasser tanzten, als wollte der neue Tag ihn überreden, doch noch ein bisschen zu bleiben.

Aber er wollte nicht.

Er wollte nur noch, dass diese kleine Taube ihren Weg fand.

Nach Hause.

In die Normandie.

Teil eins

TAUBE

KAPITEL 1

Paris
Zwei Wochen später

Nicolas Guerlain beobachtete die Frau seit zehn Minuten. Irgendetwas war an ihr, das sein Interesse weckte. Sie trug einen dunklen, knielangen Faltenrock über grauen Strumpfhosen und an den Hacken abgewetzte Schuhe. Ihr graues Haar war in einem Dutt zusammengefasst und unter den Ärmeln ihrer Strickjacke schaute das Weiß einer Spitzenbluse hervor.

Ihren Blick hatte sie nicht vom Marmorboden gelöst, seit sie sich ihm gegenüber auf die andere Seite des weitläufigen Vorraumes gesetzt hatte. Reglos lagen ihre Hände in ihrem Schoß.

Durch die bodentiefen Fenster in Nicolas' Rücken fiel das gleißende Licht eines überraschend hellen Tages in den Raum, er konnte die Geräusche von draußen, von der Place Dauphine hören. Nicolas fiel ein Lied ein, das Tito, sein alter Nachbar, so sehr mochte und das er nur zu gerne morgens um fünf auf seinem Balkon zum Besten gab, unbeeindruckt von den Flüchen der Nachbarn und den lautstarken Protesten herumstreunender Kater.

Es war fünf Uhr, Paris erwachte. Und er dachte an jenen Kronprinzen der Place Dauphine, den Jacques Dutronc besang.

Ein neuer Tag begann, das Spiel des Lebens ging weiter.

Er schätzte die Frau auf Mitte sechzig, aber ihr graues Haar mochte ihn täuschen. Obwohl er sich für gewöhnlich selten täuschte, jedenfalls nicht bei Menschen, die er flüchtig traf und die sein Interesse weckten, die er im Auge behielt, absichtlich oder unbewusst. Weil Beobachten sein Job war, vermutlich sogar mehr als das.

Nicolas blickte auf seine Uhr.

Vor einer halben Stunde hatte sein Team ihn auf dem Rückweg vom Flughafen hier abgesetzt. Sie waren mit François Faure, dem gerade neu gewählten Staatspräsidenten, in London gewesen, bei den Verhandlungen über die Neuordnungen der Wirtschaftsbeziehungen im Rahmen des Brexit-Abkommens. Es waren lange Nächte gewesen, vor verschlossenen Türen und neben leergeräumten Büffets.

Irgendwann hatte Faure beschlossen, ein Zeichen zu setzen, indem er abreiste, und ausnahmsweise war ihm Nicolas dafür dankbar gewesen.

So war er doch noch pünktlich zurück gewesen, hier an der Place Dauphine, auf der Île de la Cité, im Herzen von Paris. Den Termin seiner Vernehmung zu verschieben, hätte Konsequenzen gehabt – und das nicht nur für ihn, sondern für die Person, die dort hinter der geschlossenen, hohen Eichentür auf der Anklagebank saß.

Und die ihn mehr brauchte als je zuvor.

»Entschuldigung, darf ich mich zu Ihnen setzen?«

Nicolas schreckte auf. Tief in Gedanken, hatte er nicht mitbekommen, wie die Frau sich von ihrem Platz erhoben und zu ihm getreten war. Jetzt stand sie vor ihm und lächelte schüchtern. In der rechten Hand hielt sie ihre braune Handtasche, in der linken Armbeuge hing ihr Wintermantel.

Nicolas sah, dass ihr Lippenstift an den Mundwinkeln leicht verwischt, dass ihr Blick zwar freundlich, aber müde war. »Natürlich, setzen Sie sich doch«, antwortete er schließlich und rutschte in der Bank zur Seite.

»Ich wollte mir gerade ein Glas Wasser holen. Darf ich Ihnen eines mitbringen?«

»Sehr gerne«, sagte die Frau mit ihrer leisen Stimme und Nicolas stand auf und ging hinüber zu einem Beistelltisch mit Wasser und Kaffee, der offenbar für Wartende vorgesehen war. Sie lächelte ihm freundlich zu, als er sich wieder zu ihr setzte und ihr eines der beiden Gläser reichte. Hinter seinen Augen tobte Müdigkeit, er spürte, wie sie jeden Winkel seines Kopfes einzunehmen drohte.

Dringend müsste er mal wieder durchschlafen, allein, es gelang ihm nicht.

»Kennen wir uns von irgendwoher? Ihr Gesicht kommt mir bekannt vor.«

»Nein, wir kennen uns nicht.«

»Seltsam. Ihr Gesicht … es ist, als hätte ich es schon einmal gesehen.«

Unverhohlen musterte sie ihn. »Einen schönen Anzug tragen Sie. Ich mag Männer in dunklen Anzügen, sie sehen so … glaubhaft aus.«

Nicolas schmunzelte.

»Ich versichere Ihnen, Madame, die am wenigsten glaubhaften Männer sind immer jene in besonders guten, dunklen Anzügen.«

Sie nippte an ihrem Glas, während sie beide zu der schweren Eichentür hinüberblickten. Außer ihnen war niemand in dem Wartesaal, der die gesamte Front des Hauptgebäudes einnahm.

»Sie würden sich also nicht als glaubhaft bezeichnen, Monsieur?«, fragte die Frau ihn schließlich leise und Nicolas hob überrascht eine Augenbraue.

Er überlegte kurz.

»Das hängt wohl davon ab, was Sie unter glaubhaft verstehen wollen«, sagte er schließlich.

Die Frau drehte sich zu ihm und lächelte.

»Für mich steckt das Wort ›glauben‹ darin«, sagte sie.

»Für mich das Wort ›Haft‹«, antwortete Nicolas.

Sie hob ihr Wasserglas.

»Womit wir hier genau richtig wären.« Sie deutete hinüber zu der Tür.

»Ein Jammer, dass ich zu spät gekommen bin. Jetzt muss ich warten, bis einer der Besucher hinausgeht. Ich hoffe, das ist bald der Fall. Dieser Prozess ist spannend, finden Sie nicht?«

Nicolas blickte hinauf zur Decke. Das sogenannte Vestibule du Harlay war mit Stuck und goldenen Kronleuchtern versehen, an den Wänden prangten die Gemälde vergangener Epochen und durch die Fensterfront fiel das Licht auf die brokatbesetzten Vorhänge.

Dies war das Pariser Geschworenengericht.

Es urteilte über Straftaten, für die mindestens eine mehrjährige Haftstrafe zu erwarten war.

Und genau deshalb war er hier.

»Gehen Sie auch so gerne zu öffentlichen Gerichtsprozessen?«, fragte ihn die alte Dame. »Ich meine, das Sammeln der Indizien, die Beweisführung, die Plädoyers: Ich fand das schon immer aufregend. Und dieser Prozess hier ist ... geheimnisvoll ... Finden Sie nicht?«

Nicolas nahm einen Schluck Wasser und blickte sie an.

»Nun, ehrlich gesagt ...«, setzte er an, aber die alte Dame unterbrach ihn bereits wieder.

»Glauben Sie, sie war es?«

»Wie bitte?«

»Na, kommen Sie! Die junge Frau dort drinnen! Sie sieht so unschuldig aus. Und so ... verzweifelt.«

Das ist sie auch, dachte Nicolas bei sich.

»Aber glauben Sie mir, genau die haben es faustdick hinter den Ohren. Diese Unschuldsengel sind oft die wahren Schuldigen. Ich habe schon viele Gerichtsprozesse als Besucherin erlebt und diese Frau hat es auf jeden Fall getan. Ohne Zweifel.«

Ihre Stimme hatte sich gewandelt, sie klang mit einem Mal hart und kalt.

Nicolas straffte die Schultern, er holte tief Luft und wollte gerade zu einer emotionalen Gegenrede ansetzen, als die Eichentür auf der anderen Seite des Saals geöffnet wurde und zwei Besucher leise die Cour d'Assises verließen.

»Kommen Sie, das ist unsere Chance!«, flüsterte die Frau und raffte ihre Sachen zusammen. »So erleben wir doch noch das Spannendste! Heute soll nämlich der Lebensgefährte aussagen, das will ich nicht verpassen. Nun kommen Sie schon!«

Hastig durchquerte sie den Wartesaal und wandte sich an der Tür noch einmal nach ihm um.

»Kommen Sie endlich!«, zischte sie und winkte.

Im selben Augenblick wurde sie zur Seite geschoben, ein Saaldiener trat hinaus und machte Nicolas ein Zeichen.

»Monsieur, bitte. Die Vorsitzende ruft Sie jetzt in den Zeugenstand.«

Nicolas strich die Hose seines Anzugs glatt, stellte sein Glas ab und schritt durch den Vorraum hinüber zum Eingang des Gerichtssaales.

Die Frau blickte ihm verdutzt entgegen.

Bevor er den Saal betrat, beugte er sich ganz dicht zu ihr und lächelte sie freundlich an.

»Glauben Sie mir, *Madame*. Unschuldsengel sind vor allem eines: unschuldig.«

Hinter ihnen schloss sich die schwere Tür und der Saaldiener wies der älteren Dame einen der frei gewordenen Plätze in den Besucherreihen zu. Nicolas hingegen ordnete den Knoten seiner Krawatte, holte tief Luft und schritt den Gang hinab, an dessen Ende ein unscheinbarer Holztisch stand, mit einem Stuhl, auf dem an den vergangenen Prozesstagen Polizisten,

Ballistiker und auch ein entscheidender Zeuge Platz genommen hatten.

Ein Zeuge, der falsch ausgesagt hatte, da war sich Nicolas sicher.

Der Prozess hatte von Anfang an das Interesse der Medien erregt.

Macht, Liebe, Intrigen.

Und den Tod gab es gratis dazu.

Vor allem aber hatte dieser Prozess etwas, das die Öffentlichkeit mehr liebte als alles andere: eine bildhübsche Tatverdächtige, einen Engel mit schwarzen Schwingen.

So hatte ein Boulevardblatt sie getauft.

Nicolas machte noch drei Schritte.

Dann stand er, zum ersten Mal seit dem Prozessbeginn, neben ihr. Er hatte der Verhandlung bisher nicht beiwohnen dürfen, da er als Zeuge geladen war.

Nun aber stand er hier.

So nah bei ihr.

Langsam atmete er aus und wandte ihr den Kopf zu. Seit seinem Eintreffen in dem großen Gerichtssaal hatte er jeden Blickkontakt mit ihr gemieden, er hatte sich diesen Moment aufheben wollen.

Ich bin da, sollte sein Blick sagen. Ich hole dich hier raus.

Er wusste nur immer noch nicht, wie.

»Bitte nehmen Sie Platz, Monsieur Guerlain.«

Julie lächelte ihn an.

Sie saß auf ihrem Platz hinter ihrem Verteidiger, den Rücken durchgestreckt, das Haar zurückgebunden. Sie trug eine dunkelblaue Hose und eine dazu passende Bluse und für einen Moment stellte er sich vor, dass sie nur eine weitere Besucherin in diesem Prozess war. Ihr Blick war stolz, statt Verzweiflung lag für einen Augenblick Kraft darin und Stärke.

Er wusste, dass sie auch andere Zeiten hatte, andere Verfassungen.

Jetzt aber sagte ihr Blick: Ich bin da. Ich komm hier raus. Für dich.

»Monsieur Guerlain, bitte.«

Der Ton der Vorsitzenden war von jener Nüchternheit, die die Rechtsprechung in aller Welt auszeichnete. Es ging um Fakten, nicht um ein Lächeln. Und sei es noch so wichtig.

Nicolas nickte Julie zu, lächelte kurz, zog den Stuhl heran und setzte sich in den Zeugenstand. Die Richterin besprach sich nochmals mit ihren beiden Beisitzern, die links und rechts von ihr saßen. Neben ihnen saßen die insgesamt sechs Geschworenen, drei zu jeder Seite, Männer und Frauen, ausgelost aus den Pariser Wählerlisten der zurückliegenden Wahlen. Sie blickten ihn neugierig an, eine der Frauen nickte ihm freundlich zu.

»Würden Sie uns bitte Ihren vollständigen Namen und Ihren Beruf nennen?«, fragte ihn die Vorsitzende schließlich. Nicolas schaltete sein Mikro an.

»Nicolas Guerlain, geboren in Deauville, Frankreich. Beruf: Personenschützer, derzeitige Zuständigkeit: Élysée-Palast.«

Er sah, wie einer der Beisitzer eine Augenbraue hob, und er hörte das Tuscheln in den Reihen der Besucher.

Die Vorsitzende blickte ihm in die Augen.

»Ihr Zuständigkeitsbereich beim Staatspräsidenten war auch der Grund für das mehrmalige Verschieben Ihres Erscheinens in meinem Zeugenstand.«

»Ich bitte dies zu entschuldigen, verehrte Vorsitzende. Ich hoffe, dass Ihnen alle Unterlagen zugegangen sind.«

»Das sind sie, Monsieur Guerlain. Erfreut war ich trotzdem nicht über die Verzögerung. Auch wenn die Sicherheit

des Präsidenten von größter Bedeutung ist – die Rolle der Justiz ist es auch, meinen Sie nicht?«
»Selbstverständlich.«
Für einen Moment schwieg die Vorsitzende, machte sich einige Notizen, bevor sie wieder den Kopf hob und Nicolas anblickte.
»Ich werde Sie zunächst über Ihre Rechte und Pflichten als Zeuge aufklären, Monsieur Guerlain. Anschließend werde ich Ihnen einige Fragen zu Ihrer Beziehung mit der hier anwesenden Angeklagten stellen.«

Nicolas hätte sich gerne zu Julie umgedreht, aber sie saß etwas versetzt hinter ihm und er wollte gegenüber der Vorsitzenden Richterin nicht unhöflich erscheinen. Aus den Augenwinkeln nahm er Julies Verteidiger wahr, die eleganten Holzpaneele an den Wänden, das Spiel der Schatten, als einer der schweren Vorhänge sich leicht bewegte. Die Fenster waren gekippt, das Geräusch des dichten Verkehrs drang gedämpft zu ihnen in den Saal.
Geduldig ließ er die Formalitäten über sich ergehen und antwortete ohne Umschweife auf die Fragen zu seiner Person.
»Wie ist Ihr Verhältnis zu der Angeklagten, Monsieur Guerlain?«
»Wir leben seit langer Zeit in einer Beziehung.«
»Wohnten Sie zusammen, bevor die Tatverdächtige in Untersuchungshaft kam?«
Nicolas zögerte kurz.
»Ja«, sagte er schließlich.
»Warum zögern Sie?«, fragte ihn die Vorsitzende mit einem kalten Lächeln.
Nicolas spürte plötzlich, wie sein Handy in der Jacketttasche vibrierte.
Verdammt, dachte er. Er hätte es ausschalten sollen.
Er räusperte sich.

»Verehrte Vorsitzende, dem Gericht ist, glaube ich, bekannt, dass die Tatverdächtige ... dass Julie Malraux ... in den vergangenen vier Jahren verschwunden war. Das ändert für mich aber nichts an der Tatsache, dass wir gemeinsam eine Wohnung hatten. Die Adresse ist ...«
Die Vorsitzende winkte ab.
»Ihre Adresse haben wir gerade aufgenommen. Ich danke Ihnen, Monsieur Guerlain.«
Sein Handy vibrierte jetzt ohne Unterlass, es irritierte ihn. Nicolas überlegte, ob er es ausschalten sollte, er wollte aber die Nerven der Richterin nicht noch weiter strapazieren.
Einer der Beisitzer schob eine Akte zu ihr herüber.

»Monsieur Guerlain, Sie sind in den Zeugenstand gerufen worden, um einige Angaben zu Ihrem Verhältnis mit der hier anwesenden Tatverdächtigen zu machen. Aber auch, um uns Ihre Sicht der Dinge darzulegen, Ihre Erinnerungen an die Zeit unmittelbar nach der Straftat. Folgen Sie mir so weit?«
»Das tue ich, Madame Vorsitzende.«
»Gut.«
Als sie in der Akte blätterte, griff er schnell in sein Jackett und schaltete sein Handy aus.

»Der hier anwesenden Julie Malraux, Lebensgefährtin des in den Zeugenstand gerufenen Nicolas Guerlain, wird vorgeworfen, bei einem Polizeieinsatz vor vier Jahren vorsätzlich eine junge Frau erschossen zu haben. Ist Ihnen dieser Vorwurf bekannt, Monsieur Guerlain?«
Nicolas nickte.
»Bitte antworten Sie, für das Protokoll.«
»Der Vorwurf ist mir bekannt. Dennoch ist er falsch.«
»Das war nicht meine Frage.«
Genervt hob sie den Blick, als das laute Hupen eines Wagens zu ihnen in den Saal drang.

»Saaldiener, könnten Sie bitte die Fenster schließen.«
Das Hupen hörte nicht auf, jemand musste seinen Wagen direkt vor dem Gebäude auf die Place Dauphine gestellt haben und dieser jemand war nun dabei, rhythmisch auf die Hupe zu drücken. Erst als alle Fenster geschlossen waren, nahm das Geräusch ab.

Die Richterin blätterte wieder in einer Akte.

»Die Angeklagte hat am besagten Datum an einer Razzia im Drogenmilieu nördlich der Gare du Nord teilgenommen. Es war ihr erster Einsatz im Außendienst. Bei dieser Razzia hat sie die junge Drogenabhängige Clementine Marcellin erschossen. Julie Malraux hat ausgesagt, in Notwehr gehandelt zu haben, weil sie mit einem Messer angegriffen wurde. Anwesend war neben der Angeklagten und Clementine Marcellin nur ein weiterer Polizist. Rémy Foire, er wurde ihr für diesen Einsatz als Partner zugeteilt. Seine Aussage haben wir bereits gehört. Sie besagt, die hier angeklagte Julie Malraux habe ohne Vorwarnung und ohne Not auf die unbewaffnete Clementine Marcellin geschossen.«

Nicolas blickte zu Julie, die jedoch keine Regung zeigte. Die Vorsitzende fuhr mit ihren Ausführungen fort.

»Monsieur Foire gibt an, die Situation sei unter Kontrolle gewesen, und vermutet, die Angeklagte habe schlicht die Nerven verloren. Am Tatort ist kein Messer aufgefunden worden. Laut ballistischem Bericht und gerichtsmedizinischem Gutachten war der erste Schuss tödlich und traf direkt ins Herz. Monsieur Guerlain, war Ihnen damals bekannt, dass Ihre Lebensgefährtin an dieser Razzia teilnehmen würde?«

»Nein«, sagte Nicolas und schluckte schwer. Er ahnte, dass Julie in diesem Augenblick den Blick senkte.

»Warum nicht?«, fragte ihn die Vorsitzende.

Nicolas sah sie an.

»Wir haben oft über ihren Wunsch gesprochen, an Außeneinsätzen teilzunehmen. Ich hielt sie für … noch nicht bereit.

Sie war Fallanalystin bei der Pariser Polizei, sie wusste nicht, was draußen ...«

Die Richterin lächelte kurz und unterbrach ihn.

»Sind Sie sehr ... fürsorglich, Monsieur Guerlain? Womöglich etwas zu fürsorglich?«

»Das kann ich nicht beurteilen, Madame Vorsitzende.«

Wieder blätterte sie in der Akte, aber ihr Blick über die Ränder ihrer Brille war auf ihn gerichtet.

»Monsieur Guerlain, hat sich die Angeklagte Ihnen gegenüber zum Tatgeschehen geäußert?«

»Julie hat die Frau in Notwehr erschossen, so hat sie es mir gesagt. Und ich habe keinen Grund, daran zu zweifeln.«

»Sie hat es Ihnen aber erst jetzt, nach mehr als vier Jahren, gesagt.«

»Das macht für mich keinen Unterschied. Ich denke, Sie sollten vielmehr beachten, warum ausgerechnet dieser Mann, Foire, ihr als Partner zugewiesen wurde. Julie wurde womöglich Opfer einer ...«

»Sie haben als Zeuge keine Vermutungen anzustellen, Monsieur Guerlain. Erklären Sie dem Gericht bitte nicht, wie es seine Arbeit zu tun hat.«

Es vergingen weitere zähe Minuten mit weiteren zähen Fragen, auf die er nicht immer eine zufriedenstellende Antwort geben konnte. Weder für das Gericht noch für ihn. Er war damals nicht dabei gewesen, er konnte nur Julies Charakter beschreiben, ihre Vorsicht, er zeichnete das Bild einer besonnenen und reflektierten Frau, die seit so vielen Jahren an seiner Seite gelebt hatte und die er besser kannte als jeder andere.

Foire beschrieb sie völlig anders.

Julie, die die Nerven verlor. Die eine junge Frau anbrüllte, sie erst schubste und dann mit der Waffe bedrohte.

Das Hupen draußen vor dem Palais de Justice hatte aufgehört.

Ab und an blickte Nicolas zu Julie hinüber, sah das Flackern in ihrem Blick.

Die Haft bekam ihr nicht. Ebenso wenig wie ihm.

»Monsieur Guerlain, Sie sind aus dem Zeugenstand entlassen. Sie dürfen den weiteren Verlauf des Prozesses nun hier im Saal als Zuschauer verfolgen.«

Julies Verteidiger und auch der Vertreter der Anklage hatten nur wenige Fragen an ihn gehabt.

Er konnte nichts beitragen, keine wirkliche Entlastung anbieten. Und das machte ihn wahnsinnig.

»Ich schlage eine kurze Verhandlungspause vor, der Prozess geht in 15 Minuten weiter«, sagte die Vorsitzende Richterin.

Kurz darauf sah sich Nicolas im Vorraum nach der älteren Dame um, mit der er sich unterhalten hatte – und begriff schlagartig, dass ihn etwas anderes erwartete als die Fortsetzung ihres Gesprächs.

Der Grund dafür stand wenige Meter von ihm entfernt in der Mitte des Raumes, umringt von drei Sicherheitsbeamten des Gerichtsgebäudes, auf die er wild gestikulierend einredete. Jetzt wedelte er mit seinem Ausweis vor ihrer Nase herum, was die Männer aber nicht aus der Ruhe zu bringen schien.

Nicolas musste unweigerlich lächeln, als er die Stimme des Mannes vernahm, der mit Sonnenbrille, Bluejeans und dunkler Lederjacke wie der Prototyp eines Zivilpolizisten aussah.

Und wie jemand, der soeben noch die Hupe seines Wagens malträtiert hatte, draußen auf der Place Dauphine.

»Nationale Sicherheit, wissen Sie, was das ist, ja? Es geht um den Staatspräsidenten, es geht um Frankreich, also lassen Sie mich durch! He, Nicolas! Sag diesen Pinguinen, wer ich bin, dass ich für den Staatspräsidenten arbeite, für den GPS ... SPR ... also jedenfalls für die nationale Sicherheit!«

Aus den Augenwinkeln sah Nicolas, wie weitere Saaldiener

sich dem Mann näherten, Frauen und Männer waren stehen geblieben und beobachteten die seltsame Szene.

Um Schlimmeres zu verhindern, durchquerte Nicolas mit schnellen Schritten den Vorraum und blieb vor dem Mann stehen, der nun seine Sonnenbrille abgenommen hatte und finster auf die Sicherheitsleute blickte.

»*Salut*, Roussel«, sagte Nicolas.

Luc Roussel, Leiter des *Commissariat* von Deauville, nickte ihm zu. Er war der Mann, mit dem Nicolas in den vergangenen Monaten durch so manche Hölle gegangen war. An den Stränden der Normandie hatten sie Schlimmes erlebt und noch Schlimmeres verhindert, und mittlerweile verband sie eine echte, wenn auch von ständigen Frotzeleien begleitete Freundschaft.

Und es war Roussel, der ihm Mut gemacht hatte, im Sommer, als Julie ihm erneut entrissen worden war.

Jetzt stand er hier, im Palais de Justice, fernab von seiner Dienststelle in Deauville. Und offensichtlich hatte er es eilig.

»*Salut*, Bodyguard. Ich dachte schon, ich muss mit dem Wagen hier reinfahren, um dich da rauszuholen. Wir müssen reden.«

Nicolas wusste, dass etwas Wichtiges passiert sein musste, sonst wäre Roussel nicht hier und heute aufgetaucht.

»Ist okay, wir gehen raus«, sagte Nicolas zu einem der Saaldiener. Begleitet von vielen misstrauischen Blicken traten sie kurz darauf hinaus ins Sonnenlicht.

»Es heißt übrigens GSPR, Roussel«, sagte Nicolas zu Roussel. »Die Sicherheitsgruppe des Präsidenten kürzt sich GSPR ab. *Groupe de sécurité de la présidence de la République.* Aber das muss so ein Provinzbulle wie du natürlich nicht wissen.«

»Halt die Klappe, Nicolas«, sagte Roussel. »Folg mir einfach. Den Rest erkläre ich dir unterwegs.«

Sie stürmten die Stufen des Palais de Justice hinunter und

erreichten Roussels Wagen, der tatsächlich gänzlich ordnungswidrig direkt vor der breiten Steintreppe geparkt war.

Roussel startete den Motor und schoss los, ohne Rücksicht auf den Verkehr.

»Also, was gibt es?«, fragte Nicolas, während er sich anschnallte. »Ich meine, endlich kann ich dem Prozess beiwohnen, meine Aussage ist gemacht und ausgerechnet jetzt …«

»Er ist zurück in der Stadt«, erwiderte Roussel. Und das alleine reichte, um Nicolas' Erstaunen über das plötzliche Erscheinen Roussels sofort in Luft aufzulösen.

Der Leiter des *Commissariat* von Deauville sah müde aus, offenbar war er ohne Pause aus der Normandie nach Paris gefahren, auf direktem Wege zum Palais de Justice.

»Du meinst den Dealer?«, fragte Nicolas leise und Roussel nickte.

»Genau den meine ich, diesen dreckigen kleinen Stricher. Und jetzt schnappen wir ihn uns und dann holen wir deine Julie da raus. Halt dich fest, wir müssen uns beeilen.«

Der Palais de Justice verschwand im Rückspiegel, während Roussel den Wagen beschleunigte.

Sie hatten noch zwei Prozesstage.

Ihnen blieb nicht viel Zeit.

KAPITEL 2

Paris

Keine zehn Minuten später lenkte Roussel seinen grauen Citroën in eine Parklücke am Rande des breiten Boulevard de Magenta, knurrte etwas, das Nicolas als »Kaffee holen« interpretierte, sprang raus und knallte die Fahrertür hinter sich zu. Nicolas blickte in den Rückspiegel und fuhr sich mit der linken Hand durchs Gesicht. Die Müdigkeit hatte Schatten unter seine Augen gemalt, seine Wangen waren eingefallen. Er atmete laut aus und lehnte sich in seinem Sitz zurück, während er aus dem Fenster hinaus auf die Straße blickte.

Er sah Männer und Frauen, die an Ramschläden vorbeiströmten, der Dampf einer Wäscherei hing in der kalten Luft. Ein Straßenköter kläffte ohne sichtbaren Grund, der Verkäufer eines Backwarenladens goss einen Eimer Schmutzwasser auf das Trottoir. Weiter vorne hielt mit stotterndem Motor ein in die Jahre gekommener Linienbus an einer Haltestelle, Menschen stiegen aus, andere ein, darüber ein Kondensstreifen, als weiße Narbe auf grauem Grund. Der Asphalt erzitterte, als durch die Unterwelt eine Metro rauschte.

Dies hier war der Nordosten von Paris und doch schien es eine fremde Stadt zu sein. Sken City nannte man das Viertel. Und Nicolas, der in seinem Job als Personenschützer eher an die aufgeräumten Boulevards rund um die Place de la Concorde gewöhnt war, dachte, dass er hier in Sken City eigentlich ganz gut aufgehoben war.

Es war der Ort der Verzweifelten, die Heimat der Untoten. Leben und Tod teilten sich diese Straßen.

Das Leben zeigte sich hier, wo die Rue Ambroise Paré vom Boulevard abging, im Kläffen eines Hundes, in dem Geruch von Abgasen oder im frühen Schnee, der nach und nach die Pappkartons der Obdachlosen zudeckte.

Roussel kam zurück, umständlich stieg er in den Wagen und schlug die Fahrertür zu.

»Scheißkälte«, fluchte er, »es ist doch Herbst, verdammt. In Deauville ist es genauso kalt.«

Als er die beiden Becher auf das Armaturenbrett stellte, fluchte er lautstark, weil etwas Kaffee auf seine Hose getropft war.

»Leck mich doch! Können die ihre beschissenen Pappbecher nicht wenigstens ordentlich abdichten?«

»Ich hätte den Kaffee holen können«, bemerkte Nicolas. »Du musst dich immer noch schonen, Roussel, das habe ich Sandrine versprochen und ...«

»Halt die Klappe, Bodyguard.«

Nicolas hob beschwichtigend die Hände und blickte durch die Windschutzscheibe. Vor ihnen überquerte ein Blinder die Straße, niemand bot ihm Hilfe an. Eine alt wirkende Frau von Anfang zwanzig führte zwei Pudel über einen Zebrastreifen, sie kaute Kaugummi, einer der Hunde setzte beiläufig einen Haufen auf die Straße, es schien die Frau nicht zu stören, sie tippte eine Nachricht in ein rosafarbenes Handy, ihre langen Fingernägel waren abgebrochen.

Roussel knurrte neben ihm.

»Wenn ganz Paris ein Körper ist, sind diese Straßen hier die Hämorrhoiden.«

Nicolas musste lachen.

»Ich finde es gar nicht so übel. Ich hatte es mir schlimmer vorgestellt.«

Roussel nippte an seinem Kaffee und verzog das Gesicht.

»Drei Dienstjahre als Bulle in diesen Straßen und du würdest dir wünschen, du wärst ein kackender Pudel. Ich habe es irgendwann gehasst.«

»Und jetzt bist du in der Normandie Leiter des *Commissariat* von Deauville und hasst auch das.«

»Nur, wenn du zu Besuch kommst. Ansonsten ist es eigentlich ganz in Ordnung.«

Der Tod hatte diesem Viertel seinen Namen gegeben und er war es, der in diesem Augenblick auf der anderen Straßenseite in Form eines kleinen Päckchens den Besitzer wechselte. Ein Päckchen, das, hastig umschlossen von einer zittrigen Hand, in einer Jackentasche verschwand. Der Tod hatte in diesem Viertel einen Ruf, den er nicht zu verlieren bereit war. Sken City war das Zuhause der Untoten, der Vampire, die an den Adern der Stadt nagten und die sich nicht vertreiben ließen.

Wer hier starb, starb langsam.

Skenan war ein Morphium, verschreibungspflichtig, gegen starke Schmerzen. Und gleichzeitig weckte es die dunkelsten Triebe, ein Verlangen, das alles mit sich riss. Skenan war viermal billiger als Heroin, mit ein paar Tropfen Wasser vermischt, führte es den Abhängigen innerhalb kürzester Zeit in die Glückseligkeit.

Skenan war der Grund, warum sie hier waren, Roussel und Nicolas. Weil mit Skenan alles begonnen hatte, vor vier Jahren, in einem Abbruchhaus, nur wenige Straßen entfernt, an einem verregneten Abend in Sken City. Bei einer Razzia, von der Julie Nicolas nichts erzählt hatte, weil sie um seine Sorge wusste und sich davon befreien wollte.

Bei der Razzia war alles schiefgegangen.

Und nun saß Julie in Untersuchungshaft und wartete auf ein Urteil für eine Tat, die sie nicht bestritt. Sie bestritt nur den Vorsatz.

Immer noch gab es keine Antwort auf die Frage, die Nicolas am meisten umtrieb: Warum hatte Julie sich nicht an ihn gewandt, an ihren Freund, ihren Liebsten, an ihn?

Immer wieder hatte er ihr diese Frage gestellt, bei seinen Besuchen in der Untersuchungshaft, bei ihren wöchentlichen Telefonaten, wenn er sie um 18 Uhr in der Telefonkabine im Besucherraum erreichen konnte.

Julie war ihm ausgewichen, hatte sich weggeduckt. Und er fand keinen Schlaf mehr.

Nicolas blickte die Rue Ambroise hinunter, die vom dicht befahrenen Boulevard wegführte, vorbei am »Bistrot Magenta« bis hinüber zu den Gleisen, die von der Gare du Nord in die Vororte im Norden führten, in die Banlieues von Paris.

»Dafür, dass das hier das härteste Drogenviertel der Stadt ist, lässt sich die Polizei aber selten blicken«, bemerkte er und deutete auf den Dealer, der zufrieden an einer Mauer lehnte und offen nach neuer Kundschaft Ausschau hielt.

»Ich meine, der hier ist doch ganz offensichtlich hauptberuflich im Drogenhandel tätig«, fuhr er fort. »Aber er scheint sich keine Sorgen zu machen, dass gleich eine Streife um die Ecke biegt.«

Roussel schlürfte hörbar unzufrieden an seinem Becher.

»Der weiß, dass keine kommen wird«, grunzte er missmutig.

Nicolas blickte ihn verwundert an.

»Was soll das heißen?«

»Das soll heißen, Bodyguard, dass es Orte gibt, an denen die Regeln, die du kennst, nicht gelten. Und Sken City ist so ein Ort, ich dachte, das hättest du mittlerweile begriffen. Damals, als ich noch hier im Einsatz war, gab es nur eine Methode: reinfahren, aufmischen, rausfahren, einbuchten. Heute lassen wir die Jungs einfach ihr Ding machen. Kaum zu glauben, aber wahr. Und weißt du, was das Beste daran ist?«

Nicolas schüttelte den Kopf.

»Dass es funktioniert. Sken City ist immer noch ein schlimmer Ort, der schlimmste vielleicht in ganz Paris. Aber er ist jetzt sauberer. Und besser ausgeleuchtet. Schau, dahinten, siehst du das?«

Nicolas blickte die Straße hinunter, in die Richtung, die Roussel ihm wies.

»Oben an der Wand, über dem Schaufenster.«

Jetzt sah es auch Nicolas.

»Eine Kamera«, murmelte er und drehte sich dann überrascht zu Roussel. »Heißt das, sie filmen hier alles? Und die harten Jungs wissen das und es ist ihnen egal?«

»Völlig«, antwortete Roussel. »Es ist so was wie ein gigantischer Deal und er hält nicht nur die Geschäfte auf den Straßen von Sken City am Laufen, sondern vor allem der Stadtverwaltung die gröbsten Probleme vom Hals.«

»Was ist denn bitte schön ein noch größeres Problem als Drogendeals auf offener Straße?«

Roussel nahm einen Schluck Kaffee und lächelte bitter. »Tote Junkies auf offener Straße, Nicolas. Und eine neue Aidswelle. Das wäre verheerend für das Image von Paris. Also haben sie vor einigen Jahren radikal den Kurs geändert und in Sken City einen Feldversuch gestartet.«

»Und wie sieht der aus?«

Roussel deutete auf den Dealer, der an der Wand lehnte und die junge Frau angrinste, die mit ihren beiden Pudeln auf ihn zukam. Die nächste Kundin, die nächste Einnahmequelle.

»Es ist ganz einfach. Die Stadt hat gewissermaßen den Drogenhandel in Sken City inoffiziell legalisiert. Oder sagen wir, man akzeptiert die Situation. Gleichzeitig will man die Anzahl der Aidstoten und der Hepatitis-Fälle senken. Indem man die Junkies davon abhält, sich Spritzen zu teilen oder verunreinigtes Besteck zu benutzen. Um die Ansteckung und Ausbreitung zu minimieren. Pass auf, gleich siehst du, was ich meine.«

Nicolas beobachtete, wie die Frau mit den beiden Hunden hastig ein kleines Röhrchen einpackte, was sie eben an der Straßenecke gekauft hatte. Ohne Umschweife überquerte sie die einspurige Straße und näherte sich dem Eingang eines Krankenhauses.

»Das Hôpital Lariboisière ist der Mittelpunkt von allem«, erklärte Roussel. »Hier kriegen sie alles, was sie brauchen.«

Nicolas sah, wie die Frau, die im Gehen auf ihr Handy starrte, an einen Kasten trat, der an der Wand hing, und einen münzgroßen Jeton herausnahm. Einige Meter weiter steckte sie ihn in den Schlitz eines Automaten, den Nicolas von weitem für einen Getränkeautomaten gehalten hatte. Die Frau lächelte, als etwas in das Ausgabefach fiel, nahm es heraus und steckte es in ihre Tasche. Dann zerrte sie ihre Hunde weiter.

»*Et voilà*«, bemerkte Roussel. »Eine saubere Spritze, sterilisierte Tücher, hygienisch einwandfreies Wasser. Alles für den Schuss, den sie sich gleich setzen wird.«

»Wahnsinn«, murmelte Nicolas und Roussel klopfte ihm auf die Schulter.

»Willkommen im echten Leben, Bodyguard. Ich weiß, deine Welt sind die Staatsempfänge und Business-Class-Flüge mit dem neuen Präsidenten. Apropos, wie ist er denn so, immer noch derselbe Frauenheld?«

Nicolas zuckte mit den Schultern. François Faure war weit weg, Nicolas hatte hier und jetzt andere Sorgen.

Ein Kleindealer, der seit der Razzia damals untergetaucht war, war zurück in der Stadt. Und wenn es stimmte, was Roussels Quellen ihm vor einigen Wochen zugetragen hatten, dann war ebendieser Mann in ebenjener Nacht, in der Julie eine junge Frau erschossen hatte, ebenfalls vor Ort gewesen. Jojos Name war in keiner Vernehmung gefallen. Rémy Foire hatte ihn nicht erwähnt und auch Julie erinnerte sich nicht an ihn. Jojo aber hatte auf der Straße geprahlt, den Einsatz aus nächster Nähe beobachtet zu haben – er habe sich unter einer Plane versteckt, unbemerkt von allen. Nur er kenne die Wahrheit, hatte er herumerzählt.

Wenn das stimmte, konnte er bezeugen, dass Julie in Notwehr von ihrer Schusswaffe Gebrauch gemacht hatte. Und dass sie zu Unrecht vor Gericht stand.

Es war eine dünne Spur. Aber es war die einzige, die sie hatten.

Die Frau mit dem rosafarbenen Handy war hinter einer Stahltür verschwunden, ihre Hunde hatte sie draußen angebunden.

»Dort ist die sogenannte *salle de shoot*«, erklärte Roussel. »Sie wurde extra für die Abhängigen eingerichtet, die sich dort ungestört ihr Skenan spritzen.«

Nicolas blickte auf Uhr und gähnte. »Und seit wann läuft das hier so?«, fragte er Roussel.

»Seit fast vier Jahren. Seit bei den großen Razzien hier im Viertel alles drunter und drüber ging, seit ...« Abrupt brach Roussel ab und blickte Nicolas an. Der nickte langsam und sie schwiegen beide für einen Moment.

»... seit es damals bei einer dieser Razzien eine Tote gab«, ergänzte Nicolas schließlich den Satz und blickte über den Boulevard hinweg in Richtung Sken City, wo Kameras an den Hausfassaden hingen und Süchtige sich nicht mehr die Spritzen teilten, aber immer noch die Aussicht auf ein verschwendetes Leben.

Roussel fuhr sich müde durchs Gesicht.

»Hör zu, Nicolas, wir wissen immer noch nicht, was damals wirklich in dem Abbruchhaus passiert ist. Und ob es stimmt, dass Julie ...«

Aber Nicolas hörte ihm nicht mehr zu.

Weil ihm plötzlich heiß wurde und kalt zugleich. Der Moment, den sie nicht verspielen durften, war tatsächlich gekommen.

»Ich verstehe, dass das alles nicht einfach ist, für dich und für …«

Nicolas hob eine Hand und machte ihm ein Zeichen, still zu sein. Roussel, der eben noch einen Schluck Kaffee nehmen wollte, setzte den Pappbecher wieder ab und blickte zur anderen Straßenseite.

»Dort drüben«, sagte Nicolas und deutete auf den Eingang des »Bistrot Magenta«, durch dessen Glasfront er bereits vor wenigen Sekunden den Umriss eines Mannes erkannt hatte, der in diesem Augenblick aus der Tür trat und dabei den Kragen seiner hellblauen Sportjacke hochstellte. Er zündete sich eine Zigarette an und blickte sich um.

»Scheiße, das ist er wirklich«, murmelte Roussel.

»Ja, das ist er«, erwiderte Nicolas und wollte gerade die Autotür öffnen, als Roussel ihm eine Hand auf die Schulter legte. Er spürte sie kaum. Nicolas spürte überhaupt sehr wenig in diesem Augenblick. Da war nur diese fieberhafte Ungeduld, sie kribbelte in seinen Beinen und in seiner linken Hand, die immer noch die Tür öffnen wollte, als wollte sie einen Jagdhund von der Leine lassen.

»Langsam, Cowboy«, sagte Roussel eindringlich und umfasste Nicolas' Schulter etwas fester. »Ich sage dir, wenn du jetzt einfach da rübergehst, dann ist er weg, noch bevor du die andere Straßenseite erreicht hast. Diese Jungs riechen uns zehn Meilen gegen den Wind. Da kannst du auch gleich im Häschenkostüm rüberhoppeln und ihn fragen, ob er eine Möhre für dich hat!«

Nicolas entspannte sich nur unwesentlich und beschloss, zumindest kurzfristig auf Roussel zu hören.

»Wir haben nur diese Chance«, murmelte er. »Nur diese eine, lange kann ich nicht warten. Wir haben schon zu lange nach ihm gesucht.«

Als Roussels Handy plötzlich klingelte, zuckte Nicolas zusammen.

Ich bin wirklich nervös, dachte er. Das hier darf nicht schiefgehen.

Roussel holte umständlich sein Handy aus der Jackentasche und blickte auf das Display. Unwirsch schüttelte er den Kopf.

»Was will der denn jetzt?«, knurrte er. »Der ist doch sonst um diese Zeit im Café oder beim Bäcker ...«

Auf der anderen Straßenseite stand der Mann in der hellblauen Sportjacke, rauchte unruhig eine Zigarette und blickte sich nach allen Seiten um. Der Dealer trug ausgewaschene Jeans und weiße, speckige Turnschuhe, seine Bewegungen waren fahrig, sein Blick gehetzt. Er kratzte sich am Unterarm und schlug die Arme um sich, um die Kälte zu vertreiben.

Nicolas beobachtete jede seine Bewegungen, er kannte die Gesichtszüge des Mannes auswendig, die Narben, die geschwungene Nase, das strähnige Haar. Nicolas trug dieses Gesicht auf einem Foto seit einigen Wochen mit sich herum. »Du wirst mir nicht entkommen«, murmelte er, während neben ihm Roussel den Anruf entgegennahm.

»Was ist los, Alphonse?«, zischte Roussel unwirsch in den Hörer, den er mit der linken Hand abdeckte, als könnte der Mann auf der anderen Straßenseite ihn sonst hören. Die Stimme in der Leitung klang aufgeregt, in der Normandie schien der Tag nicht sonderlich ruhig zu beginnen.

Alphonse, der diensthabende Beamte am Empfang des kleinen *Commissariat* in der Rue Désiré le Hoc in Deauville, schnaufte ins Telefon. Roussel stellte sich vor, wie er mit der linken Hand versuchte, die Überreste eine fettigen Croissants von seiner Diensthose zu wischen.

»*Salut*, Chef«, stammelte Alphonse nervös. »Entschuldigung, Sie hatten ja gesagt, wir sollen nicht anrufen, weil Sie ... ach, verdammt, warum geht das nicht ab ... also, jedenfalls ...«

Roussel rollte mit den Augen und blickte zu den Geschäften, wo in der Auslage eines Schmuckladens billige Uhren lagen. Er hasste billige Uhren.

»Alphonse, komm zur Sache! Oder gib mir Sandrine oder Yves! Oder irgendjemand anderen, wenn du nicht Bericht erstatten kannst, weil dir ein Croissant das Hirn verklebt!«

»*Pardon*, Chef, natürlich. Es ist übrigens eine Schnecke, also eine Rosinenschnecke, die haben nämlich drüben im Café jetzt auch …«

»Alphonse!«

»Ja, jedenfalls, Sandrine meinte, ich muss Sie dringend anrufen. Wegen des Mannes, meinte sie, weil …«

Ich werde ihn feuern, dachte Roussel. Ich werde den dicken Alphonse feuern, sobald ich wieder in der Normandie bin.

»Welcher Mann, Alphonse? Und bitte, beeil dich.«

»Natürlich«, stammelte Alphonse, der die schlechte Laune seines Chefs bemerkt hatte. »Also, sie sagte, ich soll Sie schnell anrufen, weil der Mann tot ist und weil hier … also, alle sind aufgebracht und natürlich vor allem der arme Hugo, der hat ihn schließlich …«

Roussel seufzte innerlich. Er hatte keine Wahl, er musste zum Äußersten greifen.

»Alphonse, hör mir zu«, unterbrach er mit bemüht sanfter Stimme seinen immer noch stammelnden Beamten, »ich zahle dir eine Woche lang jeden Morgen zwei Croissants und drei dieser neuen Rosinenschnecken, wenn du mir in drei kurzen Sätzen erklärst, was passiert ist.«

Er konnte die Ruhe förmlich spüren, die sich in Alphonse ausbreitete. Alles wurde zurechtgerückt, seine Gedanken ordneten sich, die Lage wurde klar und darstellbar.

»Im Hafenbecken treibt ein Toter, nackt, er wurde offenbar von der Flut hineingeschwemmt. Entdeckt hat ihn Hugo, der Besitzer der kleinen Fähre, beziehungsweise sein Hund Jalabert. Sandrine ist schon vor Ort.«

»Scheiße«, fluchte Roussel und blickte auf seine Uhr, die teurer war als die Hälfte der Auslage des Schmuckgeschäftes. Er liebte teure Uhren.

Er musste dringend zurück in die Normandie. Sie mussten die Angelegenheit hier in Sken City schnell zu Ende bringen.

»Hör zu, Alphonse, ihr müsst die Kollegen in Caen informieren, außerdem muss der Hafen abgesperrt werden, kein Schiff fährt raus. Die, die reinkommen, müsst ihr sofort überprüfen, findet heraus, ob auf einem der Kähne ein Besatzungsmitglied fehlt. Und jemand muss sich mit der Hafenmeisterei in Verbindung setzen und ihr braucht eine Strömungskarte und ihr müsst ....«

»Das habe ich alles schon erledigt, Chef«, sagte Alphonse mit stolzem Ton. »Alles schon geregelt, wir haben alles im Griff.«

Es war plötzlich still im Innern des Wagens. Roussel hielt immer noch den Pappbecher in seiner Hand, wie in der Bewegung eingefroren.

»Also, Chef, das klingt prima ... jedenfalls ... die haben auch diese kleinen Brioches im Café gegenüber, die sollen köstlich sein, vielleicht könnten wir variieren ... also zum Beispiel dienstags ein Croissant und eine Brioche und mittwochs vielleicht ... Chef, Sie sagen ja nichts ... nein, mittwochs habe ich Frühdienst, da haben sie die Pain aux chocolats, ich könnte Ihnen eine Liste ...«

Alphonse' Stimme verschwand abrupt, als Roussel die Verbindung unterbrach und mit offenem Mund hinüber in die Rue Ambroise Paré blickte.

Er begriff nicht, was er dort sah, und das lag nicht an dem Mann in der hellblauen Sportjacke, der panisch den Bürgersteig entlangrannte, Passanten anrempelte und fast kopfüber in die Gosse stürzte, bevor er sich gerade noch fing und weiterhastete, den Blick aus weit aufgerissenen Augen über die Schulter gerichtet, als wäre der Teufel persönlich hinter ihm her.

Nein, das, was Roussel in diesem Augenblick einfach nicht verstehen wollte, war die Tatsache, dass der Teufel dem Mann ähnelte, der eigentlich neben ihm am Steuer sitzen sollte.

Er sah wie Nicolas rannte, als würde ein ganzes Leben davon abhängen, ob er den Mann in der hellblauen Sportjacke erwischte oder nicht. Zwei Leben, dachte Roussel. Es hingen zwei Leben davon ab.

Und das war sein letzter geordneter Gedanke, bevor er das Fenster runterkurbelte und seinen halb vollen Pappbecher auf den Bürgersteig schleuderte, wo sich die braune Flüssigkeit mit den Ausscheidungen einer Pariser Taube mischte.

»Ich hasse diesen Ort!«, brüllte er, wuchtete sich auf den Fahrersitz und schoss nur drei Sekunden später mit quietschenden Reifen aus der Parklücke. Wild hupend riss er das Steuer herum und zog brutal an der Handbremse. Der Wagen schleuderte mitten auf der Fahrbahn herum, Roussel drückte das Gaspedal durch und schoss gerade so durch eine schmale Lücke im Verkehr, quer über den Boulevard und hinein in die Rue Ambroise Paré.

Mitten hinein in den zuckenden Leib von Sken City.

KAPITEL 3

Paris

Es lagen fünfzig Meter zwischen ihm und dem Mann, die Rue Ambroise Paré war nicht sonderlich lang, weiter vorne konnte Nicolas bereits die Züge hören, die die Gare du Nord verließen, Richtung Lille und Brüssel.

»Aus dem Weg, Monsieur!«, schrie er einen alten Mann an, der vor ihm die Straße überquert hatte und der sich jetzt, mit einer Zeitung unter dem Arm, auf eine Bank am Straßenrand setzen wollte. Im Vorbeirennen rempelte er eine junge Frau an, er wollte sich entschuldigen, aber er musste weiter, seine Schulter brannte. Mit einem Satz hechtete er an dem alten Mann vorbei, der ihn erstaunt anschaute.

Nicolas kam hart auf dem Asphalt auf, als er über einen umgekippten Mülleimer sprang. Für eine Verfolgungsjagd durch Sken City war er alles andere als passend gekleidet, und nun rannte er im dunklen Anzug und mit feinen Lederschuhen durch die Rue Ambroise Paré und der Mann vor ihm trug Turnschuhe und hatte darüber hinaus auch noch Heimvorteil.

Nicolas war leise aus dem Wagen gestiegen, als Roussel durch das Telefonat abgelenkt war. Er war über den Zebrastreifen gegangen, hatte versucht, in der Menge unsichtbar zu werden und sich dem Mann unbemerkt zu nähern.

Es war ihm fast gelungen.

Dann hatte der andere sich plötzlich hektisch umgeblickt, es war das nervöse Misstrauen der Junkies, und als ihre Blicke sich trafen, über die Köpfe der Menge hinweg, da hatte Nicolas bemerkt, dass der Mann in Panik war.

Nicht seinetwegen, womöglich war es nur fehlendem Stoff oder fehlendem Geld oder beidem geschuldet. Ein Junkie, der nicht mehr in den Knast wollte, kannte nur eine Richtung, wenn die Angst sich meldete.

Weg, so schnell wie möglich.

Der Mann, den hier in Sken City alle Jojo nannten, weil er sich im Leben mal unten und mal oben befand, wie eine dieser Rollen, die man an einem dünnen Faden durch die Luft surren ließ, dieser Mann war einfach losgerannt, die Rue Ambroise Paré entlang, und Nicolas war aus der Menge ausgebrochen und dabei fast von einem Linienbus erfasst worden.

Vor ihm erreichte Jojo im vollen Lauf die Rue de Maubeuge, die entlang der Gleise Richtung Norden verlief, und Nicolas folgte ihm durch ein kleines Eisentor, hinter dem eine Rolltreppe hinunter auf die Gleise der Gare du Nord führte. Als Nicolas sich kurz umdrehte, sah er, wie Roussel mit dem Wagen um die Ecke geschossen kam. Er machte ihm ein Zeichen und Roussel schoss weiter. Dass er dabei das Wort »Arschloch« schrie, bekam Nicolas nicht mehr mit, weil er bereits die Rolltreppe hinunterstürmte. Weiter unten sah er einen hellblauen Flecken, Jojo rannte um die Ecke, ein Seitengleis der Gare du Nord entlang. Nicolas nahm zwei Stufen auf einmal und kam schließlich unten an, wo er im vollen Lauf um die Ecke bog.

»*Merde!*«, schrie er, aber da war es bereits zu spät.

Er stürzte über das ausgestreckte Bein einer jungen Frau, die an der Wand lehnte, im kurzen Minirock und mit greller Schminke im Gesicht. Sie warf ihm ein spöttisches Lächeln zu, als er im hohen Bogen durch die Luft flog, und er dachte noch, sie müsste einmal hübsch gewesen sein. Nicolas ließ die Luft aus seinen Lungen entweichen, kurz bevor er auf dem Boden aufprallte, aber es half nur wenig. Der Schmerz schoss in Wellen durch seinen Körper, als er auf dem Asphalt aufschlug und nach einer missglückten Rolle über die rechte Schulter gegen einen gusseisernen Mülleimer prallte.

»Willkommen in Sken City«, rief die Frau ihm zu, während sie einen billigen Nerzmantel überwarf. Von seiner liegenden Position aus konnte Nicolas sehen, wie Jojo ihr zuwinkte, bevor er einen Regionalzug bestieg. Direkt hinter ihm schlossen sich die Türen und Nicolas hörte die Lautsprecherdurchsage:

»*Gleis 1, Abfahrt des Regionalzuges nach Beauvais. Nächster Halt Saint-Denis.*«

Nicolas sprang auf die Beine, blickte für eine Sekunde auf seinen verdreckten und zerrissenen Anzug und dann hinüber zum Zug, in dessen letztem Abteil Jojo stand und ihn angstvoll anstarrte.

»Es ist noch lange nicht vorbei«, murmelte Nicolas und rannte los, hastete über den Bahnsteig, längs des Zuges, der sich jeden Augenblick ruckelnd in Bewegung setzen würde. Nicolas wusste, dass er die Türen nicht mehr würde öffnen können, er wusste, dass es keine Möglichkeit gab, diesen Zug aufzuhalten.

Aber weiter vorne sah er eine schmale Steintreppe, die seitlich vom Bahngleis hinauf zu einer Straße führte, die parallel zu den Gleisen lag. Und von dort waren es nur wenige Schritte bis zum Boulevard de la Chapelle.

Das war seine letzte Chance und die würde er nutzen.

Mit schmerzverzerrtem Gesicht sprintete Nicolas weiter, mittlerweile hatte er den Kopf des Zuges erreicht, der ruckelnd aus der Gare du Nord herausfuhr. Er lief jetzt im hohen Tempo über das Bahngleis, fast hatte er die kleine Steintreppe erreicht. Nicolas zählte von weitem die Stufen, die hinaufführten. Fast schien es ihm, als könnte er sich selbst dabei zusehen, wie er kurz darauf die Treppe hinaufflog, den Kopf nach vorn gebeugt, den Blick auf die Füße gerichtet, in Gedanken bereits zehn Schritte weiter.

Als er oben Asphalt unter seinen Füßen spürte, atmete er aus, stoppte jedoch nicht. Weiter vorne sah er bereits die ersten Autos, die auf dem Boulevard de la Chapelle unterwegs waren, rechts unter sich sah er die Waggons des Zuges, der im noch langsamen Tempo aus dem Bahnhof herausfuhr.

In etwa fünfzig Metern mündete die Straße in den Boulevard, der als Hauptverbindung zwischen der Gegend um Sacre-Cœur und dem Canal Saint-Martin diente. Und der nur wenige Meter von Nicolas entfernt die Gleise der Gare du Nord überquerte, auf einer Stahlbrücke, über die sich in diesem Augenblick der Verkehr schleppte.

Nicolas sah, dass die ersten beiden Waggons des Zuges bereits unter der Brücke verschwunden waren.

Mit einem großen Satz übersprang er eine Absperrung und schrammte sich dabei das Bein auf.

Nicolas war sich durchaus bewusst, dass er als Jäger eine miserable Figur abgab, Sken City war nun mal nicht sein Terrain. Aber Jojo durfte ihm einfach nicht entwischen.

Mit einem lauten Knall landete er auf der Motorhaube eines Wagens, rutschte runter und sprang auf die Füße. Er fand die Lücke im Verkehr, hechtete hindurch und schoss auf das Geländer zu. Unter ihm ertönte ein Rattern, die letzten Waggons des Zuges fuhren unter der Brücke durch.

Jetzt galt es, jetzt oder nie.

Sie hatten vor ein paar Wochen schon einmal nach Jojo gesucht, Roussel und er, aber vergeblich. Immer wieder hatten sie nachts die Straßen durchforstet, hatten Eingänge und Häusernischen ausgeleuchtet, unter Brücken und in U-Bahn-

Schächten nachgesehen und dabei hatten sie viel geredet, mehr als je zuvor. Über das Leben und den Tod, über das, was einem durch den Kopf ging, wenn man halb ohnmächtig auf einem Stahlkasten mitten im Meer den Tod erwartete, oder in einem Konzertsaal von Paris, in jenem Augenblick, da das Leben, das man liebte, sich für immer änderte. Und ab und zu hatte Nicolas verstohlen zur Seite geblickt und gesehen, wie Roussels Augen glitzerten, weil das Leben manchmal mehr von einem verlangte, als zu verkraften möglich war.

Und jetzt endlich war es so weit.
Jetzt würde er springen.

Neben Nicolas hupte wütend der Fahrer eines Kleinlasters, sein Schienbein schmerzte, seine Schulter fühlte sich an, als sei sie ausgekugelt, sein Atem ging schnell und unkontrolliert.

Noch zehn Meter bis zur Brüstung.

Nicolas sah die Hochhäuser in der Ferne, den grauen Himmel, es schneite jetzt wieder, aus den Augenwinkeln nahm er wahr, dass ein Wagen quer auf dem Bürgersteig stand.

Fünf Meter.

Er schätzte die Höhe bis zum Dach des Zuges auf weniger als drei Meter, das Geländer mit eingerechnet.

Es war zu schaffen.

Eine ältere Dame hielt sich erschrocken die Hand vor den Mund, als sie erkannte, was er vorhatte, eine Taube flatterte von der Brüstung auf, erbost über die Störung.

Nicolas' Hand schoss nach vorne, er wollte das Geländer mit einem Satz überspringen, er versuchte sich zu konzentrieren.

Ausatmen.
Jetzt.

Er hörte ihn nicht kommen.
Er spürte nur den Aufprall.

Und hörte den Schrei.
»Nein!!!«

Roussel musste kurz vor ihm abgesprungen sein, aus vollem Lauf, ohne Rücksicht auf die eigene Gesundheit, die immer noch angeschlagen war, ohne Rücksicht auf eine ältere Frau, die noch immer ihre Hand vor den Mund hielt, mit aufgerissenen Augen, und ohne Rücksicht auf die Taube, die zwei Meter über der Brüstung wie festgefroren am Himmel stand, mit ausgebreiteten Flügeln und leicht geöffnetem Schnabel.

Roussel krachte mit der rechten Schulter voran in ihn hinein, riss ihn um neunzig Grad zur Seite, während die Hochhäuser in der Ferne aus seinem Blick kippten. Einen Wimpernschlag später krachten sie beide gegen den harten Stahl des Geländers, Roussel wurde über ihn hinweggeschleudert und landete zwei Meter weiter auf dem Asphalt. Nicolas spürte die Luft aus seiner Lunge entweichen wie aus einem Luftballon, der Schmerz eroberte überfallartig seinen ganzen Körper. Er musste sich eine Rippe gebrochen haben.

Am schlimmsten jedoch war das Geräusch eines Zuges, der unter ihnen Richtung Norden davonfuhr.

Mit einem Ruck war Nicolas auf den Beinen, sein Herz raste, seine Wut musste raus, seine Enttäuschung ebenfalls. Er sprang zu Roussel, packte ihn am Kragen, riss ihn hoch und zerrte ihn an das Geländer.

»Scheiße! Siehst du das, Roussel, da unten fährt ein Zug! Sieh genau hin, was du angerichtet hast! Ich könnte dir …«

Weiter kam er nicht, weil Roussel in diesem Augenblick das rechte Knie hochriss und es Nicolas zwischen die Beine rammte. Ihm wurde schlecht und Roussel nutzte diesen kurzen Moment, um sich von ihm loszureißen. Dann schlug er ihm mit der Faust ins Gesicht, Nicolas stolperte und fiel, sein Hinterkopf krachte hart gegen den Asphalt.

Für einen kurzen Moment war alles weg.

Als er wieder zu sich kam, sah er grauen Himmel über sich und Roussel, der sich zu ihm herunterbeugte.

Er lächelte, schief zwar, aber immerhin.

»Du bist ein Vollidiot, Nicolas Guerlain«, sagte er leise und hielt ihm überraschenderweise die Hand hin.

»Mann, Roussel«, stöhnte Nicolas und betastete dabei seinen Kiefer. »Der Zug ist weg. Schlag mich ruhig, aber Jojo ist uns entwischt. Und das ist alleine deine Schuld.«

Roussel half ihm auf, schob ihn vorsichtig an die Brüstung und zeigte hinunter auf die Gleise.

»Jetzt hör mir mal zu, Bodyguard«, zischte er. »Ich habe dir gerade den Arsch gerettet. Und jetzt reißt du dich zusammen und kommst mit. Dieser beschissene Zug hält in sieben Minuten in Saint-Denis. Ich setze jetzt das Blaulicht auf das Wagendach und du fährst uns dahin, weil ich nämlich mit Sandrine in Deauville telefonieren muss. Da treibt ein toter Mann in meinem Hafenbecken und ich will wissen, was der da zu suchen hat. Also hör auf zu jammern!«

Nicolas atmete schwer, während er Roussel anblickte.

»Also gut«, sagte er schließlich. »Lass uns fahren.«

Als sie zum Wagen hasteten, den Roussel schräg auf den Bürgersteig gestellt hatte, wurde der Schneefall dichter, die Lichter der Stadt verschwammen vor Nicolas' Augen, er fuhr sich durchs Gesicht.

Es ist noch nicht vorbei, Julie, dachte er und schmeckte dabei sein eigenes Blut auf den Lippen.

Dann atmete er langsam aus und drehte den Zündschlüssel um.

In sechs Minuten würde der Zug den nächsten Bahnhof erreichen.

KAPITEL 4

Deauville
Zur gleichen Zeit

Sandrine Poulainc war seit 17 Jahren bei der Polizei, davon immerhin acht Jahre im *Commissariat* von Deauville. Sie hatte vieles erlebt und vieles gesehen, aber noch nie einen nackten Mann, den das Meer tot durch die Hafeneinfahrt getrieben hatte. Ein scharfer Wind wirbelte vor ihren Füßen das Wasser auf, sie stand unter den Platanen und zog fröstelnd den Reißverschluss ihres Mantels höher. Wenige Meter entfernt schaukelten zwei Fischkutter in den Wellen, auf den Holzplanken lagen die Überreste eines ertragreichen Morgens. Den Fang hatten die Fischer bereits vor einer Stunde an die kleine Markthalle von Trouville geliefert, normalerweise waren sie um diese Uhrzeit dabei, ihre Kutter zu reinigen und sie startklar zu machen für die nächste Ausfahrt, hinaus in den Ärmelkanal, über dem sich in diesem Augenblick graue Wolken auftürmten.

»Was für ein Mistwetter«, murmelte Sandrine Poulainc und beneidete die Fischer, die sich in ihre warme Stammkneipe in der Altstadt zurückgezogen hatten, weil die Polizei das gesamte Hafenbecken abgesperrt hatte. Alle Kutter waren geräumt worden, Sandrine hatte ihre Kollegen angewiesen, jeden zu befragen, der ihnen unter die Finger kam, Fischer, Anwohner, Marktverkäufer, Touristen. Wobei Letztere in dieser Jahreszeit und erst recht bei diesem Wetter selten waren.

Die klamme Feuchtigkeit kroch Sandrine in die Knochen,

das Licht in diesen Tagen war merkwürdig milchig. Morgens wachte sie regelmäßig mit einer bleiernen Müdigkeit auf.

Und zu allem Übel trieb Roussel sich in Paris herum. Sie hoffte, dass er bald zurückkehrte, weil sie seine schlechte Laune vermisste und ihn selbst auch, gerade morgens, nach dem Aufwachen, wenn sie nicht in die Kälte wollte.

Auch wenn sie ihre Zweifel hatte, ob Roussel es wirklich ernst meinte mit ihrer Beziehung.

Aber sie mochte sich täuschen, das hoffte sie zumindest.

Das blaue Licht eines Einsatzfahrzeuges flackerte durch die Äste der Platanen. Sandrine sog die kalte Luft ein, es brannte in ihren Lungen. Kurz darauf vernahm sie zaghafte Schritte hinter sich auf der gekiesten Promenade. Dazu das aufgeregte Hecheln eines kleinen Hundes.

»Na, Jalabert«, sagte sie, als sie sich umdrehte, »da hat dein Herrchen uns aber einen ganz schönen Schrecken eingejagt, vorhin, nicht wahr?«

Der Hund schnüffelte an einem der Bäume, zwischen denen Nebelfetzen hingen, war aber offensichtlich zu müde, um das Bein zu heben.

Sandrine nickte Hugo zu, dem Betreiber des Bac, der kleinen Fähre, die Deauville und Trouville bediente.

»*Salut*, Hugo.«

»*Bonjour*, Mademoiselle Poulainc«, sagte der junge Mann mit leicht zittriger Stimme. Hugo war der Sohn der Besitzer des »Le Normand«, eines der angesagtesten Restaurants am Hafen. Sandrine mochte ihn sehr, weil er dem Leben stets mit einem breiten Lächeln begegnete. Hugo war geistig leicht zurückgeblieben, nicht viel, aber gerade genug, dass er lange Jahre in der Schule deswegen gehänselt worden war. Dann hatte er sich entschieden, die Fähre am Hafen zu übernehmen, nachdem der Besitzer gestorben war, und gemeinsam mit seinem kleinen Mischlingshund Jalabert war er zu einer Art Maskottchen der Stadt geworden.

Und nun stand er vor ihr und wusste nicht, wohin mit sich.

»Schlimme Sache, hm?«, sagte sie und berührte ihn kurz an der Schulter. »Ist alles okay, Hugo?«

Der Mann vor ihr blickte in das Hafenbecken, wo in diesem Augenblick ein Boot der Hafenbehörde durch das Wasser pflügte. Sie beide wussten, was das Schiff geladen hatte.

»Plötzlich ... trieb er da«, stotterte Hugo mit leiser Stimme. »Ich meine ... es war ja nicht viel los, nur die alte Clothilde, sie macht ja immer ihren Spaziergang und ... sie wollte rüber ... und auf der Fahrt zurück habe ich ihn dann gesehen.«

»Ist gut, Hugo.«

Sandrine schluckte, als Hugo sie plötzlich mit seinen Armen umschloss, wie ein kleines Kind auf der Suche nach Trost.

»Er sah so ... tot aus. Ganz leer. Weißt du?«

»Ich weiß, Hugo. Aber du hast das Richtige gemacht. Du hast uns angerufen und du hast ihn nicht angerührt.«

»Nein, das habe ich nicht, versprochen!« Er zog lautstark die Nase hoch, als er sich von ihr löste.

»Warum ist er nackt?«, fragte er plötzlich, als habe ihn die Frage die ganze Zeit schon beschäftigt.

Sandrine blickte ihn nachdenklich an und schüttelte dann den Kopf.

»Das wissen wir noch nicht, Hugo.«

Tatsächlich hatte der Leichnam ohne jegliche Kleidung im Wasser getrieben. Splitterfasernackt, als habe ihm das Leben nichts mitgeben wollen auf seiner letzten Reise. Sandrine fragte sich, ob das wohl eine Strafe war. Oder ob der Fremde sich absichtlich so aus dem Leben verabschiedet hatte, wie er es begonnen hatte – nackt, von Wasser umgeben. Sandrine dachte an das Foto auf ihrem Handy, das einer der Hafenbeamten ihr vor wenigen Minuten vom Schiff aus zugesandt hatte. Sie hatten die Leiche mit einem Haken vorsichtig an Bord gezogen, nachdem sie fotografiert hatten, wie sie im Wasser trieb.

Tatsächlich war ihr der Tote völlig unbekannt, auch die

anderen Kollegen hatten keine Ahnung, wer der Mann sein konnte. Es gab weder eine Tätowierung noch andere besondere körperliche Merkmale, auch keinen Ehering.

Als das Schnellboot an der Hafenmauer festmachte, schickte sie Hugo zu seiner Mutter ins Restaurant.

»Für heute hast du genug gesehen«, verabschiedete sie ihn und blickt ihm und seinem Hund einen Augenblick nach, während der Wind durch die Äste fuhr und eine Holzplanke an Land geschoben wurde.

»Nun denn«, murmelte sie und blickte auf die Uhr. Bis die Kollegen der Spurensicherung aus Caen eintrafen, würde sie das Hafenbecken nicht freigeben. So hatte Roussel es ihr über Alphonse aufgetragen.

Als sie das kleine Motorboot betrat, schwankte es kurz, sie nickte den beiden Hafenbeamten zu.

»*Salut*«, sagte sie und blickte dann auf den Toten, der auf einer Plane mitten an Deck lag. Sie musste schlucken, als sie sah, was das Wasser des Ärmelkanals mit dem Leichnam angerichtet hatte.

In dieser Offensichtlichkeit besuchte der Tod eher selten die Normandie.

Er war nicht mehr der Jüngste, so viel konnte sie erkennen. Sie schätzte ihn auf Mitte sechzig, er war muskulös, sein Haar mit Grau durchzogen. Sein Brustkorb war kräftig, seine Arme ebenso.

Könnte ein attraktiver Mann gewesen sein, dachte Sandrine Poulainc.

Sein Gesicht war bereits leicht deformiert und aufgeschwemmt, aber noch wirkte es menschlich. In ihrem Rücken gingen die beiden Beamten über die Planke an Land, schon hatten sich ein paar Schaulustige unter den Platanen eingefunden.

Sandrine Poulainc beugte sich zu dem Mann hinab und blickte ihm ins Gesicht.

»Wer bist du?«, flüsterte sie und musterte sorgfältig das Haar, das Kinn, die Hände. Seine Augen waren hellgrau, die Nase leicht gebogen. Sie zog sich ein Paar Latexhandschuhe an und drehte seinen Kopf zur Seite. Eine tiefe Wunde klaffte am Hinterkopf, das Haar war blutverkrustet.

Der unbekannte Tote im Hafenbecken war definitiv nicht von alleine ins Wasser gegangen.

Als ihr Handy klingelte, zuckte sie zusammen.

»Typisch Roussel, immer im falschen Moment«, murmelte sie und hob entschuldigend beide Hände, als eine Möwe, die auf der Reling Platz gefunden hatte, sie vorwurfsvoll anblickte. Mit vor Kälte starren Fingern fischte sie das Handy aus ihrer Jackentasche, ohne den Blick von dem Leichnam zu lösen.

»Irgendwo gibt es jemanden, der dich vermisst«, murmelte sie, und wenn sie später an diesen Moment zurückdachte, dann war es immer wieder dieser Gedanke, der ihr in den Sinn kam. Weil er richtig und falsch zugleich war, aber das konnte sie zu diesem Zeitpunkt noch nicht wissen. Stattdessen wunderte sie sich über die Geräusche, die aus dem Handy zu ihr drangen und die so gar nicht zu der winterlichen Stille im Hafen von Trouville passen wollten: Hupen, Fluchen, das schrille Quietschen misshandelter Autoreifen und die Schreie eines Mannes, der offenbar versuchte, den Fahrer darüber zu informieren, dass sie beide sterben würden, wenn er so weiterraste.

»Das ist eine rote Ampel! Nicolas, hast du verstanden, eine rote ... Oh, verflucht!«

»Roussel? Wo bist du? Was macht ihr?«

»Sandrine! Ich wollte nur ... ich musste nur ... warte, ganz kurz ... Scheiße, doch nicht auf die Gegenfahrbahn!«

»Wir haben noch drei Minuten, Roussel. Ich habe keine Zeit, mich ganz hinten in den Stau zu stellen.«

»Das weiß ich! Aber ... Sandrine, bist du noch dran?«

Sandrine blickte über das Wasser hinüber zum alten Casino von Trouville, von dem der Putz abbröckelte und das seinen gewaltigen Schatten auf die Wasseroberfläche warf. Im Gegensatz zum wesentlich eleganteren Casino von Deauville, auf der anderen Seite der Touques, war in Trouville der erhoffte Geldsegen durch den Besuch möglichst vieler und möglichst betuchter Spieler ausgeblieben.

Sandrine hatte sich dort schon immer wohler gefühlt, wo die Luft nach Fisch roch und nicht nach schnellem Geld.

»Ich hör euch, Roussel. Was ist denn bei euch los?«

Wieder erklang lautes Hupen.

»Das ist eine lange Geschichte«, seufzte Roussel. »Hör zu, bevor ich gleich bei einem Autounfall sterbe, wollte ich dir unbedingt noch sagen ...«

»... dass du mich liebst«, ergänzte Sandrine seinen Satz mit einem kleinen bitteren Lächeln.

»... dass ihr unbedingt herausfinden müsst, wie stark die Strömung in der vergangenen Nacht war ... da vorne, Nicolas! Nimm die Straße dort, nein, nicht die! Die dort, rechts, jetzt rechts! *Oh, merde!*«

Sandrine sah vor ihrem inneren Auge, wie Roussel neben Nicolas auf dem Beifahrersitz saß und sich krampfhaft am Türgriff festhielt.

»Hör zu, Roussel, das habe ich natürlich bereits veranlasst. Aber so einfach ist das nicht, das weißt du ganz genau. Der Ärmelkanal ist kein kleiner Teich, hier treffen mehrere Strömungen aufeinander. Der Atlantik drückt von Westen, die Seine-Mündung vom Land und die Gezeiten müssen mitberechnet werden. Wir geben unser Bestes. Und wenn du mich fragst: Irgendwie glaube ich nicht, dass er von Bord eines Fischerbootes gefallen ist. Nur so ein Gefühl ...«

In knappen Worten erzählte sie Roussel, in welchem Zustand der Tote in das Hafenbecken hineingetrieben war. Nackt und auf den ersten Blick ohne sichtbare Verletzungen am Körper.

Da war nur die tiefe Wunde am Hinterkopf, die auf einen Schlag von hinten hinweisen könnte.

»Ein nackter Toter, den das Meer ausgerechnet in unseren Hafen drückt, kann ich nicht einmal wegfahren, ohne dass etwas passiert?«, schimpfte Roussel. Sandrine konnte seine zerknautschte Miene förmlich vor sich sehen.

»Und trotzdem«, fuhr er fort, »schaut euch die Strömungen ganz genau an, klappert die Häfen ab, die Fischereibehörde, werft einen Blick auf die Vermisstenanzeigen. Von irgendwo muss er ja kommen!«, brüllte Roussel weiter, als wolle er die Distanz zwischen Paris und der Côte Fleurie in der Normandie alleine mit seiner Stimme überbrücken.

»Vielleicht ist es ja ein Nacktmodel beim Badeurlaub!«, hörte sie Nicolas' Stimme im Hintergrund, offenbar hatte Roussel den Lautsprecher seines Handys eingeschaltet, weil er beide Hände brauchte, um sich festzuhalten.

»Halt die Klappe, Bodyguard, und sieh zu, dass ich hier heil rauskomme!«, schrie ihn Roussel an.

Sandrine streckte sich und ließ ihren Blick über das Hafenbecken schweifen. Eine Wand aus dunklen Wolken rückte immer näher. Es würde sie nicht wundern, wenn es auch noch zu schneien anfangen würde, als kleiner Nachschlag an einem ohnehin unappetitlichen Tag.

Als sie zur anderen Seite blickte, wo der Pont des Belges die Touques überquerte, sah sie eine einzelne Gestalt, die leicht humpelnd zu ihnen herüberkam. Sandrine runzelte die Stirn.

»Hör zu, Roussel, wir kümmern uns hier um alles. Und die Jungs in der Gerichtsmedizin in Caen sollen mal Gas geben, wir brauchen mehr Infos.«

»Macht das«, brüllte Roussel in den Hörer, »ich für meinen Teil komme so schnell wie möglich, aber derzeit kann ich noch nicht mal absehen, ob ich die nächste Straßenkreuzung überlebe!«

»Wir sind da«, hörte Sandrine Nicolas sagen.

»Wo seid ihr?«, fragte sie und blickte erneut zu der Gestalt hinüber, die jetzt rasch näher kam, angeschoben von einem kräftigen Rückenwind und einer enormen Portion Vorfreude. Endlich erkannte Sandrine, wer da unter den Platanen auf sie zukam.

Sie machte den Beamten ein Zeichen, die junge Frau durch die Absperrung zu lassen.

»Hör zu, Roussel«, sagte sie mit fester Stimme und gegen den aufkommenden Wind, der tatsächlich die ersten Schneeflocken mitbrachte.

»Roussel? Seid ihr noch da? Roussel!«

Aber Roussel hatte aufgelegt. Oder sein Handy war aus dem fahrenden Wagen geschleudert worden. Oder es lag im Wrack eines lichterloh brennenden Fahrzeuges, das kopfüber auf einer Straßenkreuzung lag.

»Idiot!«, fluchte sie und beschloss, nicht weiter an ihn zu denken. Stattdessen blickte sie hinüber zu der jungen Frau, die frierend am Hafenbecken stand und ihr zuwinkte. Sandrine machte ihr ein Zeichen und sah zu, wie sie mit einigen eifrigen Schritten über die Planke zu ihr an Bord des Motorbootes kam.

Sandrine musterte sie aufmerksam.

Die junge Frau, die ihr gegenüberstand, war erwachsen geworden, auch wenn der Grund dafür kein guter war.

»Du solltest nicht hier sein«, sagte Sandrine schließlich.

Und die junge Frau, die im Sommer wie durch ein Wunder eine Explosion auf dem amerikanischen Friedhof von Colleville-sur-Mer überlebt hatte und danach zwei Monate im

Krankenhaus gelegen hatte, diese junge Frau lächelte, wie so oft.

»Ich dachte mir, ihr könntet vielleicht ein bisschen Hilfe gebrauchen. Und die Ärzte sagen, ich könnte ein bisschen frische Luft gebrauchen und … in meiner Dienststelle vertreibt man sich die Zeit mit Fliegenklatschen. Alphonse im *Commissariat* hat sich gefreut und mich zu dir geschickt! Ich hoffe, du freust dich auch!«

Sie redet immer noch wie ein Wasserfall, dachte Sandrine.

Sie freute sich tatsächlich sehr über den überraschenden Besuch von Claire Cantalle, ehemalige Praktikantin der Polizei in Deauville, ehemaliges Küchenmädchen auf dem mittlerweile verkauften Anwesen des Comte von Tancarville und jetzt Polizeischülerin in Caen.

»Schön, dich zu sehen, Claire«, sagte sie und nahm sie fest in den Arm.

Für einen Moment standen sie so, bis Claire die Leiche zu ihren Füßen entdeckte und mit einem spitzen Schrei zur Seite sprang, sodass Sandrine sie nur mit einem beherzten Griff davon abhalten konnte, über die Reling ins kalte Wasser des Hafenbeckens zu fallen.

»Du kommst gerade richtig«, schmunzelte Sandrine. »Wir können tatsächlich jede Hilfe gebrauchen – ganz besonders deine.«

Mit immer noch blassem Gesicht blickte sich Claire um.

»Wo ist Roussel?«, fragte sie.

»Bei Nicolas«, antwortete Sandrine Poulainc und ging über die Schiffsplanke zurück an Land.

»Und wo steckt der?«, fragte Claire, die hinter ihr von Bord humpelte, nicht ohne einen letzten Blick auf den toten Mann zu werfen, der sie aus leeren Augen anstarrte.

Sandrine dachte, dass Claire ernster geworden war. »Die beiden sind in Paris. Mehr weiß ich nicht, Claire. Sie hatten beide gerade nicht wirklich Zeit zum Reden.«

»Geht es um Julie?«

»Natürlich«, erwiderte Sandrine mit einem Lächeln. »Geht es nicht immer um Julie?«

KAPITEL 5

Paris
Zur gleichen Zeit

Der Grund für das abgebrochene Gespräch zwischen Paris und der Normandie war weder ein aus dem Seitenfenster katapultiertes Handy noch ein ausgebranntes Auto auf der Mitte einer Straßenkreuzung, sondern einzig und alleine ein halb voller Pappbecher mit schlecht schmeckendem und darüber hinaus mittlerweile kalt gewordenem Kaffee. Der Becher steckte in einer Halterung in der Mittelkonsole, der Deckel hatte sich gelöst und Roussel blickte ungläubig auf sein Handy, das in diese aufgebrühte Unverschämtheit von Kaffee gefallen war und dort jämmerlich absoff, ohne ein letztes Lebewohl zum Abschied.

Er selbst hatte eine schmerzende Beule an der Stirn, weil Nicolas den Wagen mit einer Vollbremsung vor dem kleinen Bahnhof von Saint-Denis gestoppt hatte, ohne Rücksicht auf den Beifahrer, der mit dem Kopf gegen das Handschuhfach knallte, und ohne Rücksicht auf den Linienbus, der hinter ihnen gerade noch ausweichen konnte und dabei über eine Verkehrsinsel bretterte.

Roussel vergewisserte sich im Rückspiegel, dass niemand ernsthaft zu Schaden gekommen war, und wollte gerade Nicolas die Bedeutung eines Diensthandys für einen ermittelnden Beamten erläutern, als er den leeren Fahrersitz und die geöffnete Seitentür bemerkte, durch die kalte Luft in den Wagen strömte.

»Ach, leck mich doch, Bodyguard«, fluchte er und fischte sein Handy aus dem Kaffee.

Nicolas bekam von alldem nichts mit, er rannte bereits über den Bahnhofsvorplatz, schoss durch eine Gruppe Jugendlicher und erreichte drei Sekunden später das Gleis, wo sich in diesem Augenblick die Türen des Vorstadtzuges schlossen.

Nicolas blickte sich um, aber von Jojo, dem Mann in der hellblauen Sportjacke, fehlte jede Spur. Er musste noch im Zug sitzen.

Mit einem Satz war Nicolas bei der vordersten Tür und quetschte im letzten Augenblick die Finger seiner rechten Hand hindurch, kurz bevor sie sich mit einem Zischen schließen konnte.

»Scheiße!«, fluchte er und stemmte sie mit aller Kraft wieder auf, seine Finger schmerzten, aber damit waren sie an seinem Körper nicht alleine. Stöhnend ließ er sich auf einen leeren Sitz fallen. Eine ältere Frau blickte von ihrem Buch auf und musterte ihn wortlos. Nicolas überlegte, ob er versuchen sollte, seine Lage zu erklären, verwarf den Gedanken jedoch, als der Zug sich ruckelnd in Bewegung setzte und er auf der anderen Seite der Gleise eine Bewegung wahrnahm.

»Das glaub ich nicht!«, fluchte er und blickte an der Frau vorbei entgeistert aus dem Fenster, wo hinter den Gleisen der Dealer über ein verrostetes Fahrrad sprang, das jemand achtlos auf dem Bahnhofsgelände liegen gelassen hatte. Nicolas sah, wie Jojo sich umblickte, sein Blick war gehetzt, seine Augen aufgerissen.

Du bist voll auf Skenan, dachte Nicolas. Jojo musste im selben Augenblick, als Nicolas die Zugtür aufgemacht hatte, aus seinem Wagen gesprungen sein, um dann die Gleise zu überqueren. Die Kraft der Verzweiflung war in diesem Fall auf der Seite des Gejagten.

Aber Nicolas war immer noch nicht bereit aufzugeben.

»Bitte halten Sie sich fest«, bat er die ältere Frau neben sich, und als diese ihn ungläubig anstarrte, nahm er ihr das Buch aus der Hand und legte mit einer schnellen Bewegung ihre rechte Hand um eine Haltestange.

»Festhalten.«

Mit einem festen Ruck riss er an dem Nothaltebügel, der oberhalb eines der Fenster angebracht war. Irgendwo quietschte etwas, das Kreischen der Zugbremsen drang zu ihnen in den Wagen, ein mächtiger Stoß fuhr durch den Zug. Obwohl er gerade erst losgefahren war, rutschten etliche Passagiere von ihren Sitzen, Taschen und Einkaufstüten schlitterten durch das Abteil.

Nicolas nahm das alles nur am Rande wahr, er hatte den Blick immer noch auf den Punkt gerichtet, wo er Jojo zum letzten Mal gesehen hatte, bevor dieser hinter einem Betonmischer verschwunden war. Mit einem Satz war er bei der Tür, drückte auf den Knopf und riss sie auf. Zwei Sekunden später und begleitet von den Flüchen des Lokführers, umrundete er den Kopf des Zuges und rannte über die Gleise. Seine kaputte Rippe schien sich bei jedem Schritt in seine Seite zu bohren, trotz der Kälte und des mittlerweile dichten Schneetreibens war er schweißgebadet.

Als er hinter einer Baustelle eine belebte Straße erreichte, sah er ihn.

»Jojo! Bleib stehen! Ich will nur … Scheiße!«

Nicolas fluchte, als sich ein Linienbus zwischen ihn und den Mann schob. Durch die Fensterscheiben sah er, wie Jojo in einer Seitengasse verschwand und auf ein Hochhaus zurannte. Als die Straße endlich frei war, blickte er mit einiger Verwunderung zu dem Gebäude auf, das sich vor ihm in den trüben Himmel reckte.

Es war eines jener Auswüchse der sechziger Jahre, als die Stadt dringend Wohnraum brauchte und immer mehr Betonburgen entstanden, in denen so viele Menschen wie möglich untergebracht wurden.

Tatsächlich wurden vor allem die Migranten aus Nordafrika an den Stadtrand abgeschoben. Mithilfe von Gebäuden wie jenem, vor dem Nicolas jetzt stand, seine Hände auf die Knie gestützt, den Blick auf das Gatter gerichtet, durch das Jojo gerannt war, auf der verzweifelten Suche nach einem Versteck oder einer Fluchtmöglichkeit.

»Hier endet es«, murmelte Nicolas, richtete sich auf und blickte die Häuserwand empor.

»Ich habe die Schnauze voll, Jojo.«

Das zwölfstöckige Gebäude war ein gigantisches Hufeisen, in dessen Inneren eine kleine Grünfläche angelegt worden war. Trostlos schaukelte eine leere Kinderschaukel an einem verrosteten Gestänge, in einer Ecke lag ein umgekippter Einkaufswagen. Hinter ein paar Fenstern brannte Licht, billige weiße Vorhänge verhinderten den Blick auf ein Leben am Rande der Stadt.

Der Schnee fiel nicht mehr ganz so dicht, und als Nicolas aufblickte, schien es ihm, als stünde er in der Mitte eines gigantischen Ringes, der vor einer Ewigkeit hier abgeworfen worden war und der zu schwer und zu hässlich war, als dass ihn jemand aufheben wollte oder könnte.

Ein Geräusch ließ ihn herumfahren, und er sah gerade noch, wie linker Hand eine Metalltür zufiel. Nicolas zögerte nicht lange. Vielleicht war es der Dealer, der sich in das Gebäudeinnere geflüchtet hatte.

Als er keuchend die Tür erreichte, war sie noch nicht ins Schloss gefallen. Während er sie aufzog, stellte er sich vor, Jojo stünde gleich dahinter, mit einer Skenan-Spritze in der Hand, bereit, damit auf ihn einzustechen.

»Du spinnst«, murmelte Nicolas leise, holte tief Luft und glitt in das dämmrige Licht des Treppenhauses. Die Wände waren mit Graffiti besprüht, auf den Stufen lagen Plastiktüten und Pappkartons einer Fast-Food-Kette. Von irgendwo drangen Kindergeschrei und die dumpfen Bässe eines Rap-Songs zu ihm.

Nicolas schloss die Augen und konzentrierte sich. Da hörte er es. Jemand stieg die Betontreppe nach oben, dem Geräusch der Schritte nach musste er etwa drei Stockwerke über ihm sein.

»Jojo!«

Nicolas' Stimme hallte durch das Treppenhaus, bis zu dem Mann, der in seiner hellblauen und mittlerweile durchgeschwitzten Jacke keuchend am Geländer stand und zu ihm herunterblickte.

»Lasst mich! Ich hab nichts getan!«

»Ich will nur mit dir reden, Jojo!«

»Und worüber bitte schön? Ich will nicht reden!«, schrie der Gejagte aufgebracht, und als Nicolas erkannte, dass die Stimme sich weiter entfernte, nahm er fluchend die ersten Stufen in Angriff.

»Jojo! Es hat doch keinen Sinn! Da oben geht's nicht weiter!«

Aber Jojo schien ihn nicht hören zu wollen. Ihr Abstand hatte sich jetzt verringert.

Gleich hab ich ihn, dachte Nicolas.

»Ich geh nicht mehr in den Knast! Eher sterbe ich!«

Jojos Stimme überschlug sich. Durch ein kleines Fenster im Treppenhaus sah Nicolas, dass draußen vor dem Tor Roussels Wagen stand. Von ihm selbst war weit und breit nichts zu sehen.

»Du musst nicht in den Kast! Ich will nur wissen, was in der Rue de Maubeuge passiert ist, damals! Du weißt, welchen Abend ich meine! Du warst dabei, bei den großen Razzien!«

Nicolas war schweißgebadet. Viele Stockwerke konnten es nicht mehr sein.

Nicolas hörte einen dumpfen Knall, kurz darauf drang kalte Luft ins Treppenhaus, Schnee wirbelte an ihm vorbei. Jojo war oben angekommen und hatte sich gegen eine Stahltür geworfen, die offenbar unverschlossen war.

»Das nimmt kein gutes Ende«, murmelte Nicolas und lehnte sich schwer atmend gegen die Wand des Treppenhauses, als er auf dem obersten Absatz angekommen war. Er wollte nicht riskieren, dass Jojo mit einer Holzlatte bewaffnet auf ihn wartete, um ihn vom Dach des Gebäudes zu befördern.

Vorsichtig blickte er um die Ecke, eine Hand an der schmerzenden Brust. Er musste blinzeln, weil das Licht hier oben greller war. Er sah Schneematsch auf dem flachen Dach, einige Antennen und Schornsteine, aus denen warmer Rauch aufstieg.

Und er sah Jojo.

Panisch blickte der Dealer sich um, während er weiterstolperte. Offenbar waren seine Kraftreserven aufgebraucht oder sein Körper forderte vehement eine neue Ladung Skenan. Vermutlich war es beides.

»Jojo! Bitte! Ich habe nur ein paar Fragen, danach kannst du wieder …«

»Nein!«

Zuerst dachte Nicolas, dass Jojos Ausruf ihm gelte, dass er nicht bereit wäre, zu reden, aber es war etwas anderes. Der Mann hatte bemerkt, dass sein Fluchtweg verbaut war. Am anderen Ende des Hufeisens führte eine zweite Stahltür in ein zweites Treppenhaus, durch das Jojo wieder nach unten gelangen konnte.

Diese Tür war soeben von innen aufgestoßen worden und Roussel war auf das Dach getreten, schwer atmend und umgeben von einer dampfenden Wolke aus schlechter Laune.

»Jojo!«, rief Nicolas wieder, weil er verhindern wollte, dass der junge Mann vor lauter Panik einen Fehler machte. »Wir wollen dir nur Fragen stellen. Hier oben oder wo du willst. Danach sind wir wieder weg. Ich verspreche es!«

Aber als er sich langsam näherte, konnte er sehen, wie sehr die Droge den jungen Mann im Griff hatte. Sein Blick war wirr, er war blass und zitterte.

Jojo begann zwischen den Antennen hin und her zu tänzeln, er blickte abwechselnd zu Nicolas und zu Roussel, der ebenfalls langsam auf ihn zuging.

»Bleibt stehen!«, schrie er plötzlich und Nicolas hob beruhigend beide Arme.

»In Ordnung, ganz ruhig.«

»Beide! Ihr bleibt beide stehen!«

Nicolas machte Roussel ein Zeichen.

Jojo tat zwei Schritte zur Seite und schaute über den Rand des Flachdaches hinab in die Grünanlage.

»Bleib da weg, Jojo«, sagte Nicolas mit ruhiger Stimme, aber der Mann hörte nicht auf ihn. Wieder blickte er hinab, als würde ihn die Tiefe anziehen. Schließlich sah er Nicolas in die Augen und grinste schief.

»Hast du gewusst, dass man fliegen kann, wenn man auf Skenan ist? Weißt du das, du Arsch?«

»Jojo, hör mir zu …«

»Nein!«

Der Junkie spie Blut und Speichel in den Matsch. Sein Körper schwankte bedrohlich vor dem Abgrund. Auf einer Länge von mindestens zehn Metern war das rostige Geländer abgebrochen. »Du hörst jetzt mir zu, Bulle! Das bist du doch, ein Bulle, oder?«

»Na ja, nicht ganz …«, begann Nicolas zu erklären, aber er kam nicht weit.

»Halt die Klappe, Bulle! Ich erkenne euch, ihr wollt nur,

dass ich in den Knast gehe. Ich gehe in den Knast, haben sie gesagt, wenn ich darüber rede! Verstehst du? In den Knast! Ich gehe da nicht wieder hin, ich kann fliegen, jeder kann fliegen, der auf Skenan ist, hast du es mal probiert, Bulle? Das solltest du!«

Nicolas machte vorsichtig einen Schritt nach vorn. Zwischen ihm und Jojo lagen jetzt keine zehn Meter mehr. Der Himmel war grau und in der Ferne konnte Nicolas die Biegung der Seine erkennen.

»Ich war dabei, natürlich war ich dabei«, schrie Jojo in den Abgrund.

»Was ist damals wirklich passiert?«, fragte Nicolas.

»Fickt euch alle, ich kann fliegen!«, rief der Dealer und drehte eine waghalsige Pirouette auf der Kante des Hochhauses. Aus dem Augenwinkel registrierte Nicolas, dass sich auf der anderen Seite des Hufeisens einige Fenster geöffnet hatten.

»Jojo, bitte«, rief er dem jungen Mann zu, »sag uns, was in der Nacht damals passiert ist. Die Razzia, jemand ist gestorben, nicht wahr? Es gab eine Tote, erinnerst du dich? Die Rue Maubeuge, das Abbruchhaus. Du warst dabei und kurz darauf bist du verschwunden.«

Für einen kurzen Moment hielt Jojo inne. Sein Brustkorb hob und senkte sich, als er Nicolas anblickte.

»Das ist lange her«, sagte er leise und Nicolas hatte endlich das Gefühl, zu ihm durchgedrungen zu sein.

»Mehr als vier Jahre«, antwortete er. »Ich suche dich, weil du mir sagen kannst, was damals wirklich passiert ist. Es hängt viel davon ab.«

»Diese Polizistin hat sie kaltblütig erschossen, ohne Vorwarnung«, sagte Jojo und seine Stimme klang jetzt tief und traurig.

Nicolas schloss einen Moment die Augen, ihm war schwindelig. Sein Atem ging immer noch zu schnell.

»Jedenfalls soll ich das sagen. Nur das.«

Nicolas riss die Augen wieder auf, denn da war Hoffnung und ein Licht und er wollte es sehen und auskosten.
»Was meinst du damit? Was sollst du sagen?«
Aber Jojo entfernte sich wieder von ihm, mit jedem Millimeter, den er sich der Kante des Hochhauses näherte, entfernte er sich von Nicolas und von jener Nacht vor mehr als vier Jahren, in der alles begonnen hatte.
»Sie war gerade mal siebzehn«, murmelte Jojo und blickte ihn an. »Ich wollte sie besuchen, ich hatte sie drei Tage nicht gesehen. Aber als ich dorthinkam, da waren die Bullen da und da bin ich schnell abgetaucht, hab mich unter so einer dreckigen Plane versteckt ... Ich ... ich soll sagen, dass die junge Polizistin sie erschossen hat ... vorsätzlich! Ich soll es sagen oder ich wandere wieder in den Knast und da geh ich nicht mehr hin, nie wieder, da töten sie dich, langsam, jeden Tag und jede Nacht ein bisschen mehr. Lieber fliege ich davon!«
»Jojo!« Nicolas' Stimme zitterte. »Mach keinen Scheiß, Jojo! Ich brauch dich! Die Polizistin, sie sitzt unschuldig im Gefängnis, und ...«

Jojo lächelte.
Und Nicolas schluckte schwer.
Weil er plötzlich wusste, dass alles vergebens war. Weil der junge Mann in der hellblauen Jacke fliegen wollte, höher und weiter als je zuvor.
»Bitte nicht«, flüsterte Nicolas. »Bitte bleib hier.«
Auf seinen Lippen spürte er Salz und Blut.

»Ich geh nicht wieder in den Knast«, sagte Jojo.
»Das musst du nicht. Ich verspreche es.«
»Nie wieder.«

Roussel stand noch immer unbeweglich an derselben Stelle. Eine Antenne wippte leicht im Wind.

Nicolas fror.

Dies war kein guter Ort. Und keine gute Zeit.

Er sah, wie Jojo die Augen schloss und die Arme ausbreitete. Im Gesicht ein Lächeln, still und friedlich.

Dann flog er davon.

Es dauerte nicht lange, dann hörte Nicolas den Aufprall.

Ein viel zu leichter Körper schlug auf dem rostigen Metall eines Einkaufswagens auf.

Kurz darauf spürte Nicolas Roussels schwere Hand auf seiner Schulter, während er vom Rand des Daches in die Tiefe starrte.

»Komm, Bodyguard. Lass uns nach Hause gehen.«

KAPITEL 6

Sie hatten versagt und nun stand es nicht gut. Nicht um ihn und schon gar nicht um Julie, gegen die alles sprach, was in einem Prozess von Bedeutung war.

Die Aussage des einzigen beteiligten Polizisten, Rémy Foire. Der Umstand, dass die junge Frau mitten ins Herz getroffen worden war. Julies Verschwinden. Und die Tatsache, dass ein möglicher Entlastungszeuge nicht mehr vor Gericht erscheinen konnte.

Immer wieder hatte Julie ihm bei seinen Besuchen im Untersuchungsgefängnis von dem Einsatz in dem Abbruchhaus erzählt, von der jungen Frau, die voll auf Skenan gewesen war und die sich einfach auf sie gestürzt hatte, mit einem Messer in der Hand.

»Ich musste schießen«, hatte sie geflüstert. »Es war Notwehr, nichts anderes.« Und so sehr er ihr glaubte, sah er auch den Zweifel in ihrem Blick und an ihren Bewegungen, die fahrig und gehetzt wirkten.

Sie hatte bei ihrem ersten Außeneinsatz eine junge Frau erschossen und manchmal schien es Nicolas, als sei sie nur allzu bereit, dafür zu büßen. Immer seltener geriet sie in Wut über die Aussage ihres Kollegen, Rémy Foire, der an ihrer Seite das Abbruchhaus betreten hatte, immer weniger erregte sie sich über seine Unterstellung, sie habe kaltblütig und ohne Vorwarnung geschossen. Immer wieder hatte Nicolas sie nach dem Messer in der Hand der Drogenabhängigen gefragt, sie konnte es beschreiben bis ins kleinste Detail, sie erinnerte sich sogar, wo es gelegen hatte, nach den Schüssen.

Allein, das Messer war fort. Als sei es nie da gewesen.

Es gab dafür nur eine Erklärung: Rémy Foire, ihr Kollege, musste es eingesteckt haben. Aber so sehr Nicolas und Roussel sich auch bemüht hatten, diese Spur zu verfolgen, sie waren nicht vorangekommen. Sie hatten versucht, ihn aufzuspüren, aber er war wie ein Schatten, immer wieder verschwand er, wenn das Licht heller wurde, das sie auf ihn richteten. Er war nicht mehr in der Dienststelle, keiner wusste, wo er arbeitete, und als er vor Gericht erschien, war es eine schwarze Limousine, die ihn brachte und wieder abholte. Jemand schützte ihn und diese Tatsache ließ Nicolas verzweifeln.

Die Staatsanwaltschaft hatte nach der Nacht in dem Abrisshaus sofort ihre Ermittlungen aufgenommen – und Julie war damals verschwunden. Bis sie eines Tages mit falscher Identität an der Felsküste der Normandie aufgetaucht war. Dort hatte man sie schließlich festgenommen und abgeführt. Direkt vor seinen Augen.

Und der einzige Mensch, der außer ihr und Rémy Foire die Wahrheit kannte, lag tot am Fuße eines Hochhauses in der Form eines Hufeisens.

»Ich werde beweisen, dass es Notwehr war«, hatte er immer wieder zu ihr gesagt.

Und Julie hatte ihn traurig angeblickt, in dem grau gefliesten Besucherraum des Untersuchungsgefängnisses in Nanterre, und müde gelächelt.

Sie war immer so müde.

Nicolas schloss die Augen, während Roussel den Wagen durch den Verkehr lenkte, ab und an fluchte und an einen Mann dachte, dessen Leiche ins Hafenbecken von Deauville getrieben war.

»Wann ist der nächste Prozesstag?«, fragte Roussel leise, als sie an einer roten Ampel warteten.

»In wenigen Tagen«, antwortete Nicolas müde und mit geschlossenen Augen.

»Uns fällt etwas ein«, sagte Roussel.

Aber ihnen würde nichts einfallen. Alles lief darauf hinaus, dass Julie wegen der vorsätzlichen Tötung einer jungen Drogenabhängigen vor vier Jahren verurteilt würde.

Nicolas fuhr sich durchs Gesicht, öffnete die Augen und blickte durch das Wagenfenster auf die vorbeiziehenden Straßenzüge. Er sah die Busse, in denen Menschen saßen, die nach Hause wollten oder an einen anderen normalen Ort. Als sie sich dem Zentrum näherten, wurde der Verkehr wieder dichter. Zu ihrer Rechten tauchte die Île de Vannes auf, das Einkaufszentrum, und kurz darauf ein schwach beleuchteter Sportplatz, auf dem einige Läufer ihre Runden drehten. Der Wagen folgte dem Lauf der Seine. Vereinzelt schaukelte ein Hausboot auf dem Fluss, Schnee fiel auf das Wasser. Während Roussel in Richtung Saint-Ouen abbog, wand sich die Seine an den Autofabriken im Westen von Paris entlang, vorbei an Feldern und Dörfern, bis in das Hinterland der Normandie, wo sie dichte Wälder und kleine Weiler passierte und wo sich Stille über ihre Ufer legte.

Dort draußen stand ein älterer Mann am Ufer und blickte angestrengt in den Nebel. Die Luft war feucht und der Flügelschlag eines auffliegenden Reihers war das einzige Geräusch, das er vernahm.

Das und sein eigener Atem.

In seinem Rücken waren die Umrisse einiger Häuser zu erkennen, dazu die markante Spitze eines Kirchturms. Kahle Zweige schwammen im Fluss, die Strömung trieb sie gen Westen, Richtung Meer.

Der Mann trug eine grobe Strickjacke und eine Wollmütze, dazu schwere Stiefel und eine fleckige Arbeitshose. Seine linke Hand umklammerte eine Stabtaschenlampe, mit der er hin und wieder in den Nebel über dem Wasser leuchtete.

Dorthin, wo er vorhin ein Geräusch gehört hatte.

Die Bewohner des Dorfes waren entweder bei der Arbeit in Le Havre und Rouen oder daheim in ihren Wohnzimmern, bei ihren Kaminen, wo die Kälte des Spätherbstes sie nicht erreichte.

Keiner hatte den Schatten gesehen, drüben auf der anderen Seite.

Keiner außer ihm, weil er unruhig von zu Hause aufgebrochen war, weil er seit Langem spürte, dass hier etwas nicht stimmte.

Und nun stand er wie ein einsamer Wächter im Nebel und suchte mit Blicken konzentriert das Ufer ab.

Er schwitzte, trotz der Kälte.

Etwas hatte ihn beschlichen.

Eine Angst, eine Vorahnung.

Mehrfach hatte er versucht, Georges, den Pfarrer, herauszuklingeln. Obwohl sein Rad vor der Pfarrei stand, hatte niemand aufgemacht. Und das bedeutete nichts Gutes. Denn Georges war nie weg.

Irgendetwas war passiert, er spürte es, er spürte es in seinen alten Knochen.

Und jetzt stand der Mann, den sie im Dorf den alten Eugène nannten, am Ufer des Flusses und spürte immer mehr, dass er Angst hatte. Nicht um sich, sondern um Georges.

Und womöglich noch um viele mehr.

Und dann sah er ihn plötzlich.

Der Nebel hatte sich etwas gelichtet, für einen kurzen Augenblick konnte er über das Wasser bis ans andere Ufer schauen.

Da war er. Der Schatten.

»Er ist es«, flüsterte der Mann. »Er ist es wirklich.«
Klappernd fiel die schwere Taschenlampe zu Boden, als für einen Augenblick die Sonne durch die Wolkendecke kam und entblößte, was im Verborgenen hätte bleiben sollen.
Eine Gestalt. Sie blickte zu ihm herüber.
Voller Hass. Und voller Verachtung.
»Er ist wieder zurück.«

Dann, nach wenigen Sekunden, schloss sich der Nebel wieder.
Gemächlich floss der Fluss in Richtung Meer, als sei nichts geschehen, zu den Häfen und den Stränden der Normandie. Der alte Eugène drehte sich um und ging rasch zur Kirche, die nur wenige Meter von der kleinen Anlegestelle entfernt lag. Er wollte dorthin, wo er sich Gottes Beistand erhoffte, jetzt, im Angesicht des Teufels. Aber nachdem er erneut mehrfach vergeblich geklingelt und an die Tür des Pfarrhauses geklopft hatte, gab er auf. Ängstlich blickte er über die Schulter in den Nebel, der über dem kleinen Örtchen Vieux-Port lag, nur wenige Kilometer vom Meer entfernt, am Ufer der Seine.
Dann bekreuzigte er sich und eilte fort.

KAPITEL 7

Normandie
Am nächsten Morgen

Claire und Sandrine Poulainc sprachen nicht viel. Die Straße wand sich in engen Kurven durch die dicht bewaldeten Hügel. Hier und da flatterte ein Vogel auf, wenn ihr Wagen vorbeifuhr, das Summen des Motors war das einzige Geräusch weit und breit.

»Mein Gott, ist das trist hier«, befand Sandrine und gähnte laut. Neben ihr schloss Claire für einen Augenblick die Augen und beglückwünschte sich insgeheim dafür, dass sie am Vortag aus der Reha-Klinik »abgehauen« war. Sandrine schien davon auszugehen, dass man sie als Verstärkung geschickt hatte – und sie würde den Teufel tun, sie über ihren Irrtum aufzuklären.

Sie konnte sich nichts Besseres vorstellen, als direkt in eine solche Geschichte hineinzugeraten.

»Manchmal mag ich es trist«, sagte sie jetzt und erntete dafür einen skeptischen Seitenblick.

Das *Commissariat* von Deauville hatte die Ermittlungen im Fall des unbekannten Toten übernommen, Sandrine hatte eine mehrköpfige Sondereinheit eingerichtet und das große Besprechungszimmer zu einem Lagezentrum umfunktioniert. Sie hatten eine Strömungskarte an die Wand geheftet, hatten die Positionen von Fischerbooten und Fähren abgeglichen und die Vermisstenanzeigen der zurückliegenden

Wochen überprüft. Aber die Identität des Toten blieb vorerst im Dunklen, weder sein Gesicht noch seine Fingerabdrücke waren erfasst.

Daraufhin hatte Sandrine in Absprache mit Roussel angeordnet, dass die Weiler und Höfe entlang der Küste abgegrast wurden. Zwischen dem Hafen von Deauville und der Stelle, wo die Seine ins Meer mündete, lagen außer Honfleur nur einige verstreute Ferienhäuser – aber nirgends waren sie fündig geworden.

Niemand hatte etwas gesehen.

»Was für ein Misttag«, murmelte Sandrine, während sie vorsichtig den Wagen den Hügel hinabmanövrierte, durch eine einspurige Straße, an deren Rand die Bäume so dicht standen, als wollten sie jeden Neuankömmling davon abhalten, die Geheimnisse des Waldes zu ergründen. Weiter vorne erstreckte sich ein Acker, auf dem Krähen hockten, unbeeindruckt von der Kälte, die so früh über die Normandie gekommen war.

»Meinst du gestern oder heute?«, fragte Claire und streckte sich. Bald würden sie den Fluss erreichen.

»Ich hoffe, heute wird besser als gestern«, antwortete Sandrine.

»Und morgen?«, fragte Claire mit einem Lächeln.

Sandrine stupste sie von der Seite an.

»Hey, du bist zu jung für Philosophie am Morgen!«, bemerkte sie. »Sei froh, dass ich dich überhaupt mitgenommen habe!«

Claire hob beide Hände.

»Ich meine ja nur, wenn dich Roussel zum Beispiel morgen fragen würde, ob du ihn heiraten würdest, dann …«

»Claire, halt die Klappe!«

Für einen Moment verfinsterte sich Sandrines Gesicht und ihre Augen funkelten.

»Auch für dieses Thema fehlt dir entschieden die Reife,

kleine Polizeischülerin außer Dienst. Oder soll ich sagen: kleines Küchenmädchen!«

Jetzt war es Claire, die finster dreinblickte. Die Erinnerung an ihre Rolle als Aushilfe in der Villa des Comte von Tancarville versuchte sie seit geraumer Zeit auszulöschen. Sie hatte den Einsatz vor etwas mehr als einem Jahr nur knapp überlebt und sie hatte keinen außerordentlichen Bedarf, allzu oft daran erinnert zu werden.

»In Ordnung«, sagte sie, »ich sage nichts mehr. Erklär mir lieber, was wir hier in Wald und Nebel machen, anstatt frühstücken zu gehen.«

»Wenn du nicht die ganze Zeit geschlafen hättest, hätte ich es dir längst erklärt, aber Mademoiselle ist ja eingenickt, sobald wir auf der Autobahn waren.«

»Hey! Ich habe die ganze Nacht nicht geschlafen.«

»Ich auch nicht!«, protestierte Sandrine. »Wir haben alle nicht geschlafen! Aber du willst doch unbedingt Polizistin werden! Und sei froh, dass ich dich mitnehme, eigentlich müsste ich dich sofort zurückfahren. Das ist ein Freundschaftsdienst, meine kleine Claire!«

Sie hatten alle lange gearbeitet und danach noch weitergegrübelt. Alphonse hatte am Empfang weit nach Mitternacht über eine plötzlich auftretende Schwindsucht geklagt, die er nur bekämpfen konnte, indem er sich mit Sandrines Erlaubnis etwas Essbares an der Tankstelle besorgte.

Die Nacht war vorangeschritten, die Dunkelheit war dem ersten Licht eines neuen Tages gewichen und plötzlich, wie aus dem Nichts, war Bewegung in die Ermittlungen gekommen.

Begünstigt durch zwei Anrufe, die zufällig innerhalb weniger Augenblicke im *Commissariat* eingegangen waren. Der erste war aus der Gerichtsmedizin in Caen zu ihr ins Lagezentrum durchgestellt worden, da war es gerade mal halb sieben gewesen.

»Was ist denn mit denen los?«, hatte sie müde gemurmelt, als sie von ihrem Stuhl hochgeschreckt war.

Wie sich herausgestellt hatte, war der unbekannte Tote zwar vom Meer angespült worden. In seiner Lunge jedoch waren auch Reste von Süßwasser gefunden worden. Labortests hatten die genaue chemische Zusammensetzung des Wassers ergeben – und damit einen Hinweis darauf, wo es auftrat. »In der Seine«, hatte der Gerichtsmediziner Sandrine erklärt. »Euer Toter muss eine ganze Zeit lang im Fluss getrieben haben, bevor er hinaus ins Meer gespült wurde. Und dann zu euch in den Hafen.«

Der zweite Anruf war von Alphonse gekommen, der nach Hause gefahren war, um seine kranke Mutter zu versorgen. Und der vergessen hatte zu erwähnen, dass kurz zuvor ein verwirrter älterer Mann angerufen hatte, aus einem Dorf namens Vieux-Port.

»Er hat was vom Teufel erzählt und von Gott. Der eine kommt, der andere geht. Und der hungrige Fluss bleibt. Das waren seine Worte. Ich wollte mir das aufschreiben, aber ich hatte keinen Zettel zur Hand und …«

»Ist gut, Alphonse«, hatte Sandrine gesagt und mit den Augen gerollt. Und dann hatte sie gesehen, wo Vieux-Port lag, und spontan beschlossen, mit Claire an den hungrigen Fluss zu fahren.

Vieux-Port, das war ein schwacher Hinweis. Aber einen Versuch war es wert.

Sandrine lenkte den Wagen in einen Waldweg, parkte und betrachtete ihre Umgebung. Neben ihr konnte Claire das matte Grau der Seine ausmachen, das in diesem Augenblick von einem großen Lastkahn durchstoßen wurde, einem Binnenschiff, das in Richtung Hauptstadt unterwegs war.

»Mach mal das Handschuhfach auf.«

Claire tat, wie ihr geheißen, und Sandrine kramte eine Karte der Küste hervor und faltete sie umständlich auf. Sie zuckten beide zusammen, als plötzlich ein klappriger Transporter an ihnen vorbeirauschte und kurz darauf hinter der nächsten Kurve verschwand.

»Es gibt doch noch Leben hier«, murmelte Sandrine und fuhr dann mit dem Finger auf der Karte entlang.

»Hier«, sagte sie. »Der Tote könnte tatsächlich von Vieux-Port aus den Fluss hinabgetrieben sein, bis zur Mündung der Seine bei Honfleur. So lang ist die Strecke nicht.«

Claire gähnte und blickte in den Wald, der seltsamerweise immer näher zu rücken schien.

»Hey, aufpassen, kleines Küchenmädchen«, sagte Sandrine und knuffte Claire in die Seite. Als sie sah, dass Claire ihr Gesicht verzerrte und kurz den Atem anhielt, blickte sie sie besorgt an.

»Alles in Ordnung?«

Claire stöhnte auf.

»Die Naht tut manchmal weh«, sagte sie.

»Und der Rest?«

Claire lächelte müde.

»Der Rest auch.«

Sandrine schüttelte missmutig den Kopf.

»Du solltest nicht hier sein. Du hast ganz schön was abbekommen, auf dem Friedhof im Sommer ...«

»Geht schon«, sagte Claire. »Ich war lange genug in der Reha. Ich will zurück ins Leben, sogar wenn es sich an einem so tristen Ort wie diesem abspielt.«

Einen Moment lang schwiegen sie.

Sandrine Poulainc deutete durch die Bäume hindurch zum Wasser.

»Der hungrige Fluss«, sagte sie nachdenklich. »Mal sehen, was er uns zu erzählen hat.«

»Vieux-Port hat laut dem Einwohnermeldeamt gerade mal 48 Einwohner«, bemerkte Claire. »Wenn wir hier richtig sind und der Teufel wirklich zugeschlagen hat, dann sind es nur noch 47.«

Sandrine startete den Motor wieder.
»Es ist nur ein Versuch, nicht mehr«, sagte sie, während sie den Wagen wieder auf die Straße lenkte.
Bald waren die ersten Häuser zu sehen, die sich aus dem Dunst herausschälten wie das Gerippe einer auf Grund gelaufenen Fregatte. Einzelne kleine Gehöfte kamen zum Vorschein, eine Möwe überflog den Fluss und landete auf dem Giebel einer alten Scheune. Leere Blumenkästen auf den Fensterbänken, vereinzelt aufflackernde Straßenlaternen, ein zugezogenes Gitter vor einem längst aufgegebenen Metzgerladen. Ein »Zu verkaufen«-Schild in einem Vorgarten, rauchende Schornsteine auf den Dächern der paar Häuser und ein Kirchturm, der dunkel in den Himmel ragte.
Direkt dahinter gluckste das Wasser der Seine.
»48 Einwohner. Genauso sieht es hier auch aus«, sagte Claire, während sie aus dem Seitenfester blickte, hinter dem die Welt klein und grau war.
»Eigentlich ist es doch ganz hübsch«, antwortete Sandrine und stoppte den Wagen auf einem kleinen gekiesten Parkplatz vor der Kirche. »Wenn es um Gott geht, sollten wir vielleicht mal bei der Kirche anfangen.«

Die beiden Frauen zogen die Reißverschlüsse ihrer Jacken zu, nachdem sie ausgestiegen waren, und Claire setzte eine dicke rote Wollmütze auf und steckte die Hände tief in die Taschen.
»Einladend«, murmelte sie und blickte sich um. Sie waren von der Hauptstraße nach links abgebogen, die Kirche stand am Rande eines kleinen Platzes, von wo aus es nicht mehr weit bis zum Wasser war. Die angrenzenden Häuser schienen

überraschenderweise vor Kurzem renoviert worden zu sein und Claire zog in Erwägung, dass der Nebel und ihre Müdigkeit diesen Ort unwirtlicher erscheinen ließen, als er tatsächlich war.
Sie machte ein paar Schritte, um sich aufzuwärmen.

Sandrine betrachtete den Kirchturm, er war nicht sonderlich hoch, das kleine Kirchenschiff dahinter schien sich in den Wind zu ducken. Sie hatte ein dunkles Schieferdach, dagegen hoben sich die Backsteinwände mit ihren Rundbogenfenstern ab. Seitlich verlief eine flache Steinmauer entlang der Straße, dahinter erkannte Claire einige Grabsteine und eiserne Kreuze.
Der Friedhof von Vieux-Port passte sich der kleinen Ortschaft an, die Gräber lagen eng beieinander und Claire fragte sich, ob da überhaupt noch Platz war für ein weiteres Grab.
Eine Möwe landete auf der kleinen Friedhofsmauer und beäugte sie, als sie zum Portal hinübergingen. Die Luft war klamm und feucht.
»Da sind Sie ja endlich!«

Claire und Sandrine zuckten zusammen, als die Stimme durch den Nebel wie aus dem Nichts zu ihnen herüberschallte. Eine Gestalt humpelte die Mauer entlang und bald darauf erkannten sie, dass es ein alter Mann war. Er trug über einem groben Strickpullover eine Weste aus Lammfell, seine kurzen Haare waren zerzaust, seine Füße steckten in klobigen Stiefeln. Sein Atem gefror in der Luft, als er gestikulierend und rufend näher kam. Als er sie endlich erreicht hatte, sah er kurz den Turm hinauf, von dem aus ein Wetterhahn stumm über den Fluss blickte, und bekreuzigte sich.
»Herr im Himmel ... wo waren Sie so lange! Sie sind doch von der Polizei, oder? Wehe, Sie sind es nicht, wir verrecken hier und ... kommen Sie, kommen Sie mit!«
Claire und Sandrine blickten sich erschrocken an.

»Entschuldigen Sie, wer sind Sie?«, fragte Sandrine, die sich als Erste gesammelt hatte. »Haben Sie bei der Polizei in Deauville angerufen?«

»Tut nichts zur Sache«, murmelte der Mann. »Ich habe lange gewartet, so lange, schon viele Jahre, jetzt sind Sie da, kommen Sie, da entlang! Ich weiß nicht, wo Georges ist, der Pfarrer ... er macht nicht auf ... Nun kommen Sie endlich!«

Claire wehrte seine Hand ab, als der Mann sie fortzerren wollte.

»Ganz ruhig, Monsieur«, rief Sandrine jetzt mit fester Stimme und tatsächlich schien der alte Mann für einen kurzen Moment innezuhalten.

»Sie werden mich verstehen, kommen Sie«, sagte er schließlich und hastete hinab zum Wasser.

»Kommen Sie, schnell! Herr im Himmel ... wir werden alle büßen ... so ist es vorausgesagt worden ...«

Claire bedeutete Sandrine, es müsse sich um einen Irren handeln, aber die Polizistin zuckte mit den Schultern.

»Die Kirche rennt uns nicht weg«, sagte sie und blickte dem Mann hinterher, dessen Gestalt jeden Augenblick vom Nebel verschluckt würde.

Claire seufzte und folgte ihr, vorbei am Portal der Kirche und am Rathaus, das auf der anderen Seite des kleinen Platzes lag. Ein Pfad führte sie hinunter zum dicht bewachsenen Flussufer.

»Schnell!«, hörten sie die Stimme des alten Mannes, der jetzt rechts von ihnen am Wasser entlanghastete. Claire griff sich mehrmals an die Seite, als sie neben Sandrine versuchte, zu dem Mann aufzuschließen.

»Warten Sie gefälligst!«, rief Sandrine, aber der Alte hörte nicht, im Gegenteil schien er sein Tempo weiter zu erhöhen.

»Mein Gott, machen Sie doch langsam!«, fluchte Sandrine, als sie wenig später neben ihm standen. »Wenn Sie unsere Hilfe wollen, dann müssen Sie schon auf uns warten.«

Der alte Mann spuckte aus, brauner Kautabakschleim landete im Wasser der Seine.

»Zu spät«, sagte er. »Viel zu spät.«

»Was meinen Sie?«, fragte Sandrine misstrauisch.

»Ihre Hilfe kommt viel zu spät«. Er hob die Hände in den Himmel und legte den Kopf nach hinten, als wartete er auf ein Zeichen.

»Er ist zurückgekommen. Der Teufel. Mathieu. So, wie er es angekündigt hat.«

Claire und Sandrine blickten sich an.

»Der ist völlig bescheuert«, flüsterte Claire. »Wir sollten zurück …«

»Er ist es!«, brüllte der Mann plötzlich, drehte sich um und hastete weiter. Dann blieb er wieder stehen und deutete voraus.

»Oh nein, das Mädchen! Nicht das Mädchen.«

Claire spürte, wie ihr Inneres sich zusammenzog, alles verkrampfte sich. Auch Sandrine war angespannt.

»Scheiße«, murmelte sie.

Der alte Mann blickte sie abwechselnd an.

»Schnell! Das Mädchen! Sie darf es nicht sehen!«

Weiter vorne verlief der Pfad immer noch am Ufer, verschwand aber am Ende des Dorfes in einem kleinen Waldstück. Genau dorthin zeigte der alte Mann, Claire und Sandrine folgten seinem ausgestreckten Arm mit ihren Blicken. Etwa hundert Meter vor ihnen, kurz vor den ersten Bäumen, stand kein Mädchen, sondern eine erwachsene Frau. Sie trug einen roten Mantel und bunte Gummistiefel, ihre blonden Haare schauten unter einer Wollmütze hervor. Offenbar war sie gerade von ihrem Fahrrad abgestiegen, in einem Korb am Lenker konnte Claire eine Brottüte erkennen.

»Oh nein!«, schrie der Mann und hastete weiter, auf die Frau zu.

»Halt! Warten Sie«, rief Sandrine und schon rannten auch sie weiter, den Weg entlang, links das Wasser, rechts erst eine feuchte Wiese und dann die ersten Bäume.

Die Frau stand da, ohne sich zu rühren, den Lenker ihres Fahrrads in der Hand. Sie blickte vor sich auf den Boden, wo im feuchten Gras etwas zu liegen schien.

»Der Teufel ist zurück, ich habe ihn gesehen«, murmelte der alte Mann. Claire überholte ihn jetzt mit großen Schritten, ihr Atem ging heftig, ihr Herz klopfte.

Als sie nur noch wenige Meter entfernt waren, drehte sich die Frau zu ihnen um, in ihrem Blick lagen Verwunderung und Angst.

Claire schätzte sie auf Mitte dreißig.

»Treten Sie zur Seite!«, rief Sandrine. »Nichts anfassen!«

Die Frau blieb stumm, ihr Blick flackerte, ihre Hand zitterte am Lenker ihres Fahrrads. »Sie darf es doch nicht sehen!«, hörte Claire den alten Mann hinter sich sagen.

Und dann standen sie, keuchend und um Luft ringend, am Seineufer, unter den ersten Bäumen eines kahlen Laubwaldes, und das Erste, was Claire empfand, war Erleichterung.

Keiner von ihnen sagte etwas. Das Wasser plätscherte friedlich, in der Ferne war der tuckernde Motor eines Lastenkahns zu hören.

Alles war fein säuberlich gefaltet und gestapelt.

Die Hose. Der Pullover. Ein Hemd.

Unterwäsche. Zwei dunkle Socken.

Eine Mütze.

Obenauf eine Packung Zigaretten und ein billiges Werbefeuerzeug.

Eine Handvoll Münzen.

Ein Schlüsselbund.

Und davor ein Paar Herrenschuhe, braun und abgewetzt.

Claire blickte von dem Kleiderstapel zum Ufer, als würde jeden Moment jemand aus dem Wasser steigen, um seine Sachen wieder anzuziehen.
Sie blickte Sandrine an, die kurz nickte.
Hier waren sie richtig.

Die junge Frau sprach leise, aber fest, ihre glockenhelle Stimme stand im Gegensatz zu all dem Düsteren um sie herum. Sie klang verwundert.
»Das sind Papas Sachen.«

Claire ging in die Hocke und zog einen Zettel hervor, der aus der Hosentasche geschaut hatte. Vorsichtig faltete sie ihn auseinander. Die Zeilen waren mit Schreibmaschine geschrieben.

Plötzlich und wie aus dem Nichts
 Verdunkelt den Himmel über mir
 Ein schwarzer Adler

»Das kenne ich«, sagte Sandrine. »Ich meine … nein, warte … ich komme nicht drauf.«
Aber Claire hörte ihr nicht zu, sondern bückte sich erneut zu dem Kleiderhaufen und hob etwas auf, das unter dem Schlüsselbund eingeklemmt gewesen war. Sie wendete es in ihrer Hand und betrachtete es von allen Seiten.
Es war die grau durchzogene Feder einer Taube.

KAPITEL 8

Normandie

Luc Roussel erreichte schlecht gelaunt und unrasiert das kleine Dorf am Seineufer, eine Stunde nachdem Sandrine ihn angerufen hatte. Missmutig betrachtete er seine neue Umgebung.

»Sken City, nur in Grün«, murmelte er und nahm einen Schluck Kaffee aus einem Pappbecher, der ausnahmsweise gut verschlossen war. Als er das Fenster runterließ und seine Zigarette hinausschnipste, sah er, wie eine ältere Frau, die offenbar dabei war, Laub zu rechen, in der Bewegung innehielt und ihn argwöhnisch anstarrte.

»Glotz nur«, sagte er und blickte nach rechts, wo der Fluss sich träge an den Häusern vorbeiwand. Weiter vorne erkannte er einen steinernen Kirchturm, die Straße war hier von hüfthohen Mauern eingerahmt. Passend dazu bog ein großer Traktor plötzlich, aus einer Seitenstraße kommend, direkt vor ihm ein und Roussel musste scharf bremsen.

»Pass doch auf!«, rief er und hupte zweimal, aber der Fahrer des Traktors hatte offenbar keine Eile. Gemächlich wendete er sein Gefährt und bog in einen Feldweg ab, der den Hügel hinauf in Richtung Wald führte.

Kies knirschte, als Roussel kurz darauf seinen Wagen auf dem kleinen Platz vor der Kirche parkte.

»Das Einsatzkommando ist offenbar schon da«, murmelte er. Als er ausstieg, empfing ihn eine solche Kälte, dass er zusammenzuckte.

Am Wasser sah er Sandrine, die auf einen Kollegen einredete, während sie hinüber zum anderen Ufer zeigte.

»… alles weiträumig absuchen, vielleicht hat er Spuren hinterlassen«, hörte er sie sagen.

Sie hatte am Telefon alles Wesentliche berichtet, vom Süßwasser in der Lunge des Toten bis zum Fund der Kleidung am Flussufer. Und jetzt war er hier und seine schlechte Laune hatte er mitgebracht.

»Claire!«, rief er und winkte sie herbei. Sie redete inzwischen mit einem Anwohner, einem älteren Mann, der leicht verwirrt wirkte und immer wieder argwöhnisch zum gegenüberliegenden Flussufer blickte. Roussel rollte mit den Augen, offenbar hatte Claire immer noch ein Faible für schräge Charaktere.

Sie winkte zurück, machte sich einige Notizen und bedankte sich bei dem Mann. Mit einem Strahlen im Gesicht kam sie auf ihn zugelaufen und ehe sich der mürrische Leiter des *Commissariat* von Deauville versah, stand sie vor ihm, musterte ihn kurz und nahm ihn dann fest in den Arm.

»Verdammt, Claire …«, sagte er, ließ aber die Umarmung über sich ergehen.

»So sieht man sich wieder, Chef«, bemerkte sie und schob sich eine widerspenstige Haarsträhne aus dem Gesicht. »Wer hätte gedacht, dass das Schicksal uns mal auf diese Art und Weise zu Leidensgenossen macht.«

»Wie meinst du das …«, wollte er gerade fragen, aber Claire war schneller als er und boxte ihn in die Seite. Er schnappte nach Luft, sein Gesicht verzog sich vor Schmerzen und er blickte sie finster an.

Claire lächelte.

»Du hast ganz schön was davongetragen, Roussel«, sagte sie und deutete auf ihre Rippengegend. »Und das Gleiche kann man von mir auch sagen. Da tut es noch ganz schön weh, wenn ich eine falsche Bewegung mache.«

Für einen Moment blickten sie sich schweigend an. Sie beide waren in diesem Sommer beinahe Opfer im Spiel der Gezeiten geworden und waren nur knapp dem Tod entkommen.

Roussel war angeschossen worden, Claire hatte eine schwere Explosion auf dem amerikanischen Soldatenfriedhof nur knapp überlebt.

Sie hatten sich beide verändert, seitdem.

Immer noch misstrauisch, blickte er sie an.

»Was machst du hier, Claire?«, fragte er. »Soweit ich weiß, solltest du immer noch in der Reha sein, ich kann mir nicht vorstellen …«

»Es ist alles geregelt!«, unterbrach ihn Claire rasch und überschüttete ihn mit einer Flut von an sich nutzlosen Informationen, die einzig und allein dem Zweck dienten, ihn abzulenken.

»Ich fühl mich gut, die Ärzte meinten, ein bisschen Arbeit könnte mir sogar helfen, aber meine Dienststelle in Caen kann mich derzeit nicht brauchen, weißt du, die haben gerade nicht sehr viel zu tun, also nicht so viel wie ihr, so ein Toter, der plötzlich im Hafenbecken treibt, da dachte ich mir, da dachten wir, ihr könnt vielleicht Hilfe gebrauchen und meine Kollegen sind vermutlich froh, dass ich weg bin und … jedenfalls, Sandrine meinte, ihr könnt tatsächlich Hilfe gebrauchen, und …«

Roussel hob genervt beide Hände in die Höhe und unterbrach sie.

»Claire! Mein Gott, du hast dich nicht verändert, jedenfalls hat dein Mundwerk auf dem Friedhof nichts abbekommen. Ich habe es verstanden, ich finde, du gehörst hier noch nicht wieder hin, aber meinetwegen.«

Claire lächelte unschuldig und dachte bei sich, Roussel

würde sie vermutlich sofort in den Fluss werfen, wenn er die Wahrheit kennen würde.

»Also, was genau geht hier vor?«, brummte Roussel nun.

Sie drehte sich um und deutete zum Flussufer hinunter.

»Es scheint, als hätten wir den Herkunftsort unseres unbekannten Nackten aus dem Hafenbecken gefunden«, sagte sie.

In knappen Worten – was Roussel erstaunt zur Kenntnis nahm – schilderte sie ihm den Anruf des alten Eugène im *Commissariat*, die vage Spur nach Vieux-Port und schließlich den Fund der Kleidungsstücke am Flussufer.

»Anfangs dachten wir, der Tote wäre der ehemalige Pfarrer von Vieux-Port, Georges Renoir«, erklärte sie Roussel, der nur noch halb zuhörte, während er sich prüfend umblickte, ob in seiner Abwesenheit auch wirklich alle notwendigen Maßnahmen ergriffen worden waren.

»Aber der ist es nicht?«, fragte er.

Claire schüttelte den Kopf.

»Nein, der ist zwar noch nicht aufgetaucht, aber die Kleidung, die wir gefunden haben, gehört wohl eindeutig einem gewissen Pierre Meunier. Er ist der Besitzer der einzigen Pension hier im Ort und seit zwei Tagen verschwunden. Seine Tochter dachte, er wäre auf einer Messe in Le Havre. Aber da war er wohl nie.«

Roussel brummte etwas und drehte sich einmal im Kreis.

»Wie viel Einwohner hat dieses Kaff überhaupt?«, fragte er Claire.

»48. Beziehungsweise jetzt wohl nur noch 47.«

Roussel deutete auf das Pfarrhaus.

»Wohnt dort der Pfarrer?«

Claire nickte.

»Der ehemalige Pfarrer, die Gemeinde hat keinen mehr, er wohnt nur noch dort, neben der Kirche. Aber er ist nicht zu Hause. Seine langjährige Haushälterin hat uns aufgeschlossen. Drinnen ist alles in Ordnung, es fehlt nichts, keine Spur von einem Verbrechen. Georges Renoir hat sich einfach in Luft aufgelöst.«

»Niemand löst sich einfach in Luft auf«, brummte Roussel. »Wo ist Sandrine?«

»Sie ist drüben in der Pension und spricht mit der Tochter von Pierre Meunier. Sie heißt Esthelle und sie steht ganz offensichtlich unter Schock.«

Roussel fuhr sich müde durch das dichte Haar.

»Wie geht es Nicolas?«, wollte Claire wissen, aber da war er schon losgestapft, mit großen Schritten, das rechte Bein leicht hinterherziehend.

Kurz darauf erreichte er ein hübsch hergerichtetes, weißes Haus mit einem gepflegten Vorgarten und Fahrradständern. Roussel betrachtete das restaurierte Fachwerk, die ordentlich zusammengebundenen Gardinen hinter kleinen Fenstern.

»La Sirène de la Seine«, stand in goldenen Lettern unterhalb des Giebels auf der Hauswand.

»Meerjungfrauen, drunter machen sie es hier wohl nicht«, murmelte er und wollte gerade durch den Vorgarten die Pension betreten, als die rote Eingangstür sich von innen öffnete und Sandrine heraustrat.

Sie wirkte abgekämpft. Offenbar stand sie noch unter dem Eindruck eines schweren Gespräches. Über ihre Schulter warf er einen Blick in den Gastraum, auf einem der Stühle sah er eine junge Frau sitzen.

Sie weinte leise, ein Stofftaschentuch zerknüllt in ihren Händen.

»Ist das die Tochter?«, fragte er Sandrine. Sie nickte und musterte ihn dann.

»Ich freue mich auch, dich zu sehen, Roussel«, sagte sie und bevor er sich versah, küsste sie ihn auf den Mund, etwas, das er sich vor den Kollegen grundsätzlich verbat. Hinter den beiden schmunzelte Claire und wandte sich kurz ab. Ihr Blick ging über den Fluss hinweg, wo Äcker lagen und in der Ferne ein kleiner Wald.

Das Geräusch eines Schiffsmotors ertönte und keine drei Sekunden später sah sie, wie ein Boot flussaufwärts um die Biegung kam und wie einer der Anwohner, die immer noch am Anleger standen und redeten, zu dem Bootsführer hinüberwinkte.

»Roussel«, rief sie über die Schulter, »hast du Verstärkung angefordert?«

»Ich wüsste nicht, warum«, antwortete Roussel. »Mit einem nackten Toten im Hafenbecken werden wir schon noch alleine fertig.«

Auch er blickte jetzt zum Fluss hinüber.

»Was will denn die Wasserschutzpolizei hier?«, fragte er leise und folgte schließlich Claire, die bereits zum Anleger hinunterlief.

Es war ein schlankes und ganz offensichtlich vor allem für den Gebrauch auf dem Fluss geeignetes Boot, mit einer kleinen Kabine und einem flachen Anbau auf dem Heck. Es war blau gestrichen und auf dem Bug stand die Abkürzung der lokalen Einheit der Wasserschutzpolizei, die in Rouen stationiert war, in Jumièges aber einen weiteren Liegeplatz hatte.

Jumièges war nur zwei Flussschleifen entfernt.

Claire, Sandrine und Roussel sahen, wie das Polizeiboot anlegte und eines der beiden Besatzungsmitglieder an Land sprang und das Boot vertäute. Er grüßte einige Bekannte und nickte Roussel zu, als dieser auf ihn zukam.

»*Bonjour*«, sagte der Mann knapp. Claire schätzte ihn auf Mitte dreißig, er hatte blondes Haar und einen freundlichen Blick. Der andere Polizist kam jetzt ebenfalls an Land und begrüßte sie, hielt sich aber im Hintergrund.

»Wir waren gerade in der Nähe und haben über Funk gehört, dass die Polizei von Deauville hier ist. Mein Name ist ...«

»Julien!!«

Der Ruf hallte über den Platz, und darin lag so viel Verzweiflung, dass Claire zusammenzuckte. Auch die anderen wandten sich um.

»Entschuldigen Sie mich bitte«, sagte der Polizist und bahnte sich einen Weg durch die kleine Gruppe.

»Die Arme«, murmelte Sandrine.

Vor der Eingangstür der kleinen Pension stand Estelle Meunier, ihre Arme waren ausgestreckt, als suche sie nach Halt, ihre Haare waren durcheinander, ihre Augen vom Weinen rot unterlaufen.

Mit einigen schnellen Schritten war der Polizist, der ganz offenbar Julien hieß, bei ihr und Estelle fiel ihm in die Arme. Einige Sekunden hielten sie sich fest, der Polizist strich der Frau über das Haar und küsste sie auf die Stirn. Dann drehte er sich kurz um, machte Roussel ein Zeichen, dass er gleich zurückkommen würde, und folgte der Frau in die Pension.

Die Tür schloss sich hinter den beiden, und als wäre dies ein Signal gewesen, zerstreute sich die kleine Menge. Einige verschwanden in ihren Häusern, andere fegten den Gehweg vor ihrem Grundstück.

Hier hat alles seine Ordnung, dachte Claire. Jeder hat seinen Platz, keiner schert aus.

»Sind die beiden ein Paar?«, fragte sie den anderen Wasserschutzpolizisten, der vor dem Boot stand und sich eine Zigarette drehte.

Er lächelte kurz.

»Wenn es nach Julien ginge, dann ja. Sie ist seine große Liebe, die beiden kennen sich von früher. Aber sie will ihn nicht. So einfach ist das. Also sind sie nur Freunde.«

Roussel und Sandrine besprachen das weitere Vorgehen. Sie mussten Meuniers letzte Stunden rekonstruieren und seinen

Hintergrund überprüfen. Dafür würden sie jeden Bewohner befragen.

»Hatte er Schulden, wie läuft die Pension, hatte er Feinde, den ganzen Quatsch«, brummte er.

»Das hier ist kein Quatsch!«, ertönte plötzlich eine Stimme, und als Roussel sich genervt umblickte, sah er, dass ein einziger Anwohner noch nicht nach Hause gegangen war.

Es war der alte Eugène, der seine Hände tief in den Taschen seiner verbeulten Hose vergraben hatte und auf den Fluss hinausblickte.

»Was wollen Sie damit sagen?«, fragte ihn Roussel.

Aber der alte Mann starrte scheinbar ungerührt aufs Wasser, und da er nicht weitersprach, wandte Roussel sich wieder Sandrine zu. Der Wasserschutzpolizist rauchte seine Zigarette und blickte genervt auf seine Uhr, offenbar war der Ausflug nach Vieux-Port nicht mit seinem geregelten Feierabend vereinbar. Immer wieder schaute er hinüber zur Pension.

Claire zog ihre Jacke enger um sich, die Kälte am Fluss kroch ihr in die Glieder.

»Es ist kein Quatsch«, ertönte plötzlich wieder die Stimme des alten Eugène und Roussel stöhnte auf.

»Alter Mann, dann sagen Sie uns endlich, was es ist, wenn es eben kein Quatsch ist!«

Der alte Eugène zog die Nase hoch und spuckte vor sich auf den Anleger.

»Wenn es zwei Tote gibt, dann ist das kein Quatsch. Dann ist das der Anfang von etwas ganz Schlimmem. Der Anfang von etwas, auf das wir alle gewartet haben. Weil wir wussten, dass es kommen würde. Wir wollten es nur nicht wahrhaben. Ich habe es immer gesagt, die ganzen Jahre.«

Roussel machte einen Schritt auf den Alten zu.

»Ich habe gesagt: Er wird über uns kommen. Der Teufel.

So wie er es angekündigt hat. Er kommt nach Vieux-Port und der Fluss ist noch immer hungrig, glauben Sie mir!«

Claire sah jetzt, dass der alte Eugène zitterte, etwas Spucke lief über sein unrasiertes Kinn.

»Der Teufel«, flüsterte er weiter. »Der Teufel ist gekommen und Gott hat uns verlassen.«

Roussel stand ihm jetzt direkt gegenüber.

»Wieso zwei Tote?«, fragte er ihn leise. »Wir haben bislang nur einen. Also sag mir, verdammt noch mal, alter Mann, wie du auf zwei kommst? Vielleicht weißt du ja noch mehr? Was bist du überhaupt für ein komischer Kauz?«

Der alte Mann war nicht zurückgewichen.

Schließlich blickte er Roussel direkt in die Augen.

»Der Pfarrer ist fort«, flüsterte er.

Roussel machte noch einen Schritt auf ihn zu.

»Wo ist er denn?«, fragte er mit kalter Stimme. »Du weißt, wo er ist, stimmt's, alter Mann? Hast du ihn auch ertränkt, so wie Meunier?«

Der alte Mann schüttelte jetzt heftig den Kopf.

»Es ist der Teufel. Er hat vorausgesagt, wer als Erstes im Wasser des Flusses sterben wird. Und das war nicht Meunier.«

Die Tür der Pension öffnete sich und Julien, der Wasserschutzpolizist, trat heraus.

»Alle wissen es«, flüsterte der alte Eugène und deutete auf die verwaisten Straßen und den kleinen Kirchplatz. »Deshalb sind sie alle drinnen, weil sie Angst haben. Der Pfarrer sollte der Erste sein und nun ist er fort. So, wie der Teufel es vorausgesagt hat. Wir haben Angst, *Monsieur le Commissaire*. Helfen Sie uns.«

Es war ein leises Flehen, eine verzweifelte Bitte.

Und wenn Roussel geahnt hätte, wie sehr die Verzweiflung dieses kleine Dorf an den Ufern des hungrigen Flusses bereits im Griff hatte, dann hätte er sich nicht eine Zigarette angezündet, als wäre dies ein Ort wie jeder andere.

»Wie auch immer, wir machen es so wie besprochen«, wandte er sich an Sandrine. »Und wenn mir jemand endlich diesen alten Pfarrer auftreibt, dann soll es mir auch recht sein. Ich kriege jetzt schon Beklemmungen in diesem Nest.«

Grußlos trat er an dem alten Mann vorbei.

»Kommen Sie«, sagte Claire und nahm den alten Eugène an der Hand. »Wir wärmen uns auf. Und Sie erzählen mir Ihre Geschichte. Ich höre Ihnen zu.«

Der Mann lächelte sie dankbar an.

»Aber es ist keine gute Geschichte.« Seine Stimme klang jetzt ruhiger.

»Keine Sorge«, antwortete Claire. »Ich habe nichts anderes erwartet.«

KAPITEL 9

Paris
Zwei Tage später

Der Tag, an dem Nicolas erfuhr, was in Vieux-Port geschah, war ein ausnahmsweise sonniger und kalter Spätherbsttag. Entgegen seiner Gewohnheiten hatte er sich mit einer Decke in die erste Reihe eines Pariser Straßencafés gesetzt. Als er die Decke über seine Beine legte, spürte er den Raum hinter sich, die vier Stuhlreihen, die zahlreichen kleinen Tische und die Gegenwart von Menschen, denen er nicht ins Gesicht sehen konnte. Er spürte alles das wie eine Möglichkeit.

Sonst saß er immer mit dem Rücken an der Wand, das brachte sein Beruf als Personenschützer der französischen Regierung mit sich. Sowohl den Eingang als auch die Tür zu den Toiletten im Blick, im Augenwinkel die Bar und am besten noch einen Hinterausgang. Jede noch so unauffällige Bewegung, jedes nervöse Auflachen und jedes neue Gesicht nahm er wahr und ordnete es ein. Es gab drei Kategorien:

Kein Problem, vielleicht ein Problem und Problem.

Es war die zweite Kategorie, die ihm am meisten abverlangte, weil sie beinhaltete, dass er so lange achtsam blieb und jede Geste, jeden Wortfetzen verarbeitete, bis die Kategorie sich änderte.

Nicolas Guerlain war ein Meister seines Fachs, trotz seiner noch relativ jungen Jahre. Er galt unter den Personenschützern als der umsichtigste, er sah, ordnete und reagierte in Sekundenschnelle, bewegte sich wie in Trance durch eine verzwickte Sicherheitslage. Stets blieb er ruhig und gefasst, sein Hirn aber arbeitete rasend schnell, die Gedanken sprangen wie Flipperkugeln durch seinen Kopf.

Und niemals fiel eine davon in ein falsches Loch.

Es sei denn, er saß entgegen seiner Gewohnheiten in der ersten Reihe eines Cafés am belebten Boulevard Saint-Michel. Über die Knie hatte er eine Decke gelegt, die Tageszeitung lag vor ihm auf einem Holztisch und in den Gläsern seiner dunklen Brille spiegelte sich die Sonne eines kalten Tages im Spätherbst.

Sein Blick ging ins Leere, seine Sinne waren in diesem Augenblick nicht geschärft, sondern stumpf, er war müde und ohne Hoffnung.

Alles in allem war Nicolas Guerlain in keiner guten Verfassung, als er bei einer Bedienung einen Tee bestellte und die Dinge ihren unschönen Lauf nahmen.

Dabei war der gestrige Tag einer der besseren gewesen. Julie hatte Zuversicht und Kraft ausgestrahlt als er sie im Untersuchungsgefängnis besuchte, trotz der bedrückenden Nachricht, dass mit Jojo, dem Dealer, ein möglicher Entlastungszeuge am Ende einer hässlichen Verfolgungsjagd gestorben war.

»Dann ist es eben so, das ist noch nicht das Ende«, hatte sie gesagt und er hatte ihr glauben wollen. Ihre Zuversicht hatte ihm geholfen, wieder einzuschlafen, später, in seiner Wohnung an der Place Sainte-Marthe, wo die Platanen im Dunkeln etwas Verschwiegenes hatten und wo die Melodien sehnsüchtiger Lieder sich im Himmel über der Stadt verloren.

Tito, sein alter Nachbar, hatte gestern Abend eine Etage unter Nicolas' Dachterrasse auf dem Balkon gestanden und schweigend eine Zigarre geraucht. Und im Hintergrund hatte eine alte Plattennadel geknarzt.

»*La Chansonette*, Yves Montand«, hatte Nicolas hinuntergerufen.

Tito hatte leise grummelnd einen Kreidestrich auf eine kleine Tafel gemalt und war ins Bett gegangen. Es war Julie, die damals den kleinen musikalischen Wettbewerb mit Tito begonnen hatte, sie war immer viel besser als Nicolas gewesen. Und dann war sie verschwunden und Nicolas hatte irgendwann dazugelernt und Tito hatte immer mehr Kreidestriche auf die Tafel malen müssen. Aber Julies Niveau hatte er in diesem kleinen Ratespiel nie erreicht.

»Der hungrige Fluss«, so lautete die Schlagzeile der Zeitung, die vor ihm auf dem Tisch lag. Nicolas hatte sie noch nicht angerührt.

»Gute Schlagzeile«, erklang die Stimme eines Mannes, dessen Schritte Nicolas nicht gehört und dessen Näherkommen er nicht bemerkt hatte.

»Darf ich mich zu Ihnen setzen?«

Und wenn er später an diesen Tag zurückdachte, dann war da immer der Gedanke, dass er sich einfach nicht in die erste Reihe hätte setzen sollen.

Nicolas blickte auf und musterte den Mann, der mit einer gewissen Selbstsicherheit Stühle zur Seite schob und sich neben ihn setzte, als gäbe es nicht mindestens mehrere Dutzend andere freie Stühle.

»Bitte«, sagte Nicolas und setzte seine Sonnenbrille wieder auf, als deutliches Zeichen dafür, dass er ohnehin nicht mehr sehr lange hier sein würde.

Der Mann war deutlich älter als er, um die sechzig schätzungsweise, er hatte grau durchsetztes Haar, und seine Haut war wettergegerbt. Nicolas schätzte, dass er oft draußen war.

Dazu passten die kräftigen Hände. Er trug feste Schuhe, eine Jeans und einen blauen Strickpullover.

Durchaus gut aussehend, ein offenes Lächeln, blitzend weiße Zähne. In der rechten Hand hielt er eine kleine Espressotasse, die er vorsichtig auf dem Tisch absetzte.

»So guten Kaffee gibt es bei uns nicht, das muss ich schon sagen«, bemerkte er.

»Sind Sie zum ersten Mal in Paris?«, fragte Nicolas.

»Nein, ganz im Gegenteil«, sagte der Mann. »Ich bin hier geboren, drüben in Levallois, ich ging in Montrouge zur Schule und später habe ich hier studiert, gleich nebenan, an der Sorbonne. Ich bin sozusagen ein Kind dieser Stadt.«

Nicolas spürte die wärmende Sonne in seinem Nacken.

»Und dann sind Sie fortgelaufen, sind abgehauen, haben uns hier alleine gelassen mit dieser unbarmherzigen Mutter einer Stadt, die ihre Kinder zwar liebt, es ihnen aber nicht zeigen kann?«

Sein Gegenüber nippte vorsichtig an seinem Espresso.

»Exakt so ist es. Da war einfach zu viel unerwiderte Liebe, wissen Sie? Die Stadt hat mich erdrückt, es war, als fehlte mir die Luft zum Atmen. Also bin ich abgehauen, zugegeben, das ist schon fast dreißig Jahre her, aber ich habe es nie bereut. Gut, der Kaffee, das ist tatsächlich ein Problem bei uns.«

»Wo ist dieses *bei uns*?«, fragte Nicolas.

»In der Normandie«, antwortete der Mann und Nicolas konnte nicht anders, als instinktiv eine Augenbraue hochzuziehen.

»Ich wurde in der Normandie geboren«, erwiderte er. »Und wenn es nach meiner Mutter gehen würde, würde ich dort noch immer leben, als Polizist zwischen Badegästen und Casinobesuchern. Aber es ist anders gekommen. Und nun bin ich hier, zugegeben auch schon seit einiger Zeit.«

Der Mann lächelte.

»Mütter können schwierig sein.«

»Väter auch«, antwortete Nicolas und biss sich auf die Zunge, um all das, was er dazu sagen könnte, nicht laut auszusprechen.

Er hatte das letzte Mal vor drei Monaten mit seinem Vater gesprochen.

Eine Taube landete flatternd vor ihren Füßen und Nicolas sah, wie der Mann neben ihm erschrocken zusammenzuckte und fast seinen Espresso verschüttete.

»Verdammte Viecher«, fluchte er.

»Sie tun nichts«, sagte Nicolas und blickte auf die Uhr. Er musste bald los.

»Doch«, murmelte der Mann, während er die Taube fortscheuchte. »Das tun sie sehr wohl.«

Nicolas verstand nicht, was er damit meinte, aber das musste er auch nicht. Er kramte zwei Geldmünzen aus seiner Hosentasche und legte sie auf den Tisch.

»Leider muss ich los. Es hat mich sehr gefreut. Ich hoffe, Sie verbringen noch eine angenehme Zeit hier in Paris. Wir haben mehr zu bieten als ein paar Tauben und guten Kaffee, glauben Sie mir.«

Der Mann betrachtete ihn einen Augenblick, dann legte er den Kopf zur Seite.

»Das glaube ich Ihnen, Monsieur Guerlain. Das glaube ich Ihnen wirklich.«

Die Taube näherte sich wieder, mit leichten Trippelschritten und hochgerecktem Kopf, ihr Hals schimmerte grünlich-violett, ihre Augen funkelten in der Sonne. Auf einem vorbeifahrenden Linienbus warb eine Schönheit für ein neues Parfüm, der Wind ließ die Markise des Bistrots flattern, an der Fontaine Saint-Michel machten zwei Jugendliche ein Foto von sich, mit einem Handy in einer goldglänzenden Schutzhülle. Auf der anderen Straßenseite zählte ein Kunde sein Kleingeld vor einem Kiosk, weiter hinten überquerten zwei Studenten die Brücke hinüber zur Île de la Cité. Eine kleinere Touristengruppe bog fröhlich plappernd in die Rue de la Houchette ein, wo eine genervte Anwohnerin darüber nachdachte, wo sie gestern Abend ihren Wagen geparkt hatte.

All das sah Nicolas mit einem kurzen Blick.

Dies war offenbar ein Tag der dritten Kategorie. Ein Tag, der Probleme mit sich brachte.

Er blickte auf die Uhr, noch hatte er etwas Zeit, im Palais de Justice würde der große Gerichtssaal der Cour d'Assises erst in einer halben Stunde geöffnet werden. Langsam setzte er sich wieder auf den rot gepolsterten Stuhl in der ersten Reihe und musterte sein Gegenüber, der Mann lächelte ihn an, als wäre es das Normalste auf der Welt, an einem kalten Morgen mitten in Paris jemand völlig Unbekannten bei seinem Namen anzusprechen.

»Woher kennen Sie mich?« Nicolas' Stimme klang abweisend.

Der Mann stellte seine Tasse ab. Dann schüttelte er den Kopf.

»Ich kenne Sie nicht, Monsieur Guerlain. Bitte entschuldigen Sie, wenn ich Sie irritiert habe. Mein Name ist Pascal Leval.«

Nicolas überlegte, ob Leval seinen Namen in der Zeitung gesehen haben mochte, die Presse hatte seine Rolle bei den Geschehnissen am 6. Juni dankbar aufgegriffen. Der durchgeknallte Bodyguard des künftigen Präsidenten, sein Dienst war nicht sonderlich erfreut gewesen, mal wieder nicht.

Aber er hatte François Faure gerettet.

Mal wieder.

Das war im Sommer gewesen, jetzt war Spätherbst und früher Schnee legte sich besänftigend auf die Straßen von Paris. Nein, Leval musste aus einem anderen Grund hier sein.

»Bitte geben Sie mir zehn Minuten, Monsieur Guerlain, dann erkläre ich Ihnen alles.«

Nicolas blickte erneut auf die Uhr. Dann seufzte er und winkte der Bedienung zu.

»Doch noch einen Tee bitte«, sagte er und wandte sich wieder Leval zu.

»Fangen Sie an, Monsieur Leval. Erzählen Sie mir Ihre Geschichte. Und ich hoffe, es ist eine gute.«

Für einen Moment verfinsterte sich das Gesicht des Mannes.

»Nein, Monsieur Guerlain. Mit einer guten Geschichte kann ich nicht dienen. Nur mit einer schlechten. Aber noch kann sie ein gutes Ende nehmen. Deshalb bin ich hier.«

Sachte schob er seine Tasse zur Seite und zeigte auf das Titelblatt der Zeitung, die darunterlag. *Der hungrige Fluss – Vieux-Port, das Dorf der Ängste.*

Leval tippte auf die Schlagzeile.

»Ich komme aus genau diesem Dorf, Monsieur Guerlain. Aus Vieux-Port, es liegt am Ufer der Seine, nicht weit vom Meer entfernt. Und ja, wir haben Angst. Große sogar. Und ich will Ihnen erzählen, warum das so ist, und alleine die Tatsache, dass Sie noch hier sitzen, macht mir Mut.«

Die Bedienung stellte Nicolas eine zweite Tasse Tee hin, er bezahlte sie sofort.

»Mut wofür?«, fragte er.

Leval lächelte.

»Für die Wahrheit.«

Nicolas fuhr mit dem Teebeutel durch das heiße Wasser. Der Dampf stieg in die kalte Luft und löste sich nach kurzer Zeit auf.

»Fangen Sie an. Aber erwarten Sie nichts von mir.«

KAPITEL 10

Vieux-Port, Normandie
20 Jahre zuvor

Die Kälte kam vom Meer her, damals, über Nacht. Sie hatte die Flussufer eingenommen, die Büsche und überhängenden Bäume erfasst, war still und heimlich weiter vorgedrungen. Sie legte sich auf die kahlen Äste der Weiden und auf die Bootsausleger, an denen kleine Ruderboote festgemacht waren, deren Rümpfe im Wasser schaukelten. Ab und zu sprang ein silberner Fisch aus dem Wasser, eine Kröte ließ sich in den Fluss gleiten. Dichte Nebelschwaden hingen tief über dem Wasser.
Es war still an jenem Morgen. Viel zu still.

Jenseits der ersten Flussbiegung lösten sich die Nebelfetzen langsam auf, das Meer verlor an Macht, die Bäume schienen sich am Flussufer zu drängen. Über die Äcker blickten schwarze Vogelscheuchen, eine Krähe pickte vergeblich nach Würmern. Der Boden war gefroren. Klamme Feuchtigkeit mischte sich mit dem Geruch von Erde und von Kuhmist, ein paar braun gescheckte Kühe standen dösend um einen Futtertrog.

Etwas weiter flussaufwärts zogen sich dunkle Wälder den Hügel empor, davor lagen, eingekesselt zwischen Fluss und Hinterland, einige Häuser.
Vieux-Port.

Das Dorf der Ängste, am Ufer des Flusses, den die Zeitungen zwanzig Jahre später hungrig nennen würden. Er floss ruhig in seinem Bett, scheinbar ein Tag wie jeder andere, und doch nahm hier und jetzt das Unheil seinen Lauf.

Ein Wagen fuhr durch das Waldstück, die schwachen Lichter der Scheinwerfer flackerten zwischen den Stämmen auf. Es war ein Kleintransporter, in der Fahrerkabine saßen zwei Männer, der eine schlief, der andere kaute seit einer halben Stunde an einem Zahnstocher. Verächtlich blickte er aus dem Fenster.

»Hier will ich nicht begraben sein«, murmelte er und lenkte den Transporter vorsichtig durch einen Engpass, ein Baum war auf die Fahrbahn gestürzt, der Asphalt unter feuchtem Laub begraben.

»Kein Wunder, dass die von hier wegziehen wollen. Na ja, warum es gleich nach England gehen muss … Hey, wach auf, wir sind da!«

Der Mann neben ihm grunzte kurz, richtete sich müde auf und blinzelte, als sie das Ortsschild passierten und die ersten Häuser in Sicht kamen.

»Ach du Scheiße«, sagte er gähnend. »Lass uns schnell machen, hier krieg ich ja Depressionen.«

Die Ankunft des Umzugswagens blieb nicht ganz unbemerkt. Ein Mann stand am Fenster seines Hauses, die Hände im Rücken verschränkt. Sein Blick war traurig. Als der Transporter auf dem kleinen Platz vor der Kirche wendete und knirschend vor ihrem Haus hielt, seufzte er auf.

Nun war es so weit.

Sie würden zur Ruhe kommen.

»Sie sind da«, rief er über die Schulter und kurz darauf erschien seine Frau in der Küchentür, sie trug einen Karton mit alten Fotos in der Hand.

»Den hier behalte ich bei mir«, sagte sie und blickte an ihm vorbei aus dem Fenster. »Vielleicht ist es gut so«, murmelte sie und legte ihm beruhigend die Hand auf die Schulter.

»Mathieu, kommst du?«, rief sie die Treppe hinauf.

Eine Antwort bekam sie nicht. Nur das dumpfe Zuschlagen einer Tür war zu hören.

Der Mann und die Frau blickten sich einen Augenblick an.

»Es ist das Beste für uns alle«, sagte sie und drückte ihm einen Kuss auf die Stirn.

»Du bist wunderschön«, sagte er und beschloss, seine Traurigkeit hierzulassen, hier in Vieux-Port. Dort, wo sie hingingen, war dafür kein Platz.

»Ich sehe noch mal nach den Tauben«, entschied er.

Die zweite Person, die das Geschehen beobachtete, saß am anderen Ufer in einem kleinen Boot, halb verborgen unter den herabhängenden Zweigen einer alten Weide. Er war fast noch ein Kind, ein Jugendlicher, der an diesem Morgen früh aufgestanden war, um sich hier zu verstecken. Seine nackten Füße hingen ins Wasser, seine Zehen waren bereits vor einer halben Stunde eingefroren, er spürte sie kaum noch.

Er spürte überhaupt sehr wenig.

Er blickte nur hinüber zum anderen Ufer, zu seinem Dorf, wo nichts mehr so sein würde wie bisher. Leise schniefte er Rotz mit der Nase hoch und warf einen Kieselstein ins Wasser. Er sah, wie Kreise durch das Wasser zogen, kleine Wellen, die schnell verebbten.

Drüben auf dem kleinen Platz wurde die Klappe des Transporters geöffnet, zwei Männer holten Gurte und Kartons hervor.

Drei Stunden später hatte sich der Nebel vollständig aufgelöst, die Sonne hatte ihn verdrängt und beschien nun Vieux-Port und seine Häuser, die sich flach ans Ufer duckten.

Ab und zu war hinter einer Gardine ein Gesicht erschienen. Ein Schatten huschte durch einen Vorgarten, eine Katze wurde hereingelassen, weil es draußen zu kalt war, für Katzen und für Menschen. Nur das Fluchen der beiden Packer war zu hören gewesen, die Anweisungen des Ehepaares und dann eine Fahrradklingel, als ein Mädchen vorbeifuhr und winkte.

Der Mann stand in der Tür seines Hauses, das er in wenigen Minuten verlassen würde, und winkte zurück.

»*Au revoir*, Esthelle«, murmelte er.

Und dann war alles gepackt, alles sortiert und beschriftet, der Schlüssel lag auf der Fensterbank in der Küche, die Post war abbestellt und das Telefon ausgestöpselt. Ein Freund würde die Tauben nehmen. Er hatte sich bereits mehrfach von den Tieren verabschiedet, es fiel ihm nicht leicht.

Die Frau trat aus dem Haus, den Karton mit den Bildern in der Hand, sie setzte sich in einen alten Peugeot, der in der Einfahrt stand. Sie blickte nicht zurück, sie lächelte und er wünschte, er könnte auch lächeln.

»Mathieu, wir fahren. Kommst du.«

Es dauerte noch fünf Minuten, dann hörte er Schritte auf der Treppe und sein Sohn kam herunter. Wie immer hatte er seine Augen dunkel geschminkt, er war komplett schwarz angezogen und auch er lächelte nicht.

Der Mann seufzte, es wurde tatsächlich Zeit, dass sich etwas änderte. Ihr Sohn hatte dieses Dorf zu lange drangsaliert. Sie hatten nicht tatenlos dabei zugesehen, im Gegenteil, aber sie hatten keine Mittel gefunden gegen seine Wut. Eine Wut, die so plötzlich aufgetaucht und so verheerend war wie eine dunkle Kreatur aus dem Fluss, an dem sie so gerne gelebt hatten.

Irgendwann hatten die Menschen auch ihn gemieden und seine Frau. Auf der Straße wechselten die Nachbarn die Seite, in der Kirche rückten sie in eine andere Bank.

Und er hatte sich geschämt, immer mehr. Und er tat es immer noch.

Aber nun war es vorbei.

Mathieu, sein Sohn, würde dieses Dorf endgültig in Ruhe lassen.

Er zog die Tür zu und ging mit Mathieu zum Wagen, die beiden Männer waren mit dem Transporter bereits losgefahren, in Richtung Le Havre, wo die Fähre wartete.

»Steig ein«, sagte er leise und er war erleichtert, als sein Sohn sich ihm nicht widersetzte. Als er sich auf den Fahrersitz setzte und seine Frau seine Hand drückte, da blickte er in den Rückspiegel.

Mathieu hatte die Augen geschlossen. Er war fast noch ein Kind, ein Heranwachsender, auf seiner Oberlippe zeichnete sich erster Flaum ab. Er war hübsch, die Mädchen hätten ihn gemocht.

Wenn er anders gewesen wäre. Und wenn er all das nicht getan hätte, das Drangsalieren, das Stören, das Unruhestiften.

Der Mann dachte an die Krähe, die brennend vor der Kirche gelegen hatte, mit Benzin übergossen. An die Katze, die sie eine Woche nach ihrem Verschwinden tot aus dem Fluss gefischt hatten. Ihr hatte ein Auge gefehlt.

Die eingeschmissenen Fensterscheiben, die zerstochenen Reifen. Die Schmierereien an den Wänden, Zeichnungen von Teufeln und schwarzen Adlern, immer wieder, auch an der Steinfassade der Kirche.

Die tote Ratte im Briefkasten des Bürgermeisters.

Ihr Schwanz, den Mathieu einem Nachbarsjungen zum Spielen schenkte.

Stumme Botschaften des Hasses.

Aber das war jetzt vorbei.

Er wollte gerade den Motor starten, als Mathieu auf der Rückbank die Augen öffnete.

»Warte, Vater.«

Der Mann sah, wie er ausstieg und er ahnte, dass sich Unheil anbahnte. Alles, was 20 Jahre später passieren würde, begann genau in diesem Augenblick, während am anderen Ufer ein Ruderboot verlassen im Wasser unter den Bäumen dümpelte.

»Kommt raus!«
»Mathieu, bitte!«
»Kommt aus euren Löchern, ihr feigen Schweine! Wenigstens jetzt!«

Mathieu war in der Mitte des kleinen Platzes stehen geblieben. Er drehte sich langsam im Kreis, seine Stiefel knirschten auf dem Kies. Sein Atem hing in der Luft, der Mann konnte sehen, dass sein Sohn zitterte.

Er hatte nur einen Pullover an, er musste frieren.
»Mathieu, komm zurück«, rief er. »Es ist gut ...!«
»Kommt raus!«, brüllte sein Sohn und deutete auf die Tür des Hauses, in dem der Bürgermeister wohnte, dann auf das des Metzgers und auf das der alten Frau, die seit dem Krieg auf die Rückkehr ihres Mannes wartete. Mathieu deutete auf das Haus des Bäckers, des Fährmannes und des Besitzers des kleinen Ladens, der in wenigen Jahren pleite gehen würde.

Es war das ganze Dorf, auf das Mathieu mit Fingern zeigte.
»Kein Sorge, ich bin gleich weg, ihr habt es geschafft! Aber dieses eine Mal, das seid ihr mir schuldig!«

Für einen Moment schien es, als würde nichts passieren. Da war nur der schwarz gekleidete Jüngling, der zitternd in der Kälte stand, Speichel lief an seinem Mundwinkel herab, er breitete die Arme aus und öffnete die Hände.

Dann ertönte ein Knarzen und der junge Mann drehte sich zur Kirche um. Ein Mann in einer schwarzen Soutane trat aus dem Portal.

»Ah, der Herrgott persönlich!«, blaffte der Junge den Priester an, der vor seiner Kirche stehen blieb und ihn mit sorgenvoller Miene anblickte.

»Mathieu, bitte!«, rief der Vater erneut, sein Ruf verhallte zwischen den Hügeln und dem kalten Wasser.

Dann öffnete sich eine weitere Tür, zwei Häuser neben der Kirche. Eine weitere, gegenüber. Eine alte Frau trat langsam auf die Straße, ihre Hand legte sich aufs Gartentor, als wollte sie sich festhalten. Ein Ehepaar stand in seiner Tür und blickte hinüber zu dem Sohn, der sich langsam drehte, jeden ansah.

»Ah, da seid ihr ja! Willkommen, das ist euer Festtag! Das wolltet ihr doch – dass ich endlich gehe, oder? Dass ich euch in Ruhe lasse! Ihr Feiglinge!«

Er spuckte wütend aus und riss die Arme hoch, mit einer hektischen Bewegung.

»Bleib stehen, Vater«, brüllte er und blickte hinüber zum Wagen. Seine Mutter war ebenfalls ausgestiegen, müde sah sie ihn an, den Karton mit den Fotos in der Hand.

Immer mehr Anwohner kamen aus ihren Häusern, sie standen an den Gartentoren und in den Auffahrten, vor der Kirche und am Flussufer. Auch Kinder waren dabei, Mitschüler ihres Sohnes.

Eine ältere Frau bekreuzigte sich. Und sie hatte allen Grund dazu.

Mathieu hielt inne, als er sah, dass sich das ganze Dorf um ihn versammelte. Keiner sprach ein Wort.

»Na, werdet ihr feiern?«, rief er und blickte ihnen dabei in die Augen. »Tanzt ihr auf der Straße und betrinkt ihr euch? Jetzt seid ihr am Ziel, nicht wahr? Ihr habt bekommen, was ihr wolltet. Meine Eltern und ich, wir ziehen fort. Ich lasse euch in Frieden, das wolltet ihr doch. Oder nicht? Sagt etwas!«

Aber niemand antwortete ihm. In Vieux-Port war es still, nur das Scharren der Stiefel auf dem gekiesten Kirchplatz. Nur das Keuchen seines Atems.

Nur das Gurren einer Taube, hinten im Garten.

Mathieu lächelte, es war ein kaltes Lächeln.

»Aber jetzt, wo ihr schon mal alle beieinander seid, da will ich mich auch anständig verabschieden. Das gehört sich doch, nicht wahr? So viel Zeit muss sein!«

Das Wasser gluckste am Ufer, leichter Wind fuhr durch die Bäume.

Und obwohl die Sonne schien, fiel Schnee.

Genau 20 Jahre später würde es wieder so früh schneien in Vieux-Port, aber das spielte zu diesem Zeitpunkt keine Rolle.

Mathieu verbeugte sich mehrfach, als würde er eine Bühne verlassen, auf der er lange Zeit gespielt hatte.

»Ihr und ich, wir haben uns nicht geliebt«, sagte er. Er schrie nicht mehr, er war nun ganz ruhig. Die Menschen um ihn herum hörten ihm zu, keiner war gegangen.

»Ich möchte euch etwas sagen, zum Abschied.«

Aus den Augenwinkeln sah er, dass seine Mutter weinte, ihre Tränen tropften in den Karton und auf die Bilder. »Eines Tages werdet ihr bestraft. Hört ihr? Ihr werdet spüren, wenn es so weit ist. Am eigenen Leib werdet ihr es spüren!«

»Mathieu, es reicht!« Sein Vater hatte sich ein Herz gefasst und kam auf ihn zugelaufen. Aber noch war Mathieu nicht fertig.

»Das soll euer Fluch sein, von jetzt an! Ihr sollt in Angst leben, in Angst vor dem Tag, an dem eure Strafe euch ereilt. Der Teufel wird euch holen!«

»Mathieu!« Sein Vater griff nach ihm, zerrte an seinem schwarzen Pullover, seine Mutter schrie auf, der Karton glitt ihr aus den Händen.

»Ersaufen werdet ihr, alle miteinander, ohne Ausnahme! Ihr werdet im Fluss ersaufen, wie die Ratten, ihr habt es nicht anders verdient. Merkt euch das!«

Sein Vater schlug ihm mit der flachen Hand hart ins Gesicht.

Verblüfft hielt sich Mathieu die glühende Wange, für einen Moment war nur das Schluchzen der Mutter zu hören.

Niemand kam, um ihr den Karton zu reichen, der auf dem Boden lag.

Mathieu lächelte.

Dann ließ er seinen Vater stehen, ohne ihn anzusehen, ließ die Menschen, Häuser, Gartentore hinter sich …

Und erst vor dem Portal der Kirche, als er aufsah und dem Priester in die Augen, da sprach er einen letzten Satz.

»Und du, Ratte, du wirst der Erste sein.«

Er trat zu seiner Mutter, reichte ihr den Karton und gab ihr einen Kuss auf die Stirn.

»Es ist gut, Mutter.«

Und als sie kurz darauf das Dorf verließen und ihr Wagen unter den Bäumen verschwand, standen die Menschen noch immer dort, auf dem Platz vor der Kirche. Mit klopfendem Herzen und ängstlichem Blick, während der Schnee sich lautlos auf die Dächer der Häuser legte, so wie auf das ganze Hinterland der Normandie.

Und zwanzig Jahre später trieb ein toter Mann im Hafenbecken von Deauville und seine Kleidung lag fein säuberlich gefaltet am Ufer des Flusses bei Vieux-Port, zusammen mit der grau durchzogenen Feder einer Taube.

Wissen konnte das an jenem Morgen, auf dem Platz von Vieux-Port, niemand.

Nur fürchten konnten sie es alle.

KAPITEL 11

Paris, Boulevard Saint-Michel
Jetzt

Nicolas blickte auf die trübe Flüssigkeit in seiner Tasse. Sein Tee war kalt geworden, weil der Mann neben ihm eine einnehmende Stimme hatte und weil er eine Geschichte so erzählen konnte, dass für das Trinken eines Tees schlicht keine Zeit blieb.

Für einen Augenblick schwiegen sie und blickten auf den Verkehr, der sich über den Boulevard quälte. Eine Gruppe Studentinnen überquerte einen Zebrastreifen, das helle Lachen der jungen Frauen drang zu ihnen herüber. Es klang unbekümmert und es passte zu diesem Novembertag, die Stadt war voller Energie, nahezu lichtdurchflutet, im Vergleich zu den vorangegangenen Tagen.

Nicolas blinzelte und drehte sich zu Pascal Leval, der an seinem Kaffee nippte. Seine letzten Worte klangen einen Augenblick nach.

»Warum erzählen Sie mir diese Geschichte?«, fragte er ihn und sah dabei auf die Uhr.

»Weil die Leute in Vieux-Port Angst haben, Monsieur Guerlain«, sagte Leval leise. »Weil genau das eingetroffen ist, was der junge Mathieu uns damals vorausgesagt hat. Das ganze Dorf hat Angst.«

»Ich glaube nicht an Flüche«, erwiderte Nicolas und machte Anstalten aufzustehen. Leval legte ihm eine Hand auf den Arm und blickte ihn eindringlich an.

»Ich auch nicht, das können Sie mir glauben, Monsieur Guerlain. Aber ich bin trotzdem hierhergefahren, aus der Normandie nach Paris, nur um Sie zu sehen. Nein, ich glaube nicht an Flüche. Aber ich glaube an die Macht der Rache. Deswegen bin ich hier bei Ihnen.«

Pascal Leval sprach nicht laut, aber seine Stimme war eindringlich, sie packte Nicolas, ließ ihn nicht los.

»Es ist Aufgabe der Polizei, Sie zu schützen und ...«

Leval schüttelte den Kopf.

»Wir haben der Polizei alles erzählt, die ganze Geschichte. Aber niemand glaubt uns, verstehen Sie? Sie ermitteln in alle Richtungen, sagen sie. Und uns nimmt keiner ernst.«

»Ehrlich gesagt verstehe ich das sogar sehr gut«, antwortete Nicolas und stand mit einem Ruck auf.

»Monsieur Leval, ich wüsste nicht, wie ich Ihnen helfen könnte. Selbst wenn dieser Junge, von dem Sie so eindrucksvoll erzählt haben, damals wirklich gedroht hat ...«

Sein Gegenüber erhob sich ebenfalls und blickte ihn an.

»Oh, nein, Monsieur Guerlain. Mathieu hat uns damals nicht gedroht, das dürfen Sie nicht falsch verstehen.«

Seine Stimme war jetzt ganz leise, kaum mehr als ein Flüstern. »Der Teufel droht nicht, Monsieur Guerlain. Er kündigt an.«

Die Taube war fort, die Studentinnen auch. Der Tag hatte Schaden genommen, die Unbekümmertheit war dahin, Nicolas blickte nervös hinüber zum anderen Ufer der Seine, er war spät dran.

»Monsieur Leval, bei allem Respekt. Ich bin Personenschützer, ich ...«

»Deshalb bin ich hier«, unterbrach ihn Leval. »Beschützen Sie uns! Beschützen Sie Vieux-Port und seine Bewohner, es sind gute Menschen, das können Sie mir glauben!«

Nicolas runzelte die Stirn.

»Verstehe ich Sie richtig, Sie wollen, dass ich alle im Dorf ...«

»Wir bezahlen Sie gut«, erklärte sein Gegenüber. »Sie sind der beste Personenschützer überhaupt, so wurde mir gesagt, und wenn das so ist, dann sind wir bei Ihnen richtig. Wir brauchen Sie, Monsieur Guerlain! Wir brauchen Sie dringend, bevor noch Schlimmeres passiert!«

Nicolas hob die Hand und versuchte so, Leval zu unterbrechen, der jetzt schwitzte, weil er sich in Rage geredet hatte.

»Wir haben uns beraten, wir haben einen kleinen Gemeindevorstand. Ich bin seit vielen Jahren der Bürgermeister von Vieux-Port, wir haben gedacht, wir bitten Sie einfach, etwas anderes ist uns nicht eingefallen ...«

»Warten Sie«, schnitt ihm Nicolas das Wort ab.

Pascal Leval blickte ihn hoffnungsvoll an, aber seine Hoffnung sollte sich schnell in Enttäuschung umkehren.

»Wer hat Ihnen gesagt, ich sei der beste Personenschützer?«, fragte er, weil dieser kurze Teil von Levals leidenschaftlichem Plädoyer bei ihm hängengeblieben war.

»Ich verstehe nicht ...«, erwiderte sein Gegenüber verunsichert.

»Sie sagten, jemand habe Ihnen von mir erzählt. Wer war das?«

Pascal Leval hatte sich schnell wieder gefangen.

»Eine junge Frau. Eine Polizistin, also eine angehende, schien mir. Sie arbeitet mit der Polizei in Deauville zusammen und sie ist extra noch mal zurückgekommen, um uns von Ihnen zu erzählen. Sie schien uns wenigstens ernst zu nehmen. Ich glaube ... warten Sie ... sie hieß ...«

Nicolas fluchte innerlich.

»Sie heißt Claire Cantalle. Und sie redet viel, wenn man sie nicht schnell unterbricht.«

Leval lächelte.

»Da haben Sie recht, Monsieur Guerlain. Sie spricht

schneller, als die Möwe fliegen kann, so sagt man bei uns. Aber sie hat uns auch zugehört und jetzt stehe ich hier vor Ihnen und bitte Sie: Kommen Sie nach Vieux-Port. Beschützen Sie uns vor Mathieu. Vor dem Teufel.«

Nicolas wandte sich zum Gehen.

»Ich danke Ihnen für Ihr Kommen, Monsieur Leval. Wirklich. Aber ich bin Personenschützer. Und kein Teufelsaustreiber. Wenn Sie einen solchen suchen, fragen Sie Claire Cantalle. Die redet einfach so lange auf ihn ein, bis er Englein sieht. Und jetzt entschuldigen Sie mich. Ich muss wirklich los.«

Nicolas reichte dem Mann die Hand, die dieser nach einigem Zögern ergriff.

»Wenn Sie es sich noch mal anders überlegen, Sie finden mein Haus gleich am Ortseingang, unten am Fluss. Sie können es nicht verfehlen.«

»Adieu, Monsieur Leval. Und danke für Ihr Vertrauen. Ich bin es nicht wert, glauben Sie mir. Ich könnte Ihnen nicht helfen.«

Wenig später überquerte Nicolas die Brücke hinüber auf die Île de la Cité und erreichte nach einigen schnellen Schritten den Palais de la Justice.

Er hatte Wichtigeres zu tun, als den Teufel auszutreiben. Er musste einen Engel vor dem Fall bewahren.

Er wusste nur nicht wie.

KAPITEL 12

Paris
Palais de Justice
15 Minuten später

Bitte erheben Sie sich!«

Der Ruf des Saaldieners unterbrach das gespannte Murmeln in den Zuschauerreihen, als durch eine kleine, unscheinbare Holztür an der Rückwand die Richter den großen Saal betraten. Nicolas war nur wenige Augenblicke zuvor durch den breiten Eingang gekommen und hatte in einer der hinteren Reihen Platz genommen. Erneut fühlte er sich von den gigantischen Ausmaßen des ehemaligen Audienzsaales in Bann gezogen, er wünschte, die Schönheit und der Glanz, die ihn umgaben, würden ihn ermutigen.

Aber so war es nicht.

Erstmals durfte er dem Prozess als Zuschauer beiwohnen, nachdem er am vergangenen Prozesstag seine Aussage als geladener Zeuge gemacht hatte. Von seinem Platz aus hatte er beste Sicht auf die Verteidigung, auf Julie, aber eben auch auf die Staatsanwaltschaft und die versammelte Bürokratie eines Gerichtsprozesses.

Wie klein sie alle wirkten, angesichts der Dimensionen des Gebäudes, und genau diese Wirkung hatten die Erbauer womöglich im Sinn gehabt. Nicolas sah zu der Richterin, die gemeinsam mit ihren beiden Beisitzern und den sechs Geschworenen ein Urteil fällen würde, über Julie, die mit geschlossenen Augen dort vorne gestanden hatte, vor der Anklagebank, und die sich jetzt setzte, so wie er und alle anderen Anwesenden in dem großen Saal auch.

Nun begann der vorletzte Prozesstag. Ein einziger Zeuge würde noch gehört werden, es würde heute um Julies Abtauchen gehen, um ihr plötzliches Verschwinden unmittelbar nach jener Razzia, bei der sie die junge Drogenabhängige erschossen hatte.

In Notwehr, wie Julie sagte. Und eben nicht mit voller Absicht und ohne Vorwarnung, wie die Aussage ihres Kollegen nahelegte.

Nicolas ließ Julie nicht aus den Augen, keine Sekunde, so lange, bis die Richterin ihre Stimme erhob und den Prozesstag eröffnete. Und Julie blickte ihn an, scheinbar unbewegt, dann mit dem leichten Anflug eines Lächelns. Ihr Gesicht veränderte sich, es leuchtete und ihre Augen fingen an zu glänzen.

Beinahe, als würde sie aufwachen.

Ihr Verteidiger, der vor ihr saß, drehte sich jetzt zu ihr um und legte beruhigend seine Hand auf ihren Arm.

»Guten Morgen«, begann die Richterin und wandte sich an die Geschworenen.

»Dies ist der vorletzte regulär angesetzte Gerichtstermin im Prozess gegen die hier anwesende und derzeit in Untersuchungshaft im Prison de la Santé sitzende Julie Malraux. Dem Gericht liegen keine neuen und fristgerecht eingereichten Anträge oder Zeugenladungen vor. Ich gehe folglich davon aus, dass wir mit dem hier zu führenden Prozess wie verabredet fortfahren können. Ist dies so korrekt?«

Der Staatsanwalt, der Julie gegenübersaß, nickte, ebenso ihr Verteidiger. Nicolas hatte einige Male mit ihm gesprochen, er war ein alter Freund ihrer Familie. Ein ruhiger, angenehmer Mann.

»Wenn Sie einen neuen Zeugen auftreiben können, Monsieur Guerlain, der die Dinge in ein anderes Licht zu stellen vermag, dann wäre dies sicherlich hilfreich.«

Das waren seine sorgsam gewählten Worte gewesen, als Nicolas ihm und Julie von Jojo, dem Dealer, erzählt hatte. Aber diese Hoffnung war nun gestorben.

Die Richterin hatte vollkommen recht. Es gab keine neuen und vor allem fristgerecht angemeldeten Zeugen, sondern nur denjenigen, dessen Aussage seit Prozessbeginn mit Spannung erwartet wurde. Der Mann saß, so wie Nicolas vor wenigen Tagen, draußen auf einer Bank im Saal vor der Cour d'Assises und wartete darauf, dass er hineingerufen wurde. Er saß dort in aufrechter Haltung, mit ruhigem Blick.

Er war Herr der Lage. Immer.

»Sie ist so hübsch, nicht wahr?«

Nicolas drehte sich überrascht zur Seite, er hatte die alte Frau nicht wahrgenommen, die zwei Plätze links von ihm saß, mit ihrer Handtasche auf dem Schoß und einer dicken Wolljacke neben sich.

Er erkannte sie augenblicklich wieder.

»*Bonjour*«, sagte Nicolas und versuchte, seine dunklen Gedanken für einen kurzen Moment fortzuschieben. Julie, ihr Verteidiger, Jojo, der Sprung vom Dach des Hochhauses, das seltsame Jobangebot eines gesamten Dorfes, das angeblich vor langer Zeit verflucht worden war, der hungrige Fluss – sein Kopf glich einem Umschlagplatz von Bildern und Eindrücken, die weder in Verbindung noch unabhängig voneinander einen Sinn ergaben.

Aber daran war er gewöhnt.

Alles, was zählte, war die Frau auf der Anklagebank.

»Ich finde, sie ist wirklich hübsch«, fuhr die alte Dame fort. »Aber auch so traurig. Es tut mir übrigens sehr leid, wenn ich Sie neulich gekränkt habe.«

Die alte Dame rutschte etwas an Nicolas heran. Dann reichte sie ihm die Hand.
»Mein Name ist Pauline.«
»Nicolas«, sagte er leise.
»Das weiß ich natürlich«, antwortete sie und lächelte ihn an. »Aber Sie hätten mir ruhig sagen können, dass Sie der Lebensgefährte sind. Sie haben mich ganz schön dumm aussehen lassen!«
»Das war nicht meine Absicht, Pauline.«
Jetzt, da sie direkt an seiner Seite saß und ihren akkurat gebügelten Winterrock zurechtzupfte, sah er, dass sie sich auskennen musste, mit der Traurigkeit. Ihre Augen waren wässrig, ihr Gesicht war von Falten durchzogen.
»Sie kommen öfter hierher, nicht wahr?«, mutmaßte er. Sie nickte, während sie beide für einen Augenblick den Ausführungen der Richterin lauschten.
»Seit vielen Jahren«, antwortete sie gedämpft, bemüht, dass der Saaldiener sie nicht ermahnte.
»Warum?«, erkundigte sich Nicolas.
»Weil es mich interessiert. Weil mich die Menschen interessieren, die da vorne sitzen. Die Guten. Die Schlechten. Die Hübschen. Die Traurigen. Sie hier zum Beispiel wirkt so fehl am Platz. Sie wirkt so ... verletzlich.«
Sie deutete mit ihrer Hand, die heute von einem dünnen Handschuh aus weißer Spitze bedeckt wurde, auf Julie.
»Ich habe gesehen, dass Sie ein Liebespaar sind. Als Sie im Zeugenstand waren, habe ich es gleich gesehen. So wie Sie sie anschauen, so schaut man nicht, wenn man nicht liebt.«
Nicolas lächelte.
»Sie haben eine gute Beobachtungsgabe, Pauline.«
»Dafür braucht es keine gute Beobachtungsgabe. Das sieht doch ein Blinder.«
Kurz darauf trat der Saaldiener zu ihnen und ermahnte sie, ruhig zu sein. Die alte Dame setzte sich wieder an ihren

Platz, aber nicht, ohne ihm vorher noch einen letzten Satz ins Ohr zu flüstern.

»Es tut mir leid für Ihre kleine Freundin. Aber ich glaube immer noch, dass sie es war. Entschuldigen Sie, das ist nicht höflich, ich weiß. Aber es geht doch um Gerechtigkeit, nicht wahr? Das Mädchen, das erschossen wurde, verdient Gerechtigkeit.«

Wieder an ihrem Platz, machte sie einem älteren Mann hinter sich ein Zeichen – offenbar ein Bekannter. Und Nicolas blickte nach vorne, wo Julie saß. Sie hatte einen Menschen getötet und er konnte sehen, wie sehr sie litt. Es fraß sie von innen auf, Notwehr hin oder her.

Und er konnte nichts für sie tun.

»Mademoiselle Julie Malraux, ledig, keine Kinder, geboren am 22.8.1987 in Alençon, Normandie. Letzter bekannter Wohnort ist Place Sainte-Marthe, Paris. Sind diese Angaben korrekt?«

»Ja.«

»Würden Sie bitte etwas lauter sprechen, sodass alle Anwesenden Sie verstehen können, Mademoiselle Malraux?«

»Entschuldigen Sie. Ja, die Angaben sind korrekt.«

Julie sah müde aus. Es wurde Zeit, dass sie wieder am Leben teilnehmen konnte, nach all dem, was passiert war. Aber derzeit sah es eher so aus, als stünde ihr noch Schlimmeres bevor.

Viele Jahre im Gefängnis.

»Ihnen wird vorgeworfen, am 9. März vor vier Jahren die französische Staatsbürgerin Clementine Marcellin im Verlauf einer Polizeiaktion in der Rue de Maubeuge vorsätzlich erschossen zu haben. Am heutigen Verhandlungstag vernehmen wir einen Zeugen zu der Frage, warum Sie sich anschließend der polizeilichen Ermittlung entzogen haben. Mademoiselle Malraux, Sie haben am Abend nach dem Einsatz und im

Verlauf dieses Prozesses ausgesagt, dass Sie sich an alles, was in dem Abbruchhaus geschehen ist, genau erinnern. Zudem haben Sie ausgesagt, dass Sie damals in Notwehr gehandelt haben. Sie haben, so Ihre Aussage, in jedem Augenblick die Dienstvorschriften eingehalten. Dabei bleiben Sie?«

Julies Verteidiger ergriff das Ort.

»Verehrte Frau Vorsitzende, meine Mandantin bleibt selbstverständlich bei ihrer Aussage.«

»Ihr Kollege sagt etwas anderes«, murmelte der ihm gegenübersitzende Staatsanwalt.

»Lassen Sie diese Kommentare«, beschied die Vorsitzende der Cour d'Assises und blätterte einen Augenblick in ihren Unterlagen.

Die Bürokratie eines weiteren Prozesstages nahm ihren Lauf.

Nicolas blickte zu Julie hinüber, die ihre Hände flach auf den Holztisch gelegt hatte, sie wirkte ruhig und gefasst.

Es war so vieles gesagt, so vieles in Betracht gezogen worden.

Auch zwischen ihnen beiden, erst in einem grau gefliesten Besucherraum im Untersuchungsgefängnis von Nanterre, dann in der Rue de la Santé.

Weil sie nicht verheiratet waren, hatte man ihm erst vier Wochen, nachdem Julie in der Normandie festgenommen und fortgebracht worden war, eine Besuchserlaubnis erteilt. Nichts war so gelaufen, wie Roussel und er es damals während einer rasanten Autofahrt von Arromanches nach Paris geplant hatten.

Sie hatten das Missverständnis rasch aufklären wollen, hatten mit Kollegen am Quai d'Orfèvre gesprochen, wo Julie vor ihrem Verschwinden als Fallanalystin gearbeitet hatte.

Alles nur ein Missverständnis, so war ihre Annahme gewesen.

Aber das war es nicht.

Und Julie war dabei, in den Mühlen der Justiz aufgerieben zu werden.

Es war nichts anderes als der Beginn eines weiteren Albtraums, aus dem es kein Erwachen zu geben schien.

Und immer wieder war sie ihm ausgewichen. Sie konnte, nein, sie wollte ihm nicht sagen, warum sie sich damals nicht an ihn gewandt hatte.

Die Stimme der Vorsitzenden riss ihn aus seinen Gedanken.

»Bitte rufen Sie den Zeugen jetzt herein«, wandte sie sich an den Saaldiener.

Kurz darauf hörte Nicolas Schritte hinter sich, als ein Mann den Gerichtssaal betrat und hinüber zum Zeugenstand lief. Die Schritte waren bedächtig, das Auftreten des grauhaarigen Mannes kontrolliert. Während er an den Zuschauerrängen vorbei nach vorn ging, warf er Blicke in die Reihen, als wollte er sich ein Bild machen, wer ihm zuhören würde. Als er an Nicolas vorbeikam, nickte er ihm kaum merklich zu.

Nicolas nickte nicht zurück. Er merkte, wie seine rechte Faust sich ballte.

Der Mann setzte sich, strich über die Hose seines teuren Anzuges und blickte die Richterin ernst an.

»Würden Sie Ihren vollständigen Namen, Ihr Geburtsdatum und Ihren Beruf zu Protokoll geben?«

»Alexandre Guerlain. Geboren am 2. März 1953. Bis vor Kurzem Leiter des DGSI. Jetzt freigestellt.«

Nicolas sah, wie sein Vater den Kopf drehte und Julie ansah. Er sah, wie seine Augen glänzten, während sie den Kopf senkte.

Er sah die Aura der Macht, die seinen Vater immer noch umgab.

Aber er sah noch etwas, etwas, das ihm den Atem stocken ließ.

In diesem Blick, den er seinem Vater nie verzeihen würde, lagen Herablassung, kalte Freude – und Lust.

Und da wusste er, wer hinter alldem steckte. Wer sein Spiel um Macht so weit getrieben hatte, wie Nicolas es nicht für möglich gehalten hatte.

Und als wollte Alexandre Guerlain das Messer noch mal umdrehen, das er in Nicolas' Eingeweide gerammt hatte, drehte er sich in diesem Augenblick zu ihm um.

Und lächelte.

»Würden Sie bitte den vollständigen Namen Ihres Dienstes mitteilen, Monsieur Guerlain?«

Nicolas sah, dass der Blick seines Vaters sich um eine Spur verhärtete. Er war es nicht gewohnt, korrigiert zu werden.

»Natürlich, Frau Präsidentin: *Direction générale de la sécurité intérieure.*«

Ein Raunen ging durch die Zuschauerbänke, der Status seines Vaters als Geheimdienstchef machte noch immer Eindruck, selbst wenn er seit den Ereignissen im Juni diesen Posten nicht mehr innehatte.

Weil damals alles schiefgelaufen war.

Der französische Inlandsgeheimdienst hatte sich auf Druck der Politik von seinem langjährigen Chef getrennt, Alexandre Guerlain war letztendlich zurückgetreten, er hatte seinen Stuhl geräumt. Was unter anderem zur Folge hatte, dass seine kleinen Geheimisse von seinem Nachfolger schnell aufgedeckt worden waren, der sich rasch einen Ruf als pedantischer Aufräumer erarbeitet hatte.

Eines dieser kleinen Geheimnisse war Julie gewesen und die Rolle des Inlandsgeheimdienstes bei ihrem Verschwinden nach der Razzia in der Rue Maubeuge.

Nachdem sie ihn vereidigt hatte, wandte sich die Richterin an Nicolas' Vater. »Monsieur Guerlain, ich bitte Sie, Ihre

Sicht der damaligen Ereignisse zu schildern. Erzählen Sie uns, warum und unter welchen Umständen Sie die hier Angeklagte für Ihren Dienst angeworben haben.«

»Sehr gerne«, sagte Alexandre Guerlain, trank einen Schluck Wasser und begann zu reden.

Nicolas konnte jedes Wort vorhersagen, bevor sein Vater es aussprach, in seiner ihm ganz eigenen, konzentrierten Art. Er brauchte keinen Zettel, keine Notizen, jeder Satz war wohlüberlegt und gestochen scharf formuliert.

Und der Kern seiner Aussage war mehr als deutlich.

Der Inlandsgeheimdienst brauchte damals eine verdeckte Ermittlerin, jemanden, der bereit war, für längere Zeit abzutauchen, um als Frau an der Seite eines Mannes zu leben, der Schlimmes plante, ein Attentat an der Küste der Normandie zum Jahrestag der Alliierten-Landung.

Sie brauchten diese Frau damals, es gab ein kleines Zeitfenster.

»Ich habe damals zufällig die Akte einer jungen Polizistin auf den Tisch bekommen, weil gegen sie intern ermittelt wurde. Ich habe gesehen, dass diese junge Frau, die hier anwesende Julie Malraux, genau dem Typus entsprach, den wir brauchten. Und sie hatte eine entsprechende Ausbildung.«

»Woher wussten Sie, dass die Angeklagte bereit für einen solchen hochriskanten Einsatz war?«, unterbrach ihn die Richterin.

»Das wusste ich nicht«, antwortete Nicolas' Vater mit einem Lächeln. »Ich habe es gehofft. Ich habe jedenfalls nichts unversucht gelassen, um sie davon zu überzeugen.«

»Hatten Sie die Angeklagte schon vor der Razzia getroffen?«, fragte die Vorsitzende Richterin weiter.

Alexandre Guerlain betrachtete für einen Augenblick seine Hände, die vor ihm auf dem Tisch lagen.

»Ja, vermutlich, als sie noch jünger war, mein Sohn hat

sie mir vorgestellt, aber das ist lange her. Ich habe sie damals auch ... nicht sonderlich beachtet. Ich hatte sie über zehn Jahre nicht gesehen, als ich mich in dieser Sache an sie wandte. Das war nach der Razzia.«

Die Richterin blätterte erneut in ihren Unterlagen und runzelte die Stirn.

»Verehrtes Gericht«, fuhr Nicolas' Vater unbeirrt fort, »mir ist bewusst, dass mein Dienst eine laufende Ermittlung entscheidend beeinflusst hat. Diese Verantwortung muss ich übernehmen. Aber ich tat es in voller Überzeugung, der Einsatz von Julie Malraux war von wesentlicher Bedeutung für die nationale Sicherheit. Ich bin froh, dass nun die ordentliche Gerichtsbarkeit dieses Landes ihrer Aufgabe nachkommen kann. Für mich stand immer außer Frage, dass die Angeklagte sich ihrer Verantwortung würde stellen müssen. Damals aber war sie für uns von eminenter Bedeutung. Ich bitte Sie, diesen Umstand zu berücksichtigen.«

Für einen Moment war es still im Saal, durch ein gekipptes Fenster waren die Geräusche von der Place Dauphine zu hören, ein vorbeifahrender Bus, der Motor eines vollbesetzten *bateaux mouche*, das seine Runde zwischen Eiffelturm und Île Saint-Louis machte.

Die Vorsitzende Richterin blickte hinüber zur Anklagebank.

»Herr Verteidiger, Ihre Fragen.«

Julies Anwalt rückte seine Brille zurecht und deutete dann mit seinem Kugelschreiber auf Alexandre Guerlain.

»Ich habe einige Fragen an Sie, Monsieur Guerlain.«

»Und ich werde sie gerne beantworten, sofern sie nicht den Auftrag betreffen, den die Angeklagte angenommen hat. Dies obliegt ...«

»Darum geht es nicht, Monsieur Guerlain«, unterbrach ihn der Verteidiger unwirsch. Einige Zuschauer im Saal begannen zu tuscheln.

»Ich wüsste vielmehr gerne, ob es Ihre Entscheidung beeinflusst hat, dass Julie Malraux die Lebensgefährtin Ihres Sohnes war.«

Alexandre Guerlain blickte einen kurzen Moment erneut auf seine Hände. Dann straffte er die Schultern und lächelte den Verteidiger an.
»Nein, das hat es nicht.«
Nicolas spürte, wie sein Innerstes sich verkrampfte, er schloss die Augen und besann sich, ruhig zu bleiben.
Atme, Nicolas. Atme.
Jemand flüsterte ihm zu, er konnte eine Stimme hören, sanft und beschwichtigend.
Bleib ruhig. Es ist nicht wichtig. Er ist nicht wichtig.
Als er die Augen öffnete, sah er, dass Julie ihn anblickte.
Seine Hände entkrampften sich.
Aber nicht sein Innerstes.

»Es war Ihnen also egal, Monsieur Guerlain?«, fragte der Verteidiger.
Nicolas' Vater antwortete, ohne zu zögern.
»Nein, das war es nicht. Aber es durfte keine Rolle spielen. Es durfte kein zu berücksichtigender Faktor sein.«

Zuerst das Land. Dann die Familie.
Zuerst der Auftrag. Dann die Menschen.
So war Nicolas' Vater immer gewesen, deshalb hatten sie so lange keinen Kontakt gehabt.
Und jetzt war zwischen ihnen nur noch Misstrauen.
Und Wut, was Nicolas betraf.

Es dauerte noch eine geschlagene Stunde, bis Alexandre Guerlain aus dem Zeugenstand entlassen wurde. Nicolas hörte irgendwann nur noch halbherzig zu, und als die Präsidentin seinen Vater schließlich verabschiedete und dieser aus dem Saal ging, ohne ihn anzublicken, stand Nicolas auf und lief ihm hinterher.

Pauline, die alte Frau, die neben ihm in der Bank saß, wandte sich kurz nach ihm um, bevor sie wieder aufmerksam den Worten der Richterin lauschte.

Alexandre Guerlain blieb auf dem Gang kurz stehen, blickte aus einem Fenster in den Innenhof des Palais de Justice und stieg dann eine breite Treppe hinunter, die mit einem schweren roten Läufer belegt war, der das Geräusch seiner Schritte schluckte. Fast schien es Nicolas, als würde er hinunter gleiten.

»Vater!«

Nicolas sah zu seinem Vater hinab, der sich langsam zu ihm umdrehte. Für einen kurzen Moment blickten sie sich an, keiner zeigte eine Regung, keiner offenbarte eine Schwäche.

»*Bonjour*, Nicolas«, sagte sein Vater schließlich mit leiser Stimme. Er schien zu überlegen, ob er zu Nicolas hinaufkommen sollte, blieb dann jedoch stehen und musterte seinen Sohn.

»Du siehst müde aus, Nicolas. Und wenn ich ehrlich sein darf, auch etwas … abgenutzt. Du hast sicherlich viel Arbeit derzeit. Faure ist ein umtriebiger Präsident.« Ein feines Lächeln stahl sich in das Gesicht von Nicolas' Vater.

Sie beide kannten Faures Umtriebe nur zu genau.

»Warum erzählst du nicht die Wahrheit, Vater!«

Nicolas' Stimme hallte im Treppenhaus wider. Langsam kam er die Stufen hinab, wobei er seinen Vater nicht aus den Augen ließ.

Sein Vater hob eine Augenbraue.

»Was ist denn die Wahrheit, Nicolas?«, fragte er und seine Stimme wurde um eine Nuance kälter.

»Sag du es mir«, antwortete Nicolas. Er war stehen geblieben, drei Stufen entfernt. »Sag du mir, wie du Julie dazu gebracht hast, für dich zu arbeiten.«

Aber Alexandre Guerlain war zu erfahren, um sich aus der Ruhe bringen zu lassen, er war solche Gespräche gewohnt. Es waren nichts anderes als Duelle, nur ohne Waffen. Und der ehemalige Chef des französischen Inlandsgeheimdienstes hatte noch keines dieser Duelle verloren.

»Ich habe eine Gelegenheit ergriffen, Nicolas«, sagte er mit ruhiger Stimme. »Es tut mir leid für dich, für euch, glaub mir. Aber ich kann nichts dafür, wenn deine Julie bei einer Razzia …«

»Das ist Unsinn, Vater!« Nicolas' Stimme war kaum mehr als ein Zischen.

»Es ist mir eben während deiner Aussage vor Gericht klar geworden! Die Richterin konnte es dir nicht anmerken, die Geschworenen ebenso wenig. Ich aber, ich kenne deine Sprache, ich kenne vor allem deine Fähigkeiten, alles und jeden zu manipulieren, für dich und für deinen Dienst.«

Die Augen seines Vaters verengten sich zu schmalen Schlitzen.

»Was willst du damit andeuten, Nicolas?«

»Ich deute nichts an, Vater. Ich werde beweisen, egal wie, dass alles anders war, als du es eben beschrieben hast. Du hast keineswegs eine Gelegenheit ergriffen, die sich dir geboten hat.«

»Ach nein?«, erwiderte sein Vater spöttisch.

Nicolas schüttelte den Kopf.

»Ich war zu blöd, um das Offensichtliche zu begreifen. Du hast dir diese Gelegenheit selbst geschaffen, du hast alles getan, damit Julie verzweifelt und bereit ist, abzutauchen.«

Nicolas sah, wie der Blick seines Vaters flackerte.

»Ihr habt Jojo gewarnt, nicht wahr? Ich hatte ihn fast. Aber ihr habt ihn gewarnt, weil du nicht wolltest, dass ich ihn kriege. Oder hast du ihm gedroht? Jetzt ist er tot und ...«

»Du solltest dich mal reden hören, Nicolas. Für einen Personenschützer des Präsidenten bist du doch sehr fantasiereich, meinst du nicht?«

»Lass das, Vater! Spiel keine Spiele mit mir!«

Nicolas war mit zwei Schritten bei seinem Vater und blieb direkt vor ihm stehen.

»Du wirst sie nicht zerstören, Vater.«

Seine Stimme war nur noch ein Flüstern, sein Gesicht näherte sich dem seines Vaters, der jedoch keinen Millimeter zurückwich.

»Du kannst gerne mich zerstören, hörst du? Das ist mir egal, du bist mir egal, Vater! Aber Julie wirst du nicht zerstören, ich werde es verhindern. Ich habe deinen Blick gesehen. Ich habe in dein Innerstes geblickt. Hat Julie dich abgewiesen, ist es das? Wolltest du sie? Spricht sie deshalb so wenig mit mir, aus Scham? Du bist widerwärtig. Und du wirst sie nicht zerstören.«

Sein Vater musterte ihn.

»Du solltest dich beeilen, Nicolas, wenn du das alles beweisen willst. Der Prozess endet in Kürze und bislang haben die Geschworenen wahrlich kein gutes Bild von deiner Julie. Und zwar zu Recht, scheint mir. Alles spricht gegen sie.«

Nicolas atmete schwer, er spürte, wie seine Faust sich wieder ballte.

»Sie war im rechten Augenblick für uns verfügbar, Nicolas«, fuhr sein Vater fort. »Es war Zufall. Glaub mir, ich hätte es mir anders gewünscht, aber ich konnte nicht riskieren, dass du sie findest.«

»Ich glaube dir kein Wort, Vater.«

»Sie war etwas verwirrt – aber sie hat für sich entschieden, diesen Weg zu gehen. Gutes tun, um Schlimmes zu verarbeiten. Das war ihr Wunsch, hörst du? Ihr Wunsch.«

Nicolas trat einen Schritt zurück und betrachtete seinen Vater.

»Was ist nur aus dir geworden?«, murmelte er. »Irgendwann holt es dich ein, Vater. Glaub mir. Irgendwann stehst du alleine da und du streckst blind die Hände aus, aber da ist nichts. Da ist nie etwas gewesen. Es ist nur kalt und du frierst und da ist niemand, der dir hilft. Denk daran, Vater, denk an das, was ich dir sage. Nur du, alleine in der Dunkelheit. Und alle Leuchtfeuer werden erloschen sein.«

Nicolas ging an seinem Vater vorbei die Treppe hinunter, ohne sich umzudrehen. Als er hinaus auf die Place Dauphine trat, wo das Leben seltsamerweise unaufgeregt vor sich hin plätscherte, atmete er tief aus. Er ging in Richtung Metrostation und holte im Gehen die Visitenkarte heraus, die ihm der Bürgermeister von Vieux-Port, Pascal Leval, nach ihrem Gespräch zugesteckt hatte. Er betrachtete sie einen Augenblick und dachte an Claire, die irgendwo in der Normandie steckte und die sich überlegt hatte, er sei genau der Richtige, um ein ganzes Dorf zu beschützen.

Er schüttelte den Kopf und warf die Karte im Vorbeigehen in einen Mülleimer.

Dann schlug er den Kragen seines Mantels hoch und verschwand unter den Platanen der Place Dauphine.

KAPITEL 13

Normandie
Am gleichen Abend

Es war rasch dunkel geworden, das schwache Licht des Mondes drang nur spärlich durch die dichte Wolkendecke, die über dem Hinterland lag. Wasser schwappte gegen das Ufer, der Schatten eines herabhängenden Astes zeichnete sich auf der Oberfläche ab. Vereinzelt hingen Schneereste in der Uferböschung, im feuchten Gras hockte eine schlammfarbene Kröte und blickte stumm in die Nacht. Von etwas weiter oben, wo ein schmaler Pfad am Ufer entlangführte, war sie nicht zu sehen.

Es war kalt, dunkel und tief in der Nacht.

Und doch war die Kröte nicht allein.

Das Wasser kräuselte sich leicht, als ein kleiner Fisch nach oben kam, für einen kurzen Augenblick glitzerten seine Schuppen im fahlen Mondlicht. Dann war er wieder weg, das Wasser beruhigte sich, floss still dahin.

Die Kröte drehte den Kopf, als oberhalb der Böschung Schritte zu hören waren. Sekundenlang schien es, als würde sie ins Wasser springen, sich davonstehlen. Dann jedoch schloss sie einfach die Augen.

Die Schritte kamen näher, machten halt, ein Schatten zeichnete sich auf dem Wasser ab.

Auf der anderen Flussseite waren die Umrisse der Häuser von Vieux-Port nur zu erahnen, die Laternen waren bereits ausgegangen, die Menschen schliefen.

Keine Menschenseele war auf der Straße.

Der Kirchturm des Ortes ragte dunkel in den Nachthimmel. Eine Gartenpforte schaukelte quietschend in den Angeln, das Wasser schlug schmatzend gegen einen kleinen Bootsanleger.

Der Schatten rührte sich. Wiegte sich hin und her. Er hatte es nicht eilig, er genoss den Augenblick, ohne Angst, entdeckt zu werden.

Die Kröte saß da, ohne einen Laut von sich zu geben. Immer noch waren ihre Augen geschlossen.

Der Fluss, an dem sie saß, trieb gemächlich Richtung Meer. Eine Biegung weiter roch es schon nach Salz, nach Möwendreck und dem Schweiß von harter Arbeit auf einem kleinen Schiffskutter. Honfleur mit seinen Restaurants und seinen Touristen war nur wenige Kilometer entfernt, genau wie die weiten Strände von Deauville.

Es war kaum mehr als ein Flüstern und doch bahnten sich die Worte ihren Weg durch die Dunkelheit. Die Stimme war leise, fast beschwörend, und hätte die Kröte ihre Augen nicht geschlossen, hätte sie gesehen, dass der Schatten sich immer noch wiegte, wie ein Schilfrohr im Wind.

> *Mit lautem Flügelschlag*
> *Stürzt er herab*
> *Und lässt sich*
> *Bei mir nieder*

Kein Licht ging an, am anderen Ufer, keine Tür öffnete sich. Niemand hörte diese Worte, dabei hätten sie sie hören sollen, jene, die in ihren Betten lagen, schnarchend die einen, verängstigt die anderen, weil der Fluch sie heimzusuchen drohte. Er aber störte sich nicht daran, zu sehr war er gebannt von diesem Moment, dieser Nacht, die nur ihm gehörte, dem

Schatten, der über sie kommen würde, um sie zu ertränken wie die Ratten.

Sein Auge war von rubinroter Pracht.
Sein Federkleid schwarz wie die Nacht.

Eine kaum merkliche Bewegung, das Öffnen einer Hand, dann entfernten sich die Schritte. Zurück blieb, unter grünen Halmen, die Kröte, feist und glänzend. Sie öffnete ihre Augen in dem Augenblick, in dem eine dunkle Feder von oben herabsegelte. Aufmerksam verfolgte die Kröte ihren Flug, bis die Feder keine zwanzig Zentimeter vor ihr landete.

Dort, wo im Schlick des Flussufers, zwischen den Schilfrohren, der leblose Körper eines Mannes lag.

Seine Augen waren aufgerissen, sein Blick stumpf, wie erloschen. Das fahle Mondlicht beschien seinen nackten Körper, der halb im Wasser lag, der Fluss züngelte an seinen Beinen, als würde er sich an dem laben, was das Leben hier so achtlos zurückgelassen hatte.

Die Kröte blickte dem Toten starr in die Augen, zehn Sekunden lang, regungslos.

Zwanzig Sekunden.

Die dunkle Feder hatte sich in den grauen Haaren verfangen, sie hing dort noch, als die Kröte einige Minuten später in einem hohen Bogen über den Körper hinwegsprang.

Und noch immer, als die Sonne wenige Stunden später hinter den Hügeln aufging und den Fluss und die Häuser der Menschen, die an seinen Ufern lebten, in ein mattes Licht tauchte.

Das Leben ging weiter.

Zumindest für die 46 Frauen, Männer und Kinder, die jetzt noch in Vieux-Port lebten.

KAPITEL 14

Normandie
Am nächsten Morgen

Claire hatte ein schlechtes Gewissen und daran änderte auch der hübsch gedeckte Frühstückstisch nichts, vor dem sie saß, während draußen ein Dorf langsam erwachte. Sie rieb sich die Augen und gähnte, während sie den Duft von frisch gemahlenem Kaffee einsog und das ofenfrische Baguette mit einer offenbar selbst gemachten Erdbeermarmelade bestrich. Sie wusste, dass sie hier eigentlich nicht sitzen durfte, aber wie so oft in ihrem Leben stand dieses Wissen im Gegensatz zu ihrem Handeln. Und deshalb wusste sie, als ihr Handy klingelte, dass es am geschicktesten war, es zu ignorieren.

Schließlich war sie ja nicht hier und der Anrufer – sie wusste genau, wer es war – sollte in genau diesem Wissen bleiben.

Einfach ignorieren. Unruhig rutschte sie auf ihrem Stuhl hin und her.

Das Klingeln endete abrupt. Und begann wieder von vorne.

Sie seufzte und merkte, wie wieder einmal ihre Unüberlegtheit und Neugierde im Eilverfahren ihre Vernunft besiegten. Was nicht sonderlich verwunderte, denn weder Claires Freunde noch ihre Kollegen in Caen, wo sie als Polizeianwärterin angestellt war, hätten ausgerechnet Vernunft zu ihren Stärken gezählt.

»Ich bin vernünftigerweise unvernünftig«, hatte sie einmal Nicolas gegenüber verkündet und sich darüber gefreut, eine so gut klingende Erklärung für ihr oft impulsives Verhalten gefunden zu haben. Und noch mehr hatte sie sich gefreut, als Nicolas hatte einräumen müssen, dass es genau diese Unvernunft war, die ihnen beiden schon so manchen Erfolg eingebracht hatte.

Wenn auch unter großen Risiken und mit spürbaren Folgeschäden. Claire biss die Zähne aufeinander, als sie beim Versuch, ihr Handy aus der Jackentasche zu ziehen, eine falsche Bewegung machte und der Schmerz durch ihren Körper fuhr. Immer noch war sie krankgeschrieben, immer noch war sie offiziell in der Reha und fand zurück ins Leben, aus dem sie bei einer schweren Explosion auf dem amerikanischen Friedhof von Colleville im Juni fast herausgerissen worden wäre.

Sie holte tief Luft und lächelte, als könnte das den Anrufer besänftigen.

»*Salut*, Roussel!«

»Wo steckst du?«, blaffte Roussel sie an.

Claire blickte sich in dem kleinen Frühstücksraum der Pension um, sah die hübschen Tapeten, die Steinkrüge und Blumen auf den Tischen.

»Zu Hause«, sagte sie und hielt die Luft an.

»Aha«, brummte er schließlich.

»Maman, ich komme gleich«, rief sie. »Roussel, was gibt es? Meine Mutter freut sich so, dass ich mal hier bin, und ...«

»Ich habe bei deiner Dienststelle angerufen, Claire. Dort heißt es, du seist noch in der Reha. Die wissen nichts von irgendeiner Amtshilfe für unser *Commissariat*. Hast du dafür eine Erklärung?«

Claire überlegte kurz. Dann fiel ihr eine Lösung ein.

»Natürlich wissen die von nichts. Ich habe das nur mit dem dicken Bruno abgestimmt. Das reicht doch, oder?«

Sie dachte kurz an Bruno Bogdanic, ihren Vorgesetzten in Caen.

»Der ist im Urlaub«, sagte Roussel mit schneidender Stimme.

»Ja, da kann ich doch nichts dafür!«, maulte Claire und beschloss, keine weiteren Fragen zuzulassen.

»Hör zu, Roussel, Maman hat schon den Tisch gedeckt, wir wollen frühstücken. Es gibt Rührei mit Speck. Ich rufe Bruno an, dann schickt er euch eine Bestätigung. *Salut*, Roussel.«

Sie drückte den angefressenen Roussel schnell weg und stellte ihr Handy lautlos. Weitere Stimmungskiller konnte sie an diesem Morgen nicht gebrauchen, vor allem nicht, wenn das, was Esthelle Meunier, die nun alleinige Besitzerin der »La Sirène de la Seine« auf dem Tablett trug, so schmeckte, wie es duftete.

Rührei mit Speck. Ihre Mutter hätte ihr nie ein solches Frühstück zubereitet, aber ihre Mutter war auch in Le Havre.

Und sie selbst in Vieux-Port, was Roussel nicht wissen konnte und schon gar nicht wissen durfte.

»*Bonjour.* Wie geht es Ihnen?«

Mit einem Lächeln stellte die Frau frisches Obst, warme Croissants und ein Kräuteromelett vor Claire auf den Tisch. »Sie sind doch die Polizistin, nicht wahr?«

Claire erwiderte ihr Lächeln.

»Ja, das bin ich tatsächlich. Aber nicht heute Morgen und auch nicht heute Nachmittag. Im Moment bin ich nur Claire, die sich ein bisschen entspannt. Schön haben Sie es hier, Madame Meunier.«

Die Frau lächelte leise.

»Mademoiselle, ich bin nicht verheiratet. Aber lass uns doch Du sagen, ja? Vieux-Port ist ein kleines Dorf, da gibt es für Förmlichkeiten nicht viel Platz.«

»Setz dich doch zu mir, wenn du Zeit hast«, sagte Claire und nahm einen Schluck Kaffee.

Esthelle zögerte einen Augenblick, dann stellte sie ihr Tablett beiseite.

»Warum nicht? Die Zimmer sind gemacht, mit überraschenden Frühstücksgästen ist wohl kaum zu rechnen. Und einkaufen kann ich später auch noch.«

Claire betrachtete die Besitzerin der einzigen Pension von Vieux-Port, während sie sich einen Kaffee holte und sich dann an ihren Tisch setzte. Esthelle musste Mitte dreißig sein, sie war hübsch und doch schien das Leben bereits seine Spuren hinterlassen zu haben. Ihr braunes Haar war strähnig, sie trug kein Make-up, ihre Augen waren blass und umgeben von den ersten Krähenfüßen.

Sie hatte ein hübsches Lächeln, fand Claire. Und auf eine noch nicht erklärbare Art schien sie an diesem Ort, immerhin ihrem Heimatdorf, fehl am Platze zu sein.

»Das ist wirklich eine schöne Pension, die ihr hier habt«, sagte sie. »Alles so liebevoll. Nicht wie in den großen Ketten.«

Esthelle freute sich sichtlich über das Kompliment.

»Da legen wir Wert drauf. Also ... ich lege da Wert drauf ... ich ... na ja, ich mache es ja jetzt alleine ...«

Claire schwieg für einen Augenblick und wartete, bis Esthelle sich gesammelt hatte.

»Ich ... wir wollten einfach einen schönen Ort schaffen. Etwas Besonderes, wo unsere Gäste sich wohlfühlen, eine Pension, in der sie sich für zwei Tage zu Hause fühlen.«

»Das habt ihr geschafft«, sagte Claire und plapperte ein Weilchen über die Tischdekoration, die Efeuranken an der Hausfassade und das köstliche Frühstück. Als sie den letzten Bissen gegessen hatte, räusperte sie sich. Sie war natürlich nicht hier, um gut zu essen und um über Tischdekoration zu reden. Durch das Fenster sah sie, wie die Morgensonne Schneereste am Ufer beschien, zwei Nachbarn standen vor ihren Gartentoren und unterhielten sich, ein kleiner Junge fuhr mit einem roten Fahrrad seine Runden auf dem Kirchplatz. Er hatte mit Wäscheklammern Spielkarten an den

Speichen befestigt, das klackernde Geräusch drang durch die klare Luft zu ihr herüber.

Vieux-Port schien sich für einen Augenblick von den Geistern der Vergangenheit befreit zu haben.

»Das mit deinem Vater tut mir sehr leid.«

Claire sah, wie Esthelle ihren Blick senkte und begann, ihre Hände zu kneten.

»Danke. Das ist nett.«

»Das muss furchtbar für dich sein.«

Einen Augenblick schwiegen sie. Esthelle hatte ihre Kaffeetasse mit den Händen umschlossen, als wollte sie sich wärmen, und blickte aus dem Fenster. Claire betrachtete sie von der Seite, sie sah die Müdigkeit, die Trauer.

Esthelle Meunier war sicherlich das schönste Mädchen im Ort gewesen.

Esthelle strich ihr Kleid glatt und schob mit der linken Hand einige Krümel auf dem Tisch zusammen.

»Ich habe sofort gewusst, dass etwas nicht stimmt«, sagte sie mit leiser und zögerlicher Stimme.

Claire wartete geduldig, bis sie weitersprach.

»Ich bin früh aufgestanden, so wie immer. Auch wenn wir keine Gäste haben, stehe ich früh auf, mache die Küche, räume auf. Ich meine … alles muss ja seinen Gang gehen. So hat meine Mutter es immer gesagt: Man muss alles in Ordnung halten, dann ist auch alles in Ordnung.«

»Wie lange ist sie schon tot?«, fragte Claire behutsam.

Esthelle strich sich eine Strähne aus dem Gesicht.

»Schon lange. Die Krankheit hat sie aufgefressen. Und irgendwann war sie tot. Ich war dreizehn, fast noch ein Kind. Nach ihrem Tod waren Vater und ich immer alleine.«

Das Klackern der Spielkarten an den Speichen eines roten Fahrrades drang zu ihnen in den Frühstücksraum, auf dem Fluss fuhr langsam ein Frachtkahn vorbei.

Esthelle blickte dem Jungen hinterher.

»Mathieu war nicht immer so«, sagte sie leise.

Claire setzte ihre Tasse ab und wartete.

»Ich meine, er war eigentlich ein ganz normaler Junge. Manchmal vielleicht etwas wild, aber kein schlechter Mensch. Bis dann plötzlich diese Wut kam. Er ist immer stiller geworden, dann hat er irgendwann angefangen, uns zu drangsalieren. Niemand bekam ihn in den Griff, auch seine Mutter nicht, obwohl er so sehr an ihr hing. Irgendwann bekam ich richtig Angst vor ihm – wir alle hatten Angst.«

»Und seine Eltern?«

Esthelle überlegte kurz.

»Das waren gute Menschen, eigentlich mochte sie jeder. Aber Mathieu wurde eben ... so schwierig. Aggressiv. Zuerst nur zu Hause, innerhalb seiner Familie. Dann auch draußen. Ich weiß nicht warum, niemand wusste das. Er war anfangs öfter in der Kirche, beim Pfarrer. Bis auch Renoir keinen Zugang mehr zu ihm fand.«

»Was hat Mathieu getan?«

Esthelle legte ein Messer gerade hin und zupfte an der gepunkteten Tischdecke.

»Da war die Sache mit dem Apfelbaum«, begann sie zu erzählen. »Eines Morgens ist er rausgegangen, in den Garten seines Elternhauses, und hat ihn gefällt. Einfach so. Weil ein Rotkehlchen ihn beim Schlafen gestört hatte, zwei Tage in Folge.«

»Ach du liebe Güte. Wie kann man denn so was machen?«

Esthelle lächelte. Immer noch knetete sie ihre Hände.

»Am nächsten Tag trieb ein Rotkehlchen im Fluss. Jemand hatte ihm den Kopf abgerissen.«

Claire verschluckte sich fast an einem Stück Croissant. Und Esthelle erzählte weiter.

»Irgendwann vermissten Nachbarn ihre Katze. Zwei Tage später haben wir sie gefunden, auch im Fluss.«

Claire konnte sehen, wie die Geister der Vergangenheit die Frau beschäftigten.

»Man hatte sie in einen Käfig eingesperrt und dann in den Fluss geworfen. Später hat er mir gestanden, dass er ihr beim Ertrinken zugesehen hat.«

»Was war das denn für ein kranker Typ?«, wollte Claire wissen, aber Esthelle zuckte nur kurz mit den Schultern.

»Mathieu war so ein hübscher Kerl«, sagte sie versonnen. »Das alles ist so lange her. Irgendwann sind sie fortgezogen. Es war für alle das Beste.«

»Wohin sind sie gezogen?«

»Ich glaube, nach England. Aber wohin genau, das weiß ich nicht.«

Durch die Fensterscheiben fielen warme Sonnenstrahlen in den Frühstücksraum, Claire schloss einen Augenblick die Augen. Eigentlich, so dachte sie, könnte dies ein guter Ort sein, idyllisch am Fluss gelegen, das Meer in Reichweite, rundum Wiesen und Wälder. Aber so war es nicht.

»Glaubst du auch, dass Mathieu zurückgekommen ist?«, wandte sie sich schließlich an Esthelle. »Ich meine diesen Fluch, glaubst du daran?«

Esthelle stand langsam auf und blickte Claire mit einem Lächeln an.

»Mathieu war nie weg. Er war immer hier, er hat uns nie verlassen.«

Claire blickte sie überrascht an, in dieser Offenheit hatte bislang keiner der Bewohner, mit denen sie und ihre Kollegen in den vergangenen Tagen gesprochen hatten, über die Vergangenheit und über den Jungen geredet, der Vieux-Port vor zwanzig Jahren seine Wut entgegengeschrien hatte.

Im Nachhinein würde Claire immer wieder an diesen Moment zurückdenken, an diese Sekunden einvernehmlicher

Stille, an die Hände der Frau, die ineinander verschlungen in ihrem Schoß lagen. Bis sich im Haus eine Tür öffnete, kalte Luft hereinströmte und kurz darauf, heftig schnaufend, ein alter Mann im Türrahmen des Frühstücksraumes erschien. Es war der alte Eugène, der Mann, der Sandrine und Claire bei ihrer Ankunft in Vieux-Port mit wirren Worten und Beschimpfungen begrüßt hatte und der sie kurz darauf zu den Kleidern am Seineufer und zu Esthelle mit ihrem Fahrrad geführt hatte.

Nun stand er mit aufgerissenen Augen vor ihnen und Claire wusste sofort, dass etwas geschehen sein musste.

»Esthelle!«, keuchte Eugène.

Esthelle machte einen Schritt auf ihn zu und blieb dann in der Mitte des Raumes stehen.

»Was ist los, Eugène? So rede doch ...«

Der alte Mann zitterte, an seinem Kinn lief Spucke herab, als er zu husten begann. Sein Blick flackerte und er rang noch immer nach Atem. Er musste zur Pension gerannt sein.

»Es ist ... er hat ...«

»Eugène, beruhige dich. Was ist los?« Der alte Mann stand unter Schock.

»Warte, vielleicht hilft das.«

Claire war aufgesprungen und hatte beherzt in eine Nische hinter der Bar gegriffen, in der sie beim Hereinkommen drei Flaschen Schnaps gesehen hatte. Hastig öffnete sie eine davon, goss einen großen Schluck in ein leeres Wasserglas und reichte es dem alten Mann.

»*Santé!*«, sagte sie. »Los, trinken Sie es aus.«

Eugène war zu überrascht, um sich zu widersetzen. Hastig leerte er das Glas und schloss die Augen.

Claire und Esthelle warteten darauf, dass die beruhigende Wirkung des Schnapses einsetzte.

»Eugène, sag endlich, was los ist!«, munterte ihn die Wirtin noch einmal auf.

Und dann redete der alte Mann, er flüsterte, in schnellen, atemlosen Sätzen, aus denen die Verzweiflung sprach.

»Er hat es wieder getan … Der Teufel … er war wieder da, heute Nacht. Es ist noch lange nicht vorbei, Esthelle … noch lange nicht!«

Für einen kurzen Augenblick war es still und Claire fiel auf, dass Esthelle Eugènes Hand genommen hatte.

»Führ uns hin«, flüsterte die Frau und Claire schnappte sich ihre Jacke und ihr Handy.

Als sie auf die Straße traten, hinaus in die Sonne, die Vieux-Port ihre trügerische Wärme schenkte, sah Claire, dass sich bereits viele Dorfbewohner am Wasser versammelt hatten.

»Er liegt dort drüben … direkt am Ufer … beim Schilf.«

Claire und Esthelle folgten dem alten Eugène quer über den Kirchplatz bis hinunter zum Fluss.

»Lassen Sie uns vorbei«, rief Claire und bahnte sich einen Weg durch die Menschen. Alte, Hausfrauen und Kinder, sie standen eng beieinander, manche tuschelten, andere hielten sich an den Händen fest, als suchten sie Halt aneinander. Aus den Augenwinkeln sah sie, wie mehr und mehr Menschen aus ihren Häusern kamen, der Wind trug ein Raunen zu ihr herüber, ein Flüstern, bang und voller Vorahnungen. Die Bewohner von Vieux-Port wollten mit eigenen Augen sehen, was geschehen war.

Und sie alle trieb dieselbe Angst um.

Der Fluch von Vieux-Port wurde wahr.

»Nicht so drängeln«, fluchte Claire und blickte sich nach Esthelle um. Die aber war zurückgeblieben, stumm stand sie vor dem kleinen Gartentor ihrer Pension, als wollte sie anderen den Vortritt lassen. Als wollte sie das Werk des Teufels nicht auch noch sehen, wenn sie es schon spürte.

»Da vorne, am Ufer«, wandte sich Eugène an Claire.

Aber sie hatte es bereits gesehen.

»*Salut*, Roussel«, sagte sie in ihr Handy. »Hör mir zu, ja?«

Sie rollte mit den Augen und blickte hinüber ans andere Ufer, wo inmitten einer unberührten Natur ein nackter Körper halb im Wasser lag. Er lag auf dem Rücken, sein leerer Blick ging in den Himmel.

Eine Krähe näherte sich vorsichtig dem Leichnam. Eine zweite landete nur wenige Meter entfernt. Eine dritte saß bereits auf dem Brustkorb des Toten und pickte an seinem Ohr.

Der hungrige Fluss hatte genug übrig gelassen.

»Kennt ihn jemand?«, flüsterte Claire einem Mann zu, der neben ihr stand, blass und unbewegt. Er nickte kaum merklich.

»Roussel, jetzt halt die Klappe!«, rief sie laut in ihr Handy und mit einem Mal wurde ihr bewusst, dass alle ihr zuhörten. Niemand sprach ein Wort, der Teufel hatte alle und alles zum Schweigen gebracht.

»Packt eure Sachen und kommt her. Wir haben einen weiteren Toten. Und ich kann dir auch gleich einen Namen geben ... warte ... Wie heißt er, Monsieur?«

Der Mann neben ihr atmete tief durch, während die Menge um sie herum noch enger zusammenzurücken schien.

»Leval«, sagte der Mann leise. »Das ist Pascal Leval. Er ist unser Bürgermeister. Er wohnt dort drüben, das große Haus mit dem Reetdach.«

Claire blickte sich um, sah, wie sich die Eingangstür ebenjenes Hauses öffnete und eine ältere Frau auf die Schwelle trat. Sie sah die Menschenansammlung und schwankte.

»Scheiße«, fluchte Claire. »Roussel, beeilt euch.«

»Ihr elenden Vögel!«, rief plötzlich jemand und drängte sich durch Männer und Frauen bis ans Ufer. Seine Hand schloss sich um einen schweren Stein, und bevor Claire ihn daran hindern konnte, schleuderte er ihn weit aufs Wasser hinaus.

»Haut ab! Lasst ihn in Ruhe!«

Der Mann weinte. Eine Frau bekreuzigte sich.

»Der Teufel ist noch längst nicht fertig«, flüsterte der alte Eugène hinter Claire.

Der Stein fiel mit einem lauten Schmatzen ins Wasser, er hatte gerade so die Flussmitte erreicht. Die drei Krähen schauten kurz zu ihnen herüber, eine von ihnen zupfte am kleinen Finger des Toten.

Claire griff nach ihrem Handy.

Sie musste zwei Männer anrufen, störrisch der eine, übellaunig der andere. Sie würde mit dem Übellaunigen beginnen, ihm klarmachen, dass dieser Fluch, von dem er nichts hielt, den er nicht ernstnehmen wollte, dass dieser Fluch, so wie es aussah, sehr wohl ernstgenommen werden musste.

Und dass sie selbst auf gar keinen Fall zurück in ihre Reha-Klinik fahren konnte, um gar keinen Preis.

Zwei Tote und ein verschwundener Pfarrer.

Sie mussten Mathieu finden, den Teufel, der offenbar zurückgekommen war, um sein Werk zu beginnen.

Und, um es zu beenden.

Ihr zweiter Anruf würde dem Störrischen gelten, denn Vieux-Port brauchte jetzt etwas, das die Polizei nicht bieten konnte: einen Bodyguard. Und sie kannte nun mal den Besten. Ob er Lust hatte, in die Normandie zu kommen, war ihr inzwischen gleichgültig.

Nicolas hatte jetzt keine Wahl mehr.

KAPITEL 15

Le Havre, Normandie
Zur gleichen Zeit

Was Claire nicht wissen konnte, war, dass Nicolas zu diesem Zeitpunkt bereits in der Normandie war. Keine fünfzig Kilometer entfernt stand er vor einer breiten Gangway, die in den Bauch eines neuen Fährschiffes führte, dem größten und modernsten, das zwischen Frankreich und Großbritannien navigierte. Die Fähre mit dem wohlklingenden Namen »Côte Fleurie« verband die Industriestadt Le Havre mit ihren großen Hafenanlagen und der UNESCO-geschützten Architektur mit Southampton und legte diese Strecke in einer neuen Rekordzeit zurück. Kaum hatten sich die Fährgäste entweder ins Restaurant oder in das bordeigene Casino gesetzt, waren sie schon auf der anderen Seite des Kanals, angetrieben von modernster Schiffstechnik. »Tooth Ferries«, so nannten die Engländer diese Fähren, weil viele Briten auf der Suche nach einem kostengünstigen und vermutlich auch besseren Zahnarzt lieber mit der Fähre nach Le Havre oder Calais übersetzten als nach Brighton oder Portsmouth. Weshalb die Bordküche für die Rückfahrt vor allem Suppen und Puddings anbot.

Nicolas fröstelte, ließ sich aber nichts anmerken. Seit einer halben Stunde stand er hier, Gilles Jacombe, sein Teamleiter, hatte ihn für die Sicherung des Aufgangs eingeteilt. Seine Aufgabe war es nicht nur, die Gangway abzusichern, was nicht schwierig sein würde, da er von vier schwer bewaffneten Polizisten unterstützt wurde, die in diesem Augenblick zu seiner Linken die Vorzüge Südfrankreichs in der kalten Jahreszeit diskutierten.

Vor allem war er hier, um die Menge zu beobachten, die sich hinter einer Absperrung, in gut zehn Meter Entfernung, versammelt hatte.

Darunter neugierige Touristen, Anhänger des Präsidenten und zufällige Passanten. Aber eben auch diejenigen, die fast immer vor Ort waren, wenn François Faure in der Öffentlichkeit auftauchte. Bürger, die ihren Unmut über diesen doch sehr populistisch agierenden Präsidenten lautstark äußerten, die Plakate und Spruchbänder hochhielten, auch hier in der Kälte, am Hafenbecken von Le Havre, der größten Stadt der Normandie.

Genau diese Menschen würde er im Auge behalten, jede ihrer Bewegungen registrieren, ihre Absichten und Hintergedanken erraten. Alles war möglich, jederzeit konnte ein harmloser Ausflug zur Einweihung des neuen Fährschiffes zu einem Albtraum werden. Ein übereifriger Demonstrant, ein böswilliger Kritiker, ein potenzieller Attentäter – sie alle mochten sich hinter der roten Absperrung verbergen. Nicolas ließ hinter seiner Sonnenbrille die Blicke wandern, er sah Kinder, die auf den Schultern ihrer Väter saßen, er sah das angespannte Lächeln eines Paares, das für ein Selfie vor der Kulisse der »Côte Fleurie« posierte. Er sah über deren Köpfe hinweg, dorthin, wo die Unzufriedenen standen, die verborgen in der Masse grummelnd ihre Fäuste ballten.

Nicolas atmete ruhig und gleichmäßig, in seinem Kopf arbeitete es.

Der letzte Prozesstag in der Cour d'Assises war bereits angesetzt, vorher würde er Julie noch mal besuchen, in der Rue de la Santé in Paris. Er schlief schlecht, in jeder Stunde der Nacht suchte er nach einem Ausweg, einem Notausgang, der ihn ans Licht führte.

Aber da war nichts, keine Hoffnung, sosehr er auch suchte.
Er zwang sich, seine Aufmerksamkeit weiter auf die Menge vor sich zu lenken.

Hinter ihm erklangen Schritte, dann folgten Gilles' Anweisungen. Vier schwerbewaffnete Polizisten beendeten ihr Gespräch, die Waffen schussbereit, die Blicke hart und unnachgiebig.

Erste Rufe in der Menge waren zu hören, Nicolas las an den gereckten Hälsen und gezückten Handys ab, dass der Besuch im hochmodernen Fährschiff sich dem Ende entgegenneigte und dass François Faure gleich ins Freie komme würde.

»Nicolas, Sicherung.«

Er stieß sich von der Gangway ab und machte einige Schritte auf die Menge zu, die hin und her wogte, als der Staatspräsident aus dem Bauch der Fähre kam und strahlend einigen Touristen zuwinkte.

»*Bonjour!* Was für ein tolles Schiff, nicht wahr?«

Hinter ihm traten einige Lokalpolitiker ins Freie und stellten sich neben François Faure zu einem Gruppenfoto auf. In Nicolas' Rücken fuhr die Kolonne vor, der Wagen des Staatspräsidenten hielt direkt vor der Gangway.

Einige Autogrammwünsche hatte Faure bereits vor der Besichtigung des Schiffes erfüllt, er hatte Hände geschüttelt und sich fotografieren lassen. Nun aber blieb dafür keine Zeit, der Hubschrauber auf dem Flugplatz außerhalb von Le Havre war startbereit und würde ihn zurück nach Paris bringen.

Nicolas blickte sich kurz um, alle Teammitglieder waren an ihrem Platz. Bertrand war vor Faure die Gangway hinabgekommen und hatte sich auf der rechten Seite, direkt vor der schwarzen Limousine, positioniert. Gilles Jacombe war als Teamleiter beim Präsidenten und hielt ihm jetzt die Fahrzeugtür auf. Faure winkte noch einmal und verschwand dann in der Limousine. Im selben Augenblick setzte sich Bertrand auf der anderen Seite neben ihn. Als Chef des Sicherheitsteams hatte Gilles Jacombe wie immer die Position »Sitz« inne. Bei Einsätzen mit Faures Wagen nahm er stets auf dem Beifahrersitz Platz, um beim Ausstieg der Erste und beim Einstieg der Letzte zu sein. Jetzt öffnete Jacombe die Beifahrertür von außen und gab das Zeichen zum Aufbruch.

Carole Adams, die Vierte im Team des Staatspräsidenten, eine schlanke, großgewachsene Personenschützerin mit kurzem Haar, stand noch bei den Lokalpolitikern auf der Gangway. Sie würde gemeinsam mit Nicolas im zweiten Wagen sitzen.

»Abfahrt«, sagte Jacombe vom Beifahrersitz aus in das Mikro, das er wie alle anderen Teammitglieder im Hemdärmel verborgen hatte.

Nicolas scannte noch immer die Umgebung, sah die Enttäuschung im Gesicht einiger Touristen, jemand rief dem Präsidenten ein Schimpfwort hinterher, zwei Jugendliche posierten für ein Foto, sie schienen sich mehr für das Bild auf dem Display als für das echte Leben zu interessieren.

Eine junge Frau in einem Mantel stand etwas abseits der Menge und blickte zu der Kolonne hinüber. Ihr Blick war freundlich, ihre Bewegungen ruhig, sie hatte einen Kaffeebecher in der Hand.

Nicolas' Blick verweilte kurz bei ihr, dann glitt er weiter.

Im selben Augenblick hallte Jacombes Stimme in seinem Ohr wider.

»Kolonne stopp!«, rief der Teamleiter, und Nicolas drehte sich überrascht zu dem Wagen um, der eben losgefahren war und jetzt abrupt abbremste.

Weil der Staatspräsident etwas vergessen hatte.

»Team in Position!«

Nicolas machte einige Schritte auf den Wagen zu, für einen kurzen Moment war die routinierte Sicherheitschoreografie gestört. Er sah, wie sich Faures Tür öffnete und der Staatspräsident mit einem entschuldigenden Lächeln aus dem Wagen stieg. Mit wenigen Schritten war er bei einer der Hostessen, die die Fährgesellschaft eigens für den kleinen Festakt am Hafenbecken eingestellt hatte.

Nicolas rollte mit den Augen.

François Faure war auch als erster Mann im Staate vor allem … ein Mann. Und er sorgte dafür, dass sich alle jederzeit dieser Tatsache bewusst waren. Nicolas und sein Team hatten schon oft heikle Situationen meistern müssen, weil Faure den Mann im Staatspräsidenten nicht verbergen konnte.

Ein Mann vom alten Schlag, einer, der sich nahm, was er wollte.

»Vielen Dank für Ihre Hilfe, es hat mich sehr gefreut, Mademoiselle. Man hätte dieses Schiff nach Ihnen benennen sollen.«

Eine Hand an ihrer Hüfte, zwei flüchtige Küsse auf ihre Wange, Gilles Jacombe, der Kopf des Teams, war ebenfalls ausgestiegen und betrachtete die Szene vom Wagen aus. Nicolas konnte sehen, wie sein Teamleiter innerlich kochte. Er hasste Situationen wie diese, die nicht kontrollierbar waren und deshalb unbedingt vermieden werden mussten.

Und dann, als François Faure sich gerade von der Frau verabschiedete, als er gerade nochmals wie zufällig seine Hand auf ihre Hüfte legte, da nahm Nicolas etwas wie einen Schatten wahr.

Es war kaum mehr als eine kurze Verdunklung auf dem Asphalt.

Flüchtig und kaum wahrnehmbar.

Ein winziger Schatten mit gewaltigen Auswirkungen.

Es waren exakt diese Situationen, wenn Bruchteile von Sekunden über Leben und Tod entscheiden konnten, in denen Nicolas Guerlain, Personenschützer der französischen Regierung, mit sich im Reinen war. Wenn nichts mehr zählte außer diesem einen entscheidenden Moment, in dem das Blatt sich wendete, da spürte er einen inneren Frieden, wie er ihn sonst nicht kannte.

Nichts war mehr wichtig.

Kein Prozess. Kein Untersuchungsgefängnis.

Kein Fluss. Und kein Dorf.

Hier und jetzt zählte nur die Schnelligkeit der Reaktion und Nicolas hatte die Angewohnheit, für die Länge eines Wimpernschlages die Zeit anzuhalten.

Und genau das tat er jetzt, in aller Ruhe und mit dem Anflug eines Lächelns auf den Lippen.

Gleich würde die Welt um ihn herum explodieren.

Aber noch war es nicht so weit.

Die Sonne ging im Osten auf.

Rechts von ihm.

Sie warf die Schatten nach links.

In Richtung des Staatspräsidenten.

Links die Kolonne.

Rechts die Menge.

Der Schatten war nicht sehr groß, kaum mehr als ein Tennisball.

Es wanderte kerzengerade über den Asphalt.

Ein Kaffeebecher, geworfen von einer jungen Frau in einem weiten Mantel.

Ein grauer Mantel, nicht sonderlich modisch.

Er war ihr zu groß.

Weil sie etwas darunter verbarg. Oder weil sie einen zu großen Mantel schneller loswürde.

Nicolas ließ die Zeit wieder los, weil er alles geordnet hatte.

Der Kaffeebecher würde sein Ziel verfehlen, die Frau war

zu aufgeregt gewesen, sie hatte sich nicht die Zeit genommen, gut zu zielen.

Aber das war nicht sein Problem.

Sein Problem war, dass die Frau losgelaufen war.

Und dass sie jetzt nackt war.

Alles Weitere geschah mit einer verblüffenden Leichtigkeit, wie in Trance.

»Exit!«, brüllte er in sein Mikro und blickte nach rechts, wo die junge Frau sich durch zwei Sicherheitsbeamte hindurchgezwängt hatte und jetzt mit einem lauten Jubelschrei auf François Faure zurannte.

Nicolas sah, wie Gilles Jacombe sich vom Wagen löste, aber er würde zu spät kommen. Faure hatte seine Autotür offen gelassen, Gilles steckte fest und verlor wichtige Zeit.

Der Kaffeebecher krachte hinter der Limousine auf den Asphalt, zwei Meter von François Faure entfernt.

Da war Nicolas bereits losgelaufen.

»Exit! Exit«, brüllte er erneut in sein Mikro, die junge Frau näherte sich dem Präsidenten mit großen Schritten, es war ihr Moment, ihre Botschaft, sie stand in blutroten Buchstaben auf ihrer nackten Brust.

»Sexiste!«

Nicolas riss seine Waffe aus dem Holster, er flog über den Asphalt. Aus den Augenwinkeln sah er, wie Bertrand die Tür öffnete, offenbar wollte er noch eingreifen, was ihm jedoch nicht gelingen würde, der Weg war zu weit.

Nicolas schleuderte seine Waffe im Vorbeirennen in den Wagen, vorbei an Bertrands verdutztem Gesicht.

Faure sah die Frau, die auf ihn zulief.

Nicolas sah Gilles, der zu ihm hinüberblickte, die Hand bereits fast an der Schulter des Präsidenten. Er würde ihn mit sich reißen, ihn in den Wagen drücken und außer Gefahr bringen.

Das Problem war, dass die Frau schneller war.
Aber eben nicht so schnell wie Nicolas.
Über ihnen erhob sich der schwere Schatten des Schiffes, von der Gangway aus verfolgte Carole Adams die Situation, ihr war der Weg versperrt.

»*Sexiste!*«
Seltsamerweise, so schien es Nicolas, lächelte der Staatspräsident in diesem Augenblick.
Eine nackte Frau, die ihn gleich anspringen würde – das Leben war doch voller Überraschungen.
Im vollen Lauf sprang Nicolas ab.

Sie prallten mitten in der Luft gegeneinander.
Nicolas umschloss sie mit den Armen und riss sie an sich. Er sah ihr Gesicht, vor Wut verzerrt, er sah aus den Augenwinkeln, wie die Welt kippte, wie das Schiff sich über ihnen in den Himmel erhob.
Ein Aufschrei aus der Menge, Gilles' Hand auf Faures Schulter, er riss ihn fort, in Sicherheit.
»Exit!«

Es wurde dunkler, kurz kam eine mit Moos und Tang besetzte Wand in Nicolas' Blickfeld. Sie fielen.
Er spürte, wie die Frau sich wehrte, wie sie sich befreien wollte, und verstärkte seinen Griff.
Sie erstarrte, als sie begriff, was passiert war.

»Mund zu!«, rief er und im selben Augenblick krachten sie in das kalte Wasser des Hafenbeckens. Er hielt sie noch fest, als das Wasser über ihnen zusammenschlug. Als er die Augen öffnete, sah er, wie Tausende Luftbläschen um sie herum tobten, wie das Licht durch die Oberfläche zu ihnen herunterdrang.

Die Frau zappelte, strampelte, sie wollte um sich schlagen, er hielt sie weiter fest, als sie noch tiefer hinabsanken.

Endlich gelang es Nicolas, sich mit den Beinen an der Hafenmauer abzustoßen.

Die Frau war jetzt panisch, das spürte er, aber er hatte keine Wahl, er hielt sie weiter fest an sich gepresst.

Weil er wusste, dass es nichts Gefährlicheres gab, als zwischen einer Hafenmauer und einem wahren Koloss von Schiff ins Hafenbecken zu fallen.

Nicolas paddelte mit den Beinen, so gut es ging, mühsam arbeitete er sich unter Wasser vorwärts. Kurz darauf sah er, wie das Wasser heller wurde, links von ihnen. Daraufhin lockerte er seinen Griff und zog die Frau mit nach oben.

Mit der linken Hand spürte er den metallenen Schiffsbauch, ein paar Züge und sie hatten den schlanken Rumpf umrundet und waren außer Gefahr, zerdrückt zu werden.

Und außer Sichtweite der Menschen dort oben auf dem Platz.

Nicolas durchbrach die Wasseroberfläche und löste seinen Griff. Laut prustend strampelte sie sich frei, schlug nach ihm und schrie.

»Scheiße! Du Idiot! Hau ab! Hilfe!«

Nicolas hielt ihr den Mund zu, und als das nichts half, drückte er sie für einen Moment unter Wasser. Die junge Frau war so entsetzt, dass sie ihn panisch, aber stumm anblickte, als sie wieder Luft bekam.

»Bitte, ich …«, stammelte sie, Wasser rann ihr aus der Nase. »Bitte nicht … es sollte doch nur …«

»Sei ruhig!«, fuhr Nicolas sie an. Auf der anderen Seite des Rumpfes hörte er die Kolonne davonfahren, Stimmen wurden laut, jemand rief nach der Polizei, die doch längst vor Ort war.

Die junge Frau machte ein paar Schwimmzüge von ihm

fort, sie waren beide verborgen vom Rumpf der »Côte Fleurie«.

»Bleib da«, prustete sie und blickte sich panisch um.

»Du aber auch«, erwiderte er. Er spürte, wie seine schweren Schuhe ihn hinabzogen, sein dunkler Anzug war auch keine wirkliche Schwimmhilfe.

»Wir haben noch genau dreißig Sekunden«, sagte er schließlich.

»Was meinst du damit?«

Ihre Lippen waren blau angelaufen, der Schock stand ihr noch immer ins Gesicht geschrieben.

»Siehst du das alte Lotsenboot da vorne? Das sind fünfundzwanzig Meter, die musst du tauchen, schaffst du das?«

»Ich … ich versteh nicht.«

»Du sollst nicht verstehen, du sollst tauchen. Noch 15 Sekunden, ich kann sie kommen hören.«

Sie blickte ihn ungläubig an, ihre Schultern bebten vor Kälte.

»Du lässt mich gehen?«

Nicolas antwortete ihr nicht. Er sah, wie sie zögerte, wie sie sich umblickte.

»Wie heißt du?«, fragte sie schließlich.

»Nicolas.«

»Ich bin Marie.«

Einen kurzen Augenblick sahen sie sich an, er spürte das eiskalte Wasser, die Wellen im Hafenbecken.

Sie lächelte ihn an, ein warmes Lächeln in der Kälte.

»*Au revoir*, Bodyguard.«

»Das würde mich wundern. Aber gut: *Au revoir*, Marie.«

Dann holte sie tief Luft, ließ sich ins Wasser sinken und stieß sich von der Bordwand ab.

Zurück blieben nur einige Luftbläschen, die sich schnell auflösten. Und der für Nicolas überraschende Gedanke, dass Frauen wie Marie jedes Recht hatten, François Faure mit einem Kaffeebecher zu bewerfen.

Als er kurz darauf in ein Schlauchboot gezogen wurde, wo eine warme Decke und einige kalte Fragen auf ihn warteten, fiel ihm auf, dass sein Handy jetzt vermutlich am Boden des Hafenbeckens von Le Havre lag.

Wenn es noch gekonnt hätte, hätte es genau in diesem Augenblick geklingelt.

So aber fluchte Claire keine fünfzig Kilometer entfernt und blickte missmutig hinüber ans andere Ufer der Seine. Dorthin, wo im Schlick, halb verborgen unter hohen Gräsern, der Leichnam von Pascal Leval lag. Und mit ihr blickten die Menschen von Vieux-Port über den Fluss.

Es war still.

Niemand sprach ein Wort.

Auf einem Acker auf der anderen Seite hob sich träge eine Krähe in den Himmel. Als sie kurz darauf in der Krone eines Baumes landete, schien es Claire, als habe der Vogel einen Logenplatz gesucht.

Als wolle er von dem kommenden Schauspiel nichts verpassen.

KAPITEL 16

Le Havre, Normandie

Eine halbe Stunde später saß Nicolas auf der Rückbank eines Polizeiwagens, vor sich eine dampfende Tasse Kaffee, eingehüllt in zwei Decken. Die beiden Sanitäter, die ihn untersucht hatten, hatten grünes Licht gegeben.

»Eine leichte Unterkühlung. Ziehen Sie sich was Warmes an, legen Sie sich ins Bett, dann geht es vorbei.«

Er hatte alle Fragen zu Marie beantwortet und steif und fest behauptet, dass er sie unter Wasser aus den Augen verloren habe und ohne sie wieder aufgetaucht sei. Daraufhin untersuchten jetzt drei Taucher das gesamte Hafenbecken, was ihm aber nur ein bedingt schlechtes Gewissen machte. So blieben sie wenigstens im Training.

Ein Polizist erschien an der Tür und reichte ihm ein Handy.

»Ein Anruf für Sie.«

Es war Gilles Jacombe, der sich vergewissern wollte, dass es Nicolas gut ging. Er war miserabel gelaunt, aber wenigstens traf seine Wut nicht Nicolas oder den Rest des Teams. Keinen von ihnen traf die Schuld an den Geschehnissen.

»Faure und seine Bedürfnisse sind manchmal nur schwer zu ertragen«, sagte Gilles. Im Hintergrund hörte Nicolas das monotone Geräusch eines abhebenden Hubschraubers.

»Frag mal die armen Frauen«, antwortete Nicolas und nippte an seinem Kaffee. Außer ihm saß niemand im Wagen, der Polizeifunk knisterte leise.

»Lieber nicht«, antwortete sein Teamleiter. »Hör zu, nimm dir ein paar Tage frei. Faure ist jetzt vor allem in der Nationalversammlung und im Senat beschäftigt, da sind wir mit Bertrand und Carole gut aufgestellt. Und wir haben ja noch den Rest der Truppe.«

Mit dem Rest meinte Gilles die anderen persönlichen Sicherheitskräfte des Staatspräsidenten im Élysée-Palast, eine eigene Einheit ihres Dienstes, die Tag und Nacht für Faure da war. Dass sie vier mittlerweile dazugehörten, hatte in ihrem Dienst für viele Diskussionen gesorgt, aber am Schluss hatte Faure seinen Willen bekommen.

»Die besten Bodyguards für den besten Präsidenten«, hatte er stets betont und sie hatten eingewilligt, ihn in den Élysée-Palast zu begleiten.

Es gab nur eine einzige rote Linie und die hieß Carole Adams. Sollte sich Faure eines Tages, oder besser eines Nachts, an sie heranmachen, so hatten sie beschlossen, würden sie alle vier sofort geschlossen kündigen. Bislang aber hatte er sie in Ruhe gelassen, seine Suchscheinwerfer nicht nach ihr ausgerichtet.

Ein Polizist stieg ein, setzte sich auf den Fahrersitz und lauschte dem Polizeifunk. Nicolas versuchte, sich auf das Gespräch mit Gilles zu konzentrieren, was ihm nur leidlich gelang.

»Hör zu, Nicolas, das war ein guter Einsatz heute. Auch wenn es zu Hause wieder mächtig Ärger geben wird. Du hast alles richtig gemacht. Und vor allem verdammt schnell, ich weiß nicht, ob das ein anderer so hinbekommen hätte. Ich meine, ich war selbst noch dabei, die Situation zu ordnen, da hingst du schon mit der Frau im Arm quer über dem Hafenbecken.«

»Ich hätte sie früher bemerken müssen«, unterbrach Nicolas seinen Teamleiter, bevor der auf den Gedanken kommen konnte, nachzufragen, ob die Aktivistin verhaftet worden sei.

Nicolas hoffte, dass Marie es irgendwo ins Warme geschafft hatte.

»Der Mantel war ihr zu groß, das hätte ich sehen müssen«, fuhr er fort, während er mit halbem Ohr dem Polizeifunk lauschte, weil ein Name seine Aufmerksamkeit erregt hatte.

Ein Name, den er zunächst nicht einordnen konnte.

Dann fiel es ihm ein.

»Gilles, ich melde mich wieder, ja? Wir sehen uns in Paris.«

»*Salut*, Nicolas.«

Für einen kurzen Augenblick schaute Nicolas reglos aus dem Fenster hinaus aufs Meer. Durch die leicht geöffnete Tür hörte er das Krächzen einer Möwe, draußen auf dem Wasser näherte sich eine kleine, deutlich ältere Fähre Le Havre.

Die nächsten Zahnarztbesuche standen an.

In Nicolas' Kopf sprang eine Flipperkugel hin und her, auf der Suche nach einem passenden Loch. Sie hüpfte über Gedankenstränge, verkeilte sich zwischen einem Verdacht und einer Ahnung und rollte an einer fixen Idee entlang.

»Entschuldigung, um was ging es da eben im Funk?«, fragte Nicolas den Polizisten, der sich überrascht zu ihm umdrehte.

»Gerade eben? Ich vermute, um Vieux-Port. Kennen Sie etwa den Ort? Da ist nicht viel los, normalerweise. Aber im Moment … seltsam … Es scheint, als hätte da jemand gerade einen Lauf.«

Der Polizist lachte kurz über seinen eigenen Witz. Er war im Begriff, aus dem Wagen zu steigen, als Nicolas ihn an der Schulter festhielt.

»Warten Sie«, bat er den Beamten. »Was ist dort passiert? Warum ist Vieux-Port im Polizeifunk?«

Der Polizist schien mit Nicolas' plötzlicher Neugierde nur wenig anfangen zu können.

»Sie haben wieder einen Toten entdeckt, es ist der zweite mittlerweile.«

»Wo haben sie ihn entdeckt?«

Der Polizist warf einen genervten Blick auf Nicolas' Hand, die immer noch seine Schulter umklammerte.

»Monsieur, bitte …«

»Wo haben sie ihn gefunden?«

Der Beamte runzelte die Stirn.

»Einen Augenblick«, sagte er und griff nach dem Mikro, das oberhalb des Schaltknüppels befestigt war.

Nicolas hörte wieder das Knistern des Funks, dann folgte ein knappes Gespräch im typischen Polizeiton, entlang der Fakten.

»Im Fluss, Monsieur. Der Mann wurde im Schlick direkt am Ufer der Seine gefunden, bei Vieux-Port.«

Aber Nicolas war noch immer nicht zufrieden, noch immer sprang die Flipperkugel in seinem Kopf herum, noch immer suchte sie ihr Ziel.

»Fragen Sie bitte Ihren Kollegen, ob die Identität des Toten schon bekannt ist.«

Der Polizist zögerte kurz, dann griff er erneut nach dem Mikro.

Nicolas hörte den Namen aus dem Polizeifunk und im selben Moment beendete die Flipperkugel ihre wilde Fahrt. Alles kam zum Stehen, alles fiel an seinen Platz.

Pascal Leval. Der Bürgermeister.

Der Mann, der ihn noch gestern Vormittag um Hilfe gebeten hatte, in der ersten Reihe eines Cafés am Boulevard Saint-Michel in Paris. Hilfe für das gesamte Dorf, für Vieux-Port, das unter einem Fluch zu leiden schien, der zwei Jahrzehnte in den Tiefen eines hungrigen Flusses geschlummert hatte.

»Ach, verdammt!«, fluchte Nicolas und schlug mit der Hand gegen die Rückenlehne des Beifahrersitzes.

Der Polizist blickte ihn an.

»Kannten Sie den Mann etwa?«, fragte er und Nicolas wusste nicht genau, was er sagen sollte.

Dass er den Mann durchaus gekannt hatte, aber leider nicht gut und vor allem nicht lang genug. Hätte er dem Beamten sagen sollen, dass er sich schuldig fühlte, dass er vielleicht eine nackte Aktivistin mit einem hübschen Lächeln vor der Verhaftung gerettet hatte, aber nicht einen älteren Mann vor dem Tod?

»Wie lautet Ihr Auftrag?«, fragte er stattdessen den Polizisten.

»Wenn hier alles fertig ist, soll ich Sie nach Paris fahren, Monsieur«, antwortete der Beamte. Nicolas blickte neben sich auf die Bank, wo er seine Papiere zum Trocknen ausgelegt hatte. Er hoffte, dass die Kreditkarte seines Dienstes funktionieren würde.

»Wir machen es anders«, sagte er. »Paris ist ohnehin zu weit für Sie. Es wäre nett, wenn Sie mich stattdessen zu einem Kaufhaus fahren und kurz warten würden. Ich befürchte, ich brauche eine komplett neue Garderobe.«

Der Polizist nickte, schloss die Tür und startete den Motor.

»Und danach? Wo soll es danach hingehen?«

Nicolas zog die Decken enger um sich, er fror.

»Nach Vieux-Port.«

KAPITEL 17

Normandie
Am Abend

Es war bereits dunkel, als Nicolas die letzten Häuser von Notre-Dame-de-Gravenchon hinter sich ließ und mit festem Schritt in Richtung Fluss marschierte. Über die Felder hatte sich ein feiner Dunst gelegt, Feuchtigkeit lag wie ein Schleier in der Luft. Als er ein kleines Wäldchen östlich von Le Petit Ourville durchquerte, dachte Nicolas flüchtig darüber nach, wie seltsam dieses Leben sein konnte.

Heute Vormittag noch hatte er im Hafenbecken von Le Havre unter Wasser mit einer um sich schlagenden, nackten jungen Frau gerungen. Gestern hatte er sich ein verbales Duell mit seinem Vater im Treppenhaus des Palais de Justice geliefert, gen Ende des vorletzten Prozesstages gegen Julie. Ein ihm unbekannter und inzwischen toter Bürgermeister hatte ihm ein Angebot gemacht, das er ausschlug. Und davor war er über das Dach eines Hochhauses in Form eines Hufeisens in der Banlieue gehechtet, nur um dabei zuzusehen, wie der Tod einen jungen Dealer zum Fliegen überredete.

Das Leben war seltsam.

Und keineswegs ein steter ruhiger Fluss.

Zwei Kilometer trennten ihn noch vom hungrigen Fluss, von dessen Ufer aus er das Dorf beobachten wollte. Er wollte sich Vieux-Port vom Wasser her nähern, unangekündigt und unbemerkt. Dabei ging es ihm nicht nur darum, ungestört die Umgebung auszukundschaften, um zu sehen, wo ein mögliches Sicherheitskonzept ansetzen konnte, wenn er die Menschen im Dorf tatsächlich beschützen wollte.

Der Fluss selbst interessierte ihn.

Von dort schien alles Übel auszugehen.

Er hatte sich in einem Kaufhaus in Le Havre rasch mit dem Nötigsten ausgestattet, und er schmunzelte, als er im Gehen an sich herunterblickte. Keine schwarze Anzughose, keine teuren Schuhe, kein Holster unter einem noch teureren Sakko.

Sondern dunkelblaue Jeans, ein dicker Wollpullover, warme Unterwäsche. Dazu ein Paar schwerer Stiefel, eine Steppjacke und eine blaue Strickmütze.

Ich sehe aus wie ein Fischer an Land, dachte er. Aber tatsächlich war er froh, sich ausnahmsweise gegen sein sonstiges Outfit entschieden zu haben. In einen Rucksack hatte er ein wenig Proviant und Ersatzkleidung gepackt und sich schließlich von dem Polizisten nach Notre-Dame-de-Gravenchon fahren lassen, in ein Restaurant, wo er den Rest des Tages verbracht hatte, an einem kleinen Tisch am Fenster, eine Karte der Umgebung und eine dampfende Schüssel Eintopf vor sich auf dem Tisch.

Dem Eintopf waren ein Stück Kuchen, drei Kaffee und schließlich eine Portion Hirschragout gefolgt. Und als es draußen dunkel geworden war und die Lichter in den Häusern angingen, da hatte er seinen Rucksack geschultert und war losgelaufen, begleitet von dem wärmenden Gedanken, dass das Leben womöglich merkwürdig, aber eben auch durchaus schön sein konnte.

Zumindest für den Moment.

Und jetzt also folgte er einem kleinen Pfad, der aus dem Wäldchen hinausführte, über die Äcker und Felder hinweg zum Flussufer.

Der Pfad führte Nicolas zur Uferböschung. Für einen Moment stand er unter einer Weide und betrachtete das schwarze Wasser, das vor ihm in Richtung Meer strömte. Ein Ast wurde davongetragen, Zweige und Blätter verloren sich in einem kleinen Strudel, bevor sie endgültig hinab gezogen wurden.

Nicolas hörte das Glucksen des Wassers, hörte das Rascheln in den Gräsern, als eine Feldmaus oder ein Hase sich vor dem Neuankömmling verkroch. In der Luft lag ein modriger Geruch, auf sumpfigem Grund wuchs Schilf.

Dort musste Pascal Leval gelegen haben.

Nicolas folgte dem kleinen Pfad nach rechts und sah, dass Reifenspuren fast bis an die Böschung führten. Offenbar war die Polizei so dicht wie möglich ans Wasser herangefahren. Weiße Fähnchen steckten im Schlick und kreuz und quer verliefen Fußspuren. Die Beamten hatten vermutlich den gesamten Fundort auf der Suche nach dem kleinsten Hinweis umgegraben.

Nicolas blickte hinüber zum anderen Flussufer. Wie ein schwarzes Band lag die Seine zwischen ihm und Vieux-Port. Die Straßenlaternen leuchteten und auf dem Kirchplatz sah er ein paar Autos stehen. Aus der Tür eines der größeren Häuser – es war mit Reet gedeckt – trat in diesem Augenblick ein Mann, er blieb kurz stehen und blickte in seine Richtung.

Nicolas wich zurück in die Schatten der Weiden, aber seine Sorge war unbegründet. Dichte Wolken hatten sich vor den Mond geschoben, von dort drüben würde er nicht zu sehen sein.

Etwas weiter flussaufwärts ertönte das Tuckern eines Motorbootes. Er wunderte sich, wer so spät noch unterwegs sein mochte, als er plötzlich Stimmen hörte.

Hier, am Ufer, gar nicht weit von ihm.

Rasch blickte er sich um, auf der Suche nach einem Versteck. Zwischen den Büschen blitzte der Schein mehrerer

Taschenlampen auf, dann erkannte er die Silhouetten dreier Männer.

Sie kamen direkt auf ihn zu.

Noch konnten sie ihn nicht sehen, er stand verborgen hinter dem dicken Stamm der Weide, oberhalb der Uferböschung. Die Kegel der Taschenlampen wanderten über den Boden, die Männer unterhielten sich lauter als nötig, als wollten sie sich mit ihren kräftigen Stimmen vergewissern, dass alles in Ordnung sei. Nicolas vermutete, dass sie eine kleinere Bürgerwehr gebildet hatten, die nachts Kontrollgänge machte.

Der Tod von Pascal Leval, der zweite Tote im Fluss, das Dorf musste in heller Aufregung sein. Und bereit, alles zu tun, damit es nicht noch mehr Opfer gab.

In wenigen Augenblicken würden sie sein Versteck erreichen – und Nicolas wusste ganz genau, für wen sie ihn halten mussten, wenn sie ihn hier draußen alleine am Ufer vorfanden.

Für denjenigen, den sie suchten, den sie fürchteten und mit dem sie sich nicht lange aufhalten würden, wenn sie ihn erwischten. Er ließ sich langsam zu Boden gleiten und rutschte vorsichtig die Böschung hinab, bis seine Füße den Schlick berührten.

»Monique will nicht mehr hierbleiben, sie fährt morgen zu ihren Eltern nach Rouen. Die Kinder nimmt sie mit.«

»Ich kann es ihr nicht verübeln.«

»Dieser Bastard treibt uns noch alle von hier fort.«

»Ach Quatsch, vorher kriegen wir ihn. Und dann Gnade ihm Gott.«

Die Stimmen drangen zu Nicolas herüber, während er fieberhaft nach einem geeigneten Versteck suchte. Hier unten am Wasser war er für jeden sichtbar, der von oben herabblickte. »Ausgerechnet Pascal hat er umgebracht, dieser Teufel!«

»Du, ich hab ihm noch gesagt, er soll vielleicht besser auf seine Abendspaziergänge verzichten.«

»Pascal hatte vor nichts Angst.«

»Und was hat es ihm gebracht? Nichts! Ich habe sehr wohl Angst und ich schäme mich nicht dafür.«

Nicolas sah ein paar Meter weiter im Schilf ein altes Ruderboot. Rasch schlich er sich im gebückten Gang hinüber, gerade noch rechtzeitig, bevor der Lichtkegel die Stelle erreichte, an der er eben noch gekauert hatte. Lautlos duckte er sich hinter das Holz, in der Hoffnung, dass die drei nicht die Böschung hinabkommen würden.

»Da unten hat er gelegen.«

»Sie meinen, er sei erschlagen worden. Und dann hat er ihn ausgezogen.«

»Splitterfasernackt. Genau wie Meunier, vor ein paar Tagen.«

»Um den ist es nicht schade.«

»So ein Quatsch.«

»Ist doch so.«

»Warte mal, ist da was?«

»Was soll da sein?«

Nicolas hörte ein Rascheln im Schilf, vermutlich ein Fisch, der zu nah ans Ufer gekommen war und jetzt hektisch einen Ausweg aus dem flachen Wasser suchte. Der Schein einer Taschenlampe wanderte knapp über seinem Kopf durch die Dunkelheit, strich einmal über das Ruderboot und dann wieder die Böschung hinauf.

Nicolas presste sich auf den Boden, seinen Rucksack hatte er neben sich in den Schlick gelegt. Vom Fluss her vernahm er jetzt wieder das Tuckern eines näher kommenden Motorbootes.

»Das wird Julien sein«, hörte er eine Männerstimme. »Er kann uns wieder mit rübernehmen.«

»Dann lass uns dort hinten hingehen, hier unter den Bäumen sieht er uns nicht.«

Die Stimmen entfernten sich.

Nicolas blickte den drei Männern hinterher. Er wollte sich gerade vorsichtig aufrichten, als etwas ihn innehalten ließ.

Neben ihm schlugen kleine Wellen gegen den Uferschlamm, seine rechte Stiefelspitze war bereits feucht. Es war jetzt still, nur das näher kommende Boot war zu hören.

Er war nicht allein.

Nicolas spürte es ganz deutlich, es war ein Ziehen auf der Haut, eine Gewissheit, die sich in seinem Nacken festsetzte.

Langsam drehte er den Kopf und blickte flussabwärts, wo die Weiden noch dichter standen und das Flussufer verschatteten.

Sein Atem ging schneller, er spürte, wie er unter seiner Wollmütze schwitzte.

Die drei Männer waren mittlerweile etwa hundert Meter weiter flussaufwärts. Nicolas blieb liegen, er konzentrierte sich, versuchte die Dunkelheit zu durchdringen.

Dann sah er den Schatten.

Er stand unter den Bäumen. Dort, wohin kein Lichtkegel reichte. Regungslos und offenbar ohne Angst, entdeckt zu werden.

Instinktiv griff Nicolas nach seiner Waffe, aber da war nichts, er war unbewaffnet. Er hörte das Geräusch seines eigenen Atems und spähte in die Dunkelheit. Wind war aufgekommen und das Schilfrohr wiegte sich im Luftzug. Der Schatten war fort, so plötzlich, wie er gekommen war. Vor Nicolas' Augen verschwammen die Konturen und er spürte, wie er seine Ruhe verlor, wie ihm die Kontrolle über die Dunkelheit entglitt, wie die Schatten ihn besiegten.

Und weil ihm nichts anderes einfiel und weil der Untergrund, auf dem er lag, feucht und kalt war, tat er einfach das Naheliegende.

Er stand auf.

Langsam und ohne Hast. Er hoffte, den Schatten so noch einmal hervorzulocken.

Aber nichts passierte.

Nicolas machte einen Schritt und wartete. Das Wasser griff nach seinen Stiefeln, es züngelte an ihm, wie Krähen am Ohr eines toten Mannes.

Und plötzlich durchdrang ein Lichtstrahl die Dunkelheit. Ein gleißender Kegel wanderte über die Uferböschung, vom Wasser aus.

Ein Boot hatte sich lautlos genähert, mit ausgeschaltetem Motor.

Nicolas hob seinen Arm vors Gesicht, als der Strahl des Suchscheinwerfers ihn erfasste. Er blinzelte und hob beide Hände, als eine Stimme in der Dunkelheit erklang:

»Bleiben Sie genau da stehen!«

Nicolas Guerlain glaubte nicht an Geister. Er glaubte nicht an Phantome der Nacht, an Flüche und Verwünschungen. Er glaubte auch nicht an das Bild eines hungrigen Flusses.

Er glaubte nur an das, was er sah. Das Problem war nur, dass das, was er gesehen hatte, in der Dunkelheit verschwunden war, als wäre es nie da gewesen. Aufgelöst in den dunklen Wassern des Flusses.

Womöglich war er genau zum falschen Zeitpunkt nach Vieux-Port gekommen.

Teil zwei

ADLER

KAPITEL 18

Paris
In der Nacht

Die Place Sainte-Marthe im 11. Arrondissement lag tief in den Schatten einer unruhigen Nacht. Längst waren die Lichter des Café »Le Vannier« erloschen, die letzten Gäste nach Hause geschwankt. Kalter Wind fuhr durch die beinahe kahlen Kronen der Platanen, eine Taube steckte in ihrem Schlafplatz unterhalb eines Dachgiebels kurz den Kopf aus dem Gefieder und blickte auf der Suche nach dem ersten Anzeichen eines neuen Tages in den Himmel. Als sie in die undurchdringliche Wand aus dunklen Wolken sah, schloss sie mit einem Gurren ihre Augen wieder. Es war die Stunde zwischen Alt und Neu, der kurze Moment des Innehaltens, des Luftholens. Der alte Tito fragte sich, wer oder was ihn immer genau zu diesem Zeitpunkt aus dem Bett holte, in die Kälte seiner Wohnung, während er nach seiner Brille angelte und sich seinen Morgenmantel überzog. Fluchend tastete er nach dem Lichtschalter und kniff die Augen zusammen, als er ihn schließlich gefunden und betätigt hatte.

»Verfluchtes Alter«, schimpfte er und schlüpfte stöhnend in seine Pantoffeln. Beim Blick auf die Uhr schüttelte er ungläubig den Kopf.

»Wie immer«, murmelte er, »Viertel nach drei.«

Tatsächlich war es seine schwache Blase, die ihn weckte, aber warum sie immer um die gleiche Zeit Alarm schlug, war ihm ein Rätsel.

Mühsam trottete er ins Bad, besah sich kurz im Spiegel und streckte seinem Spiegelbild die Zunge raus.
»Wir werden nicht jünger, mein Freund.«

Kurz darauf stand er in seinem dunklen Wohnzimmer und blickte in die Nacht hinaus. Unter ihm schliefen die Platanen auf der Place Sainte-Marthe, dahinter erstreckte sich ein Lichtermeer, das auch in tiefster Nacht nicht zu erlöschen schien. Er gähnte herzhaft und kratzte sich am Hinterkopf.
»Und jetzt?«, fragte er in die Stille des Raums. Sein Blick suchte den Bilderrahmen auf der Kommode neben dem Plattenspieler und er lächelte.
»Wäre es in Ordnung, meine Liebe, wenn ich mich kurz setze und eine rauche? Ich weiß, du hasst es, aber schließlich hast du mich alleingelassen. Ich denke, ein bisschen Rauch in der Nacht ist da eine recht milde Strafe, oder nicht?«
Behutsam hob er die Abdeckung des Plattenspielers und fuhr mit der rechten Hand über die Rücken der Schallplatten, die in einem Regal standen.
»Nach was wäre dir denn?«, murmelte er. »Was macht dir Mut, in dieser dunklen Stunde? Ah, natürlich …«

Kurz darauf saß er in seinem Sessel und zündete sich einen Zigarillo mit einem Streichholz an. Seine Finger zitterten, seine Hände waren von Altersflecken übersät. Draußen fuhr der Wind durch die Bäume, er sah den grau bedeckten Himmel, Reste von Schnee auf den Dächern der Mietshäuser.
»Der Scheißwinter kommt auch immer früher«, fluchte er und zog an seinem Zigarillo. Er hatte das Fenster gekippt, damit der Rauch schneller nach draußen verschwand.
»Wenigstens das, du siehst, ich mache Fortschritte«, sagte er in Richtung des Bilderrahmens auf der Kommode und lehnte sich entspannt zurück, während die ersten Takte eines alten Liedes erklangen, das er schon immer geliebt hatte.

Gott rauchte Zigarren und niemand konnte das passender dahinnuscheln als Serge Gainsbourg. Tito blickte aus dem Fenster und gleichzeitig in sich hinein, die Finger seiner rechten Hand tippten auf der Lehne seines Sessels den Rhythmus.

»Soll ich dir ein paar Zeichnungen zeigen?«, fragte er schließlich in den dunklen Raum hinein, und als er keine Antwort bekam, beschloss er, dies als Ja zu werten. Er holte die kleine Holzkiste aus dem Regal, in der er alle Zeichnungen aufbewahrte, die er Tag für Tag unten auf der Place Sainte-Marthe anfertigte, wenn er stundenlang mit einem Glas Pastis oder Rotwein auf einer der Bänke saß.

Die Finger des alten Mannes glitten über die Blätter, er betrachtete für einen Augenblick die Linienführung und Schattierungen. Es waren Zeichnungen aus den vergangenen Jahren, Jahre des Alleinseins, die er aber durchaus genoss, hier an der Place Sainte-Marthe, vor allem, seit Rachmaninoff an seiner Seite war. Auch Julie hatte er damals sofort ins Herz geschlossen.

Genau wie Nicolas, aber das war etwas anderes.

»Der seltsamste Bodyguard, der mir jemals untergekommen ist«, sagte er und runzelte die Stirn, als er sah, dass einige Zeichnungen auf den Boden der Kiste gerutscht waren.

Er blickte auf das Datum, das er stets rechts unter die Skizze schrieb, mit Bleistift, weil er nur mit Bleistift zeichnete.

Die Bäume, die Wände, von denen der Putz abbröckelte, die Fensterläden aus Holz.

Eine Katze auf einer Mülltonne, sein Glas Rotwein auf dem Pflaster im Schatten der Platanen.

Die Szenen und Bilder, die er festhielt, waren ganz alltäglich, sie konnten mit nichts Besonderem aufwarten und dennoch mochte er sie so.

Nicolas auf einer der Bänke, telefonierend. Es musste zu Beginn seiner Karriere als Personenschützer gewesen sein, er sah angestrengt aus, voller Ernst.

Aber auch unschuldig, in gewisser Weise.
Und das hatte sich geändert.
»Und zwar nicht zum Guten«, murmelte er und steckte die Zeichnungen weg. Verärgert stieß er etwas Rauch aus, als er sah, dass einer der Bögen verknickt war.
»Dann schmeiße ich sie weg«, murmelte er, zog das Blatt heraus und stellte die Kiste weg. Er hasste geknickte Seiten und außerdem wurde es Zeit, sich wieder hinzulegen. Er würde ohnehin nicht länger als bis sechs Uhr schlafen und wenigstens diese beiden Stunden Schlaf sollte er sich gönnen.
Draußen war es noch immer stockdunkel, als er in die Küche schlurfte und den Mülleimer öffnete. Er hielt kurz inne und faltete dann den Papierbogen auseinander, wenigstens wollte er wissen, welche seiner Zeichnungen er durch seine Unachtsamkeit verdorben hatte.
Der Platz, natürlich. Die Platanen, selbstredend.
Es war ein guter Strich, feine Schattierungen, er ärgerte sich. Es war eine gute Zeichnung.
Zwei Menschen auf einer Bank, im Hintergrund ein Geschäft, das mittlerweile dichtgemacht hatte.
Der alte Tito runzelte die Stirn und blickte dann auf das Datum.
Langsam schloss er den Mülleimer wieder.
»Das gibt es doch gar nicht«, murmelte er und nahm einen letzten Zug von seinem Zigarillo.
Julie, ohne Zweifel.

Sie saß ganz außen auf einer der Bänke, ihr Blick ging zu Boden, ihre Hände lagen in ihrem Schoß. Sie war hübsch, sie war es immer gewesen.
Aber etwas bedrückte sie, er konnte es auf seiner eigenen Zeichnung sehen.
Warum hatte er sie damals nicht gefragt?

»Ich erinnere mich überhaupt nicht an diese Szene«, murmelte er.

Es war der Anblick des Mannes neben Julie auf der Parkbank, der dazu führte, dass der alte Tito den kurzen Stumpen seines Zigarillos fallen ließ, mitten auf den Linoleumboden der Küche.

Er hatte mit Nicolas in so vielen Nächten über Julies Verschwinden geredet, über Nicolas' Vater und über die Ereignisse vor vier Jahren.

Und das, was er hier vor sich sah, rückte alles in ein neues Licht.

»Das gibt es doch gar nicht«, sagte er laut in die Stille dieser Nacht.

Exakt zehn Minuten später stand er wieder im Bad vor dem Spiegel, das Gesicht mit Rasierschaum bedeckt, den Blick ungeduldig auf seine Armbanduhr gerichtet, die auf einer Ablage lag.

»Rachmaninoff!«, rief er mit lauter Stimme. »Wach auf! Wir müssen los.«

Der alte Mischlingshund trottete gähnend am Badezimmer vorbei und warf einen irritierten Blick zu ihm herein.

»Er geht nicht ans Telefon«, erklärte ihm sein Herrchen, während er sich rasierte. »Diese lächerliche Kopie eines Bodyguards geht einfach nicht an sein Handy. Deshalb musst du jetzt endlich wach werden, alter Freund.«

Der Hund blickte ihn aus leeren Augen an.

»Nun mach schon, der erste Zug in die Normandie geht in etwas mehr als einer Stunde. Wir haben es eilig.«

Als die beiden wenig später auf die Place Sainte-Marthe hinaustraten, dämmerte bereits der Morgen. Hoch über ihnen schrak eine verschlafene Taube auf. Aus den umliegenden Gassen drang bereits das Geräusch einer Kehrmaschine.

»Es ist fünf Uhr, Paris wacht auf«, sagte der alte Tito zu seinem Hund. Dann nahm er die Leine fest in die linke Hand, in der rechten trug er einen kleinen Koffer, in den er in aller Eile einige Klamotten gepackt hatte.

Und eine Zeichnung, zwischen zwei schwere Bücher. Er brauchte diese Zeichnung makellos glatt.

Weil so viel von ihr abhing.

KAPITEL 19

Normandie

Nicolas brauchte einen Augenblick, um sich zu orientieren. Durch seine halb geschlossenen Lider drang Licht, er spürte die Wärme von Sonnenstrahlen auf seiner Wange.

Offenbar hatte er tief und fest geschlafen, ein Zustand, der ihm seit Wochen nicht mehr vergönnt gewesen war. Womöglich sogar noch länger. Er blinzelte, seine Finger fuhren über eine weiche Daunendecke. Als er die Augen öffnete, war das Erste, was er sah, eine Wasserkaraffe, die auf einem kleinen Tisch an seinem Bett stand.

Sie war in der Nacht, als er sich hingelegt hatte, noch nicht da gewesen, da war er sich sicher. Langsam atmete er aus, versuchte seine Gedanken zu ordnen. Beim Anblick seiner Kleidung auf der Stuhllehne musste er unweigerlich lächeln.

Ein Morgen ohne Krawattebinden, auch das war ungewöhnlich.

Und ich könnte mich daran gewöhnen, dachte er kurz, aber dann war die Schwere in seinem Kopf zurück. Julie, der Prozess.

Der Einsatz in Le Havre, die Wanderung hierher.

Er war in Vieux-Port, dem Dorf mit nur noch 46 Einwohnern. Und einem verschwundenen Pfarrer.

Pascal Leval, der Bürgermeister, der ihn um Hilfe gebeten hatte, eine Hilfe, die er, Nicolas, nicht bereit gewesen war, zu gewähren. Und nun war Leval tot, erschlagen und in den Fluss geworfen.

Die Krähen hatten ihm ein Auge ausgehackt, das hatten ihm die Männer gestern erzählt.

Nicolas setzte sich mit einem Ruck auf. Der Blick auf seine Armbanduhr beruhigte ihn, es war gerade mal halb sieben. Draußen war es still, er hörte keine Autos, keine Hupkonzerte, spürte nicht die Erschütterung einer unter der Erde vorbeirauschenden Metro. Er füllte Wasser aus der Karaffe in ein Glas und trank es mit einem Zug aus. Dann nahm er sich seine morgendlichen zehn Minuten, absolvierte einige Dehnübungen und Liegestütze und nahm eine schnelle Dusche.

Das Badezimmer war ebenso liebevoll eingerichtet wie sein Zimmer. Die kleine Pension, in der er mitten in der Nacht untergebracht worden war, strahlte Wärme und Geborgenheit aus, er hatte sich sofort wohlgefühlt.

Was dazu geführt haben musste, dass er die Tür nicht abgeschlossen hatte und jemand ihm die Karaffe ans Bett gestellt hatte.

Rasch zog er sich an und blickte aus dem Fenster hinaus auf den kleinen Kirchplatz. Kein Mensch war zu sehen, entweder schliefen die Bewohner von Vieux-Port, oder sie zogen es vor, von ihren warmen Küchen und Erkerzimmern aus die Straßen und den Fluss zu betrachten.

Vielleicht war es auch die Angst, die sie zu Hause hielt.

Nicolas betrachtete das Pfarrhaus, das sich gleichsam an die Kirche drängte, ein kleines, unscheinbares Steinhaus. Die Fensterläden waren geöffnet, hinter einer der Scheiben erkannte Nicolas ein Bücherregal und ein an der Wand angebrachtes Holzkreuz.

Aber der Herrgott war abwesend. Oder zumindest sein hier sesshafter irdischer Vertreter. Vom Teufel ausgetrieben, da waren sich die Männer sicher gewesen, die ihn gestern spätabends am anderen Flussufer aufgespürt hatten.

Nicolas blickte hinab auf die Strömung der Seine.

Der hungrige Fluss.
Er glaubte nicht daran, ein Fluss fraß keine Menschen, er aß sich nicht satt an den Körpern, die in seinen Wassern trieben. Für einen Moment blickte Nicolas hinüber zu den Weiden, die dicht am Ufer standen. Aber da war nichts, kein Schatten, keine Bewegung.

Kurz darauf trat er hinaus in einen kalten Morgen, leise schloss er die Eingangstür der kleinen Pension hinter sich und zog den Reißverschluss seiner Winterjacke zu. Der Himmel war von einer stahlblauen Farbe, die Luft drang rein und klar in seine Lungen.

Für einen kurzen Moment gab Nicolas sich der Illusion hin, dass alles gut war. Oder es zumindest werden würde.

Als er auf den Platz hinaustrat, prüfte er instinktiv, ob er sein Handy und seine Waffe eingesteckt hatte. Aber seine Dienstwaffe hatte er in Le Havre kurz vor dem Sprung ins Wasser in den Dienstwagen geworfen und sein Handy lag am Grund des Hafenbeckens. Er würde sich ein neues besorgen müssen, womöglich konnte ihm Roussel da weiterhelfen. Vielleicht ist das gar nicht so schlecht, dachte er und schlenderte hinunter zum Anleger von Vieux-Port, wo das Polizeiboot vertäut war, das ihn gestern Abend über den Fluss gebracht hatte. Er hatte die Männer, die ihn am Flussufer eingekesselt hatten, nur mühsam davon überzeugen können, dass er nicht Mathieu war, nicht der Teufel, der zurückgekehrt war. Letztendlich war es nur dem beherzten Eingreifen des Wasserschutzpolizisten zu verdanken, dass die bunt zusammengewürfelte Bürgerwacht ihn nicht direkt in den Fluss geworfen hatte.

Als er an der Kirche vorbeikam, zögerte er kurz, blickte sich um und trat dann zu der kleinen Holztür unterhalb des Kirchturms. Er wusste nicht warum, vielleicht war es der Wunsch nach Stille oder einer Einsicht jedweder Art.

Mit einem Knarzen schwang die Holztür auf, der Muff vieler Jahre empfing ihn. Die Luft roch nach Erde und feuchtem Stein. Langsam trat er über die Schwelle, obwohl er nicht übermäßig groß gewachsen war, musste er den Kopf einziehen.

Im Innern war es mindestens ebenso kalt wie draußen auf dem Platz. Einige Holzbänke standen in der Mitte des Raumes, in Mauernischen standen Heiligenfiguren, durch ein Bogenfenster fiel etwas Licht auf den kleinen und unscheinbaren Altar. Eine vergilbte Decke, ein leerer Kerzenständer, eine aufgeschlagene Bibel.

Ein großes Holzkreuz an der Wand.

Nicolas setzte sich in eine der Reihen und ließ den Raum auf sich wirken, so wie er es auch tat, bevor sie mit François Faure einen Veranstaltungsort besuchten, eine Messehalle oder ein Konferenzzentrum.

Er schloss die Augen und wartete.

Drei Fenster links, drei auf der rechten Seite, allesamt nicht sonderlich groß. Keine zwei Meter zwischen dem Altar und der ersten Holzbank. Ein verstaubtes Taufbecken rechts neben der Eingangstür, eine kleine Kanzel neben einer Steinsäule.

Eine metallene Kiste für die Kollekte, sieben Reihen mit Holzbänken, die vorletzte etwas brüchig.

Aber da war noch etwas anderes.

Etwas irritierte ihn.

Er hatte gelernt, dass es oft sinnvoller war, sich einen Augenblick zu besinnen, nachzudenken, anstatt einfach drauflos zu suchen.

Und so saß er hier, mit geschlossenen Augen, und wartete darauf, dass der kleine Widerhaken in seinem Kopf sich löste.

Der Altar, die vergilbte Decke, die …

»Hier steckst du also!«

Nicolas öffnete die Augen und fuhr herum, als eine Männerstimme vom Eingang her zu ihm drang.

»Gottesdienst ist erst wieder am Sonntag«, sagte Julien. Er stand mit einer Kaffeetasse in der Hand im Türrahmen. »Dann kommt der neue Pfarrer aus Jumièges hierher, er betreut Vieux-Port seit Beginn des Jahres.«

Nicolas erhob sich, blickte sich noch einmal um und folgte Julien nach draußen auf den kleinen Platz, der das Herz von Vieux-Port darstellte.

Die Kirche, das kleine Rathaus. Einige Häuser. Schließlich der Fluss. Nicolas blickte sich um, der Duft von frischem Kaffee strömte ihm in die Nase.

»*Salut*, Julien«, sagte er und reichte dem Wasserschutzpolizisten die Hand.

»*Salut*, Nicolas. Was treibt dich so früh in die Kirche?«

»Ehrlich gesagt weiß ich es nicht genau. Vielleicht nur die Neugierde. Ich mag Kirchen.«

»Bist du gläubig?«

Nicolas lächelte.

»Schon lange nicht mehr.«

Einen Augenblick betrachteten sie schweigend das Spiel der Lichtreflexe auf dem Wasser.

»Auch einen Kaffee?«, fragte Julien schließlich und nickte hinüber zu seinem Motorboot. »Ich habe gerade frischen überbrüht. Ein Stück Baguette findet sich bestimmt auch noch. Wir sind kein Kreuzfahrtschiff, aber ein bisschen Stil haben wir schon noch.«

Nicolas nahm die Einladung dankbar an und folgte Julien auf das Polizeiboot. Als der Polizist drinnen Kaffee einschenkte, musterte Nicolas ihn durch die Fenster des Fahrerhauses. Gestern in der Dunkelheit hatte er nur einen sehr vagen Eindruck gewinnen können.

Julien war ungefähr in seinem Alter und sie hatten sich von Anfang an geduzt. Der Polizist hatte blondes, etwas verstrubbeltes Haar und ein verschmitztes Lächeln.

Ein Frauentyp, dachte Nicolas.

»So, hier ist dein Kaffee. Und tatsächlich etwas Brot und Käse, wer hätte das gedacht.«

Sie setzten sich an die Reling des Motorbootes, das sanft in der Morgensonne auf dem Wasser schaukelte.

»Vielen Dank für gestern Abend.« Nicolas prostete Julien mit seiner Kaffeetasse zu. »Ohne dich hätten die mich womöglich den Fischen zum Fraß vorgeworfen.«

Julien winkte ab.

»So schlimm wäre es nicht geworden. Du musst sie verstehen, das Dorf ist in Panik und dann taucht plötzlich ein unbekannter Mann am anderen Flussufer auf und …«

»… er hat ungefähr das gleiche Alter wie der Teufel, den sie fürchten«, brachte Nicolas den Satz zu Ende.

Schweigend nippten sie an ihrem Kaffee.

»Du musst aber zugeben«, fuhr Julien schließlich fort, »die Idee, hier in der Dunkelheit und ohne Ankündigung aufzutauchen, war keine besonders gute.«

Nicolas lächelte.

»Im Gegenteil«, sagte er. »Ich weiß jetzt, wie sich jemand dem Dorf nahezu unbemerkt nähern kann, wenn er will. Da drüben gibt es genug Bäume und Gestrüpp, um Vieux-Port heimlich zu beobachten, vor allem, wenn es dunkel ist. Ich nehme an, dass dieser Mathieu – wenn er es denn ist – sich öfter dort herumtreibt. Und deshalb sollten die Dorfbewohner das andere Ufer meiden.«

Julien nickte und blickte über die Schulter hinüber zum anderen Flussufer.

»Mathieu ist tatsächlich zurück«, sagte er langsam. »Es ist kaum zu glauben. Und wenn er nur in Ansätzen derselbe Mensch ist wie damals als Jugendlicher, dann kann ich die Ängste der Leute schon verstehen.«

Nicolas blickte ihn überrascht an.

»Du kanntest ihn?«

Julien reichte Nicolas ein Stück Baguette.

»Natürlich kannte ich ihn«, gab er zurück. »Ich komme aus Vieux-Port, ich war sogar mal mit ihm befreundet. Aber da waren wir noch sehr jung, vielleicht elf. Da war Mathieu noch nicht so ... schwierig.«

»Warum ist er so geworden?«, fragte Nicolas.

Julien zuckte mit den Schultern.

»Das weiß ich nicht. Ich weiß nur, dass er irgendwann angefangen hat, alle im Dorf zu terrorisieren. Wie aus dem Nichts. Irgendwann hatten alle Angst vor ihm, selbst die Erwachsenen. Mathieu war stark, einmal hat er Leval, der damals noch nicht Bürgermeister war, in den Fluss gestoßen, einfach so. Und ihn dann daran gehindert, wieder an Land zu kommen. Sein Vater musste eingreifen. Kurz nach diesem Vorfall sind sie fortgezogen.«

Nicolas blickte zu den Häusern hinüber und sah, dass mittlerweile im Frühstücksraum der kleinen Pension Licht angegangen war.

»Und du?«, fragte Nicolas Julien. »Wann bist du fortgegangen?«

»Direkt nach der Schule«, antwortete der Polizist. »Ich habe es hier nicht mehr ausgehalten.«

»Warum nicht?«, wollte Nicolas wissen, aber Julien war aufgestanden und stellte seine Tasse auf eine Kiste.

»Komm, lass uns bei Esthelle ordentlich frühstücken. Dann können wir besprechen, wie du Vieux-Port beschützen willst. Denn nichts anderes erwarten die Menschen hier von dir.« Er deutete hinüber zu den Häusern. Nicolas folgte seinem Blick und was er sah, ließ ihn zusammenzucken. Nach und nach traten die Bewohner auf die Straße. Sie standen in Gruppen zusammen, redeten oder sahen einfach unverwandt zu ihnen herüber.

Er sah ein Lächeln auf manchen Gesichtern, einen Hoffnungsschimmer. Eine ältere Frau winkte ihm schüchtern zu, ein kleiner Junge löste sich von der Hand seines Vaters und kam zögerlich auf das Polizeiboot zugelaufen. In seinen Händen hielt er einen Kuchenteller.

Nicolas folgte Julien auf den Anleger und kniete sich vor den Jungen, als dieser die Planken erreicht hatte.

»Guten Morgen«, sagte er freundlich. Er sah, wie die Hände des Jungen zitterten. »Dir muss kalt sein.«

Der Junge nickte nur und hielt Nicolas den Teller hin.

»Den habe ich mit meiner Mama gebacken«, sagte er. »Weil Sie uns beschützen.«

Nicolas blickte Julien an, er spürte, wie sein Magen sich verkrampfte. Der Polizist zuckte mit den Schultern.

»Willkommen in Vieux-Port«, murmelte er.

»Wie heißt du?«, fragte Nicolas.

»Samuel«, antwortete der Junge schüchtern.

»Hallo, Samuel«, sagte Nicolas mit leiser Stimme. »Das ist wirklich sehr nett von dir. Und jetzt lauf schnell zurück ins Haus und zieh dir eine Jacke an, ja? Und sag deiner Mama, alles wird gut. Euch wird nichts passieren.«

Nicolas und Julien blickten dem Jungen hinterher, als er über den kleinen Platz zurück zu seinen Eltern lief. Kurz darauf öffnete sich die Tür der Pension, und als Nicolas sah, wer in die Sonne hinaustrat, blinzelte und dann in seine Richtung kam, musste er lächeln.

»Da kommt noch ein Kind«, sagte er zu Julien. »Aber leider hat dieses Kind keinen Kuchen dabei.«

Er blickte Claire entgegen, die sich im Gehen eine warme Polizeijacke überzog. Als sie ihn erreicht hatte, lächelte sie. Einen Moment lang sagte keiner von ihnen etwas, schweigend suchten sie im Gesicht des anderen nach Spuren, den Wunden einer schrecklichen Zeit, die nicht verheilen wollten.

»*Salut*, Nicolas«, sagte Claire schließlich und Nicolas bemerkte plötzlich, dass die junge Frau, die vor ihm stand, kein Kind mehr war. Schon lange nicht mehr. Dafür hatte sie zu viel gesehen, zu viel abbekommen. Und zu viel verloren.

»*Salut*, Claire.«

Sie drückte ihn an sich, so fest sie konnte.

»Du solltest nicht hier sein«, sagte er tadelnd, als sie ihn schließlich losließ.

»Du schon«, sagte sie und deutete lachend über ihre Schulter. »So viele Schutzpersonen hattest du noch nie, nicht wahr? Das wird ein großer Spaß, sie werden alle machen, was du sagst, ein Traum für einen Bodyguard, oder?«

Nicolas runzelte die Stirn.

»Hör zu, du weißt genau, dass es Aufgabe der Polizei ist, diesen Mathieu zu finden und festzunehmen. Was machst du überhaupt hier? Solltest du nicht eigentlich …«

Claire winkte schnell ab.

»Alles bestens, Bodyguard. Ich brauchte dringend einen Luftwechsel – und hier gibt es genug zu tun.«

Bevor Nicolas zu einer Erwiderung ansetzen konnte, wechselte sie das Thema.

»Mal modisch was Neues ausprobiert? Steht dir aber, solltest du öfter tragen. Wirklich schade, dass du mir einfach zu alt bist, Bodyguard.«

»Und du bist mir nicht nur zu jung, sondern außerdem zu anstrengend«, frotzelte er zurück und strich ihr übers Haar wie einem kleinen Kind. »Aber du bist gewachsen oder täusche ich mich?«

Claire stupste seine Hand weg und lachte.

»Lenk nicht ab. Warum bist du hergekommen?«

Nicolas dachte an Pascal Leval, den Bürgermeister.

»Ich … es bot sich an … aber ich habe nicht viel Zeit. Ich muss bald zurück nach Paris. Hey, was suchst du?«

Claire war plötzlich abgetaucht und kniete vor ihm auf den Holzplanken.

Als er sich hinunterbeugte, sah er, was Claire hatte aufheben wollen. Allerdings gelang es ihr nicht sofort, weil es auf dem Holz befestigt war.

Claire kratzte mit ihren Fingernägeln daran und löste es vorsichtig ab. Dann richtete sie sich auf und hielt das Fundstück in die Sonne, die Vieux-Port an diesem Morgen einen seltenen Besuch abstattete.

»Die stammt von einer Taube«, sagte Julien, der zu ihnen getreten war. Zu dritt blickten sie auf die grau durchzogene Feder in Claires Hand.

»Jemand hat sie hier festgeklebt, damit sie nicht fortfliegt«, bemerkte Claire. »Und ich bin mir ziemlich sicher, dass sie gestern noch nicht hier lag.«

»Dann muss jemand sie letzte Nacht hierhergebracht haben«, sagte Julien. »Und er muss sehr leise gewesen sein, denn ich habe im Boot geschlafen. Und ich habe nichts bemerkt.«

Sie blickten einen Moment über das Wasser, hinüber zum anderen Ufer.

»Ich denke, wir wissen, wer dieser Jemand ist«, sagte Nicolas.

Julien nickte. »Mathieu. Du hast ihn gestern gesehen, er war am Ufer unterwegs.«

Nicolas holte tief Luft. »Und das bedeutet, dass er noch nicht beendet hat, was er begonnen hat.«

Er machte eine Handbewegung in Richtung der Männer, Frauen und Kinder, die noch immer neugierig und hoffnungsvoll zu ihnen herüberblickten.

»Sie müssen nicht alles erfahren«, schlug er vor. Aber nur einen Augenblick später war dieser Gedanke hinfällig.

»Samuel! Kommst du bitte!«

Der kleine Junge kniete auf dem Kirchplatz und versuchte offenbar, etwas vom Boden abzulösen.

»Samuel, lass das! Das ist doch dreckig!« Es war die Stim-

me der Mutter, die jetzt zu ihrem Sohn hinüberging und auf ihn einredete.
»Ich habe dir doch gesagt, dass du Dinge, die auf dem Boden liegen, nicht anfassen sollst.«
»Aber das ist so eine schöne Feder, Mama!«

»Scheiße«, flüsterte Claire und blickte Nicolas an.
Mit einigen schnellen Schritten waren sie bei dem Jungen, der nur widerstrebend von der Feder abließ.
Grau auf Grau, auch Nicolas hatte sie vorher übersehen.
»Wieder eine Taubenfeder«, sagte Julien leise. Nicolas spürte, wie die Dorfbewohner unruhig wurden. Einige kamen näher, andere zogen es vor, in ihren Häusern zu verschwinden.
»Mama, da ist noch eine!« Der kleine Junge deutete über den Platz.
»Was um Himmels willen …«, flüsterte Claire, als sie die dritte Taubenfeder entdeckte.
»Das ist nicht der Wille des Himmels«, sagte Julien leise. »Sondern eher der des Teufels.«
»Gehen Sie zurück!«, rief Nicolas. »Zurück! Alle runter von dem Platz!«
Längst hatte sich im Dorf herumgesprochen, dass sowohl bei ihrem toten Bürgermeister als auch auf der sorgfältig zusammengelegten Kleidung von Esthelles Vater eine Taubenfeder gefunden worden war.
Nicolas sah, wie sich eine ältere Dame bekreuzigte, er hörte das Schluchzen eines Kindes.
»Gehen Sie nach Hause, bitte!«, rief er.
Aber niemand folgte seiner Aufforderung, im Gegenteil, die Leute kamen immer näher.
»Da ist noch eine Feder!«

Ein älterer Mann zeigte auf eine Stelle, einige Meter weiter. Sofort setzte sich die Menge in Bewegung, wie die Besucher eines Freiluftmuseums, auf der Suche nach dem nächsten Fotomotiv.

Nicolas fluchte.

»Und dahinten, noch eine!«

Wenige Augenblicke später standen Nicolas, Julie und Claire inmitten der kleinen Menge am Rande des Platzes und suchten wie die anderen nach der nächsten Feder.

Aber da war keine.

Nicolas blickte hinüber zum Anleger, wo die Spur begonnen hatte.

Oder geendet, dachte er. Das wird sich noch herausstellen.

Für einen Moment schloss er die Augen und ignorierte das Murmeln und Tuscheln um ihn herum. Stattdessen stellte er sich den kleinen Platz von oben vor, aus der Vogelperspektive. Er sah den Anleger, die Häuser. Er markierte in Gedanken die Position der Taubenfedern.

Eine gerade Linie. Die dann abbog.

Sie führte ...

Nicolas riss die Augen auf und wandte sich nach links.

Er brauchte nicht lange, um die nächste Feder zu finden. Und im selben Augenblick fiel ihm ein, was ihn vorhin gestört hatte.

»Da!«, sagte er laut und deutete hinüber zur Kirche.

Direkt über der kleinen Eingangstür klebte eine weitere Feder. Sie bewegte sich leicht im Wind.

Für einen Moment war es still auf dem Platz.

»Der Pfarrer«, flüsterte Claire und Nicolas konnte den blassen Gesichtern um ihn herum ansehen, dass alle das Gleiche dachten.

»Komm mit«, sagte er leise zu Julien. »Ich weiß, wo wir die nächste Feder finden.«

Claire blickte ihn überrascht an.

»Drinnen«, erklärte Nicolas. »Sie klebt mitten auf der Bibel, die auf dem Altar liegt.«

Kurz darauf betraten Nicolas, Claire und Julien den dunklen Innenraum der Kirche von Vieux-Port. Keiner der Dorfbewohner folgte ihnen, sie blieben einfach vor der Holztür stehen und warteten.

KAPITEL 20

Normandie

Nicolas, Claire und Julien traten langsam in das Kirchenschiff.
Hier drinnen war es still, noch immer roch es modrig und Nicolas spürte förmlich, wie die Wände des Gemäuers näher rückten, während sie an den Bankreihen entlang auf den Altar zugingen.

»Die Kirche wurde ebenfalls bereits durchsucht«, sagte Claire und Nicolas fragte sich, warum sie flüsterte.

Sie waren alleine.

»Der alte Pfarrer ist aber weder hier noch nebenan im Pfarrhaus gefunden worden«, ergänzte Julien, während sie an den Altar traten.

Mitten auf der Vorderseite der Bibel war eine weitere Taubenfeder befestigt.

»Diese hier ist vom Hals der Taube«, befand Julien. »Man sieht an den Rändern eine leichte violette Färbung.«

»Das muss ein schöner Vogel gewesen sein«, sagte Claire mit leiser Stimme.

Nicolas löste die Feder behutsam und blätterte kurz in der Bibel, fand aber keine markierte Stelle.

»Warum hat er sie ausgerechnet hier befestigt?« Claires Frage blieb unbeantwortet. Systematisch blickten sie sich in der Kirche um. Claire ging von Holzbank zu Holzbank, blickte unter die Sitze und hinter die Lehnen. Julien leuchtete mit einer Taschenlampe in jeden Winkel, während

Nicolas rund um den Altar den Boden und die Fliesen absuchte.

Aber da war nichts.

»Das kann nicht sein«, fluchte Claire. »Er legt eine Spur bis in die Kirche, mitten auf den Altar, und dann endet sie dort einfach?«

Nicolas stand jetzt mitten im Raum und blickte auf das große Holzkreuz an der Wand.

»Gibt es in dieser Kirche ein Gewölbe? So etwas wie eine Krypta?«

Julien schüttelte den Kopf.

»Nein, nicht dass ich wüsste. Auch das Pfarrhaus hat keinen Keller, die Kollegen aus Deauville haben alles durchsucht.«

Claire stemmte die Hände in die Hüfte und überlegte. Nicolas konnte förmlich sehen, wie es in ihrem Kopf arbeitete. Schließlich zuckte sie missmutig die Schultern, ging zur Eingangstür der Kirche und streckte ihren Kopf hinaus.

»Wo ist Eugène?«, fragte sie unvermittelt in die Runde.

»Drüben, bei Esthelle«, rief ein älterer Mann.

»Holt ihn her, wir brauchen ihn.«

Nicolas und Julien wechselten einen Blick.

»Er kennt hier jeden Stein, jedes Haus«, erklärte Claire. »Wenn er nichts weiß, dann weiß es niemand.«

Kurz darauf klopfte es an der Kirchentür und der alte Eugène trat herein. Er hatte seine dunkle Wollmütze abgesetzt und bekreuzigte sich, als er das kleine Kirchenschiff betrat. Argwöhnisch blickte er in jeden Winkel, als könnte der Teufel persönlich plötzlich auftauchen.

»Sie haben mich gerufen, Mademoiselle Claire?«, fragte er zögerlich, er fühlte sich sichtlich unwohl in seiner Haut.

»Eugène, du musst uns helfen«, begann Claire und zog ihn auf eine der Holzbänke.

»Gerne, aber ich weiß wirklich nicht, wer die Federn draußen abgelegt hat. Ich war in der Nacht zu Hause und ...«

»Ich weiß«, beruhigte Claire den alten Mann. »Gibt es hier irgendwo einen Ort, wo man einen Menschen verstecken könnte? Hier in der Kirche, meine ich.«

»In der Kirche?«

Eugène blickte sie verwundert an.

»Hier gibt es nur das Kirchenschiff.«

»Aber es muss noch einen Raum geben! Die Spur der Federn endet genau hier, auf dem Altar. Mathieu hat das nicht umsonst gemacht ...«

»Der Teufel«, flüsterte Eugène leise. »Es war der Teufel, der die Federspur gelegt hat, niemand anderes. Er kam in der Nacht und ...«

Aber Claire ließ nicht locker.

»Eugène, du musst dich konzentrieren, du kennst Vieux-Port und die Kirche besser als jeder andere. Gibt es irgendwo hier in der Nähe ein Versteck?«

Plötzlich ergriff der alte Mann ihre Hand.

»Das Versteck! Natürlich!«

Nicolas und Julien, die immer noch die Kirche absuchten, hoben erstaunt die Köpfe und blickten hinüber zu Claire, die jetzt aufgeregt auf Eugène einredete.

»Du kennst ein Versteck, sehr gut! Wo ist es, was ist das für ein Versteck?«

Der alte Mann stand auf und machte einige Schritte auf den Altar zu. Er blickte durch den Raum, zurück zur Tür, dann wieder zum Altar.

»Das könnte passen«, murmelte er. »Verflucht, das könnte passen ... und der Teufel kennt es ... nicht viele wissen davon ... aber er weiß alles.«

»Welches Versteck?«, fragte Julien und auch Nicolas spürte jetzt die Ungeduld.

Eugène deutete nach draußen.

»Es gibt ein Versteck, draußen im Kirchgarten. Es ist ...

kaum jemand kennt es ... und es ist bestimmt seit vielen Jahre nicht mehr benutzt worden. Es war ... ein altes Versteck der Résistance im 2. Weltkrieg. Sie haben dort Waffen versteckt, zeitweise haben sie auch da unten gehaust.«

Claire stand mit einem Ruck auf.

»Wo ist es genau?«

Zusammen mit dem alten Mann eilten sie aus der Kirche, vorbei an der neugierigen Menge, die ihnen nun unweigerlich folgte. Nicolas und Claire hasteten um das Gebäude herum, Eugène machte ihnen ein Zeichen, ihm zu folgen, und verschwand kurz darauf in einem kleinen Durchschlupf im Gebüsch. Nicolas blickte zu den Dorfbewohnern, die eng beieinanderstanden. Er hörte ein Murmeln, es wurde getuschelt, die Worte »Résistance« und »Versteck« waren zu hören. Nicolas blickte Claire an, sie dachte das Gleiche wie er.

Warum war nicht früher jemand darauf gekommen?

Wer Angst hat, denkt nicht klar, überlegte Nicolas, während er zu beiden Seiten dicke Äste zur Seite bog.

Wenig später standen sie, umringt von einigen Bewohnern, hinter der Kirche. Der Untergrund war lehmig, Unkraut überwucherte den Boden. Der alte Eugène suchte den Boden ab und wurde schließlich neben einem Ginsterbusch fündig.

»Da!«, rief er aufgeregt.

Nicolas, Claire und Julien sahen es sofort.

In den Erdboden war eine verrostete Metallluke eingelassen, sie hatte zwei Flügel und Nicolas dachte sich, dass es ein großer Durchgang war, wenn man die Klappen öffnete. Groß genug jedenfalls, um Waffen und andere Dinge hier zu verstecken.

Das Auffälligste aber war, dass jemand die Falltür vor Kurzem geöffnet haben musste. Die Erde um die Klappe herum war frisch aufgeschüttet und sie konnten Schleifspuren erkennen.

»Aufmachen«, rief Julien einigen Dorfbewohnern zu und zog dabei seine Waffe. Etwas, das Nicolas auch gerne getan hätte. Einer der Männer griff nach einem schweren Ast, der auf dem Boden lag, und gemeinsam mit zwei anderen, die Nicolas von der gestrigen Bürgerwacht kannte, gelang es ihm, die rechte Klappe der Falltür aufzuhebeln.

Sie wussten sofort, dass sie hier richtig waren.

Und sie wussten sofort, dass sie zu spät kamen.

Bestialischer Gestank drang aus der Luke, ein Schwarm Fliegen flog ihnen entgegen. Nicolas zog seine Jacke über die Nase, aber es half nichts. Einige ihrer Begleiter wurden grün um die Nase und zogen es vor, ihnen den Vortritt zu lassen.

»Das ist die Hölle«, flüsterte der alte Eugène und zog sich ebenfalls zurück, die Hand vor der Nase.

»Eher die Kloake des Teufels«, sagte Claire und blickte Nicolas an. »Du zuerst, Bodyguard. Du sicherst uns, das ist dein Job.«

Nicolas nickte ihr zu und nahm von Julien die große Stabtaschenlampe entgegen. Dann leuchtete er in die Dunkelheit hinab.

Eine schmale und an vielen Stellen verrostete Eisenleiter führte hinab in das Loch, im Lichtkegel erkannte er, dass sie nach wenigen Metern auf schlammigem Grund endete. Der nahe Fluss ließ hier keine trockenen Gewölbe zu, auch das ehemalige Versteck der Résistance war sicherlich keine Luxusherberge.

Bald verschwand er in der Dunkelheit und Julien und Claire folgten ihm vorsichtig.

»Roussel reißt mir den Kopf ab«, murmelte Claire und hielt sich die Nase zu. Nur mit Mühe unterdrückte sie den Brechreiz.

Nicolas hatte den Boden erreicht und leuchtete mit der Taschenlampe einen schmalen Gang entlang, der offenbar tatsächlich direkt unter die Kirche führte. An den Wänden waren verrostete Stühle aufgestellt, an Haken hingen die Fetzen von Soldatenkleidung, darunter standen Stiefel, die vollständig vermodert und verschimmelt waren. Weiter vorne sah er eine Ratte, die sich vor dem Licht in Sicherheit brachte. Die Decke war nicht besonders hoch, aber es reichte, um aufrecht zu stehen.

»Mein Gott, dieser Gestank«, fluchte Claire.

»Ich fürchte, es wird noch schlimmer werden«, sagte Nicolas. Dann ging er langsam den Gang hinunter, der nach einigen Metern etwas breiter wurde. Immer wieder trat er in Pfützen, der Fluss hatte über die Jahre versucht, sich diesen Ort zurückzuholen. An den Wänden rann Wasser hinab, ihre Schritte hallten in der Dunkelheit.

Als es unter Nicolas' Füßen knackte, sah er, dass er auf eine tote Ratte getreten war.

»Wartet«, sagte er plötzlich, als er weiter vorne, im Schein seiner Lampe, lange Schatten sah. Claire und Julien blieben sofort stehen, Nicolas hörte Claires aufgeregten Atem.

»Das sind Säulen«, erklärte Julien, und als sie näher kamen, sah Nicolas, dass er recht hatte. Nach einigen Metern standen sie inmitten eines kleinen Gewölbekellers. Die Säulen warfen ihre Schatten an die Wände, wo mehrere Bettgestelle standen und verrostete Metallkisten.

»Wer hätte das gedacht«, flüsterte Julien. »Da lebt man so lange hier in Vieux-Port und kennt diesen Ort nicht.«

»Sei froh«, sagte Nicolas und zeigte in die Mitte des Gewölbekellers. »Das hier ist kein guter Ort.«

Zwischen zwei Säulen stand, leicht erhöht auf einer steinernen Empore in der Mitte des Raumes, eine gusseiserne Wanne. Ihre Füße bestanden aus Löwenköpfen, ihr Rand war mit nachempfundenem Lorbeer verziert. Sie schimmerte matt im Licht von Nicolas' Taschenlampe.

»Die muss richtig alt sein«, mutmaßte Claire und ging ein Stück näher heran, bis sie plötzlich mit einem Aufschrei zurückprallte.

Auf der linken Seite der Wanne ragte eine Hand über den Rand. Sie leuchtete weiß und Nicolas konnte sehen, dass die Ratten bereits angefangen hatten, die Finger anzuknabbern. Der Mittel- und der Zeigefinger des Toten waren bereits bis zum Knochen abgenagt, und als Nicolas mit der Lampe näher kam, sah er, wie zwei Ratten sich am Daumen satt aßen. Sie flohen mit einem enttäuschten Quieken, als Julien mit einem Stein nach ihnen warf.

Nicolas hörte, wie Claire in seinem Rücken würgte und sich schließlich in einer Ecke des Gewölbes übergab.

Sie hatte genug gesehen.

»Claire, du bleibst hier stehen«, befahl er ihr und sie war zu verstört, um sich zu widersetzen.

Langsam, Mund und Nase in die Armbeuge gepresst, näherten sich Nicolas und Julien der Wanne. Nicolas hörte das Geräusch der Ratten, er sah die Schatten der Tiere an der Wand.

»Haut ab!«, rief Julien laut, seine Stimme hallte von den Wänden wider. Und tatsächlich flohen die meisten Ratten augenblicklich in die Dunkelheit und ließen das zurück, was Nicolas lieber nicht gesehen hätte.

Der Teufel hatte ganze Arbeit geleistet.

Der aufgedunsene Körper lag in einer brackigen Flüssigkeit. Darin trieben Hautfetzen, die die Ratten von Bauch und Oberarmen genagt hatten. Der Kopf des Mannes war zur Seite gedreht, ein halbes Ohr fehlte, außerdem das linke Auge. Aus dem Kragen seines schwarzen Gewandes kroch eine Ratte und blickte die beiden Eindringlinge kurz an, bevor auch sie im hinteren Teil des Gewölbes verschwand.

Nicolas hörte, wie Julien neben ihm würgte, auch er selbst musste sich zusammenreißen.

»Das ist ja widerlich!« Julien stützte sich an einer der Steinsäulen ab.

»Ist das ... ich meine ... ist der Mann Georges Renoir, der alte Pfarrer?«

Julien nickte knapp.

»Er ist angezogen«, bemerkte Nicolas, während er mit der Taschenlampe das Gewölbe absuchte, ohne etwas Auffälliges zu entdecken.

Der Teufel hatte offenbar keine Spuren hinterlassen.

»Was macht das für einen Unterschied«, murmelte Julien, der offenbar genug gesehen hatte. »Lass uns hochgehen, mehr als tot ist er nicht.«

Nicolas aber beugte sich über die Wanne und roch an dem Wasser.

»Das ist Flusswasser«, sagte er.

Julien blickte ihn an.

»Genau, wie Mathieu es vorhergesagt hat: Und du bist der Erste, du Ratte. So hat er es gesagt. Und jetzt liegt er hier, in einer Wanne voller Flusswasser, in einem Keller voller Ratten.«

»Und so wie er aussieht, war er tatsächlich der Erste«, fügte Nicolas hinzu. Dann wandte er sich ab und führte Claire, die zitternd im Gang gewartet hatte, zur Treppe und hinaus ins Freie.

»War es sehr schlimm?«, fragte sie ihn leise.

»Viel schlimmer«, antwortete Nicolas.

KAPITEL 21

Vieux-Port, Normandie

In den Stunden, die auf den grausamen Fund unterhalb der Kirche folgten, machte sich in Vieux-Port eine große Leere breit. Die meisten Dorfbewohner hatten sich in ihre Häuser zurückgezogen, wo sie hinter den Gardinen saßen und ängstlich auf die Straße blickten. Einige wenige standen beieinander, hielten sich an den Händen, spendeten sich Trost, während die ersten Polizeifahrzeuge in das Dorf einfuhren.

Mal wieder.

»Die kommen jetzt jeden Tag«, murmelte einer der Männer, der dabei gewesen war, als sie Nicolas gestern Abend auf der anderen Seite des Flusses aufgegriffen hatten.

»Wir finden das Schwein, macht euch keine Sorgen«, sagte ein anderer und spuckte eine Prise Kautabak auf den Asphalt.

Das Boot der Wasserschutzpolizei schaukelte noch immer auf dem Wasser, als sei der Fluss der gleiche wie noch gestern oder vorgestern.

Er war es nicht.

Er war noch hungriger. Das Wasser schmatzte gegen die Bordwand, leichter Nebel begann sich auf die Seine zu legen, wie so oft in den vergangenen Tagen.

»In ein paar Stunden ist es wieder dunkel«, sagte Claire leise. Sie hielt eine Kaffeetasse in den Händen und blickte auf den Kirchplatz.

»Du klingst schon wie die Menschen hier«, bemerkte Nicolas, der neben ihr an der Reling lehnte und versuchte, das Bild der Ratten aus dem Kopf zu kriegen, die den aufgedunsenen Leichnam des alten Pfarrers von Vieux-Port bearbeiteten. Noch immer hing ihnen der Gestank des engen Gewölbes in der Nase.

Auch Nicolas fühlte sich leer, erschöpft, von den Ereignissen der vergangenen Tage. Er blickte auf seine Armbanduhr. Heute Nachmittag hatte er noch einen Telefontermin, den er nicht verpassen durfte.

Neben ihm zuckte Claire mit den Schultern.

»Ich kann die Menschen hier verstehen«, sagte sie. »Drei Mordopfer innerhalb weniger Tage, ein Schatten, der sich nachts am Ufer herumtreibt – ich würde auch nicht mehr ruhig schlafen. Diese bescheuerte Geschichte von vor zwanzig Jahren holt Vieux-Port endgültig ein, das ist es, was die Menschen denken. Und ich kann es ihnen nicht verübeln.«

Nicolas blickte hinüber zur Kirche, wo mehrere Einsatzfahrzeuge geparkt hatten. Immer wieder verschwanden Beamte der Spurensicherung hinter den Büschen, wo die verborgene Falltür hinab ins Reich der Ratten führte. Roussel stand mit grimmiger Haltung auf dem Platz und schien mit Sandrine das weitere Vorgehen zu besprechen.

Sie würden das gesamte Pfarrhaus auf den Kopf stellen, alles nach Fingerabdrücken, Faserresten und DNA-Spuren untersuchen, den Garten nach Fußabdrücken absuchen.

Sie würden nichts finden.

»Der Teufel hinterlässt keine Spuren«, murmelte Nicolas.

Claire sah ihn erstaunt an.

»Fängst du jetzt auch schon mit dem Teufel an, Nicolas. Es gibt keinen Teufel, es gibt nur einen inzwischen nicht mehr jungen Mann, der aus unerfindlichen Gründen eine Mordswut auf dieses Dorf hat.«

Nicolas nickte.

»Vielleicht sollten wir mal damit anfangen zu fragen, warum das so ist.«

Kurz darauf kam Roussel zu ihnen auf das Boot. Julien, der in der Kabine mit seiner Zentrale in Rouen gesprochen hatte, reichte ihm eine Tasse Kaffee.
»Was für eine Scheiße«, fluchte Roussel und blickte Nicolas an. »Da sind mir die Ratten von Sken City aber deutlich lieber.«
»Was haben Sie nun vor?«, fragte Julien.
Roussel schnaubte kurz.
»Wir sind in Kontakt mit den englischen Behörden. Wir müssen wissen, wohin genau die Eheleute Bressard mit ihrem Sohn vor zwanzig Jahren gezogen sind, vielleicht erfahren wir auf diesem Wege mehr.«
»Was ist mit den Taubenfedern?«, fragte Nicolas und erntete ein knappes Nicken.
»Wir grasen alle umliegenden Taubenzüchtervereine ab, dazu die Halter von Brieftauben. Natürlich kann dieser Freak sich irgendeine Taube gekrallt haben. Vermutlich liegt sie bereits tot im Fluss. Aber einen Versuch ist es wert.«
Claire zeigte zur Kirche.
»Sie haben ihn geborgen«, sagte sie leise, und tatsächlich traten in diesem Augenblick zwei schwarz gekleidete Männer durch die Büsche bei der Kirche, mühsam trugen sie einen schweren Plastiksarg. Für einen Moment herrschte Schweigen auf dem Boot, als der Leichnam Georges Renoirs, des ehemaligen Pfarrers von Vieux-Port, zu einem Leichenwagen getragen wurde, der am Rande des kleinen Platzes parkte. Nicolas sah, wie sich hinter den Fenstern einiger Häuser Gardinen bewegten, wie die wenigen Menschen, die noch immer auf dem Kirchplatz standen, ihre Gespräche unterbrachen. Eine ältere Dame bekreuzigte sich, ein kleines Kind weinte.

»Was ist das hier nur für ein Mist?«, murmelte Roussel. »Es wird Zeit, dass wir diesen durchgeknallten Typen finden, damit das hier ein Ende nimmt.«

Ein Kollege in einem weißen Overall trat aus dem Gebüsch, er schob sich die Kapuze aus der Stirn und streifte die Latexhandschuhe ab, während er sichtbar nach Luft schnappte. Er lief quer über den Platz in ihre Richtung, während die beiden Männer in Schwarz den Sarg in das Heck des Leichenwagens wuchteten.

Nicolas spürte eine einzelne Schneeflocke auf seiner Hand und blickte nach oben. Der Himmel war weiß geworden, die Konturen verblassten, alles wurde eins. Kurz darauf fing es sanft an zu schneien.

»*Salut*, Roussel«, sagte der Mann in dem weißen Overall, als er den Anleger erreichte. Roussel reichte ihm über die Reling hinweg die Hand.

»*Salut*, mein Lieber. Kein schöner Anblick da unten, oder?«

»Nein, wahrlich nicht.«

»Und, was hast du für mich?«

Der Mann blickte kurz in den herabfallenden Schnee. Dann schloss er die Augen, als wollte er sich für einen Augenblick reinwaschen von all dem Übel, das er gerade gesehen hatte.

»Er liegt tatsächlich schon länger dort«, sagte er schließlich. »Die Totenstarre hat sich bereits gelöst. Wir haben eine sogenannte Wachsleiche – unter Wasser setzt die Verwesung deutlich später ein, dafür nimmt das Gewebe eine gallertartige Konsistenz an. Die Ratten hatten einen reich gedeckten Tisch, an den sie sich setzen konnten.«

Nicolas sah, wie Claire wieder blass wurde.

»Wie lange?«, fragte Roussel.

»Vier, vielleicht fünf Tage. Vielleicht auch etwas mehr, dem Gestank nach zu urteilen. Das kalte Wasser hat ihn ... frisch gehalten.«

»Ist es tatsächlich aus dem Fluss?«, fragte Julien.

»Ja, da bin ich ziemlich sicher.«

»Das heißt, er muss die Wanne vorher oder nachher mit Wasser gefüllt haben«, sagte Nicolas. »Es ist eine verdammt große Wanne«, warf Roussel ein. »Das ist eine verdammte Drecksarbeit, der Kerl hat sich alle Mühe gegeben.«

»Ich gehe davon aus, dass er sie vorher gefüllt hat«, sagte der Gerichtsmediziner.

Roussel hob eine Augenbraue.

»Wie kommst du darauf?«, fragte er.

»Ich habe außer den Rattenbissen keine Verletzungen sehen können. Keine Wunden, keine Hämatome, gar nichts. Ich gehe davon aus, dass der Mann in der Wanne ertrunken ist. Um die Wanne herum hatte sich eine Wasserlache gebildet. Womöglich hat er sich gewehrt, als jemand ihm den Kopf unter Wasser gedrückt hat.«

Roussel überlegte kurz. »Das heißt, jemand zwingt ihn, in die Wanne zu steigen, und ertränkt ihn dann?«

Der Mann nickte, während er den Kragen seiner Jacke hochschlug. Es wurde kälter, auch Nicolas fröstelte, trotz seiner Jacke. »Sieht so aus«, erwiderte er und blickte sich um. »Aber ich hab noch was für euch.«

Über den Platz hinweg winkte er einem Mann zu, der ebenfalls in einem weißen Overall steckte und eine weiße Plastikkiste in den Händen trug.

»Jean, zeig mal, was ihr gefunden habt!«

Der Mann nickte und kam über den Platz zum Boot hinüber gelaufen. Nicolas und Roussel waren mittlerweile auf den Anleger getreten, der rutschig und von Schnee bedeckt war. Es schien, als wollte der Himmel im Eilverfahren einen weißen Mantel über Vieux-Port legen.

»Unser Mörder hat offenbar noch einen Badezusatz in die Wanne gegeben«, witzelte der Mediziner und erntete dafür einen finsteren Blick von Roussel. Keinem von ihnen war nach Späßen zumute.

Behutsam öffnete der hinzugekommene Mediziner die Kiste und reichte sie Roussel und Nicolas.

»Was ist drin?«, rief Claire neugierig von Bord des Polizeischiffes.

Nicolas blickte in die Kiste und runzelte die Stirn.

»Taubenfedern«, knurrte Roussel. »Jede Menge Taubenfedern.«

»Das kann nicht von nur einer Taube sein«, ergänzte Nicolas. »Der Typ muss die Vögel entweder eingefangen haben oder er hat einen Taubenschlag.«

»Tauben zu fangen ist nicht so einfach«, gab der Mediziner zu bedenken. »Und dies hier sind zum Teil recht schöne Federn, einige glänzen noch. Wir werden sie untersuchen lassen, dann wissen wir mehr.«

»Und was machen wir?«, fragte Claire, die sich zu ihnen auf den Anleger gesellt hatte.

Nicolas lächelte sie kurz an.

»Ihr seid die Polizisten. Ich würde vorschlagen, ihr stellt dem Teufel nach.«

»Und du, Klugscheißer?«, grummelte Roussel.

»Ich mache das, wofür ich gerufen wurde. Ich beschütze dieses Dorf. Ich kann mir nämlich nicht vorstellen, dass das hier schon ein Ende hat.«

KAPITEL 22

Normandie
Am Nachmittag

Sie waren alle gekommen. Junge und Alte, Alleinstehende und Familien. Ängstliche und Unverzagte, Gläubige und Wütende. Misstrauisch die einen, hoffnungsvoll die anderen, saßen sie auf den Stühlen im kleinen Gemeindesaal von Vieux-Port, kneteten ihre Hände, ermahnten ihre Kinder, tuschelten und flüsterten.

Einige hatten Kaffee mitgebracht. Andere nur ihre Verzweiflung.

Draußen wurde es langsam dunkel, die Schatten in den Straßen wurden länger. Julien war mittlerweile nach Jumièges zurückgekehrt, er würde wiederkommen, hatte er Esthelle versprochen.

Roussel und seine Kollegen hatten ein weiteres Mal die Anwohner befragt, sie hatten das Pfarrhaus auf den Kopf gestellt und erwartungsgemäß nichts gefunden.

Widerwillig hatte Roussel das Unabänderliche akzeptiert und alles Nötige veranlasst: Für die Dauer der Ermittlungen würde Claire nun offiziell sein Team verstärken. Zusammen mit einem jungen Kollegen war sie schon vor Stunden aufgebrochen – ausgerüstet mit einer Landkarte und einer Liste aller Taubenzüchter im Umkreis von fünfzig Kilometern. Es waren acht Adressen, sie würden heute und morgen unterwegs sein.

Nicolas war von Tür zu Tür gegangen und hatte an jeder einzelnen geklingelt.

Er hatte zuerst das reetgedeckte Haus von Pascal Leval aufgesucht, er hatte seine Frau dort in der Türschwelle stehen sehen und sie schließlich in den Arm genommen, als sie schluchzend zusammenbrach. Sie hatten Tee getrunken und aus dem Fenster geblickt, hinaus auf das Wasser.

»Der hungrige Fluss«, hatte sie gemurmelt und ihre Strickjacke enger um sich gezogen. Schließlich war Nicolas von Haus zu Haus gegangen, hatte die Jungen begrüßt und die Alten beruhigt. Sie alle wussten, dass Leval, ihr Bürgermeister, ihn erst vor wenigen Tagen aufgesucht hatte.

Und sie wussten, dass Nicolas ihm seine Bitte abgeschlagen hatte. Und nun war Pascal tot, so wie Esthelles Vater und der Pfarrer, und Nicolas las es in den Blicken der Menschen, auch wenn sie noch so freundlich waren: Er trug eine Schuld.

Und so hatte er sie in den kleinen Gemeindesaal eingeladen.

Und alle waren sie gekommen.

Nicolas zählte 36 Köpfe.

Zwei Familien waren für unbestimmte Zeit verreist, hastig und ohne in den Rückspiegel zu blicken, hatten sie das Dorf verlassen.

Ein Mann würde einige Tage bei seiner Schwester in Deauville verbringen.

Alle anderen waren hiergeblieben. Nicolas sah den alten Eugène, der in einer der letzten Reihen saß, und nickte Esthelle freundlich zu, die weiter vorne mit einigen Frauen redete. Da war der kleine Gemeindevorstand, da waren die älteren Ehepaare, die seit so vielen Jahren hier in Vieux-Port lebten. Da war die Witwe von Pascal Leval, die langjährige Haushälterin des Pfarrers, die drei Männer, die Nicolas gestern Nacht am Flussufer getroffen hatte.

Und da war die Angst, allgegenwärtig, mitten unter ihnen.

»Vielen Dank, dass Sie alle gekommen sind«, sagte Nicolas mit unbekümmertem Tonfall, den ihm vermutlich keiner der Anwesenden abnahm.

Es wurde schlagartig still.

»Das ist ein schwieriger Moment für Sie alle, dessen bin ich mir bewusst«, fuhr er fort. »Ich dachte mir, es könnte helfen, wenn wir hier zusammenkommen. Sie sind eine Gemeinschaft, das sollten wir nutzen.«

»Wir sollten losziehen und das Schwein abknallen!«, unterbrach ihn einer der Männer aus der kleinen Bürgerwacht. »Reden hilft nichts, er soll kommen und wir knallen ihn ab!«

»Jean-Yves, bitte!«

»Lasst ihn, Recht hat er!«

Ich kann ihnen die Angst nicht nehmen, dachte Nicolas. Ich kann ihnen nicht sagen, dass es keinen Fluch gibt.

Er räusperte sich.

»Bitte, beruhigen Sie sich«, rief er, aber es dauerte einige Zeit, bis es tatsächlich ruhiger wurde.

»Hören Sie mir zu«, bat Nicolas. »Ich weiß, wie sehr Sie das alles ängstigt, es geht mir genauso. Aber ich möchte Ihnen etwas vorschlagen. Deswegen sind wir hier. Nicht, weil ich Ihnen sagen möchte, wie wir den Mörder finden und wie wir ihn stoppen. Denn das ist Aufgabe der Polizei. Und glauben Sie mir, die Polizei wird ihn finden. Sie suchen die ganze Umgebung ab, sie werden ihn aufspüren.«

Die Dorfbewohner blickten ihn jetzt ernst an, keiner unterbrach ihn, alle saßen steif und angespannt auf ihren Stühlen. Ein Mann aus dem Gemeindevorstand nickte ihm zu.

Nicolas nutzte die Stille und fuhr fort.

»Ihr Bürgermeister wollte, dass ich Ihnen helfe, und jetzt ist er tot. Ich habe es nicht verhindert und ich bin mir nicht sicher, ob ich das überhaupt gekonnt hätte. Ich bin kein Sheriff, kein Revolverheld, der angeritten kommt und ein Dorf vor dem Bösen rettet.«

Immerhin habe ich wieder einen Revolver, dachte er und spürte das beruhigende Gewicht der Waffe in seinem Holster unter der Jacke. Roussel hatte sie ihm aus Deauville mitgebracht, genau wie ein Prepaidhandy.

Nicolas war wieder erreichbar. Und er war bewaffnet, was ihm ausnahmsweise ein gutes Gefühl gab.

»Ich kann Sie nicht beschützen«, fuhr er fort. »Vielleicht muss ich das aber auch nicht, vielleicht findet die Polizei Mathieu schon in den nächsten Stunden – wenn er tatsächlich der Täter ist.«

Er sah sofort, dass diese Hoffnung nicht geteilt wurde.

»Aber ich kann mit Ihnen gemeinsam besprechen, wie Sie sich verhalten sollten. Und vor allem: wie nicht. Vielleicht schaffen wir es, als Gemeinschaft zusammenzustehen. Wir halten zusammen, wir bleiben zusammen, Sie alle passen aufeinander auf. Aber wir laufen nicht mit gezogener Waffe am Ufer lang, wir bilden auch keine Bürgerwacht, die sich im schlimmsten Fall im Uferdickicht selbst über den Haufen schießt.«

Nicolas sah, wie die drei Männer ihn finster anblickten und die Arme verschränkten. Er lächelte ihnen zu.

»Nichts für ungut«, sagte er. »Aber wir sollten im Dorf bleiben. In den Häusern. Und von dort drinnen aus halten wir die Augen und die Ohren offen. Und dafür nutzen wir die hier.«

Nicolas zeigte auf einen Tisch an der Wand.

Roussel hatte einige Anrufe gemacht und eine Handvoll Nachtsichtgeräte angefordert, die Nicolas unter den Dorfbewohnern verteilen wollte.

Die Anwohner reckten ihre Hälse, tuschelten, tauschten sich aus.

Nicolas hob eine Hand und es wurde tatsächlich augenblicklich still.

»Noch eines«, sagte er eindringlich. »Wer von Ihnen besitzt eine Waffe?«

Blicke flogen umher, Köpfe drehten sich, Namen fielen.

Drei Hände gingen nach oben.

Eine vierte, zögerlich, sie gehörte zu einem der Männer von der Bürgerwacht.

»Wir sind alle vier im Schützenverein«, erklärte er.

Nicolas nickte ihm zu.

»Ich verstehe. Und dennoch bitte ich Sie: Sperren Sie die Waffen weg. Glauben Sie nicht, Sie bräuchten sie in diesen Tagen. Sie richten damit höchstens Unheil an.«

»Spinnen Sie?« Der Mann saß in der letzten Reihe und hatte einen roten Kopf – den Grund dafür vermutete Nicolas in den Tiefen einer Rotweinflasche.

»Ich habe jedes Recht, den Typen abzuknallen!«, echauffierte er sich und sprang auf. »Mathieu massakriert in aller Seelenruhe unser Dorf und wir schauen nur zu? Nein, werter Herr Bodyguard, das können Sie mir glauben, meine Waffe werde ich nicht abgeben. Ich werde heute Nacht patrouillieren, und wenn ich ihn finde, dann Gnade ihm Gott. Das bin ich deinem Vater schuldig, Esthelle. Er hätte es so gewollt!«

Es wurde still im Raum, einige der Anwesenden blickten Nicolas erwartungsvoll an. Die eindringlichen Worte des Mannes taten ihre Wirkung, Nicolas sah, dass andere ähnlich dachten.

Dem Teufel unbewaffnet zu begegnen, das war fahrlässig.

»Gut«, sagte er schließlich und blickte den Mann an. »Viel Spaß dabei. Ich wünsche Ihnen viel Erfolg. Aber rufen Sie mich nicht an. Suchen Sie mich nicht auf. Ich werde nämlich jetzt gehen.«

Nicolas löste sich von der kleinen Bühne, an der er gelehnt hatte, und nickte den Männern vom Gemeindevorstand zu.

»Tut mir leid«, versetzte er. »Keine Waffen, ausnahmslos. Solange das nicht so ist, können Sie nicht auf mich zählen. Ich gehe jetzt zurück in die Pension und packe meine Sachen. Sollten Sie Ihre Meinung ändern, lassen Sie es mich wissen. Aber warten Sie nicht zu lange.«

Nicolas ging rasch an den Stuhlreihen entlang, er blickte die Dorfbewohner nicht an, er lächelte Levals Witwe nicht zu. Es war still, nur die Geräusche seiner Schritte waren zu hören.

Und dann das Zufallen einer Tür, als er hinaus in die Dunkelheit trat und tief Luft holte. Der Schnee fiel etwas weniger heftig, aber die Dächer von Vieux-Port waren weiß bedeckt, eine schneidende Kälte lag in der Luft. Rechts von ihm lag wie ein schwarzes Band der Fluss. Nicolas streckte sich kurz und blickte auf die Uhr.

Dann ging er hinüber zu einem kleinen Unterstand und holte sein neues Handy hervor. Die Nummer, die er wählte, kannte er auswendig.

Sie war ihm heilig.

Hinter den Fenstern des kleinen Gemeindehauses sah er die Bewohner von Vieux-Port. Einige waren aufgestanden, andere gestikulierten.

Es klingelte zweimal.

Dreimal.

Dann hob sie ab.

»Nicolas?«

»Ja, ich bin es.«

Er hörte Julies Atem, er spürte ihre Freude.

Er schloss die Augen, um ihr näher zu sein, er konnte sie sehen, wie sie an dem schwarzen Telefon stand, das an der Wand im Besucherraum des Untersuchungsgefängnisses angebracht war.

»Wo bist du gerade?«, fragte sie ihn, und auch wenn Julie

sich gelassen gab, konnte er ihre Müdigkeit und die Leere in ihrer Stimme spüren.

»Bei dir«, flüsterte er. »Ich bin bei dir.«

»Das ist schön«, sagte sie leise.

»Wie geht es dir?«

Er spürte, wie sie kurz lächelte, er sah sie, in der grauen Kleidung, im grellen Licht der Neonröhren, ihr dunkles Haar, ihre Sommersprossen, er berührte sie an der Schulter, nahm sie in den Arm.

»Ich vermisse dich«, sagte sie. »Du fehlst mir.«

Es war ein Stich, der ihn blutend zurückließ.

»Es ist bald vorbei, wir schaffen das«, versuchte er sie zu beruhigen. »Du wirst sehen, es wird sich eine Lösung finden, und …«

»Nein, Nicolas«, unterbrach ihn Julie. »Du musst endlich klarsehen. Du musst der Wahrheit ins Auge blicken, wir beide müssen das. Sie werden mich nicht davonkommen lassen.«

»Es war Notwehr!« Seine Stimme wurde lauter. »Sie können dich nicht …«

»Doch, Nicolas«, erwiderte sie mit müder Stimme. »Sie können. Er kann. Dein Vater kann das. Er muss es sogar.«

Nicolas spürte, wie seine Faust sich ballte, er öffnete die Augen, sah den Fluss und schemenhaft das andere Ufer. Er wünschte, der Teufel würde sich ihm zeigen. Er würde ihn auf der Stelle erschießen, mit seiner geliehenen Waffe.

Aber Julie hatte recht.

Sein Vater hatte nicht nur seine Finger im Spiel, er hatte die Fäden von Anfang an in der Hand gehabt. Das war ihm spätestens bei seiner Aussage vor Gericht klargeworden, als er sah, wie sein Vater Julie betrachtet hatte, wie er noch immer seine Macht genoss. Er hatte dafür gesorgt, dass aus Notwehr im Nachhinein Vorsatz wurde, dank der Aussage des Kollegen, von dem Nicolas längst annahm, dass er nur tat, was Alexandre Guerlain ihm aufgetragen hatte, für einen

Karrieresprung, für Geld, für was auch immer. Und sein Vater hatte Julie bekommen, weil sie keinen anderen Ausweg mehr gesehen hatte.

Gefängnis oder Undercover-Einsatz, womöglich hatte er ihr die Wahl gelassen. Und sie hatte sich entschieden.

Und nun drohte ihr doch die Haftstrafe.

Leider würde sein Vater all dies niemals zugeben, denn das hätte verheerende Folgen, seine glorreiche Karriere wäre endgültig beschmutzt, er würde sich selbst vor Gericht verantworten müssen und Charles Pleyère, sein Nachfolger an der Spitze des Inlandsgeheimdienstes, würde ihn nur zu gerne den Wölfen zum Fraß vorwerfen.

Also schwieg er.

Und opferte Julie.

Nicolas spürte, wie eine Träne seine Wange hinunterlief.

»Du hättest mit mir reden müssen, Julie«, sagte er leise in sein Handy. »Ich hätte dir helfen können.«

Wie oft hatte er diesen Satz schon gesagt, in jedem Telefonat, bei jeder Begegnung. Weil er nicht verstehen konnte und auch nicht verstehen wollte, dass Julie, seine Julie, ihn nicht um Hilfe gebeten hatte, nach all den Jahren.

Und ihre Antwort war jetzt, genau wie jedes andere Mal, die gleiche und er verstand sie nicht und wollte sie auch nicht verstehen.

»Ich konnte nicht.«

Es schneite nicht mehr, als Nicolas kurz darauf über den Platz hinüber zu der kleinen Pension lief. Der Schnee knirschte unter seinen Füßen, die Luft war kristallklar. Er war alleine auf den Straßen, es war dunkel, nur in den Fenstern zweier Häuser brannte Licht, dort wo Kinder spielten, wo ein Tisch gedeckt wurde, wo die Nacht nicht hereingelassen würde, heute nicht und nicht in den nächsten Tagen.

So lange, wie der Teufel nicht gefasst war.

Nicolas blickte hinüber zum Kirchplatz, er betrachtete das Rathaus und fragte sich, wie und warum ein Jugendlicher so geworden war, dass er ein ganzes Dorf terrorisieren konnte.

Die Eingangstür der »Sirène de la Seine« stand einen Spaltbreit offen. Nicolas runzelte die Stirn, als er das Gartentor öffnete und einen schwachen Lichtschein sah, der aus dem Hausflur kam.

Er hatte vorhin gesehen, wie Esthelle alle Lichter ausgemacht und die Tür zugezogen hatte, als sie zum Gemeindehaus gelaufen war.

Er blickte sich um, aber da war nichts, nur der Schnee auf den leergefegten Straßen, die Dunkelheit über dem Wasser. Langsam trat er näher und drückte behutsam die Tür auf.

Sie öffnete sich mit einem leichten Knarzen. Der Flur lag im Halbdunkel, das schwache Licht stammte von einer einzelnen Kerze, die jemand auf einen Teller auf eine Kommode gestellt und angezündet hatte.

Der Frühstücksraum war dunkel, die Küche ebenso. Auch in der kleinen Nische unter der Treppe, in der Esthelles Rezeption untergebracht war, mit den Zimmerschlüsseln, dem Gästebuch und dem kleinen Tresor in der Wand, brannte kein Licht. Nicolas betrachtete die Schlüsselhaken an der Wand.

Er sah sofort, dass einer fehlte.

Er selbst hatte ihn vorhin auf dem Weg zum Gemeindehaus dort hingehängt.

Nicolas schloss die Augen und horchte in das Haus hinein. Aber da war nichts, kein Geräusch drang zu ihm.

Langsam zog er seine schweren Stiefel aus, stellte sie zur Seite und schlich die Treppe hinauf, Stufe für Stufe.

Als er den ersten Absatz erreichte, zog er seine Waffe, tastete er sich in der Dunkelheit weiter vor und zählte dabei

Stufen. Es waren elf bis in die erste Etage, die vierte knarzte auf der linken Seite, die vorletzte in der Mitte, er hatte sich die Eigenheiten dieser Treppe eingeprägt, so wie er es immer tat, wenn sie mit dem Team des Staatspräsidenten in ein neues Hotel eincheckten. Falten im Teppich, rutschige Stufen, glattes Parkett. All das war genauso wichtig wie die Fensternischen in den Wänden, die Sichtachsen, die Zahl der Aufzüge und der Standort des nächsten Feuermelders.

In Nicolas' Kopf arbeitete es.

Drei Stufen noch, ein breiter Flur, rechts ein Stehtisch mit Trockenblumen, weiter vorne eine alte Nähmaschine, auf der Prospekte und Ausflugstipps lagen, ein kleiner Stapel hinten, drei etwas größere vorne.

Nicolas fuhr mit der Hand über die geblümte Tapete, ein Kunstdruck in einem goldenen Rahmen, ein Lichtschalter, die Tür zum kleinen Wäschelager.

Unter der Tür, die zu seinem Zimmer führte, drang ein schwacher Lichtschein hervor.

Nicolas lauschte, aber da war nichts.

Langsam wechselte er die Seite, drückte sich an die Wand und umfasste mit der linken Hand den Knauf. Er wusste, dass der Knauf gut geölt war und kein Geräusch machte.

Die Tür war offen, er umschloss seine Waffe fester und schob sich vorsichtig in den Raum hinein. Da war die Tür zum Badezimmer, da das breite Bett.

Jemand hatte die Stehlampe neben dem Sessel eingeschaltet. Nicolas blickte in die Spiegelung der Fensterscheibe, erkannte darin seinen Rucksack, der auf dem Bett lag, zwei Bücher auf dem Nachttisch.

Er hatte keine Bücher mitgebracht.

Und dann hörte er es.

Es war ein Knurren, direkt hinter der Tür.

Nicolas blieb regungslos stehen und spannte den Finger um den Abzug.

»Keine Angst, alter Freund, das ist nur der Bodyguard.«

Im selben Augenblick schoss eine feuchte Schnauze auf Nicolas' Beine zu, der warme Körper eines alten Mischlingshundes drückte sich gegen seine Knie und kurz darauf blickte Nicolas in die wässrigen Augen von Rachmaninoff.

»Mach die Tür zu, Nicolas, es zieht in diesem alten Kasten, meine müden Knochen plagen mich schon den ganzen Tag. Und ich hoffe, du hast dir ein Glas mitgebracht von unten!«

Mit einem Lächeln steckte Nicolas seine Waffe weg und fuhr Rachmaninoff über das Fell.

»Was, bitte schön, machst du hier?«, fragte er Tito, der in dem Ohrensessel in der Zimmerecke saß und offenbar gerade aufgewacht war. Sein alter Nachbar von der Place Sainte-Marthe gähnte herzhaft und griff dann nach dem halb vollen Glas Whisky auf dem Beistelltisch. Daneben stand eine geöffnete Flasche.

»Ich habe sie mir unten aus der Bar geborgt«, sagte er mürrisch. »Ganz im Ernst, was ist das hier für ein miserabler Service, da kommt man als Gast in eine Pension und niemand ist da, alles dunkel.«

»Wie bist du ins Haus gekommen?«, fragte Nicolas ungläubig, während er sich auf die Bettkante setzte. Rachmaninoff hatte beschlossen, sich wieder auf dem Bettvorleger zusammenzurollen.

Tito lächelte ihn an, mit seinem fast zahnlosen Mund und Hunderten von Falten im Gesicht.

»Der Schlüssel war hinter dem Blumenkasten. Merk dir das: Der Schlüssel ist immer hinter dem Blumenkasten, wo auch sonst? Ich habe im Gästebuch nach deinem Zimmer gesucht und schon bin ich hier.«

Nicolas schüttelte den Kopf.

»Was machst du hier, Tito? Ganz im Ernst, das ist doch ein verdammt langer Weg, von Paris hierher.«

Tito nickte grimmig.

»Und mein Rücken spürt jeden Kilometer. In aller Frühe mit dem Zug nach Deauville, dort hat mir dieser Polizist im *Commissariat* gesagt, wo ich dich finde. Dann mit dem Bus nach Honfleur. Schöne Stadt übrigens, ich hatte zwei Stunden Wartezeit zu überbrücken, Rachmaninoff und ich hatten eine wirklich köstliche Muschelsuppe am Hafen und ...«

»Tito, ich habe noch zu tun, würdest du ...«

»Jaja, ist ja gut. Mein Gott, immer diese Eile. Jedenfalls gibt es tatsächlich einen Bus hierher. Ich bin vor einer Stunde angekommen und stell dir vor, hier war niemand. Also wirklich gar keiner, nicht auf den Straßen, nicht im Rathaus, ich habe sogar an zwei Türen geklingelt. Was ist das hier für ein verdammter Geisterort, Nicolas? Und was, bitte schön, machst du in Vieux-Port?«

Nicolas blickte auf die Uhr. Er rechnete jederzeit mit einem Besucher.

Mit mindestens einem.

»Komm, lass uns runter an die Bar gehen. Bevor du mir hier wieder einschläfst. Und ich werde die Besitzerin fragen, ob sie noch ein Zimmer für dich hat.«

Tito lächelte verschmitzt und hielt einen Zimmerschlüssel hoch.

»Das gleich nebenan sah unbewohnt aus. Ich habe meinen Koffer schon mal abgestellt. Und das mit der Bar ist eine gute Idee. Ich muss dir nämlich etwas zeigen. Etwas, was dir ausnahmsweise gefallen wird.«

Fünf Minuten später saßen Nicolas und Tito im Frühstücksraum an einem Tisch am Fenster, zwischen sich ein neues Glas Whisky und ein Glas Wasser. Sie blickten hinaus auf den

Platz, Nicolas kraulte Rachmaninoff zwischen den Ohren, der unter dem Tisch lag.

Er konnte sehen, dass sich die Tür zum Gemeindehaus öffnete und drei Männer hinaustraten. Langsam kamen sie zur Pension hinüber.

Nicolas lächelte. Er hatte recht behalten.

»Also, Tito?«, fragte er. »Was ist so wichtig, dass du eigens hierherkommst?«

Der alte Mann nahm noch einen Schluck, griff dann neben sich und beförderte eine Aktenmappe auf den Tisch, aus der er behutsam ein Blatt Papier hervorholte, das er vor Nicolas ausbreitete und so drehte, dass es richtig herum vor ihm lag.

»Gott schütze meine schwache Blase«, murmelte er. »Ohne sie hätte ich das hier nicht gefunden.«

Nicolas begriff nicht, was sein alter Nachbar meinte. Mit gerunzelter Stirn betrachtete er das Blatt Papier. Es war eine von Titos unzähligen Zeichnungen von der Place Sainte-Marthe, er sah die Platanen, die Bänke und die Hausfassaden, es war eine gute Zeichnung.

»Ich verstehe nicht ...«, murmelte er, und dann verstand er doch.

Auf der Bank saßen zwei Menschen.

Ein Mann und eine Frau, vertieft in ein Gespräch.

Julie.

Er vergaß zu atmen.

Er vergaß Vieux-Port.

Er vergaß den Teufel.

Er sah den Mann auf der Bank, seine Hände, seinen Blick.

Er blickte Tito an, ohne etwas zu sagen, aus dem Augenwinkel sah er, wie drei Männer die Gartenpforte der kleinen Pension öffneten und auf das Haus zugingen.

Tito zeigte auf die rechte untere Ecke der Zeichnung.
»Hier«, sagte er und Nicolas verstand sofort.
Ein kalter Tag vor mehr als vier Jahren.
Ein kalter Morgen, kurz bevor alles begonnen hatte.
Ein Gedanke, eine Hoffnung, ein Plan.
Gefasst in wenigen Sekunden.

Nicolas hob den Blick von der Zeichnung.
»Tito, weißt du, was das bedeutet?«
Der alte Mann lächelte.
»Hol sie uns zurück, Bodyguard.«
»Das werde ich, alter Mann. Das werde ich wirklich«, sagte Nicolas leise und blickte für einige Sekunden aus dem Fenster.
Als die Tür des Frühstücksraumes sich öffnete, spürte er, wie neue Kraft ihn durchströmte, wie die Zuversicht ihn emporhob, ihm zulächelte.

Mit einem Ruck stand er auf und blickte die drei Männer an, die in diesem Augenblick mit zerknirschten Mienen eingetreten waren, sichtbar in Verlegenheit.
Nicolas strahlte sie an.
»Meine Herren: Entschuldigung angenommen! Ich freue mich auf die Zusammenarbeit, ach, was soll ich sagen: Ich freue mich wirklich!«
Mit drei schnellen Schritten war er bei ihnen und ehe sie sich wehren konnten, hatte er jedem Einzelnen einen Kuss auf die Wange gedrückt. Dann zog er seine Jacke an und ging nach draußen, wo die kalte Luft ihn nur noch mehr beflügelte.
»Kommen Sie, wir haben viel zu tun! Es wird eine lange Nacht in Vieux-Port! Eine wundervoll lange Nacht!«

KAPITEL 23

Deauville
Zur gleichen Zeit

Der Empfangsraum des *Commissariat* von Deauville war nur schwach erleuchtet, durch das Fenster sah Alphonse, wie der Wind ein paar verirrte Schneeflocken durch die Rue Désiré le Hoc wehte.

»Verdammter Winter, viel zu früh«, fluchte er und ordnete zum wiederholten Mal einige leere Blätter, zwei Bleistifte, einen Radiergummi und drei ausgefüllte Pferdewettscheine auf seinem Schreibtisch. Eine kleine Tischlampe beleuchtete die Reste eines hastig eingenommenen Nachmittagssnacks, Alphonse hatte mittlerweile Erfahrung damit, seinem Laster genau dann nachzukommen, wenn der Chef und die restliche Mannschaft entweder in einer Besprechung oder bei einem Einsatz waren. Und glücklicherweise gab es derzeit viel zu besprechen, er hatte heute bereits dreimal die Gelegenheit genutzt, hinüber ins Café zu eilen, um sich mit dem Nötigsten zu versorgen.

Roussel hatte tatsächlich Wort gehalten und ihm einen täglichen Freifahrtschein ins Glück ausgestellt, indem er die Croissants, die Rosinenschnecken und die Pains au chocolat bezahlte, die Alphonse händereibend abholte, mit einem beseelten Lächeln im Gesicht.

»Ein Versprechen ist ein Versprechen«, hatte Roussel gegrummelt und Alphonse dabei streng angeguckt.

Alphonse blickte auf die Uhr an der gegenüberliegenden

Wand, noch eine Stunde bis zum Feierabend. Leise zog er die Schreibtischschublade auf und entnahm ihr ein Kreuzworträtsel. Bei dieser Kälte würde ohnehin niemand den Weg hierher suchen, redete er sich ein. »Gemütszustand mit sechs Buchstaben«, murmelte er. Kurz kam ihm »G-L-U-E-C-K« in den Sinn.

Dann schrieb er »H-U-N-G-E-R« in die Felder und lächelte.

Wesentlich passender.

Er zuckte zusammen, als das Telefon klingelte. Genervt legte er das Heftchen zur Seite und griff nach dem Hörer.

Als er die Nummer auf dem Display sah, runzelte er die Stirn.

»Ach, du Scheiße«, sagte er laut. Ihm wurde schlagartig klar, dass dies der schlimmste Anruf seines Lebens war.

Drei Türen, einen Gang und mehrere Meter dichten Zigarettenrauchs weiter stand Luc Roussel vor dem großen Tisch im Besprechungsraum des *Commissariat* und blickte die Beamten an, die, versorgt mit Kaffeebechern, vor ihm saßen oder an der Wand lehnten. Außer Sandrine Poulainc waren da Yves Colinas, der noch in diesem Jahr in Rente gehen würde sowie einige jüngere Streifenpolizisten, die freiwillig länger geblieben waren.

Roussel deutete auf eine Karte an der Wand. Sie zeigte das Hinterland der Normandie, durchzogen von den Flussschleifen der Seine, und einen Teil der Küste.

»Morgen werden wir diesen ganzen verdammten Abschnitt hier durchkämmen«, sagte er. »Wir bekommen Unterstützung durch die Kollegen in Jumièges, außerdem von einer Hundestaffel aus Rouen. Ich möchte, dass ihr euch auf leerstehende Höfe und Scheunen konzentriert, verwaiste Ferienwohnungen, alte Fischerhütten, Bunker, Jagdunterstände. Irgendwo muss dieser Mathieu ja untergeschlüpft sein, er kann sich nicht in Luft auflösen und dann nachts plötzlich in Vieux-Port auftauchen, wie ...«

»Wie der Teufel?«, sagte Yves Colinas und lächelte ihn an. »Das ist ein verdammt großes Gebiet, Roussel.«

»Ich weiß«, knurrte der Leiter des *Commissariat*. »Aber etwas anderes haben wir bislang nicht.«

Sandrine Poulainc blätterte in einer Akte, die vor ihr auf dem Tisch lag. Es waren alte Strafanzeigen aus Vieux-Port, insgesamt sieben, gestellt vor zwanzig Jahren.

Allesamt gegen Mathieu, der damals gerade mal ein Jugendlicher gewesen sein konnte.

»Was bist du nur für ein Mensch?«, murmelte sie.

Meunier hatte vier Mal gegen den Jungen Anzeige erstattet, Pascal zwei Mal. Die siebte Anzeige war anonym eingegangen.

Hausfriedensbruch, Körperverletzung, Androhung von Gewalt.

Ein Terrorist in einem Dorfstaat, ein verpfuschter Start in ein schwieriges Leben.

Sie blätterte weiter in der Akte, während Roussel die Teams für den morgigen Tag zusammenstellte.

»Yves, du übernimmst die Truppe entlang des Flusses. Ihr anderen durchkämmt die Gegend westlich von Vieux-Port. Ich gehe mit den Kollegen aus Jumièges und der Hundestaffel in das Waldgebiet oberhalb des Dorfes. Zieht euch warm an, es wird verdammt kalt.«

Mathieu war in ein Heim gekommen, damals, an der Küste. Ein Heim für schwer erziehbare Jugendliche, aus dem er nach einem Jahr geflohen war.

Ein anderes Heim in der Nähe von Alençon, eine Pflegefamilie in Rouen.

Ein kurzer Aufenthalt im Jugendstrafvollzug, eine neue Pflegefamilie im Süden des Landes.

Eine abgebrochene Ausbildung, ein Eintrag bei den Behörden in Nantes, wo er lange Arbeitslosengeld bezogen hatte, weil er sich immer wieder geweigert hatte, Fortbildungen oder gar Jobangebote anzunehmen.

Vor drei Jahren dann hatte sich seine Spur verloren. Mathieu hatte seine Wohnung verlassen und war untergetaucht.

Und als Teufel wieder aufgetaucht, dachte sich Sandrine.

»Er hat das seit Jahren geplant«, murmelte sie. Roussel blickte sie an und nickte.

»Möglich«, sagte er. »Und wir müssen dafür sorgen, dass nicht noch mehr Menschen sterben.«

Er deutete auf die Aufnahmen der Opfer, die er an die Wand gepinnt hatte. Darunter standen ihre Namen.

Philippe Meunier, Besitzer der Pension »La Sirène de la Seine«, und Estelles Vater Pascal Leval, der Bürgermeister.

Georges Renoir, der Pfarrer im Ruhestand.

Roussel nahm die Fotos ab und warf sie auf den Tisch.

»Laut Laborbericht wurden Meunier und Leval hinterrücks niedergeschlagen«, erklärte er. »Und zwar mit einem Stück Holz, vermutlich einem schweren Ast, wir haben Holzsplitter in den Wunden gefunden. Ein gezielter Schlag gegen den Hinterkopf. Vermutlich hat Mathieu seine Opfer dann ausgezogen und in den Fluss geworfen. Beide Männer ertranken, ohne noch einmal zu Bewusstsein zu kommen.«

»Und der Pfarrer?«, fragte einer der jüngeren Polizisten.

»Ertrunken«, erwiderte Roussel leise. »Er muss ihn gezwungen haben, sich in die Wanne zu legen, dann hat er ihn unter Wasser gedrückt. Es gibt keine Spuren sonstiger Gewaltanwendung. Der Mann war schon sehr alt, er hatte vermutlich nicht genug Kraft, sich dagegen zu wehren.«

Sandrine brach das Schweigen. »Was für ein Mist«, murmelte sie leise. »Und immer wieder Taubenfedern.«

»Und bei Philippe Meunier drei Zeilen auf einem Stück Papier«, ergänzte Yves Colinas. »Das war nicht schwer herauszufinden: *L'Aigle Noir. Der schwarze Adler,* von Barbara. Aber fragt mich nicht, was das bedeuten soll.«

Roussel wollte gerade fortfahren, als das Telefon im Besprechungsraum klingelte. Sandrine rollte mit den Augen, der dicke Alphonse wusste doch ganz genau, dass Roussel während ihrer Besprechungen nicht gestört werden wollte.
Verärgert hob Roussel den Hörer ab.
»Was ist, Alphonse?«
Die Kollegen sahen, wie Roussel zuhörte, mehrmals grimmig nickte und dann die Hand vor die Muschel hielt.
»Alle raus«, befahl er seiner Mannschaft.
»Sandrine, Yves, ihr bleibt.«
Roussel wartete, bis alle anderen Kollegen den Raum verlassen hatten, und drückte dann auf die Taste der Freisprechanlage.
»Alphonse, stell durch.«
»In Ordnung, Chef.«
Sie hörten ein Klacken in der Leitung, dann ein kurzes Rauschen, schließlich eine knarzende, aber nicht unfreundliche Stimme.
»*Bonjour*, hier spricht Chief Inspektor Thomas Middleton von der Polizei in Ryde.«
»Guten Tag, hier spricht Luc Roussel vom *Commissariat* in Deauville.«
»Ah, prima. Entschuldigen Sie bitte, mein Französisch ist sehr eingerostet, ich war erst ein Mal in Ihrem schönen Land, allerdings weiter im Süden. Sie sprechen nicht zufällig Englisch?«
Roussel blickte kurz zu Sandrine und Yves hinüber, die aber beide abwinkten.
»Offen gesagt ... leider nicht, Mr Middelton.«
Er hörte ein kurzes Auflachen.
»Das habe ich befürchtet. Ihr Kollege am Telefon, dieser ...

Alphonse … welch Klischee, dieser Name … nun ja, also es war nicht ganz einfach, ihm zu erklären, was mein Anliegen ist.«

Roussel ignorierte den Seitenhieb auf die Fremdsprachenkenntnisse der Franzosen.

»Mr Middelton, könnten Sie uns sagen, wo genau Ryde liegt?«

»Oh, selbstverständlich. Ryde liegt auf der Isle of Wight. Vor der Südküste Englands. Ich kann gewissermaßen zu Ihnen hinüberwinken, Monsieur Roussel!«

Roussel merkte, dass das Französisch des Inspektors alles andere als eingerostet war.

Verdammtes britisches Understatement, dachte er bei sich.

»Wie kann ich Ihnen helfen, Inspektor?«, fragte er.

»Oh, ich dachte vielmehr, ich könnte Ihnen helfen. Es geht um diese französische Familie. Die … Moment …«

»Familie Bressard«, sagte Sandrine.

»Genau, vielen Dank. Ein schwieriger Name für mich. Jedenfalls, sie hatten um Informationen gebeten, beim Innenministerium in London, bezüglich dieser Familie, die vor zwanzig Jahren aus der Normandie nach England gezogen ist. Und diese Anfrage ist bei mir gelandet.«

Roussel zog eine Augenbraue hoch.

»Nun, wir sind ganz Ohr, Mr Middleton«.

Sie hörten, wie am anderen Ende des Kanals jemand Tee schlürfte, und Roussel überlegte, welche Klischees heute wohl noch erfüllt würden.

»Das Interessante ist, dass der Fall genau dieser Familie Bressard vor zwei Wochen auf meinem Tisch gelandet ist. Es gab einen Brand, in Sandown, das liegt an der Felsenküste, im Osten der Insel.«

Roussel macht Sandrine ein Zeichen und sie gab den Namen des Ortes in den Laptop ein, der mit dem Projektor verbunden war. Kurz darauf prangte eine hell erleuchtete

Karte der Ostküste der Isle of Wight an der Wand des Besprechungsraumes.

»Wir haben die Karte vor uns«, sagte Roussel.

»Ah, gut«, antwortete der Engländer. »Nun, die Familie ist tatsächlich vor ziemlich genau zwanzig Jahren zu uns auf die Insel gezogen. Ein Ehepaar mit einem Sohn, er war damals fast noch ein Kind. Allerdings kam er schon bald zurück nach Frankreich, nach ... Moment ...«

»Dieppe«, sagte Roussel. »Sie haben ihn in ein Heim für schwer erziehbare Jugendliche gesteckt.«

»Exakt. Sie haben seltsame Namen, wer kann denn das aussprechen ... Dieppe ... Nun gut, zumindest haben sie hier bei uns damals ein altes Cottage gekauft und es restauriert, sehr hübsch. Leider ist davon jetzt nicht mehr viel übrig.«

»War es Brandstiftung?«, fragte Roussel.

»Ganz offenbar hat Bressard das Haus selbst in Brand gesteckt, wir haben überall Spuren von Benzin und Brandbeschleuniger gefunden. Aber nicht nur das.«

Roussel rollte mit den Augen, als sie erneut mit anhörten, wie der Kollege am anderen Ende der Leitung genussvoll seinen Tee trank und die Tasse dann in aller Seelenruhe absetzte.

»Als das Feuer gelöscht war, fand die Feuerwehr eine verkohlte Leiche. Eine Frau, Madame Bressard, wie sich später herausstellte. Und schon kommen wir zur nächsten Überraschung. Folgen Sie mir noch, Monsieur Roussel?«

»Natürlich«, brummte Roussel und zwang sich, ruhig zu bleiben.

»Nun, wie sich herausstellte, ist die alte Frau nicht im Feuer gestorben. Ihr ganzer Körper war voller ... wie sagen Sie ... Metastasen? Sie ist an Krebs gestorben.«

Roussel, Sandrine und Yves blickten sich an.

»Und ihr Mann? Ist der verschwunden?«, fragte Roussel.

»Er hat sich umgebracht«, sagte der Inspektor. »Wir haben

seine Leiche am Fuße von Culver Down gefunden, das ist eine Felsenklippe, nicht weit von Sandown.«

Einen Moment schwigen sie, Roussel sah, wie Sandrine an einem Wandkalender die Tage abzählte und nickte.

Sie hatten den Auslöser für Mathieus plötzlichen Rachefeldzug gefunden. Es war der Tod seiner Mutter.

»Mr Middleton, Sie haben uns sehr geholfen«, sagte er freundlich.

»Gerne«, entgegnete der Engländer. »Wenn Sie mal zu uns auf die Insel kommen wollen, ich kann Ihnen ein hübsches Bed & Breakfast in Ryde empfehlen, die machen hervorragende Clotted Cream dort und der Tee ist wirklich ...«

»Mr Middelton«, unterbrach Sandrine plötzlich den Tourismus-Vortrag des Inspektors. »Eine Frage noch: Wissen Sie zufällig, ob es einen Taubenschlag in der Nähe gibt, Taubenzüchter vielleicht?«

Es war ein Schuss ins Blaue. Und er traf ins Schwarze.

»Lustig, dass Sie danach fragen«, kam prompt die Antwort. »Direkt hinter dem Haus hatten die Bressards einen eigenen Taubenschlag. Er ist nicht zerstört worden, weil der Wind die Flammen in die andere Richtung getrieben hat.«

Sandrine reckte eine Faust nach oben, Roussel nickte ihr mit einem Lächeln zu.

»Haben die Tauben überlebt?«, fragte sie, ohne wirklich zu wissen, was sie mit dieser Information anfangen würden. Aber die Bedeutung der Tauben in diesem Fall war nicht zu leugnen.

»Es waren sieben Tiere«, berichtete der Inspektor nach einem weiteren Schuck Tee. »Aber sie sind alle tot.« Roussel runzelte die Stirn.

»Sagten Sie nicht, das Feuer habe ...«

»Er hat ihnen den Hals umgedreht. Zumindest nehmen wir an, dass Bressard es selbst war. Alle sieben Vögel lagen tot am Boden des Taubenschlages. Er hatte ihnen sogar Namen gegeben, er muss sie sehr gemocht haben. Offenbar wollte er sie nicht zurücklassen. Es dauert nicht lange, so eine Taube zu töten, das geht ganz schnell. Eine kurze Drehung mit der Hand – und zack!«

Draußen in der Rue Désiré le Hoc hatte wieder leichter Schneefall eingesetzt. Es würde eine kalte Nacht werden.

Roussel dachte an Nicolas, der heute erstmals im Dorf Wache halten würde. Sie hatten am Ortseingang und -ausgang je eine Streife postiert und Julien würde mit seinem Polizeiboot auf dem Fluss patrouillieren. Aber Roussel wusste, dass ein Schatten in der Dunkelheit nur schwer auszumachen war.

Hauptsache, es gab nicht wieder einen Toten.

»Sie haben uns sehr geholfen, vielen Dank. Gruß nach England.«

»Einen Moment, Monsieur. Mit den Tauben war noch etwas ... ich habe es gleich, warten Sie, ich muss kurz in den Akten ... Ah, hier haben wir es ja ... genau ... hm ... Taubenschlag ... tot ... ah, hier!«

Roussel holte tief Luft und atmete dann langsam aus.

Nun war es Sandrine, die ihm zulächelte.

»Es waren acht. Acht Tauben«, sagte der Engländer. »Jede hatte eine Zelle. Am Boden des Schlags lagen aber nur sieben.«

Roussel zuckte kurz mit den Schultern.

»Dann ist eine vielleicht schon vorher gestorben.«

»Das ist natürlich möglich. Ich wollte es auch nur erwähnt haben. Diese achte Taube war übrigens die einzige mit einem eigenen Foto an der Bretterwand. Manche Menschen sind schon seltsam, machen Fotos ihrer Taube. Nun ja, nun ist er tot, traurige Sache.«

Sandrine blickte auf die Karte der Insel an der Wand.

»Und wenn sie nicht tot ist?«, murmelte sie leise. »Roussel, wo würdest du hingehen, um eine Taube fliegen zu lassen, sodass sie möglichst schnell hochkommt?«

Roussel folgte ihrem Blick.

»Auf eine Felsklippe«, erwiderte er leise.

»Culver Down«, sagte Sandrine. »Ich glaube nicht, dass diese Taube tot ist. Ich glaube, er hat sie fliegen lassen. Und zwar mit einer Botschaft.«

»An seinen Sohn.« Roussel nickte. »An Mathieu. Um ihm zu sagen, dass seine Mutter tot ist. Und sein Vater auch, kurz nachdem er die Taube hat fliegen lassen.«

»Und diese Botschaft hat alles in Gang gesetzt«, ergänzte Sandrine nachdenklich.

Am anderen Ende der Leitung hörten sie Papier rascheln.

»Sie heißt übrigens Ayleen«, bemerkte der Inspektor. »Ihre kleine Taube heißt Ayleen, und wenn Sie recht haben, dann ist sie die einzige Überlebende aus dem Taubenschlag der Bressards.«

»Und jetzt ist sie bei uns, in der Normandie«, sagte Roussel. »Ayleen, die letzte Überlebende.«

KAPITEL 24

Vieux-Port
In der Nacht

Alles war still. Das Wasser floss ohne Eile dem Meer entgegen, ein Reiher saß schlafend am anderen Flussufer. Schatten wanderten über den kleinen Anleger von Vieux-Port, als die dichte Wolkenwand am Nachthimmel sich einen Augenblick öffnete. Lautlos fiel der Schnee.

Nicolas hatte beide Hände in den Jackentaschen vergraben, seine dicke Wollmütze bewahrte ihn vor dem Schlimmsten, dennoch würde er es hier draußen nicht lange aushalten.

»Was auch immer der Teufel für heute Nacht plant, er sollte lange Unterhosen anziehen«, sagte er in die Dunkelheit hinein und richtete abermals das Nachtsichtgerät auf das gegenüberliegende Ufer. Grüne Linien mischten sich unter die Schatten, die Böschung wurde sichtbar, das Schilf, auch eine Kröte, die auf einer Sandbank saß.

Und Stille. Es war, als könnte man die Stille sehen.

Vieux-Port schlief einen tiefen und traumlosen Schlaf.

Weiter vorne sah er die Umrisse eines Wagens, es war die Polizeistreife, die eine der Zufahrtsstraßen absicherte. Nicolas wusste, dass ein zweiter Wagen am Ortseingang geparkt war, er hatte die jungen Polizisten vor einer halben Stunde mit Kaffee und Sandwiches aus der Küche der kleinen Pension versorgt.

Nicolas pustete in seine Hände und wollte gerade hineingehen, als vom Wasser her ein Geräusch zu ihm drang.

Wellen schwappten gegen das Ufer. Kurz darauf schob sich ein dunkler Schatten über das Wasser und Nicolas bemerkte überrascht, dass Julien sein Polizeiboot in völliger Geräuschlosigkeit den Fluss entlangtreiben ließ, bis an den Anleger von Vieux-Port.

Nicolas fing das Seil auf, das Julien ihm zuwarf, und der Wasserschutzpolizist sprang an Land.

»Das Boot ist verdammt leise«, wunderte sich Nicolas und ein Lächeln huschte über Juliens Gesicht.

»Im Gegenteil, es ist verdammt laut. Ich habe den Motor ausgemacht und mich treiben lassen. Ansonsten hätte ich das ganze Dorf geweckt.«

Er hielt eine Thermoskanne in der Hand und holte zwei Plastikbecher aus seiner Jackentasche. Einen reichte er Nicolas, der ihn dankbar annahm.

»Am Fluss ist alles ruhig«, sagte er. »Aber es ist verdammt dunkel heute Nacht. Unmöglich, etwas Verdächtiges am Ufer auszumachen.«

Nicolas nickte und blies den Dampf aus seiner Tasse in die kalte Luft.

»Und hier?«, fragte Julien und deutete auf die Häuser.

»Nichts. Es ist absolut ruhig. Und bislang halten sich alle an den Plan.«

»Wer hätte das gedacht.«

Nicolas hatte den Dorfbewohnern und vor allem den Mitgliedern der kleinen Bürgerwehr klargemacht, dass es nicht sinnvoll war, in dunkelster Nacht durch den Wald oder am Ufer entlang zu patrouillieren.

»Sie begeben sich nur unnötig in Gefahr«, hatte er erklärt. »Dort draußen ist Mathieu uns überlegen, er kennt alle Verstecke, im Wald, am Wasser, überall. Unsere Aufgabe ist es nicht, ihn zu finden. Er darf uns nicht finden.«

Auf einem Plan von Vieux-Port hatte er Punkte eingezeichnet, von denen aus einige der Männer die Straßen und das Ufer beobachten konnten, aber eben auch den Kirchplatz und den Waldrand oberhalb des Dorfes.

»Sie bleiben in Ihren Häusern«, hatte er erklärt und die Nachtsichtgeräte verteilt. »Machen Sie sich einen Plan, wer wann schläft und wann wacht. Bleiben Sie an den Fenstern, gehen Sie nicht raus. Und wenn Sie etwas bemerken, dann rufen Sie mich an.«

Und so hatten sie die lange Nacht begonnen, verteilt auf ihre Häuser, Teil eines engmaschigen Sicherheitsnetzes.

Und bislang hatte sich niemand gemeldet.

»Womöglich sind sie alle eingeschlafen«, sagte Julien.

»Meinetwegen«, murmelte Nicolas. »Mathieu hat seine Opfer bisher nicht zuhause überrascht, sondern am Ufer und im Wald. Pascal Leval war spazieren, Meunier war außerhalb des Dorfes unterwegs. Beim Pfarrer wissen wir es nicht. Aber ich glaube nicht, dass unser Teufel seine Opfer aus ihren Häusern holt. Er würde hier sofort gesehen werden.«

Für einen Moment blickten sie auf die Häuser, die im Dunkeln vor ihnen lagen. Nicolas hatte die wenigen Straßenlaternen ausdrehen lassen, sodass die Bewohner mit den Nachtsichtgeräten besser sehen konnten.

Die Kirche lag wie ein dunkles Mahnmal am Rande des Platzes. Einen Augenblick dachte Nicolas an das Gewölbe unterhalb des Altars.

Und an die Ratten.

»Wie war Vieux-Port damals?«, fragte er Julien schließlich.

»Du meinst, als Mathieu noch hier war?«

Nicolas nickte und nahm einen Schluck Kaffee.

Julien überlegte kurz.

»Ich war ja selbst fast noch ein Kind«, sagte er schließlich. »Ich weiß nicht ... friedlich vielleicht? Irgendwie ... es war natürlich nicht viel los, aber alle kamen miteinander aus. Wir waren damals ein paar mehr, viele Einwohner sind weggezogen.«

»Du auch«, sagte Nicolas in die Dunkelheit hinein.

Julien nickte.

»Ich auch.«

»Zu eng?«.

Julien lächelte.

»Sagen wir mal so: Bestimmte Voraussetzungen haben sich nicht erfüllt, die die Enge ertragbar gemacht hätten.«

Nicolas verstand den Hinweis und blickte hinüber zu der kleinen Pension.

Er dachte kurz an Tito, der in seinem Zimmer auf dem Bett lag und schnarchte. Und an seine Zeichnung, die auf dem Tisch lag und die mehr wert war, als jede Aussage von Jojo, dem Dealer, es jemals hätte sein können.

Er würde den Plan, den er sich überlegt hatte, gleich morgen in Gang setzen.

Und er würde funktionieren.

Er musste funktionieren.

»Gab es Geheimisse? Hier in Vieux-Port, meine ich.«

Julien zeigte mit seiner Tasse auf die Häuser.

»Hat nicht jedes Dorf seine Geheimnisse?«, fragte er zurück. »Liebschaften, Feindschaften, Neid, Missgunst. Das alles gibt es sicherlich auch hier. Und gab es damals auch schon.«

»Ich meine andere«, erklärte Nicolas. »Dunkle Geheimnisse. Dinge, über die keiner sprach.«

Juliens Blick trübte sich. Dann schüttelte er den Kopf.

»Da war nur Mathieu, der dunkel war. Und voller Geheimnisse. Ich habe bis heute nicht verstanden, warum er plötzlich so wurde.«

Aufkommender Wind trieb ihnen Schneeflocken ins Gesicht

und Nicolas trank seine Tasse aus und stellte sie auf das Deck des Polizeibootes. Unter ihnen gurgelte das Wasser, hinter den Häusern lag der Waldrand als langer Schatten über Vieux-Port.

Durch die Nacht drang ein Schrei, hell und spitz und voller Angst, und sein Nachhall hing wie eine Vorahnung über dem hungrigen Fluss.

Aber er kam aus der Mitte des Dorfes.

Nicolas und Julien zogen gleichzeitig ihre Waffen und stürmten los.

»Da drüben!«, rief Nicolas und überquerte mit wenigen Schritten den kleinen Platz. Aus den Augenwinkeln sah er, wie in einigen Häusern Licht anging, kurz darauf öffnete sich eine erste Tür, dann eine zweite, Menschen traten heraus.

»Drinbleiben!«, brüllte er, aber die Neugierde schien mächtiger zu sein als die Angst.

»Es ist Esthelle!«, rief Julien, der direkt hinter ihm über den Platz rannte.

Die Besitzerin der kleinen Pension stand zitternd und aufgelöst in der Eingangstür. Hinter ihr brannte Licht, sie hatte sich einen dicken Wintermantel angezogen, in der Hand hielt sie eine Kanne Kaffee, die sie offenbar gerade zu den Polizisten am Ortsrand hatte bringen wollen.

Nun stand sie da, eine Hand vor dem Mund, den Blick auf die rotgestrichene Tür ihrer Pension gerichtet, an der etwas befestigt war, das Nicolas erst erkannte, als sie durch die geöffnete Gartentür stürmten.

»Esthelle!«, rief Julien und schloss die Frau in seine Arme, während Nicolas ihr vorsichtig die Kaffeekanne aus der Hand nahm. Im Flur ging ein weiteres Licht an, er sah, wie Rachmaninoff die Treppe herunterkam, gefolgt von Tito in seinem karierten Schafanzug und seiner durchlöcherten Strickjacke.

»Das ist so grausam«, flüsterte Esthelle und Nicolas musste sich eingestehen, dass sie recht hatte.

An der roten Tür der »Sirène de la Seine« hatte jemand eine tote Taube befestigt. Sie hing dort, wo sonst das »Geöffnet«-Schild angebracht war, der kleine Haken hatte sich in das Fleisch des Vogels gebohrt.

»Es ist gut«, sagte Julien und streichelte Esthelle über das Haar. »Alles ist gut.«

Nichts ist gut, dachte sich Nicolas und betrachtete den Vogel näher. Sein Gefieder war struppig, einige Krallen waren abgebrochen und dort, wo eigentlich sattes Grün und Lila am Hals schimmern sollten, war nur staubiges Grau. Und sie war klein, eine kleine schmutzige Taube, deren Blut jetzt an der Tür hinunter auf die Fußmatte der Pension tropfte.

»Das ist keine besondere Taube«, sagte Nicolas leise. »Er muss sie gefangen haben, auf irgendeinem Platz, in irgendeiner Stadt, wo auch immer. Die ist viel zu klein für eine Brieftaube oder einen gezüchteten Vogel.«

»Da steckt etwas«, sagte Julien plötzlich. »Im Schnabel.«

Jetzt sah es auch Nicolas.

Ein Stück Papier, das zwischen dem matten Gelb hervorschaute.

Als er es vorsichtig herauszog, hörte er das Tuscheln einiger Dorfbewohner, die sich am Gartenzaun versammelt hatten.

»Gehen Sie nach Hause«, rief er ihnen zu, aber keiner hörte auf ihn. Alles blickte auf die Taube an der Tür.

»Wann hat er den Vogel aufgehängt?«, hörte er einen Mann fragen. »Wir hatten doch das ganze Dorf im Blick.«

Der Teufel kennt sich hier gut aus, dachte Nicolas.

»Was ist das hier für ein Theater?«, hörte er Tito fluchen.

Langsam rollte Nicolas das Papier auseinander. Es waren wenige Zeilen, mit Schreibmaschine geschrieben.

Wie bei Meunier, dachte er.

»Was steht da?«, fragte Julien, der die immer noch zitternde Esthelle im Arm hielt. Nicolas las die Zeilen laut vor, so dass alle ihn hören konnten.

> *Ich begriff in diesem Augenblick:*
> *Aus der Vergangenheit kehrst du zu mir zurück*
> *Vogel sag, oh sag, nimmst du mich mit.*

Eine Weile sprach niemand ein Wort.

»*L'Aigle Noir* – *Der schwarze Adler*«, sagte Tito schließlich mit knarzender Stimme. »Immerhin, euer Teufel hat Geschmack, das muss man ihm lassen.«

KAPITEL 25

Vieux-Port
Am nächsten Morgen

Die Polizisten des *Commissariat* von Deauville erreichten Vieux-Port im Morgengrauen, als der Schrecken der Nacht verblasst war, aber nicht vergessen. Es hatte aufgehört zu schneien und mit dem ersten Licht des neuen Tages waren die Anwohner aus ihren Häusern gekommen, der pensionierte Lehrer, der Ingenieur, der drüben in der Ölraffinerie vor Le Havre arbeitete und der mit seiner Familie hierhergezogen war, weil es ruhig und beschaulich war und weil er die Geschichte des Dorfes nicht gekannt hatte. Der Besitzer eines kleinen Fahrradladens in Quillebeuf, die Aushilfskellnerin eines Lokals in Lillebonne, der Busfahrer, der die wenigen Kinder später nach Pont Audemer bringen würde, um dann die Tagschicht rund um Lisieux zu übernehmen. Und die alte Frau, die seit so vielen Jahren auf ihren Mann wartete, der nie kommen würde, weil er auf einem Feld in den Ardennen gefallen war.

In ihren Gesprächen schwang Erleichterung.

Gestern Nacht hatte der Teufel sie verschont, der hungrige Fluss hatte kein Opfer verschlungen. Nur an der Tür der »Sirène de la Seine« war ein dunkler Fleck zu sehen, da, wo Esthelle versucht hatte, das Blut der Taube zu entfernen.

Es war ihr nur leidlich gelungen.

Niemand sprach ein Wort, als die ersten Wagen auf den kleinen Kirchplatz einbogen, als sich Autotüren öffneten und unter schweren Stiefeln Kies knirschte. Es war eine merkwürdige Stimmung, zwischen Hoffnung und Verzagtheit.

Eine tote Taube ohne Kopf, das war kein toter Mensch. Noch nicht.

Unter den skeptischen Blicken der Dorfbewohner scharte Roussel in der Mitte des Platzes seine Männer um sich und verteilte sie auf ihre Posten.

Entlang des Flusses und hinauf in die Hügel, Richtung Wald, wo der Nebel zwischen den Bäumen hing wie ein nasser Lappen auf einer Wäscheleine.

»Den finden die nie«, murmelte der alte Eugène. Er spuckte einen Klumpen Kautabak auf die Erde und rieb sich fröstelnd die Hände.

»Der Teufel ist viel zu schlau. Er löst sich in Luft auf, Gott beschütze uns, er ist überall und nirgendwo, er sieht uns und er hört uns. Zwanzig Jahre, ich habe es immer gewusst. Ihr habt es alle gewusst. Und jetzt sind sie tot, der Pfarrer zuerst, Thomas, schließlich Pascal, und ich sage euch: Der Teufel ist noch längst nicht fertig mit Vieux-Port.«

»Lass es gut sein, Eugène«, raunzte ihn eine Frau an, »du machst den Leuten nur noch mehr Angst.«

»Noch nicht genug«, antwortete ihr der alte Mann. »Noch lange nicht genug, glaub mir.«

Es hatte sich im Dorf schnell rumgesprochen, was die Gerichtsmediziner in Caen von Anfang an vermutet hatten: dass der alte Pfarrer in der Wanne der Erste gewesen war. Als man ihn fand, hatte er bereits seit einigen Tagen im brackigen Wasser unterhalb der Kirche gelegen.

Es war genau so eingetreten, wie Mathieu es jenen, die damals dabei gewesen waren, verkündet hatte.

»Und du, Ratte, wirst der Erste sein.«

Eugène nickte der Frau zu, zog den Reißverschluss seiner

verschlissenen Jacke hoch und stapfte davon, die Hände in den Hosentaschen, die Schultern hochgezogen.

Etwa dreißig Kilometer entfernt von Vieux-Port stand ein Polizeifahrzeug auf einem unbefestigten Feldweg und wurde argwöhnisch beäugt von ein paar Krähen. Der Motor war ausgeschaltet, durch die Fensterscheiben waren die Umrisse zweier Menschen zu sehen, die sich ganz offenbar uneins darüber waren, in welche Richtung die große Karte zu drehen war, die sie jeweils an einer Ecke festhielten.

Claire, die auf dem Beifahrersitz saß, markierte mit einem Leuchtstift den Ort, den sie vor einer halben Stunde aufgesucht hatten und der sich als erneute Sackgasse erwiesen hatte.

»Halt doch mal still«, raunzte sie übellaunig den jungen Beamten an, den ihr Roussel zugewiesen hatte.

Sein Name war Dominic, er war etwas älter als sie. Sie mochte ihn, sie mochte vor allem sein wuscheliges Haar, aber sie hasste die Tatsache, dass sie beide zu dieser frühen Stunde am Feldrand standen, mitten im Nebel und mitten im Nirgendwo.

»Von da kommen wir«, sagte sie und deutete auf den knallgelben Punkt, den sie auf die Landkarte gemalt hatte. »Also müssen wir Richtung Yvetot da entlang, wie heißt dieses Kaff hier, halt doch mal die Karte still, ich drehe sie mal eben ...«

»Man dreht eine Karte nicht«, maulte Dominic und rollte mit den Augen. Dann ergab er sich und überließ ihr die Karte, während er missmutig aus dem Fenster blickte.

»Was für ein Mist«, fluchte Claire und gähnte herzhaft. Kurz entschlossen warf sie die Karte auf den Rücksitz. Ihre Mission war von Anfang an hoffnungslos gewesen, aber Claire hatte Roussel nicht davon überzeugen können, dass sie besser in Vieux-Port geblieben wäre, um nach Mathieu zu suchen oder nach Spuren aus seiner Vergangenheit.

Denn davon war sie überzeugt: Es war die Vergangenheit, die zählte.

Aber Roussel hatte sie losgeschickt, alle Taubenvereine und Züchter zwischen Honfleur und Jumièges abzuklappern, und das waren einige, zu viele jedenfalls, um hier gemütlich im Auto sitzen zu bleiben und darauf zu hoffen, dass der Nebel sich auflöste.

Gestern hatten sie kein Glück gehabt. Sie hatten mit Züchtern gesprochen, mit Vereinsvorsitzenden, sie hatten sich Flugrouten und Verhaltensweisen erklären lassen, hatten Karten studiert und Taubenschläge inspiziert.

Sie hatte die Namen von Mitgliedern aufgenommen, Dominic hatte sie überprüfen lassen, aber nichts davon brachte sie weiter.

»Wer eine Taube hat, der hat auch einen Taubenschlag«, hatte einer der Züchter ihnen Mut gemacht. »Einen Schlag kann man nicht verstecken, er muss immer am selben Ort sein, sonst finden die Vögel nicht dorthin zurück.«

Roussel hatte gestern noch spätabends in ihrem Hotel in Yvetot angerufen und ihr von seinem Telefonat mit dem Inspektor aus England erzählt.

Und von den Tauben.

Und von der einen, die überlebt hatte.

»Wo bist du, du verdammtes Vieh«, murmelte sie und starrte hinaus auf die Felder, während im Radio Jacques Brel das flache Land besang.

Schließlich stellte sie Dominic die eine Frage, die alles verändern würde.

Zum Guten.

Und zum Schlechten.

Beides konnte sie jetzt noch nicht vorhersehen, an diesem unwirtlichen Ort, im Hinterland der Normandie. Ihr war einfach nur kalt und sie war müde.

»Wollen wir einen Kaffee trinken gehen?«

Nicolas stand im selben Augenblick vor einem unscheinbaren Haus in Vieux-Port, in der einen Hand sein Handy und in der anderen einen Becher mit warmem Tee. Trotz seiner dicken Jacke war ihm kalt, er stand bereits ein paar Minuten hier und redete auf die Frau ein, deren Hilfe er so sehr brauchte.

Hinter dem Haus pflügte ein großes Binnenschiff durch das Wasser. In der Ferne hörte er das Krächzen einiger Krähen, die über dem Waldrand kreisten.

»Glaub mir, es ist wichtig«, sagte er und trat auf der Stelle, um sich aufzuwärmen. »Du würdest mir einen großen Gefallen tun. Mir und Julie. Es ist wirklich wichtig.«

Einen Augenblick lauschte er der Stimme am anderen Ende der Leitung, er hörte ihre Bedenken, er teilte sie sogar.

Aber es musste sein.

»Ja, heute Nachmittag. Frag ihn. Er wird kommen. Dorthin wird er kommen, ich bin mir sicher.«

Zwei Minuten später war es geschafft, erleichtert blickte er hinauf in den Himmel, er spürte die schneidende Kälte an seinen Wangen und sog die kalte Luft in seine Lungen.

Es musste klappen.

Es war ein letzter, unverhoffter Trumpf in einem längst verloren geglaubten Spiel.

»Also dann, Mathieu, wer warst du?«, murmelte er, trat durch eine Gartenpforte und durchschritt einen säuberlich gepflegten Garten. Sekunden später klingelte er an der Tür des Einfamilienhauses, er spürte förmlich, wie seine Bewohner zusammenzuckten angesichts einer Störung, die in diesen Tagen nichts Gutes bedeuten konnte.

Er hörte Schritte, die eine Treppe herunter kamen, ein kleines Kind, das eine Frage stellte, auf die es keine Antwort bekam. Das Geräusch einer Kette, die zurückgeschoben wurde. Der argwöhnische Blick eines Familienvaters.

»*Bonjour*«, sagte Nicolas und lächelte ihn an. »Verzeihen Sie die Störung, so früh am Morgen. Ich bin …«

»Sie sind der Bodyguard!«, entfuhr es dem Mann, der jetzt rasch die Kette ganz zurückschob und die Tür öffnete.

»Nun ja, nicht ganz«, erwiderte Nicolas. »Personenschützer, ich schütze Personen, ich … Ach, vergessen Sie das … Darf ich kurz reinkommen?«

»Natürlich«, sagte der Mann und bat ihn herein.

»Es ist gut, Sie hier bei uns zu wissen«, sagte er und reichte Nicolas die Hand. »Ich bin Gérard, Gérard Blaise.«

»Nicolas. Es freut mich sehr, danke für die Wärme, draußen ist es verdammt kalt.«

Gérard lächelte kurz.

»Allerdings, bei dem Wetter treibt sich wohl nur draußen herum, wer es unbedingt muss. So wie Sie, vermute ich.«

»Oder wie der Teufel«, sagte Nicolas, nicht jedoch ohne mit einem Lächeln zu zeigen, dass er keine schlechten Botschaften mitgebracht hatte.

Er blickte sich um.

Sie standen in einem kleinen Flur, von dem aus direkt eine Treppe in den ersten Stock führte. Weiter hinten öffnete sich der Flur zu einer Wohnküche, daneben ging eine Tür ins Wohnzimmer. Nicolas hörte Kinderlieder aus einem Kassettenrekorder, er hörte das Klappern von Schüsseln und die leise Ermahnung einer Mutter.

»Wir frühstücken gerade, kommen Sie doch rein.«

»Das ist sehr nett«, antwortete Nicolas. »Ich habe nur einige Fragen, dann lasse ich Sie wieder in Ruhe. Sie müssen sicherlich zur Arbeit.«

»Ja, aber die Minute habe ich noch. Ich muss nach Le Havre, so wie die meisten hier, ich arbeite in der Verwaltung der Fährgesellschaft.«

Nicolas betrat das Wohnzimmer und lächelte dem kleinen Jungen zu, der in einem Hochsitz saß, mit verschmiertem Mund und einer kleinen Plastikgiraffe in der Hand.

»Das ist meine Frau Anne-Sophie. Und Oskar. Sag *Bonjour*, Oskar! Das ist Nicolas, er beschützt uns.«

Das Ehepaar war ungefähr in Nicolas' Alter. Offenbar wohnten sie noch nicht lange in Vieux-Port, unterhalb der Treppe standen Umzugskisten, an den Wänden hingen bis auf einige Kinderzeichnungen noch keine Bilder.

»Oskar, ich muss dich und deine Eltern nicht beschützen, mach dir keine Sorgen«, sagte Nicolas und setzte sich an den Tisch, als ihm die Frau einen Stuhl anbot.

»Na ja«, murmelte sie. »Drei Tote, Sie werden verstehen, dass wir Angst haben. Wir denken darüber nach, einige Tage zu meinen Eltern nach Amiens zu fahren.«

»Machen Sie das ruhig«, sagte Nicolas, »wenn es Sie beruhigt. Aber ich bin mir ziemlich sicher, dass Sie hier nichts zu befürchten haben.«

Der Mann blickte aus dem Fenster zum Fluss hinüber, der keine dreißig Meter hinter dem Garten vorbeifloss.

»Sie meinen, weil wir damals nicht dabei waren?«

Nicolas nickte.

»Mathieu hat es auf die Menschen abgesehen, die damals dabei waren. Und Sie sind erst vor Kurzem hergezogen, nicht wahr?«

Die Frau nickte knapp und fütterte weiter ihren Sohn, der ganz offenbar Hunger hatte.

»Vor vier Monaten«, sagte sie. »Es gefällt uns hier, es ist so ruhig, die Dorfgemeinschaft ist nett. Wir wussten nicht, dass ausgerechnet hier … dass er ausgerechnet hier …«

Nicolas blickte sich um. Die Wände waren frisch gestrichen worden, man hatte die Fenster ersetzt und neues Parkett verlegt.

Dieses Haus hatte andere Zeiten erlebt.

»Hier hat die Familie von Mathieu gewohnt«, sagte er schließlich.

Gérard nickte langsam.

»Nachdem sie weggezogen waren, stand das Haus leer. Bis wir es gekauft haben. Es war quasi umsonst, wir konnten unser Glück kaum fassen. Bis wir begriffen haben, welche Geschichte dieses Haus hat.«

Nicolas sah, wie er nach der Hand seiner Frau griff, wie ihre Blicke sich verdunkelten.

Das Haus des Teufels, ausgerechnet.

»Jede Geschichte geht einmal zu Ende«, sagte Nicolas. »Auch diese hier, das können Sie mir glauben. Die Polizei durchkämmt gerade die Wälder und das Flussufer. Die werden ihn finden.«

Er sah, dass seine Worte sie nicht überzeugten.

Nicolas trank einen Schluck Tee und lächelte dem kleinen Jungen zu.

»Gérard, Anne-Sophie, ist Ihnen an dem Haus irgendetwas aufgefallen?«, fragte er schließlich. »Ich meine, wenn es so lange leer stand, war da irgendwas Besonderes? Vielleicht haben Sie etwas bemerkt, als Sie das Haus renoviert haben …«

»Die Zeichnungen«, unterbrach ihn Anne-Sophie und warf ihrem Mann einen ängstlichen Blick zu. Überrascht setzte Nicolas seine Tasse ab.

Mit einem so schnellen Treffer hatte er nicht gerechnet.

»Was für Zeichnungen?«, fragte er.

Die junge Frau holte tief Luft.

»Kommen Sie mit. Ich zeige sie Ihnen. Sie werden überrascht sein.«

Einige Hundert Meter weiter stand Roussel am Ende eines kleinen Feldweges, der sie bis an den Waldrand geführt hatte. Hinter ihnen lag Vieux-Port. Dahinter, weiter den Hügel hinauf, erstreckten sich Felder und Streuobstwiesen. Auf der anderen Seite des Flusses konnte Roussel die Umrisse der großen Ölraffinerie ausmachen, ein flacher Tanker schob sich von der dazugehörigen Anlegestelle hinaus ins Wasser und begann seine Fahrt in Richtung Ärmelkanal.

Es war ruhig in den Hügeln über Vieux-Port. Weiter flussaufwärts sah er Kollegen am Wasser, die mit langen Stöcken den Uferbereich absuchten, auf der anderen Seite bogen in diesem Augenblick mehrere Fahrzeuge auf den Parkplatz eines kleinen Picknickplatzes ein. Kurz darauf verteilten sich die Männer im Gelände, vermutlich, ohne viel zu reden, so wie auch sie hier am Waldrand nicht viel redeten.

Die Suche hatte begonnen.

»Verdammte Kälte«, fluchte Roussel und gab seinen Männern und dem Führer der Hundestaffel letzte Anweisungen. Genau genommen waren es gerade mal drei Hunde, die ihnen Caen zur Verfügung gestellt hatte, aber es war besser als nichts.

Bei der schlechten Hinweis- und Beweislage hatte Roussel Mühe gehabt, überhaupt Männer zur Verfügung gestellt zu bekommen.

Mathieu musste sich hier irgendwo verstecken. Die Zufahrtsstraßen waren kontrolliert worden, mit einem Wagen konnte er sich dem Dorf nicht genähert haben.

»Nein, du steckst hier irgendwo«, murmelte Roussel und hob die Hand.

Wenige Sekunden später tauchten sie in das Waldgebiet ein, das sich von hier bis in das Hinterland erstreckte. Die Bäume im *Parc naturel régional des Boucles de la Seine* lagen still und dunkel vor ihnen. Schneereste knirschten unter ihren Füßen, Stöcke klackerten gegen Bäume, schwere Stiefel wühlten das Erdreich auf, als sie sich weiter bergan kämpften. Das Hecheln der Hunde vermischte sich mit den Kommandos der Bereitschaftspolizisten, die tief stehende Sonne hatte wenig Kraft. Sie würden das Teilstück des Waldgebietes bis zur Hauptstraße durchkämmen, die hier quer durch die Hügel nach Bourneville führte. Yves und Sandrine wollten das Ufer auf beiden Seiten in Richtung Vatteville-la-Rue und Norville absuchen, nachmittags dann nach Saint-Aubin und Petiville. Irgendwo würden sie ihn finden, da war sich Roussel sicher.

Was er jedoch in diesem Moment ebenso wenig wissen konnte wie die Männer um ihn herum: Jemand hatte den Teufel bereits gefunden.

Ohne es zu merken.

Unterhalb der Hügel und eine Flussbiegung weiter östlich stand Claire auf der kleinen Promenade von Caudebec-en-Vaux und blickte auf die wenigen Boote, die im Wasser entlang des Anlegers dümpelten. In der Hand hielt sie eine Tasse mit heißem Kaffee. Sie war müde und genervt, aber für den Augenblick blinzelte sie in die Sonne, sah durch ihre halb geschlossenen Augendeckel die Lichtreflexe auf dem Wasser und hörte zwei Möwen zu, die über der Promenade in der Luft kreisten und sich unschlüssig zu sein schienen, ob es sich lohne, vor der örtlichen *Boulangerie* nach Brotkrumen zu suchen.

Hinter ihr saß Dominic im Wagen und hörte den Polizeifunk ab. Die Suche nach Mathieu lief auf Hochtouren. Und sie stand hier, am Ufer eines kleinen Städtchens, das im Sommer von Fahrradfahrern bevölkert wurde, die die Seine hinauf- oder hinunterradelten, Richtung Meer und bis nach Les Andelys oder gar Giverny. Jetzt aber, in der Zeit des Übergangs zwischen Herbst und Winter, lag Caudebec schläfrig in der Sonne.

Claire blickte auf ihre Aufzeichnungen in einem kleinen Heft, das sie stets bei sich trug. Ihnen blieben noch sieben weitere Taubenzüchtervereine und Brieftaubenbesitzer.

»Das bringt doch alles nichts«, murmelte sie und nahm einen Schluck Kaffee, während sie der Handvoll Männer, die auf den kleinen Booten hantierten, bei der Arbeit zusah. Einer der Männer gab seinem Boot einen neuen Anstrich, ein anderer reinigte das Deck.

Es war der ruhige Alltag auf einem ruhigen Fluss, der hier, in einiger Entfernung von Vieux-Port, nicht hungrig, sondern sehr gelassen wirkte.

Und gerade als Claire zu Dominic zurückkehren wollte, um ihre Fahrt fortzusetzen, da hörte sie es.

Es war das Gurren einer Taube.

Claire steckte ihr Heft weg und blickte sich um. Eine der Möwen war auf dem Anleger gelandet und saß auf einem Holzpfahl. Die andere kreiste über dem Wasser. Claire trat hinaus auf den Anleger, der unter ihren Füßen schwankte. Sie hörte das Glucksen des Wassers, das gegen die Bordwand einer kleinen Schaluppe schlug.

Sie sah keine Taube.

Dabei war sie sicher, es war eindeutig das gutmütige Gurren einer Taube, das sie gehört hatte.

Sie trat weiter auf den Anleger hinaus und musterte die Boote. Rechts lagen zwei kleine Segelboote, an Deck des einen saß ein Mann in der Sonne und fettete ein Tau. Er lächelte ihr freundlich zu, als sie näher kam. Links lagen fünf Boote, darunter das kleine Fährschiff, das im Sommer Touristen in den Nationalpark brachte, mit seinen Wanderwegen und seinen dichten Wäldern. Daneben lag ein rostiger Kahn, ein Mann kniete auf den Planken und schlug Nägel in das Holz.

»*Bonjour*«, rief sie dem Mann mit dem Hammer zu, aber er kniete mit dem Rücken zu ihr und hieb weiter Nägel in das Holz. Langsam ging sie weiter, bis sie an das Ende des Anlegers kam.

Etwas abseits von den anderen Booten lag eine Schaluppe,

ein kleines Fischerboot. Sein Netz lag eingerollt an Deck, die Kajüte war abgeschlossen, es war niemand zu sehen. »La Normande« stand in weißer Farbe auf dem Bug.

Claire war nicht sicher, ob das Gurren der Taube wirklich von hier gekommen war. Aber es gab zwei Gründe, die dafür sprachen, an Deck der Schaluppe zu gehen und dieser Frage nachzugehen.

Zum Einen hatte sie eindeutig eine Taube gehört, aber bislang keine gesehen. Und zum Zweiten war Claire langweilig, ein Zustand, den sie nur schwer ertrug und dem sie Abhilfe leisten konnte, indem sie etwas Unüberlegtes tat.

Sie blickte sich rasch um, stellte ihre Tasse auf dem Anleger ab und kletterte eine kleine Leiter hinauf an Deck. Hinter ihr waren die Männer in ihre Arbeiten vertieft, sie hörte das Schlagen des Hammers und das Geräusch eines Pinsels, der in einen Farbeimer getunkt wurde.

Es war ein kleines Fischerboot, womöglich nur für zwei Mann Besatzung. Langsam schlenderte sie über das Deck, betrachtete die Takelage, öffnete zwei Kisten, die in einer Ecke lagen, fand aber darin nur gelbe Gummistiefel und ein paar Taue.

»Hier ist überhaupt nichts, Claire«, murmelte sie und drückte die Türklinke der kleinen Steuerkajüte hinunter.

Die Tür war nicht abgeschlossen.

»Einen Blick, das wird doch noch erlaubt sein«, sagte sie leise und schlüpfte hinein. Drinnen war es ebenso aufgeräumt wie draußen, offenbar hatte der Besitzer beschlossen, dass es zu kalt geworden war für weitere Fahrten aufs Meer hinaus.

Dagegen sprach, dass sie in einem Aschenbecher neben dem Steuerrad drei Zigarettenstummel fand.

Sie roch daran und verzog das Gesicht.

»Noch warm«, murmelte sie und blickte sich um. Überrascht trat sie zurück, als sie zu ihren Füßen eine kleine Luke entdeckte. Jemand hatte einen Holzkeil hineingesteckt, durch den Spalt drang schwaches Licht.

Claire kniete sich auf den Boden.

»Hallo«, rief sie, »ist da unten jemand?« Aber niemand antwortete.

Und keine Taube gurrte.

»Ach, was soll's«, sagte sie und hob die Luke an.

Eine kleine Leiter führte in den Bauch des Schiffes, sie roch den Geruch von Fisch und Meerwasser. Mit einiger Mühe und schmerzverzerrtem Gesicht schwang sie die Beine über den Rand und kletterte hinunter.

Vier Sprossen und sie stand im Bauch des Schiffes und blickte sich um. In einer Ecke brannte eine kleine Lampe, einige zerknäulte Decken lagen herum. Als sie sich weiter umsah, entdeckte sie mehrere Pizzakartons und zwei halb leere Mineralwasserflaschen.

»Hier wohnt doch jemand?«, murmelte sie und merkte plötzlich, wie ihr unbehaglich wurde.

Sie hob vorsichtig eine der Decken auf und fuhr erschrocken zurück.

Auf den Planken vor ihr lagen Kleidungsstücke, ordentlich zusammengelegt, Hose, Jacke, Männer-Unterwäsche, dazu eine Plastiktüte mit einer Zahnbürste und einem Kamm.

Und ein kleines Heft. Es hatte einen grauen Umschlag und erinnerte Claire an ihre Schulzeit. Sie hatte genau solche Umschläge im Laden vom Madame Corneille kaufen müssen, rot, weiß, blau, für jedes Schulfach eine andere Farbe.

Grau für Mathe, sie hatte dieses Fach gehasst.

Claire griff nach dem Heft und schlug es auf.

Es waren Zeichnungen.

Düstere Zeichnungen voller Wut.

Claire sah die Schwingen des Adlers. Die Fratze des Teufels.

Sie waren mit Bleistift gezeichnet, kunstvoll, jemand musste Stunden damit zugebracht haben.

Oder Jahre.

Sie wollte gerade weiterblättern, als sie spürte, wie der Boden schwankte.

Jemand hatte das Deck der »La Normande« betreten.

»Scheiße«, murmelte sie. Instinktiv steckte sie das Heft in ihre Innentasche, knipste das Licht aus und kauerte sich unter die Leiter, die an Deck führte.

Sie hoffte, hier von oben nicht zu sehen zu sein.

Dann schloss sie die Augen und zwang sich, ruhig zu atmen. Sie merkte, wie ihre rechte Schulter schmerzte, wie ihr linkes Bein zitterte.

Langsam atmete sie aus.

Die Tür zur Steuerkajüte wurde geöffnet.

Claire hörte Schritte, schwere Schritte, die an Deck umhergingen.

Die Schritte eines Mannes.

Hoffentlich schließt er die Luke nicht, dachte sie. Kurz darauf begriff sie, dass es noch schlimmer kommen würde.

Der Mann stieg die Leiter hinab.

Claire hielt den Atem an und suchte in ihrem Rücken nach einem Stock, einer Stange, irgendetwas, mit dem sie sich wehren konnte.

Aber da war nichts.

Im schwachen Licht erkannte sie die Umrisse eines Mannes, der zu ihr hinabstieg, sah sie Stiefel, eine dunkelblaue Hose, schließlich eine dunkle Jacke. In der linken Hand hielt er eine kleine Taschenlampe.

Und in der rechten eine Waffe.

Claire überlegte fieberhaft, sie suchte nach einem Ausweg, aber in ihrem Kopf rasten die Gedanken.

Sie hielt sich die Hand vor den Mund, damit der Mann ihren Atem nicht hörte, und spürte dabei die Bewegungen des Wassers unter sich.

Noch hatte er sie nicht gesehen.

Der Mann stand mit dem Rücken zu ihr am Fuße der Leiter, sie sah seine Schultern, sein Körper verdeckte ihr die Sicht. Er bückte sich und leuchtete mit der Taschenlampe auf den Boden und in die Ecken des Schiffsbauches. Mit der Stiefelspitze schob er ein paar Pizzakartons beiseite und begann, in den Decken zu wühlen.

Er sucht sein Heft, dachte Claire.

Die Zeichnungen, es waren seine Zeichnungen. Der schwarze Adler, der Teufel. Der Fluss, die reetgedeckten Häuser. Claire hatte Vieux-Port erkannt, bevor sie das Heft rasch weggesteckt hatte.

Jetzt zitterte ihr Bein so heftig, dass ihr Fuß leicht gegen die Leiter schlug.

Mit einem Ruck richtete sich der Mann auf, drehte sich um und leuchtete ihr mit seiner Taschenlampe ins Gesicht.

Claire hielt panisch den Arm vor ihr Gesicht und schloss für einen Moment die Augen.

Und alles nur wegen dieser verdammten Taube, das war seltsamerweise ihr erster Gedanke.

Dann löste sich der Schein der Taschenlampe von ihr, und nach einem kurzen Blinzeln blickte sie dem Mann ins Gesicht, der vor ihr stand und seine Waffe auf sie richtete.

Überrascht riss sie die Augen auf.

»Du?«, rief sie. »Was machst du denn hier?«

KAPITEL 26

Vieux-Port
Zur gleichen Zeit

Nicolas versuchte zu begreifen, was er da sah, unter der Tapete an der Wand, wo ein alter Bauernschrank gestanden hatte, den sie mühsam zur Seite geschoben hatten. »Es ist mit Kohle gemalt.« Oskars Mutter stand im Türrahmen, als wollte sie sicheren Abstand halten.

Behutsam fuhr er mit dem linken Zeigefinger über die Zeichnung.

»Möglich«, murmelte er und dachte an Tito, der drüben in der kleinen Pension vermutlich gerade frühstückte. Er würde ihn bitten, sich die Zeichnung anzusehen.

Gérard und Anne-Sophie hatten ihn in ein Zimmer im ersten Stock geführt, durch ein Treppenhaus, in dem Fotos der Familie hingen, Kinderzeichnungen und gerahmte getrocknete Gräser und Blätter. Warmes Licht war durch ein großes Dachfenster gefallen, Nicolas hatte gedacht, dass dies ein gutes Haus war, voller Leben.

Und er hatte an Julie gedacht, für einen kurzen Augenblick.

Er wollte an einem ebensolchen Ort mit ihr leben, ein warmer Ort, voller Licht.

Und die Voraussetzung dafür würde er in wenigen Stunden schaffen. Sein Plan würde aufgehen. Er musste aufgehen.

Und dann hatte Gérard die Tür geöffnet und ihm den kahlen Raum gezeigt, in dem nur der Bauernschrank stand, weil die Winterstiefel und die Bettwäsche woanders keinen Platz gefunden hatten.

»Es sollte eigentlich Oskars Zimmer werden«, hatte die Mutter erklärt. »Aber dann haben wir die Zeichnungen unter der Tapete gefunden und ...«

Gérard nahm seine Frau in den Arm.

»Wir wollten nicht, dass er in diesem Raum schläft«, sagte er leise.

Dann hatte er Nicolas geholfen, den Schrank zur Seite zu schieben, und nun standen sie vor den alten Kohlezeichnungen und Nicolas suchte nach Worten.

Aber er fand sie nicht.

»Könnte ich einen Stuhl haben?«, fragte er leise und kurz darauf schloss er die Tür des Zimmers, öffnete das Fenster, durch das kalte Luft hereinströmte, und setzte sich vor die Zeichnung.

Sie war groß.

Auf einer Fläche von fast zwei auf zwei Metern hatte der junge Mathieu, dessen Zimmer dieses hier gewesen sein musste, die Wand bemalt, mit einem Kohlestift.

Die Häuser.

Den Fluss.

Den Waldrand jenseits der Hügel.

Die Vögel am Himmel.

Die Spitze des Kirchturms.

Mathieu hatte das ganze Dorf gezeichnet, Vieux-Port, mit seinen Häusern, seinen Vorgärten und Gassen.

Bewacht von den riesigen Schwingen eines schwarzen Adlers, der über dem Dorf schwebte, dunkel und bedrohlich.

Und mit weit aufgerissenem Schnabel.

Nicolas atmete langsam aus und versuchte sich zu konzentrieren, während in seinem Kopf die Gedanken übereinanderstolperten und sich nicht ordnen ließen. Vor ihm, das war ihm rasch klargeworden, lag ein entscheidendes Puzzlestück, wenn nicht gar der Kern dieser ganzen unheilvollen Geschichte. Einen Augenblick schloss er die Augen und versuchte sich Mathieu vorzustellen, wie er, gerade dem Kindsein entwachsen, nachts, im Schein einer Lampe, seine Wut und seinen Hass an die Wand malte, während draußen der Wind an den Fensterläden rüttelte und der dunkle Fluss gen Meer strömte.

»Hast du geweint?«, murmelte Nicolas. »Oder gelächelt?«
Vermutlich beides, dachte er, als er die Augen öffnete.

Die Zeichnungen waren klar und voller Details, als hätte Matthieu ein Brennglas auf den Flecken Land gehalten. Da waren der Fluss, die Weiden und das Schilf, der Umriss eines Lastenkahns. Nicolas sah die Sträucher und Büsche hinter der Kirche, und als er näher an die Wand heranrückte, glaubte er die Ahnung einer Falltür zu erkennen. Nicolas dachte an das Gewölbe unter der Kirche, an die Ratten.

»Du kanntest den Raum«, sagte er leise.

Da war die kleine Pension von Esthelle und ihrem Vater, sogar ihr Name war gut lesbar.

»La Sirène de la Seine«. Das Haus war grau, das Dach war noch reetgedeckt gewesen, damals. Mittlerweile war es renoviert, wie viele andere Häuser, die Nicolas auf der Zeichnung wiedererkannte. Das Gemeindehaus hatte es noch nicht gegeben, der Bootsanleger war deutlich kleiner als heute.

Nicolas runzelte die Stirn, als ihm auffiel, dass Mathieu nur auf eines verzichtet hatte in seiner detailgetreuen Zeichnung.

Kein Mensch war zu sehen, zumindest dachte er das, bis er sich noch weiter vorbeugte und Mathieus Elternhaus betrachtete.

Durch die Tür hörte er Gérard und Anne-Sophie flüstern,

von unten vernahm er das zufriedene Glucksen eines gesättigten kleinen Jungen, der vermutlich mit verschmiertem Mund beglückt mit einem langen Plastiklöffel die Tischplatte malträtierte.

Der Garten hinter dem Haus führte zum Fluss hinunter. Im hinteren Teil hatte Mathieu eine kleine Hütte skizziert, davor die Silhouetten zweier Menschen.

Ein Mann und ein Kind. Sie hielten sich an der Hand.

»Hätten Sie vielleicht noch eine Lampe für mich?«, rief er durch die geschlossene Tür. Kurz darauf klopfte die Mutter an, reichte ihm eine Schreibtischlampe und blickte finster auf das Bild.

»Ich muss gestehen, er konnte toll zeichnen«, sagte sie.

»Vermutlich kann er es immer noch«, sagte Nicolas. Dann knipste er die Stablampe an und beugte sich über die Stelle an der Wand, an der Mathieu den Mann und das Kind gezeichnet hatte. Im Schein der Lampe konnte er die Details noch besser erkennen.

Ein Junge an der Hand seines Vaters. Aber das war nicht das, was Nicolas hatte stutzig werden lassen.

Es war die kleine Hütte, die mehr ein Verschlag war, aus Brettern und Maschendrahtzaun. Mit einem Fenster darin, in dem klar und deutlich der Umriss einer Taube zu sehen war.

Nicolas streckte sich auf seinem Stuhl und blickte dann Anne-Sophie an.

»In Ihrem Garten steht ein Holzverschlag, nicht wahr?«, fragte er.

Sie schüttelte den Kopf.

»Nein, da war nichts, als wir eingezogen sind«, sagte sie. »Mittlerweile steht da eine Rutsche und wir wollen noch ein Trampolin aufstellen, für Hugo.«

Nicolas nickte nachdenklich.

Er wollte gerade aufstehen, als sein Blick ein letztes Mal über die Zeichnung glitt.

Das Gefieder des Adlers, sein finsterer Blick, sein geöffneter Schnabel.
Die Äcker und Felder, eine Vogelscheuche, zwei Raben.
Das Schilf.
Ein Ruderboot, das am Ufer festgemacht war, direkt gegenüber von Vieux-Port, halb verborgen unter Weiden.
Nicolas stellte die Lampe noch näher an die Wand und betrachtete das kleine Boot genauer.
Eine Hand. Ein Bein. Eine Schulter.
Die Umrisse eines Jungen, der in den Schatten saß und das Dorf beobachtete.
»Wer bist du?«, murmelte Nicolas. »Und warum versteckst du dich?«

Kurz darauf verließ er das Zimmer, bedankte sich bei Anne-Sophie und winkte zum Abschied dem kleinen Oskar zu, der ihn mit halb geöffnetem Mund und etwas Brei im linken Nasenloch anblickte.
»Machen Sie sich keine Sorgen«, sagte er zum Abschied. »Mathieu wird Ihnen nichts tun, da bin ich sicher. Dürfte ich noch einen Blick in Ihren Garten werfen?«
»Ich begleite Sie«, sagte Gérard, griff nach einer Packung Zigaretten und zog sich eine Jacke über.
Sie umrundeten das kleine Haus und standen bald auf einer feuchten Wiese mit Hanglage, die etwa zehn Meter leicht abfiel, bis sie an einem Holzzaun endete. Dahinter sah Nicolas die Seine, deren Strömung hier relativ stark war.
»Wir haben vor, einen richtigen Zaun anzubringen, bevor Oskar laufen kann«, bemerkte Gérard. Nicolas ging zu der Stelle, wo Mathieu den Taubenschlag eingezeichnet hatte. Als er mit den Stiefeln etwas im Erdreich kratzte, stieß er schnell auf ein Betonfundament.
»Hier war es«, murmelte er und blickte sich um. »Hier stand ein Taubenschlag.«

Gérard zog an seiner Zigarette und blies den Rauch in die kalte Luft.

»Ich kenne mich mit Brieftauben nicht aus«, sagte er. »Aber haben die nicht immer einen Heimatschlag, in den sie zurückkehren?«

Nicolas nickte und blickte zum Wasser hinüber.

»Tja, wenn es den Taubenschlag nicht mehr gibt, gibt es wohl auch keine Tauben«, folgerte Gérard.

»Es sei denn ...«, sagte Nicolas leise und ging einige Meter weiter bis zu dem Holzzaun, hinter dem ein schmaler Pfad unter Weiden hindurch bis ans Wasser führte.

Er bog ein paar Zweige beiseite und blickte den Pfad entlang, an dessen Ende ein halb verfallener Bootsanleger in das Wasser hinausragte.

»Es sei denn, der Taubenschlag kommt immer wieder zurück.«

KAPITEL 27

Vieux-Port
Zur gleichen Zeit

Chef, wir haben was!«

Roussel hörte die Hunde anschlagen, während er stöhnend einen kleinen Hang hinaufstieg. Immer wieder rutschte er auf dem feuchten, laubbedeckten Boden aus, seine Hände suchten Halt, fanden aber nur dorniges Gestrüpp und moosbewachsene Baumstämme, an denen sie abglitten. Mühsam arbeitete er sich hinauf, seine Lunge schmerzte und er spürte, dass er noch längst nicht der Alte war.

Und es womöglich auch nie wieder werden würde.

Er dachte für einen kurzen Augenblick an jene Nacht am Strand von Arromanches, das Aufblitzen in der Dunkelheit, den Schmerz, als die Kugel ihn getroffen hatte, das kalte Wasser, in das er hinabgezogen worden war und aus dem er sich wie ein Untoter wieder hinaufgekämpft hatte.

»Da werde ich doch noch so einen verdammten Hügel raufkommen«, fluchte er und schnappte nach Luft, als er es endlich geschafft hatte.

Schnaufend blickte er sich um. Von hier oben konnte er das ganze Dorf sehen, die Kirche und den Platz davor, das Rathaus, die kleine Pension und den Bootsanleger. Als er die Augen zusammenkniff, sah er zwei Männer im Garten eines Einfamilienhauses stehen, direkt am Flussufer.

»Das ist doch der Bodyguard«, murmelte er. »Warum hilft der nicht?«

»Chef, hier hinten!«

Roussel blickte ein letztes Mal hinüber auf die andere Flussseite, wo die Felder sich im Nebel verloren. Dann klopfte er zweimal gegen einen morschen Baumstamm und wandte sich seinen Männern zu.

»Was ist das hier?«, fragte er, während er sich umblickte. Ein kleiner Platz mit einer verlassenen Feuerstelle, umgeben von vier geräumigen Holzhütten. Zwei waren mit Fensterscheiben und halbwegs dichten Türen ausgestattet, und aus einer davon trat in diesem Augenblick der Führer der kleinen Hundestaffel.

»Ein Ferienlager«, sagte der Mann und deutete in die Baumwipfel. Tatsächlich konnte Roussel Seile und Halterungen erkennen, eine Sprossenleiter baumelte im Wind an einem der Baumstämme.

»Ein Kletterpark«, murmelte er. »Wer hätte das gedacht, mitten im Nirgendwo …«

»So sehr Nirgendwo ist es gar nicht«, warf der Hundeführer ein. »Die Landstraße ist nur zweihundert Meter entfernt, dort hinter den Bäumen, es gibt eine Zufahrt hierher.«

»Reifenspuren?«, fragte Roussel, aber der Mann schüttelte den Kopf.

»Nein, euer Mann ist zu Fuß hier hochgekommen. So wie wir.«

Roussel blickte seinen Kollegen überrascht an.

»Woher wisst ihr, dass er hier war?«

Der Mann machte ein Zeichen, die Hütte zu betreten.

»Komm mit, ich zeig dir was.«

Roussel brauchte einen Augenblick, um sich im Dämmerlicht zurechtzufinden. Die Fensterscheiben waren dreckig, aber sie hielten die Kälte zumindest teilweise draußen. Der Holzboden war frei von Feuchtigkeit, in einer Ecke stand eine Gaslampe.

»Hier hat jemand saubergemacht«, stellte Roussel fest.

»Nicht nur das.« Sein Kollege deutete in eine Ecke, in der ein großer Rucksack auf einer Isomatte stand. Daneben lagen mehrere Decken.

Roussel holte ein Paar Latexhandschuhe aus seiner Tasche und öffnete vorsichtig den Rucksack. Hinter ihm waren mehrere Männer in die Hütte getreten.

»Vielleicht eine Bombe«, witzelte einer der Männer und erntete dafür einen finsteren Blick von Roussel.

»Das ist hier kein Actionfilm«, grummelte er. »Das ist einfach nur eine verdammt rätselhafte Geschichte. Na schau mal einer an, was haben wir denn da …«

Behutsam zog er ein Nachtsichtgerät aus den Tiefen des Rucksackes.

»Kein Wunder, dass wir ihn nachts nicht sehen. Der Teufel durchdringt die Dunkelheit. Aber wir kriegen dich schon noch.«

Ansonsten war der Rucksack leer.

Roussel blickte sich um und überlegte kurz. Dann zeigte er auf die Decken, die fein säuberlich gestapelt neben dem Rucksack lagen.

»Eure Hunde, wie gut sind die?«, fragte er seinen Kollegen. Der lächelte kurz und holte dann eine Hundepfeife aus seiner Jacke.

»Verdammt gut«, erwiderte er.

Roussel nickte langsam.

»Dann wollen wir den Teufel mal aus seinem Versteck jagen. So langsam wird mir das hier nämlich zu blöd. Und vor allem zu anstrengend.«

Wenige Kilometer weiter, am großen Bootsanlegesteg von Caudebec-en-Caux, bedachte Claire den Mann, der vor ihr an einem Pfahl lehnte und sein Gesicht in die Sonne hielt, mit einem finsteren Blick.

»Du hast mich zu Tode erschreckt.«

»Es tut mir leid.« Julien wandte sich ihr zu, während er entschuldigend die Hände hob. »Was kletterst du auch da unten rein, anstatt Verstärkung zu rufen.«

»Ich war nur neugierig!«, protestierte Claire. »Und schließlich bist du ja genauso hier herumgeklettert!«

Julien rollte mit den Augen.

»Weil die Leute hier mich rangewunken haben, als ich mit dem Motorboot vorbeikam. Und zwar völlig zu Recht, weil eine Unbekannte hier mal eben unerlaubt auf Schiffe klettert! Was hätte ich denn tun sollen?«

Für einen Moment schwiegen sie. Einige Sekunden später hielten drei Polizeifahrzeuge direkt vor dem Bootsanleger.

»Das große Boot ganz am Ende«, informierte Julien die Kollegen von der Spurensicherung, die kurz darauf an Bord der »La Normande« verschwanden.

»Das ist sein Versteck«, sagte Claire leise. »Er hätte da sein können.«

Julien blickte sie an.

»Sei froh, dass er es nicht war. Wer weiß, ob wir dann hier stehen und uns unterhalten würden.«

Claire lächelte.

»Keine Sorge, wäre nicht das erste Mal, dass ich in einer schwierigen Lage stecke.«

Sie blickte grübelnd hinüber zu dem kleinen Fischerboot.

»Wo mag er jetzt sein?«

Julien zuckte mit den Achseln.

»Ich weiß es nicht. Ich weiß nur, dass wir so rasch wie möglich von hier verschwinden sollten, und dann hoffen wir, dass er zurückkommt. Ich werde in der Nähe bleiben und einige Kollegen beziehen Stellung in den umliegenden Häusern. Und wenn er zurückkommt, dann haben wir ihn.«

Claire nickte nachdenklich.

Sie glaubte nicht daran. Es war nur so ein Gefühl, aber sie vertraute ihm.

Zehn Minuten später kamen die Männer in den weißen Overalls wieder aus dem Bauch der »La Normande« heraus, Autos fuhren davon, Polizisten setzten sich in das kleine Bistrot am Ufer, ausgerüstet mit Zeitungen, viel Kaffee und noch mehr Geduld. Die Kollegen der Spurensicherung hatten Claire und Julien zugerufen, dass sie Fingerabdrücke in Hülle und Fülle gefunden hatten, die es nun zu überprüfen gelte.

»Wir wissen ja, wer es ist«, sagte Claire, während sie mit Julien in Richtung der Promenade lief, wo Dominic bereits vor ihrem Wagen wartete. »Ich glaube nicht daran, dass er zurückkommt. Das wäre irgendwie zu einfach.«

»Zur Abwechslung darf es ruhig mal einfach sein«, erwiderte Julien. Dann blieb er stehen und blickte sie forschend an.

»Sag, Claire, hast du sonst noch irgendetwas gesehen, als du dort unten warst?«

Claire dachte an jenen Moment, als er vor ihren Augen die Decken durchsucht hatte.

»Was meinst du?«, fragte sie und spürte dabei in ihrer Jacke das Gewicht des kleinen grauen Heftes.

Voller Zeichen und Vorahnungen.

»Ich weiß nicht, irgendetwas. Ich meine, es wäre doch schön, wenn da mehr gewesen wäre als alte Decken und leere Pizzakartons.«

Claire beschloss, ihren Fund noch eine Weile für sich zu behalten. »Nein«, sagte sie, »da war nichts.«

Julien war im Begriff, sich zu verabschieden, als Claire sich gegen die Stirn schlug.

»Meine Tasse!«, rief sie und ging zurück auf den Bootsanleger. Sie ging die zwanzig Meter bis zu der Stelle, wo die »La Normande« festgemacht war, und blickte sich um.

»Ich hätte schwören können, dass ich sie hier abgestellt habe«, murmelte sie.

War sie ins Wasser gefallen? Aber Claire hatte sie nicht am Rand abgestellt. Ihr Blick fiel auf die anderen Boote, die sanft im Wasser schaukelten.

Es war ruhig, nur das Gespräch zweier Fischer war zu hören, die sich über den überraschenden Besuch der Polizei austauschten.

»Warum kommt es mir so ruhig vor?«, sagte Claire leise und schloss die Augen.

»Weil etwas fehlt«, murmelte sie. »Was fehlt hier, was für ein Geräusch ...«

Sie riss die Augen auf und blickte dorthin, wo bei ihrer Ankunft ein alter Kahn im Wasser gedümpelt hatte.

Ein Kahn, dessen Besitzer Nägel in das Holz getrieben hatte. Als wollte er ...

»Ich bin so blöd«, sagte Claire.

Als wollte er ein anderes Geräusch übertönen.

Sie rannte zurück zu Julien, der sie verwundert anblickte.

»Meine Tasse ist weg, sie ist einfach weg, und ich bin mir sicher, dass sie vorhin noch da war, und ich glaube ...«

Julien legte ihr eine Hand auf die Schulter.

»Die Bäckerei wird es verschmerzen. Komm, wir sollten gehen, bevor Mathieu hier auftaucht und uns sieht.«

»Er war schon längst da.«

Julien blickte sie überrascht an.

»Was meinst du?«

Claire zeigte auf die Stelle, an der der Kahn gelegen hatte.

»Lag da ein Schiff, als du kamst, Julien? Mit einem Mann, der Nägel in das Holz schlug?«

Julien überlegte kurz.

»Nein, da war nichts. Ganz sicher.«

Claire blickte hinüber zum anderen Flussufer, wo der Nationalpark begann, mit seinen dichten Laubwäldern und seinen alten Weiden, die über das Wasser hingen und in deren Schatten jetzt ein alter Kahn lag, da war sie sich sicher.

»Sag deinen Kollegen, sie brauchen nicht mehr warten«, sagte sie. »Er wird nicht mehr wiederkommen. Er ist längst auf dem Wasser.«

Und während Claire wieder an das Heft dachte, das in ihrer Jacke steckte, wunderten sich Gérard und Anne-Sophie, die Eltern des kleinen Oskar, als sie lautes Hundegebell hörten und es im nächsten Augenblick an ihrer Tür klingelte.

Kurz darauf standen ein vor Anstrengung schnaufender Roussel und die Männer seiner Suchmannschaft hinten im Garten und blickten hinab auf den halb verfallenen Bootsanleger, vor dem wütend zwei Hunde anschlugen.

Roussel hieb frustriert mit der Hand auf den Holzzaun.

»Verdammt«, sagte er. »Er kommt nachts einfach über das Wasser. Und läuft hier herum, als sei nichts gewesen.«

»Und oben im Wald hat er ein zweites Versteck«, ergänzte einer seiner Männer. »Er hat das Dorf von beiden Seiten im Blick.«

Roussel knurrte.

»Aber jetzt nicht mehr. Wir haben ihn fast, ich sag es dir. Irgendwann muss er einen Fehler machen und dann haben wir ihn.«

Was Roussel zu diesem Zeitpunkt nicht wissen konnte: Es war nicht der Teufel, der den ersten Fehler machen würde.

Und auch nicht irgendwann.

Sondern noch in dieser Nacht.

KAPITEL 28

Vieux-Port
Zwei Stunden später

Über dem Dorf am hungrigen Fluss brauten sich Gewitterwolken zusammen, der Wind trieb sie über die Äcker und über die nahen Hügel, während die wenigen Menschen, die in Vieux-Port auf den Straßen waren, ihre Köpfe einzogen und nervös nach der Turmuhr spähten. Es war früher Nachmittag und doch schien es, als wollte dieser Tag schon enden, als wollte er der Nacht das Feld überlassen. So war es Rachmaninoff, dem alten Pariser Mischlingshund, gerade recht, dass Tito seinen Spaziergang durch das Dorf nach wenigen Minuten unterbrach.

»Was für ein Mistwetter«, fluchte er. »Es zieht mir durch jeden Knochen, lass uns reingehen und schauen, ob wir etwas Warmes an der Bar finden, das uns aufmuntert, Rachmaninoff.«

Sie hatten auf ihrer kurzen Runde fast niemanden getroffen, zwei Kinder, die selbstvergessen auf der Straße spielten, eine alte Frau, die ihnen misstrauisch hinterherblickte.

Als sie an der niedrigen Steinmauer der Kirche vorbeikamen, schüttelte Tito den Kopf. Der Gedanke an den toten Pfarrer im Gewölbekeller ließ ihn schaudern. Nicolas hatte ihm die Szene in aller Ausführlichkeit beschrieben. Tito hatte es fast den Magen umgedreht beim bloßen Zuhören.

Sie erreichten die kleine Pension gerade rechtzeitig, die ersten Blitze zuckten am Horizont über den Himmel.

»Alter Freund, es wird heute noch regnen. Und zwar heftig, glaub mir, das sagen mir meine alten Knochen.«

Tito öffnete die Gartenpforte und stand kurz darauf vor der roten Eingangstür. Nachdenklich musterte er die Stelle, wo in der vergangenen Nacht die tote Taube gehangen hatte, mit einer Botschaft im Schnabel, die ihn nicht zur Ruhe kommen ließ.

»Taube und Adler«, murmelte er leise. »*L'Aigle Noir* von Barbara, ein schönes Lied. Irgendetwas ist da, aber ich kriege es nicht zu fassen, Rachmaninoff.« Sein alter Hund blickte ihn aus wässrigen Augen an und jaulte kurz auf, als der Wind hinter ihnen heftiger wurde und ein Grollen in der Ferne zu hören war.

»Ist ja schon gut«, sagte Tito und stieß die Tür zur Pension auf.

Drinnen erwartete sie überraschenderweise der Duft von Eintopf und Weißwein, dazu das Stimmengemurmel Dutzender Polizisten, die sich im Frühstücksraum ausgebreitet hatten. Tito sah, wie Esthelle zwischen den Tischen hin und her eilte, volle Teller verteilte, Wasserkaraffen abstellte und immer wieder verzweifelt in Richtung Küche blickte, in deren Durchreiche bereits das nächste Tablett mit vollen Suppentellern bereitstand.

»*Salut*, Tito!«, begrüßte ihn Claire und drückte ihm einen Kuss auf die Wange, bevor er sich wehren konnte.

»*Salut*, mein Mädchen, sag mal, was ist denn hier los?«

Claire deutete auf die Männer an den Tischen.

»Das ist der Suchtrupp. Roussels Männer. Sie haben stundenlang den Wald durchkämmt und jetzt haben sie verständlicherweise Hunger. Und jetzt lass mich vorbei, alter Mann, ich helfe der Besitzerin beim Servieren! *Salut*, Rachmaninoff!«

»Nicht so schnell, junge Dame!«, hielt Tito sie auf. »Haben

sie ihn denn gefunden, diesen Mathieu? Können wir endlich nach Hause?«

Claire blickte ihn überrascht an und schüttelte dann den Kopf.

»So ein Mist«, fuhr Tito fort, »mein Rheuma bringt mich noch um bei diesem feuchten Wetter, außerdem haben sie hier viel zu viel Aussicht, ich brauche meine Häuserwände, meine Straßen, meine Bank auf der Place Sainte-Marthe.«

Claire schmunzelte.

»Du musst hier nicht bleiben, Tito.«

Er schüttelte unwirsch den Kopf und deutete hinüber zu Nicolas, der mit Roussel an einem der Ecktische saß.

»Den kann man nicht alleine lassen«, sagte er und Claire lächelte.

»Da hast du wohl recht. Dann setz dich doch hier an den kleinen Tisch am Fenster. Ich bring dir eine Suppe.«

Claire tippte Esthelle auf die Schulter und lächelte sie an.

»Komm, ich helfe dir«, sagte sie und erntete dafür einen dankbaren Blick.

»*Merci.* Eigentlich müsste ich mich ja freuen, über so viele Gäste, das ist wahrlich nicht immer so. Es ist nur ... jetzt gerade könnte ich auch etwas Ruhe gebrauchen.«

Claire sah, wie müde Esthelle war.

»Komm, gib mir das Tablett. Für welchen Tisch ist die Bestellung?«

Nicolas hatte Tito hereinkommen sehen, er sah das feuchte Fell von Rachmaninoff, die Erdkrumen an den Stiefeln der Männer, Esthelles Haar, das strähnig war, er sah das Unwetter, das draußen lauerte. Er hörte das Klappern von Suppenlöffeln, jemand entkorkte eine Flasche Wein, eine Serviette glitt lautlos zu Boden.

Draußen schlugen jetzt dicke Tropfen gegen die Fensterscheiben, es war deutlich dunkler geworden, schwere Wolken lagen über dem Fluss.

Er hörte Roussel, der ihm etwas erklärte, sah das Handy auf ihrem Tisch, mit dem er zuvor die Zeichnungen an der Wand von Mathieus Kinderzimmer abfotografiert hatte. Roussel hatte die Bilder bereits zu den Kollegen nach Caen geschickt.

»Hey, Bodyguard, hörst du mir überhaupt zu?«

Der Duft von frisch aufgeschnittenem Baguette und von Olivenöl.

Claire, die sich eine Küchenschürze umband.

Julie, die im Gefängnis saß.

Er blickte auf seine Armbanduhr.

»Fünfundvierzig Minuten Fahrt über Land«, sagte er leise zu sich selbst. »Der kurze Anstieg, noch mal zwanzig Minuten. Er wird kommen. Er muss kommen.«

»Was murmelst du da, Nicolas?« Roussel schnipste mit den Fingern vor seinem Gesicht.

»Ach, nichts«, antwortete er und lächelte Roussel an. »Tut mir leid, was hast du gesagt?«

Roussel verdrehte die Augen.

»Die Zeichnung. Er war ein verdammt guter Zeichner. Wo hat er das gelernt?«

»Er muss es sich selbst beigebracht haben, er war ja noch ein Jugendlicher, fast ein Kind, damals. Vielleicht in der Schule. Wo war er in der Schule?«

Roussel überlegte kurz.

»Pont-Audemer. Ich werde Sandrine hinschicken, vielleicht erinnert sich dort jemand an den Jungen.«

»Zwanzig Jahre sind eine lange Zeit.«

Roussel zuckte mit den Schultern. »Vielleicht haben wir ausnahmsweise mal Glück.«

Er machte Sandrine ein Zeichen, die sich an einem anderen

Tisch mit den Kollegen der Hundestaffel unterhielt. Kurz darauf trat sie durch die Tür in die Kälte hinaus, Nicolas sah durch das Fenster, wie sie gemeinsam mit einem Kollegen davonfuhr, die Hügel hinauf tiefer ins Hinterland.

Claire kam an ihren Tisch und lächelte sie an.

»Das gefällt euch, oder? Die kleine Claire zieht wieder eine Schürze an, so wie damals beim Comte von Tancarville. Verkneift euch eure Kommentare, wir könnten noch ein bisschen Hilfe in der Küche gebrauchen. Jemand müsste Karotten schälen!«

Statt einer Antwort blaffte Roussel zwei Kollegen am Nachbartisch an, die sofort aufsprangen und in die Küche eilten.

»Chef sein ist manchmal ein großer Spaß«, sagte er und lächelte Claire an. »Aber du hast recht, kleines Zimmermädchen, ich finde, Schürzen stehen dir am allerbesten. Auf jeden Fall besser als Polizeiuniformen!«

»Hat die Klappe, Roussel«, lachte sie. Dann blickte sie sich um und setzte sich kurz zu ihnen.

»Ich habe etwas für euch.«

Sie holte das kleine graue Heft aus ihrer Schürze und legte es vor Nicolas und Roussel auf den Tisch.

»Das habe ich im Boot gefunden, versteckt unter ein paar Decken. Ich habe es noch keinem gezeigt.«

Roussel runzelte die Stirn und betrachtete den grauen Umschlag. Er war unbeschriftet. Behutsam schlug Nicolas das Heft auf und pfiff leise durch die Zähne.

»Das kommt uns doch bekannt vor.«

»Verdammt, Claire, das ist Beweismaterial! Das kannst du nicht einfach so mitnehmen und mit dir rumtragen. Warum hast du es den Kollegen nicht übergeben, die hätten es längst untersuchen können.«

Claire zuckte mit den Schultern.

»Ich weiß, tut mir leid. Es war nur so ein Gefühl. Ich hatte den Eindruck, als hätte Julien ganz bewusst danach gesucht.«

»Julien?«, sagte Roussel überrascht. »Warum soll der danach suchen?«

»Zumindest hat er die Decken gründlich abgesucht«, sagte sie, spürte aber, dass ihre Begründung schwach war.

»Ja, weil er Polizist ist«, sagte Roussel. »Und zwar ein richtig guter, wenn man den Kollegen in Rouen glauben darf. Aber jetzt ist es eben so. Zeig mal her, Nicolas.«

Nicolas und Roussel beugten sich über das Heft, betrachteten jede Zeichnung, während Claire wieder in der Küche verschwand.

Irgendwann holte Nicolas wieder sein Handy hervor und betrachtete die Fotos der Wandzeichnung aus dem Kinderzimmer.

»Es sind dieselben Motive«, murmelte er. »Schau hier, der Adler mit seinem geöffneten Schnabel. Er sieht genauso aus wie auf den Zeichnungen in Mathieus Elternhaus.«

Roussel nickte.

»Was für ein düsterer Geselle«, sagte er leise und blätterte nochmal die Seiten durch.

Die Häuser am Fluss.

Der Adler am Himmel.

Die Kirche, der Wald, die Äcker am anderen Ufer.

Aber diesmal kein Boot in den Schatten, kein Taubenschlag.

Dafür ein Mann, der im Fluss schwamm. Nicolas beugte sich näher, aber das Gesicht war nicht zu erkennen.

»Woher kommt all diese Wut?«, fragte er leise. Er blickte sich um.

»Was ist los?«, fragte Roussel, als Nicolas aufstand und zum Fenster ging, wo sich Eugène mit einem älteren Polizisten ins Gespräch vertieft hatte.

»Ihr könnt den Teufel nicht finden, er hinterlässt keine Spuren«, erklärte er gerade mit gedämpfter Stimme. »Er ist mitten unter uns!«

»Ich glaube nicht an Teufel«, sagte der Polizist und brach ein Stück Baguette ab, während er einen hastigen Blick auf die halb volle Weinflasche warf, die zwischen ihnen auf dem Tisch stand.

Nicolas stellte ihm ein Glas hin.

»Ich denke, Ihr Dienst ist für heute beendet«, sagte er mit einem Augenzwinkern. »Aber ich müsste Ihnen den Herrn hier kurz entführen. Eugène, haben Sie einen Augenblick für mich?«

Kurz darauf saß der alte Mann zwischen Nicolas und Roussel, vor sich das Skizzenheft. Roussel blickte Nicolas finster an, sein Blick drückte aus, wie wenig begeistert er davon war, dass Nicolas Eugène mit vertraulichen Informationen versorgte.

Aber Nicolas zuckte nur mit den Schultern.

»Das ist … mein Gott, so viele Zeichnungen!« Eugène blätterte mit zitternden Händen durch das Heft, seine Augen wurden größer.

Nicolas stellte ihm ein Glas Weißwein hin, das der alte Mann hastig leerte. Seine Finger huschten über die Linien, die Schatten, über den Fluss, über das Gefieder des Adlers.

»Das alles hat Mathieu gezeichnet?«, fragte er schließlich mit leiser Stimme.

»So ist es«, sagte Roussel. »Und wer so etwas tut, der hat eine verdammte Wut in sich, die rausmuss.«

»Der Teufel«, raunte Eugène. »Der Teufel hat sich seiner bemächtigt und lässt ihn nicht mehr los. Er ist selbst zum Teufel geworden. Mein Gott … es ist alles so … dunkel.«

Roussel rollte mit den Augen und wollte gerade das Heft wegstecken, als Nicolas ihm eine Hand auf den Arm legte.

»Warte, Roussel«, sagte er. »Eugène, was meinen Sie damit?«

Nicolas sah die Angst im Blick des alten Mannes.

»Sie sagten: Der Teufel hat sich seiner bemächtigt. Welcher Teufel?«

Eugène schwieg, er knetete seine Hände, blickte sich um, fuhr sich durch das Gesicht.

Er kämpft mit sich, dachte Nicolas.

»Der Teufel hat ihn geholt«, murmelte Eugène. »Und jetzt holt er sich uns, es ist seine Rache.«

Auch Roussel spürte jetzt offenbar, dass der alte Mann etwas auf dem Herzen hatte.

Eugènes Blick ging nach draußen auf den kleinen Platz, an dessen Rand sich die Häuser aneinanderzudrängen schienen, um sich gegenseitig Schutz zu geben, gegen den Wind und gegen die Dunkelheit, die noch heute Nacht aufziehen würden.

»Vielleicht stimmt es doch«, murmelte er und Nicolas folgte seinem Blick.

Die Kirche.

»Was stimmt?«, fragte Roussel und schenkte Eugène Wein nach. »Raus damit, ich habe keine Lust, noch mal diesen verdammten Waldweg raufzuklettern, ich bin zu alt für so einen Scheiß!«

Eugène trank den Wein mit schnellen Zügen aus und stellte das Glas mit zitternden Händen ab.

»Der alte Georges, Gott hab ihn selig …«

Nicolas und Roussel blickten sich an.

»Was ist mit dem Pfarrer?«

An den Nebentischen redeten die Männer durcheinander, jemand lachte, am Fenster lag ein alter Hund unter einem Tisch und schnarchte, während Tito seine Suppe löffelte und sich nicht darum scherte, dass sie ihm das Kinn hinuntertropfte. Claire und Esthelle teilten immer noch Eintopf aus, aus der Küche drangen knappe Anweisungen.

Es war warm und heimelig, Nicolas sah, wie einige Dorfbewohner in den Raum kamen, offenbar angelockt von den zahlreichen Besuchern. Zögerlich besetzten sie die freien Tische, sprachen Polizisten an, lächelten und wurden angelächelt.

Sie sind es nicht gewohnt, dachte Nicolas bei sich. Vieux-Port ist es nicht gewohnt, angelächelt zu werden.

Der alte Eugène wandte sich ihm zu, offenbar war er zu einem Entschluss gekommen.

»Er kam aus dem Norden zu uns. Von der Küste.«

»Wer, der Pfarrer?«, fragte Roussel ungeduldig.

Eugène nickte langsam.

»Er wurde zu uns versetzt. Er war so nett ... so zugewandt ... Wir waren froh, ihn zu haben, er war überall beliebt. Jetzt ist er tot, es ist so furchtbar, der Teufel hat ihn geholt.«

»Hey, alter Mann, nicht abschweifen«, sagte Roussel und schnipste vor seinem Gesicht in der Luft. »Was war mit dem Pfarrer?«

Eugène versank kurz in Gedanken.

»Hat Mathieu ihn immer schon gehasst?«, fragte Nicolas leise und sah, wie sich ein Gedanke im Kopf des alten Mannes festsetzte, so wie ein Ast den Fluss hinuntertreibt, sich im Gestrüpp verfängt, sich losreißt, weitertreibt.

»Nein, ganz im Gegenteil«, sagte Eugène schließlich. »Sie mochten sich, sie ... sie waren sich nah. Mathieu war oft bei ihm, rund um seine Kommunion.«

Nicolas blickte Roussel an.

»Was muss geschehen, dass ein Junge plötzlich so sehr hasst? So sehr, dass er nach über zwanzig Jahren Rache nimmt?«

Die Augen des alten Mannes füllten sich mit Tränen.

»Es gab da Gerüchte«, sagte er leise. »Aber das war doch Unsinn ... Er war so nett ... unser Georges ... alle mochten ihn.«

Roussel lehnte sich in seinem Stuhl zurück.

»*Merde*«, sagte er leise.

»Wir halten doch hier zusammen. Wir sind doch eine kleine Dorfgemeinschaft. Wir vertrauen uns.«

Es war ein verzweifelter Blick, den der alte Mann aus dem Fenster warf, voller Scham.

»Wer wusste davon?«, fragte Nicolas leise.

Eugène zuckte mit den Achseln.

»Keiner. Alle. Ich weiß es nicht.«

Nicolas blickte zu Roussel, aber der hatte schon verstanden. Mit einem Ruck stand er auf und blickte seine Männer an. Nicht wenige hatten bereits Wein getrunken.

»Abmarsch!«, rief Roussel. »In zehn Minuten fahren wir los, zurück nach Deauville. Yves, ich brauche sofort Informationen, ich meine wirklich: sofort!«

Hektik machte sich breit, als die Männer aufstanden, einige leerten noch im Stehen ihr Weinglas oder ihren Suppenteller, Claire zog überrascht ihre Küchenschürze aus.

»Du nicht, Claire, du bleibst hier«, raunzte Roussel sie im Vorbeigehen an.

»Ist ja gut!«, rief Claire ihm hinterher. Und blickte Nicolas an.

»Was ist denn in ihn gefahren?«

Aber er blieb ihr die Antwort schuldig und blickte schweigend aus dem Fenster, hinter dem der Regen nun prasselnd auf das Dorf niederging.

Es war alles noch viel schlimmer, als sie gedacht hatten.

Er blickte auf sein Handy, auf dem die große Wandzeichnung zu sehen war, und vergrößerte den Bildausschnitt, der die Kirche zeigte. Sie wirkte düster, war mit festem Strich gezeichnet. Und ihre Spitze ragte wie ein Dolch in die Brust des Adlers, der über ihr am Himmel schwebte.

Als sein Handy plötzlich klingelte, zuckte er zusammen, so war er in Gedanken vertieft gewesen.

Aber es gab Wichtigeres als den Adler, als die Kirche, Wichtigeres als den schrecklichen Verdacht, den der alte Eugène gesät hatte.

Wichtigeres als den Teufel, der Vieux-Port in dieser Nacht wieder heimsuchen würde.

»Hier ist Nicolas«, meldete er sich schließlich.
»Ich bin es«, erklang die Frauenstimme am anderen Ende der Leitung. »Er wird kommen.«

Kurz blieb Nicolas unter dem Vordach der Pension stehen und schlug seinen Kragen hoch. Er blickte hinaus auf das Wasser, während er seine Wagenschlüssel aus der Tasche holte. Roussel hatte ihm ein Zivilfahrzeug dagelassen. Nachdenklich blickte er hinüber zum anderen Flussufer.
Dann riss er sich los, stieg ein und startete den Motor.
45 Minuten Fahrt, 20 Minuten Anstieg.
Er musste sich beeilen.
Und er musste vor der Dunkelheit wieder zurück sein.

Während Nicolas in langen Schleifen den Wald hinauffuhr und dann weiter in Richtung Küste, schob sich über das graue Wasser, in einiger Entfernung von Vieux-Port, ein rostiger Kahn den Fluss hinab.
Geräuschlos legte er am Ufer an, verborgen durch dichtes Gestrüpp, geschützt durch den Regen vor den Blicken vorbeifahrender Schiffe. Aus der Kajüte trat ein Mann, sein Blick war fiebrig, seine Wangen rot vor Kälte. Er duckte sich gegen den Wind, als er langsam zum Heck des Kahns ging und eine Plane anhob, unter der ein Käfig zum Vorschein kam.
Behutsam öffnete er eine kleine Klappe und streckte seine Hand hinein.
Ein Gurren erklang.
»Es ist gut, Ayleen, ich bin es. Mach dir keine Sorgen. Ich bin bald wieder da.«
Kurz darauf sprang der Mann an Land und verschwand unter Gewitterwolken hindurch im Schatten der Bäume.

KAPITEL 29

Vieux-Port
Kurz darauf

Als die Polizisten und die Dorfbewohner gegangen waren, blieben nur zwei alte Männer zurück.

Nachdenklich der eine. Beschämt der andere.

Tito saß an einem kleinen Fenstertisch und blickte hinaus in den trüben Nachmittag, als würde er dort eine Antwort finden auf das, was ihn seit geraumer Zeit umtrieb.

Rachmaninoff lag zu seinen Füßen und schnarchte leise, aus der Küche war das Klappern von Geschirr zu hören, Esthelle hatte begonnen, die Spülmaschine einzuräumen.

»Der schwarze Adler«, murmelte Tito vor sich hin. »Was habe ich nur mit dem schwarzen Adler?«

Nachdenklich nippte er an dem Glas Pernod, das Esthelle ihm gebracht hatte. Die Finger seiner rechten Hand tippten einen Takt, leise murmelte er die ersten Zeilen des berühmten Liedes von Barbara.

»Weißt du, Rachmaninoff«, sagte er zu seinem Hund, »zu Hause würde ich jetzt einen fetten Kreidestrich auf meine Hälfte der Tafel malen. Aber hier draußen habe ich nichts, keine Tafel, keine Kreide, wie soll man da denken können?«

Nicolas kam ihm in den Sinn, der unterwegs an die Küste war, bewaffnet mit einer Zeichnung von der Place Sainte-Marthe, die alles verändern konnte. Wenn Nicolas es nur geschickt anstellte.

»Er wird es schon schaffen, alter Freund«, sagte er und

tätschelte Rachmaninoffs Kopf. »Und dann kommt Mademoiselle Julie nach Hause und wir haben endlich wieder eine ernstzunehmende Gegnerin für unser altes Musikquiz. Was hältst du davon, mein Guter?«

Tito leerte sein Glas, blickte auf die Uhr und stand mit einem weithin hörbaren Stöhnen auf.
»Zeit für ein kleines Schläfchen.«
Er wollte gerade den Frühstücksraum verlassen, als er bemerkte, dass noch jemand in der Ecke neben der Tür saß.
Rachmaninoff schlief noch und nach kurzem Zögern ging er hinüber zu dem alten Mann, der ihn nicht kommen sah, so sehr war er in Gedanken vertieft. Er zuckte zusammen, als Tito zweimal mit den Fingerknöcheln auf die Tischplatte klopfte.
»*Bonjour*«, sagte er. »Darf ich mich zu Ihnen setzen? Offensichtlich sind wir die letzten beiden Überlebenden. Was trinken Sie?«
Der alte Eugène blickte ihn aus wässrigen Augen an.
»Weißwein«, sagte er mit matter Stimme und Tito angelte sich ein Glas vom Nachbartisch und setzte sich.
»Weißwein sollte man nie alleine trinken, wussten Sie das? Das unterscheidet ihn von Whisky oder Rum, beide kann man ruhig ohne Gesellschaft trinken, ich würde sogar sagen: Alleine schmeckt es noch besser! Aber Weißwein ... jedenfalls, *santé*.«
Eugène lächelte und prostete Tito zu.
»Schön, dass Sie hier sind, Sie und Ihr Hund. Esthelle kann in diesen Tagen wirklich jeden Gast gebrauchen. Das lenkt sie ab ...«
Beide blickten durch die Durchreiche in die Küche, wo die Wirtin zwischen ihren Töpfen stand und Gläser wegräumte.
»Schlimm, was hier gerade passiert«, sagte Tito leise und Eugène nickte ihm zu.

Dann blickte er ihm in die Augen.

»Es passiert nicht jetzt. Passiert ist es vor langer Zeit und die Folgen dauern an. Und es ist noch nicht vorbei! Glauben Sie mir, er ist noch nicht fertig. Dafür hat er zu viel Hass in sich genährt, über all die Jahre.«

Tito sah, dass die linke Hand des Mannes zitterte, dass sein Blick versteinerte.

Die Wirtin erschien und räumte die letzten Tische ab.

»Bekommen Sie noch etwas?«, fragte sie Tito, aber er schüttelte den Kopf.

»Ich werde mich ein bisschen hinlegen, meinen Knochen bekommt diese Kälte nicht«, murmelte er und stand mühsam auf.

Er blickte ihr hinterher, als sie zurück in die Küche ging.

»Warum ist so ein hübsches Ding immer noch hier, in diesem Dorf?«, fragte er Eugène, während er nach seinem Stock griff.

»Sie war mal fort, in Paris«, antwortete der und leerte sein Glas. »Aber das war nichts für sie. Als ihre Mutter starb, kam sie zurück, half erst dem Vater und übernahm dann die Pension. Und dann hat sie gründlich saniert. Im Sommer kommen viele Radfahrer – und hin und wieder sogar Touristen.«

Tito nickte und klopfte zweimal mit dem Stock auf den Boden, so dass Rachmaninoff aufwachte.

»Aufstehen, du kannst oben weiterschlafen.«

Er blickte raus, wo das Licht bereits deutlich schwächer wurde.

»Glauben Sie, dass er heute Nacht wiederkommt?«, fragte er.

Der alte Eugène blickte in sein leeres Glas.

»Schon möglich«, murmelte er.

Wenig später lagen die Straßen von Vieux-Port verlassen in der Dunkelheit, während Tito sich in seinem Zimmer aufs

Bett legte und Rachmaninoffs gleichmäßigem Atem lauschte. Draußen schloss Eugène die Tür der Pension hinter sich, winkte Esthelle durchs Fenster zu und lief langsam über den Platz, bevor er in eine Seitenstraße einbog. Sie führte an Reihenhäusern und am reetgedeckten Haus des Bürgermeisters vorbei. Er überquerte einen kleinen Bach und lief einen Weg entlang, der schließlich in ein kleines Waldstück führte.

»Der Teufel kommt«, murmelte er leise. »Er hat so viel gesehen, der Teufel. So viel erlebt.«

Links von ihm floss die Seine, es wurde noch dunkler, als Eugène unter den Bäumen verschwand.

»Blind sind wir«, flüsterte er. »Blind werden wir sterben. Wir alle.«

Nach einigen Metern kam sein Haus unter Laubbäumen zum Vorschein, eine windschiefe Baracke, die er im Laufe der Jahre immer wieder zusammengeflickt hatte. Die Steinmauern waren brüchig, links neben der Eingangstür stapelte sich Brennholz, sein Beil steckte dort, wo er es am Morgen gelassen hatte, im Baumstumpf, auf dem er das Holz für seinen kleinen Ofen schlug.

Er kramte in seiner Jackentasche nach dem Schlüssel, schob mit dem Fuß etwas Reisig zur Seite und betrat die Holzterrasse vor der Tür.

»Was hast du getan?«, sagte er laut. »Du hast den Teufel in dir heraufbeschworen und jetzt …«

Er zuckte zusammen, als er hinter sich ein Geräusch hörte.

Langsam drehte er sich um, mit trockenem Mund und dem Gefühl, nicht alleine zu sein.

Aber auf der kleinen Lichtung bei seinem Häuschen war niemand, er musterte argwöhnisch die umstehenden Bäume, zwischen den Stämmen konnte er in der Dunkelheit den

Fluss erahnen. Gegenüber führte ein Pfad weiter den Hügel hinauf, in die Wälder oberhalb von Vieux-Port, durch dichtes Unterholz, bis zum Ferienlager, das jetzt verlassen dalag.

Wieder zuckte er zusammen, heftiger diesmal, sein Herz klopfte.

Ein Knacken.

Das Brechen von dünnem Holz, als würde jemand über den Waldboden schleichen.

Eugène blickte angestrengt in die Schatten unter den Bäumen, aber da war nichts.

Zweige bewegten sich im Wind, einige Blätter flatterten zu Boden, der Schlüsselbund in seiner linken Hand klirrte.

»Ist da jemand?«, fragte er in den Wald hinein.

Aber da war nur Stille, ein Schweigen, das ihm kalt über den Rücken fuhr.

Als es wieder knackte, hastete er zu dem Holzklotz und zog unter heftigem Keuchen sein großes Beil heraus. Er hielt es vor sich an die Brust gepresst und starrte in die Dunkelheit des Waldes.

»Komm raus!«, brüllte er jetzt. »Du Teufel, ich habe keine Angst!«

Es war eine Lüge und sie alle wussten es. Eugène, die Schatten und der Fluss, sie alle wussten, dass es Todesangst war, die sich in ihm ausbreitete, die ihn schwer atmen und die ihn schwitzen ließ.

Und der Teufel wusste es auch.

Es blieb still.

Der alte Mann wartete zwei Minuten, und als er nichts mehr hörte, ging er langsam Richtung Tür, ohne die Schatten aus den Augen zu verlieren, in denen sich der Teufel verbarg.

Da war er sich sicher.

Er schloss auf, schlüpfte ins Haus und verriegelte die Tür hinter sich. Mit einem lauten Seufzen lehnte er das Beil gegen die Wand, zog seine Wollmütze vom Kopf und knipste nach und nach die Lichter an.

Nachdem er in der Küche Teewasser aufgesetzt hatte, setzte er sich an seinen alten Sekretär im Wohnzimmer und betrachtete einen Augenblick nachdenklich das Foto, das in einem silbernen Rahmen im Regal stand.

Es war still im Haus, nur das Ticken seiner alten Standuhr war zu hören.

Er atmete jetzt ruhiger.

»Nun denn«, sagte er leise und stand auf, um sich seinen Tee zu holen. Mit der heißen Tasse kehrte er wieder zurück, setzte sich in einen Sessel und wartete.

»Wir alle sind blind«, murmelte er wieder. »Ihr alle seid blind. Und der Teufel wird euch holen.«

Zehn Minuten später saß er in seinem Sessel, ohne sich zu regen, nur sein Atem war zu hören, während der Tee in seiner Tasse kalt wurde. Irgendwann stand er auf, um aus dem Fenster zu blicken, hinter dem die Nacht jegliches Licht verschluckt hatte.

Jemand klopfte an die Tür, dreimal.

Eugène lächelte.

KAPITEL 30

Étretat, Normandie
Zur gleichen Zeit

Die kleine Steinkapelle Notre-Dame de la Garde mit ihrem spitzen Turm lag am Rande der Klippen, oberhalb von Étretat. Keine zwanzig Meter weiter fiel die Felsküste nahezu senkrecht ab bis zu den kalten Wassern des Ärmelkanals. Im Frühjahr und Sommer war dieser Ort einer der meistbesuchten in der ganzen Normandie, von hier aus blickte man weit über das Meer und hinüber zur Porte D'Aval, dem berühmten Steinbogen, der sich wie ein Felsknie hinaus ins Wasser schob, windumtost und wellenumschlungen.

Jetzt jedoch, in der aufziehenden Dämmerung eines Herbstnachmittags, lag die Kapelle verlassen da, die wenigen Wanderer hatten längst den Weg nach Étretat eingeschlagen, über einen Pfad, der sich in spitzen Kehren hinab ins Dorf wand, wo die Restaurants, die noch geöffnet hatten, sie mit dem Duft von Muscheln und frischem Fisch erwarteten.

Die Luft war frisch, über den Klippen drehte eine einsame Möwe auf der Suche nach einem Fisch oder nach einem Schlafplatz ihre Kreise. Bald würde die blasse Sonne untergehen, ein Fährschiff lag tief unten auf dem Wasser, am Strand bemühte sich ein kleiner Junge, seinen Drachen in der Luft zu halten.

Der Mann, der mit aufrechtem Gang und ohne sichtbare Mühe den Pfad hinaufkam, sog die kalte Luft ein und lächelte für einen kurzen Augenblick, während er seine Sonnenbrille absetzte und sich umblickte.

Er hatte diesen Ort schon immer gemocht. Wenn die letzten Touristen fort waren, wenn die Kapelle einsam auf der Felsspitze zurückblieb, dann waren sie oft hierhergekommen, hatten sich auf die Bank neben dem Eingangsportal gesetzt und hinaus aufs Meer geblickt.

Damals.

Der Mann überlegte kurz, wie lange das her sein mochte.

Es war ein anderes Leben gewesen. Ein schönes Leben, er hatte es hinter sich gelassen, weil er andere Pläne gehabt hatte.

Weil sein Land ihn darum gebeten hatte, so hatte er es immer gesehen.

Er wusste um die Wunden, die er geschlagen hatte, und dass Narben bleiben würden.

Es ließ sich nicht mehr ändern.

Sie saß auf der Bank, so wie sie es ihm am Telefon angekündigt hatte, und für einen Moment spürte er, wie sehr er sich freute.

Er hatte sich über ihren Anruf gefreut, über die Tür, die sich ihm unversehens öffnete.

Er wollte durch diese Tür hindurchgehen.

»*Bonjour*, Martine«, sagte er leise. »Es ist frisch hier oben, ich hoffe, du bist warm angezogen.«

Sie lächelte, stand auf und begrüßte ihn mit zwei Küssen auf die Wangen und einer Umarmung, die er sich insgeheim herzlicher gewünscht hatte.

Er runzelte kurz die Stirn, beschloss dann aber, nicht darüber nachzudenken.

Dies hier war ihm wichtig.

»*Bonjour*, Alexandre«, sagte sie und blickte ihm in die Augen. »Schön, dass du gekommen bist.«

Alexandre Guerlain blickte sich um, er sah die Klippen, das kurz gemähte Gras vor der Kapelle und das Meer in seiner Pracht.

»Es ist so schön hier«, sagte er und lächelte dann seine Exfrau an. »Du hast einen schönen Ort ausgesucht.«

Martine Guerlain schob sich eine Locke hinter das linke Ohr und er betrachtete sie schweigend. Sie war stets gut angezogen gewesen, damals schon, sie hatte Stil und er hatte sie dafür geliebt.

Seine stilvolle Frau, es war ihm wichtig gewesen, sie an seiner Seite zu haben.

Damals.

»Wann haben wir uns das letzte Mal gesehen?«, fragte er.

Sie überlegte kurz. »Irgendwann vergangenes Jahr«, sagte sie schließlich. »Wir waren essen in Paris, weißt du noch? Es war schön, du sagtest, das sollten wir wiederholen, aber dann ...«

Rasch legte er eine Hand auf ihre Schulter.

»Ich weiß«, sagte er leise. »Ich hatte ... es waren schwierige Monate.«

Martine Guerlain setzte sich auf die Bank und blickte zu ihm auf.

»Es sind immer schwierige Monate, Alexandre«, sagte sie mit einem Lächeln. »Ich habe gehört, dass du nicht mehr Chef des Geheimdienstes bist. Das tut mir leid für dich, wirklich. Ich weiß, wie sehr du deine Arbeit geliebt hast.«

Er setzte sich neben sie und blickte hinaus auf das Wasser.

»Das ist vorbei«, sagte er und er spürte, wie sich seine Brust beim Gedanken an die Ereignisse im Frühjahr zusammenzog. Der Einsatz gegen Melville, die drohenden Anschläge am 6. Juni, das Versagen seines Geheimdienstes.

Julies Auftrag.

Nicolas' Einsatz.

Sein Rücktritt vom Amt des Geheimdienstchefs.

Damals hatte er die Fäden aus der Hand verloren und er litt täglich darunter.

»Wie geht es dir, Martine?«, fragte er schließlich. »Was macht dein Geschäft?«

»Oh, das läuft prima«, sagte sie. »Die reichen Gäste im Hotel Normandie brauchen immer irgendeinen Schal, eine teure Jacke oder ein Paar Perlenohrringe. Es war die beste Idee meines Lebens, den kleinen Laden in der Lobby zu mieten.«

Alexandre Guerlain nickte. »Deauville ist ein gutes Pflaster für teure Jacken«, sagte er und sie lächelte.

»Da hast du recht, Alexandre.«

Einen Augenblick schwiegen sie, scheinbar unentschlossen, wer den ersten Schritt machen sollte. Ihre gemeinsame Vergangenheit lag lange zurück, aber es gab sie.

Und hier saßen sie nun, beide nicht mehr jung, beide mit den Narben eines langen Lebens auf der Seele.

»Ich habe mich gefreut, dass du mich sehen wolltest«, sagte Alexandre Guerlain schließlich und griff nach ihrer Hand.

Aber Martine Guerlain hatte beschlossen, dass es genug war. Sie zog ihre Hand zurück und atmete langsam aus.

Alexandre Guerlain runzelte die Stirn.

Irgendetwas stimmte nicht. Er blickte sich um, aber da war nichts, nur die Möwe, die in einiger Entfernung auf einem Felsen gelandet war.

»Alexandre«, begann Martine Guerlain vorsichtig, während sie den Reißverschluss ihrer Jacke zuzog. »Ich muss dir etwas sagen.«

Aber ihr Exmann war zu lange Chef des mächtigen Geheimdienstes gewesen, seit zu vielen Jahren hatte er Unvorhergesehenes vorhersehbar gemacht.

»Warum sind wir hier?«, fragte er und seine Stimme klang jetzt kalt und berechnend.

Sie lächelte. »Du bist schnell wieder ganz der Alte«, flüsterte sie und stand auf. »Ich werde jetzt gehen, Alexandre. Ihr habt viel zu besprechen.«

Verwirrt blickte er sich um. »Was meinst du ... verdammt, wo willst du hin, Martine? Du holst mich hierher, ich fahre den ganzen, verdammten Weg aus Paris, weil ich denke, du und ich ... wir könnten ... Was ist das für ein Spiel, Martine?«

Sie drehte sich noch einmal um, während sie mit dem Abstieg begann. »Das ist kein Spiel, Alexandre. Das war es noch nie, zumindest nicht für mich. Für dich offensichtlich schon.«

Er war jetzt auch aufgestanden, sein Mantel flatterte im Wind, er starrte ihr wütend hinterher. »Komm zurück, verdammt!«

Aber Martine Guerlain, die Frau, die er vor so vielen Jahren in der Normandie zurückgelassen hatte, weil er Macht wollte und die Freiheit, diese Macht auszukosten, diese Frau, die er eben noch hatte zurückerobern wollen, sie winkte ihm nur zu, müde und ohne ein Lächeln, und als sie hinter der Wegbiegung verschwand, wusste er, dass sie ihn nie wieder anrufen würde.

Für zwei Sekunden stand er reglos bei der Kapelle und sah und hörte nichts, nicht mal, wie Kies knirschte und jemand zu ihm trat.

»Setz dich, Vater.«

Langsam drehte Alexandre Guerlain sich um. Nicolas musste aus der Kapelle getreten sein und stand nun vor ihm, die bereits niedrig stehende Sonne im Rücken, mit erhobenem Kopf und wachem Blick.

Es ist ihm ernst, dachte Alexandre Guerlain und er schüttelte verärgert den Kopf. Etwas war ins Rutschen geraten, er hätte früher merken müssen, dass seine Exfrau gar kein echtes Gespräch mit ihm suchte.

Ich hätte niemals kommen dürfen, dachte er. Er hatte sich von Gefühlen leiten lassen, er hatte auf eine Annäherung gehofft, eine echte zweite Chance, er war weich geworden, die vergangenen Monate waren ...

... mit einem Mal verstand er.

Ein Lächeln spielte um seine Lippen, es war spöttisch und anerkennend zugleich.

»Respekt, Nicolas«, sagte er mit kalter Stimme. »Ganz offenbar hast du doch etwas von mir gelernt.«

Aber Nicolas war nicht nach Spielchen, er hatte keine Lust auf Vorgeplänkel. Dies war der Moment, der zählte, er hatte ihn herbeigeführt und nun würde er es zu Ende bringen.

»Setz dich, Vater«, wiederholte er und zeigte auf die Bank. Nicolas spürte, wie angespannt er war, er atmete ruhig, zwang sich, gelassen zu bleiben.

Sein Vater war ein Meister seines Fachs, jede Unsicherheit würde er ausnutzen, wie ein Kletterer in einer Felswand, der nur den kleinsten Vorsprung braucht, nur eine Ritze im Gestein, um seinen Gegner abzuhängen.

Aber nicht heute, dachte Nicolas.

»Du hast gewusst, dass ich mich nicht mit dir treffen würde, nicht wahr?«, fragte sein Vater. Als Wind aufkam, flatterte der Schoß seines Mantels auf. Sie standen keine zehn Meter von den Klippen entfernt, Nicolas konnte die Brandung unter ihnen hören. Über die Schulter seines Vaters hinweg sah er, wie die ersten Laternen in den Straßen von Étretat angingen. Vermutlich war seine Mutter bereits bei ihrem Wagen angekommen.

Voller Gram.

Aber er hatte ihr das nicht ersparen können. Er hatte ihr alles gesagt.

Alles.

»Du hast deine Mutter benutzt, um an mich ranzukommen«, fuhr Alexandre Guerlain fort. »Kluger Schachzug, er hätte von mir sein können. Wirklich klug. Also bist du doch nicht nur irgendein Bodyguard, der sich vor Kugeln wirft, weil sein Herrchen es ihm beigebracht hat. Übrigens, hast du eine Typberatung genommen? Ich meine, Jeans und Wolljacke, steht dir gut, aber ... ich kenne dich anders.«

»Du kennst mich gar nicht«, antwortete Nicolas knapp. »Aber du hast recht, ich habe Maman gebeten, dich anzurufen.«

»Sie war gut«, unterbrach ihn sein Vater. »Sehr überzeugend. Ich habe ihr wirklich alles abgenommen, die Sache mit dem Neuanfang.«

Jetzt war es Nicolas, der lächelte.

»Und, Vater?«, sagte er leise. »Tut es weh? Ist da vielleicht doch so etwas wie Enttäuschung? Liebe tut weh, wenn sie nicht erwidert wird, nicht wahr?«

Sein Vater blickte ihn an und Nicolas sah, wie seine Kiefer mahlten, wie es in ihm arbeitete. »Du bist ein einsamer Mann, Vater. Du warst es schon immer. Und eben ist auch die letzte Hoffnung gestorben, dass sich daran etwas ändert. Das muss schmerzen.«

Er konnte sehen, wie sein Vater die rechte Faust ballte.

Ich hab ihn, dachte Nicolas. Jetzt hab ich ihn.

»Warum sind wir hier, Nicolas?«, fragte Alexandre Guerlain. »Bist du den weiten Weg gekommen, nur um mir zu zeigen, wie einsam ich angeblich bin? Ich habe anderes zu tun, ich muss ...«

»Du musst zuhören«, unterbrach ihn Nicolas. »Setz dich hin. Und hör mir zu.«

Sein Vater zögerte kurz, dann blickte er hinaus aufs Meer, auf dem das Licht der untergehenden Sonne sich brach.

»Immerhin hast du einen wunderschönen Flecken Erde ausgesucht«, sagte er und setzte sich auf die Bank, die an der Steinmauer der Kapelle stand und auf der er vor so vielen Jahren zum ersten Mal seine künftige Frau geküsst hatte.

Nicolas setzte sich neben ihn und sah ihn von der Seite an.

»Ich will, dass du es beendest, Vater.«

Alexandre Guerlain lächelte ihn spöttisch an, während er seine Beine übereinanderschlug und die Hose seines teuren Anzuges glatt strich.

»Ich fürchte, das liegt nicht in meiner Macht, mein Sohn. Ich gehe davon aus, dass du das Verfahren gegen deine Julie meinst. Und da muss ich dich enttäuschen: Es ist ein ordentliches Gerichtsverfahren, wie sollte ich das stoppen?«

Nicolas blickte über die Klippen hinweg, die Möwe hatte ihre Flügel ausgebreitet und hob in dem Augenblick ab, in dem sein Vater in die Hände klatschte.

»Komm schon, Nicolas, du kannst mich nicht nur dafür hierhergelockt haben.«

Nicolas zögerte kurz, dann griff er in die Innentasche seiner gefütterten Jacke und zog die zusammengefaltete Zeichnung heraus, die Tito ihm anvertraut hatte und die alles verändern würde.

Zumindest war das der Plan.

Und er musste funktionieren.

Sein Vater runzelte die Stirn und zog dann eine Lesebrille aus der Tasche seines Jacketts.

»Dies ist übrigens nur eine Kopie«, erklärte Nicolas rasch. »Es bringt also nichts, das Papier über die Klippen ins Meer zu werfen.«

Sein Vater blickte ihn überrascht an.

»Warum sollte ich das tun?«

Nicolas reichte ihm die Zeichnung und betrachtete ihn forschend. Die leicht zusammengekniffenen Augen hinter den Brillengläsern, die die Zeichnung von der Place Sainte-Marthe betrachteten, das Runzeln der Stirn, als ein Gedanke, kaum mehr als eine Ahnung, Form annahm.

Eine Sorge.

Eine Erkenntnis.

Sein Vater wählte stets eine rationale Herangehensweise an Probleme und unvorhergesehene Entwicklungen. Und weil Nicolas seinen Vater kannte, hatte er gewusst, was seine erste Reaktion sein würde.

Und er hatte sich darauf vorbereitet.

Dies war nichts anderes als ein Spiel und Nicolas hatte dabei einen entscheidenden Vorteil: Er hatte als Einziger von ihnen beiden gewusst, dass sie es spielen würden.

Und diesen Vorteil galt es nun zu nutzen.

»Das ist eine Zeichnung, die beweist gar nichts. Zudem würde es mich wundern, wenn sie als Beweisstück zugelassen wird.«

Nicolas verbarg ein Lächeln. Die Tatsache, dass sein Vater als Erstes eine mögliche Folge für den Prozess gegen Julie erwähnt hatte, zeigte, wie besorgt er war.

Und jetzt konnte er es auch in den Augen seines Vaters sehen.

Alexandre Guerlain wog ab. Es ging ums Ganze.

Er wird zuerst lächeln, dachte Nicolas. Dann wird er aufstehen. Um die Oberhand zu gewinnen, um körperlich ein Zeichen zu setzen.

Alexandre Guerlain lächelte.

Und Nicolas stand mit einem Ruck auf und stellte sich direkt vor die Bank, sodass sein Vater gezwungen war, sitzen zu bleiben und zu ihm aufzublicken.

»Ich werde dir erklären, wie es läuft, Vater«, sagte er mit fester Stimme.

»Gar nichts wirst du!«, zischte sein Vater und versuchte aufzustehen.

»Bleib sitzen!«, fuhr Nicolas ihn an.

Es war nichts anderes als ein Duell, hoch auf den Klippen,

vor den Mauern der Kapelle Notre-Dame de la Garde, und Nicolas war nicht bereit es zu verlieren.

Sein Vater rückte seine Krawatte zurecht und lehnte sich auf der Bank zurück.

»Meinetwegen«, sagte er gönnerhaft. »Dann erzähl mir, wie es angeblich läuft.«

Nicolas atmete langsam aus und faltete dann die Zeichnung wieder auseinander.

»Du hast vor Gericht unter Eid ausgesagt, dass du Julie erst nach jener Nacht in Sken City angesprochen hast.«

Sein Vater nickte bedächtig.

»So ist es.«

»Du hast unter Eid ausgesagt, dass Informationen über die Razzia auf deinem Tisch gelandet sind, Informationen über die junge Drogenabhängige, die Julie erschossen hat. In Notwehr.«

Sein Vater lächelte.

»Nicht in Notwehr. Mit Vorsatz. So hat ihr Kollege ausgesagt. Aber ja, meinetwegen, es ist richtig. Ich habe so von ihr erfahren, von der Razzia. Und mir ist klar geworden, dass sie die Richtige für den Undercover-Einsatz gegen Melville sein könnte. Das ist die ganze Wahrheit. Ich habe sie kontaktiert, ihr einen Ausweg angeboten und sie hat ihn angenommen. Warum sie dir nichts davon erzählt hat, das musst du nicht mich fragen. Sondern dich selbst.«

Alexandre Guerlain zog eine Packung Zigaretten aus der Manteltasche, klopfte eine davon aus der Packung und zündete sie hinter vorgehaltener Hand an.

»Auch eine?«, fragte er betont unbekümmert.

»Du weißt, dass ich nicht rauche«, sagte Nicolas.

»Richtig, ich vergaß«, antwortete sein Vater und hob entschuldigend die Hände.

Du bist dir deiner Sache sicher, dachte Nicolas.

Viel zu sicher.

»Ich glaube, es war alles ganz anders«, sagte er leise. »Und diese Zeichnung beweist es.«

Sein Vater blies etwas Rauch in die kalte Meeresluft.

»Nicolas, bitte. Das ist eine Zeichnung. Die kann auch gestern jemand gemalt haben.«

Nicolas schüttelte den Kopf.

»Eben nicht«, erwiderte er und deutete auf das Papier. »Sieh genau hin.«

Ich kriege dich, Vater, dachte er.

»Das bist eindeutig du, auf der Bank, neben Julie. Die Bank unter den Platanen auf der Place Sainte-Marthe. Mein Nachbar hat euch damals gezeichnet, er hatte es in der Zwischenzeit völlig vergessen.«

Alexandre Guerlain zuckte nur kurz mit den Schultern.

Sag was, verdammt, dachte Nicolas bei sich. Aber sein Vater tat ihm den Gefallen nicht.

»Du hast Julie nicht erst nach der Razzia getroffen. Du hattest sie schon vorher kontaktiert. Du hattest sie bereits gefragt, ob sie für dich arbeiten würde. Und sie hat abgelehnt, nicht wahr?«

»Wer sagt das?«, fragte sein Vater spöttisch. »Dein alter Nachbar?«

Nicolas hielt ihm die Zeichnung dichter vors Gesicht.

»Da unten steht das Datum. Eine Woche vor der Razzia in Sken City. Du hast vor Gericht unter Eid eine Falschaussage gemacht. Du weißt, was das bedeutet.«

Sein Vater lachte kurz auf.

»Ich wiederhole mich gerne, mein Sohn: Das ist eine Zeichnung, sie beweist gar nichts! Sie wird nicht zugelassen vor Gericht!«

Nicolas griff nochmals in die Tasche seiner Jacke. Er holte weitere Blätter raus.

»Und die hier?«

Sein Vater runzelte die Stirn und griff nach den Blättern, um sie zu entfalten.

Wieder die Place Sainte-Marthe, wieder die Platanen.

Er selbst, stehend im Schatten der Bäume. Julie, auf der Bank. Ihr Blick, gesenkt.

Dann wieder die Bank, er sitzend, sie daneben. Seine Hand in ihrem Nacken. Ihr Blick, fliehend. Ihr Ausdruck, verzweifelt.

Die Häuser am Rande des Platzes, die Schatten der Bäume, ein Korbstuhl, der an einer Mauer lehnt.

»Mein alter Nachbar zeichnet viel. Du hast sie mehrmals aufgesucht, Vater. Du hast gelogen. Und du hast zum ersten Mal in deinem Leben bei einer Gleichung nicht alles mit einberechnet.«

Jetzt, dachte Nicolas. Er spürte, wie seine Hände feucht wurden, wie seine Atmung sich verlangsamte.

Jetzt.

Hier oben auf den Klippen von Étretat, vor einem aufbrausenden Meer, wollte er nichts anderes, als dass sein Vater sich von seiner eigenen Eitelkeit besiegen ließ.

Und er bekam, was er wollte.

Alexandre Guerlain lächelte und seine Augen blitzten.

Dann stand er auf, richtete seinen Anzug, seinen Mantel.

Sein Lächeln war siegessicher.

Gönnerhaft.

»Ach, was soll's, Nicolas. Es spielt ja doch keine Rolle, Zeichnungen bleiben Zeichnungen, sie sind völlig irrelevant. Es stimmt, ich habe unter Eid falsch ausgesagt. Ich war vorher bei ihr. Mehrmals sogar. Ich habe alles geplant. Und es war ein guter Plan.«

Sein Vater zog genüsslich an seiner Zigarette und blickte hinaus auf das Meer. Er schien mit sich im Reinen zu sein.

Lass ihn reden, dachte Nicolas. Er wird alles erzählen. Weil er denkt, es würde keine Rolle spielen.

Aber das tat es.

»Zuerst war es ein Zufall«, erinnerte sich sein Vater. »Ich habe Julie bei einer internen Veranstaltung gesehen. Ich meine, wie lange wart ihr zusammen, ich dachte nicht, dass ...«

»Seit unserer Jugend«, sagte Nicolas mit leiser Stimme. »Du hattest nie Interesse an meinem Leben, aber du wusstest genau, wer sie war. Dass Julie ...«

Sein Vater winkte verärgert ab.

»Natürlich wusste ich das, aber, ich bitte dich! Es ging um die Sicherheit dieses Landes, um eine überaus entscheidende Mission. Was hätte ich tun sollen? Auf die ideale Besetzung verzichten, weil die Polizistin zufällig irgendeine Freundin meines Sohnes war? Ist das dein Ernst?«

Nicolas musste sich beherrschen. Irgendeine Freundin. Julie war alles, aber sicherlich nicht irgendeine Freundin. Sein Vater wollte ihn provozieren.

»Es gibt andere Polizistinnen mit kurzem braunem Haar, Vater«, wandte er stattdessen ein. »Warum ausgerechnet Julie?«

Sein Vater zuckte mit den Achseln und schnipste den Zigarettenstummel in den Wind. »So spät schon«, murmelte er mit einem Blick auf die Uhr. Dann sah er Nicolas an.

»Mein Gott, es passte alles wunderbar zusammen. Sie war jung, hübsch, genau der Typ, auf den Melville stand, den wir überführen wollten. Also habe ich sie gefragt, ja, bereits vor der Razzia – und was hast du nun davon? Ich, Alexandre Guerlain, habe vor Gericht gelogen, wer will mir das beweisen?«

Nicolas betrachtete eine Zeichnung nach der anderen. Er sah Julie, ihre Haltung, ihren Blick, er sah die Hand seines Vaters in ihrem Nacken, besitzergreifend.

Machtergreifend.

Es ging immer nur um Macht.

»Sie war es, die du wolltest, Vater«, flüsterte er. Dann blickte er seinen Vater an. »Du wolltest sie, nicht wahr? Und sie wollte dich nicht. Ist das der Grund, warum du sie zu Melville geschickt hast?«

Nicolas stand seinem Vater gegenüber, er spürte den kalten Wind in seinem Gesicht, er sah einen Rest von Asche auf der Schulter seines Vaters. Er sah den Turm der kleinen Steinkapelle, er hörte das Anbranden des Meeres unter ihnen.

Und wenn ich ihn einfach hinunterstoße, dachte er plötzlich.

An seiner Seite spürte er das wohltuende Gewicht der SIG-Sauer-Pistole, die Roussel ihm besorgt hatte.

Aber er hatte noch eine andere Waffe dabei.

Sein Vater seufzte und blickte in den grauen Himmel, wo sich mächtige Wolken sammelten.

»Ach, Nicolas, was spielt das noch für eine Rolle? Ja, ich wollte sie, mein Gott, ich bin ein Mann, sie ist hübsch, sie hat doch tatsächlich mit mir geflirtet. Und dann gibt sie das keusche Nönnchen, glaubt man das?«

Nicolas konnte sehen, wie sich das Gesicht seines Vaters veränderte, wie seine Züge härter wurden und sein Blick erstarrte, er konnte sehen, wie die Macht, die er einst besaß, ihm fehlte.

Die Macht über Menschen.

»Ich wollte sie und sie hat sich mir widersetzt. Also habe ich ihren Kollegen auf sie angesetzt. Rémy Foire ist mir seit Langem treu ergeben. Er ist einer meiner Besten.«

Alexandre Guerlain lachte hämisch und schlug den Mantel seines Kragens hoch.

»Dass der Einsatz so aus dem Ruder lief, war natürlich ein Glücksfall«, ergänzte er mit einem feinen Lächeln. »Deine Julie hat diese Drogentussi natürlich aus Notwehr erschossen. Aber mein Mann hat blitzschnell geschaltet: Messer verschwinden lassen und Julie belasten. Julie war in einer

Zwangslage. So etwas nennt man Absicherung, Nicolas. Aber davon wolltest du ja nie etwas hören, nicht wahr? Immer nur den Bodyguard spielen, nie einen Zug vorausdenken. Du bist ein miserabler Schachspieler, Nicolas, das habe ich immer schon gewusst!«

Nicolas trat einen Schritt zurück und betrachtete seinen Vater einen Augenblick. Er stand dort, an den Klippen, siegessicher, wieder einmal überzeugt davon, sein Spiel durchgebracht zu haben.
Manipulation und Falschaussage, Täuschung des hohen Gerichts.
Macht und Spiel. Zwei Dinge, die er besser verstand als jeder andere.
Und das wusste er.
Und deshalb lächelte Alexandre Guerlain, als er sagte:
»Es muss wehtun, von alldem zu wissen. Und zu wissen, dass es nichts ändert. Weil wir hier nur zu zweit sind.«
Nicolas blickte ihn an, plötzlich fühlte er sich müde.
»Wir sind nicht zu zweit, Vater.«

Im selben Augenblick löste sich ein Schatten von der seitlichen Mauer der Kapelle Notre-Dame de la Garde, und Nicolas sah, wie die Augen seines Vaters sich weiteten, als Martine Guerlain zu ihnen in den Wind trat und vor ihrem Exmann stehen blieb. So, wie Nicolas es mit ihr besprochen hatte.
Sie würde den Pfad nur ein paar Meter hinabsteigen und zurückkommen, sobald er und sein Vater sich auf die Bank gesetzt hatten, um ihr Gespräch mit anzuhören.
»Wir sind viel mehr als nur zwei, Vater.«
»Martine, ich …«, verunsichert blickte sein Vater sich um.
»Du bist ein Schwein, Alexandre«, flüsterte sie und in ihren Augen konnte Nicolas Tränen erkennen. »Hast du wirk-

lich gedacht, ich will dich zurück? Du bist widerwärtig, du bist kaum besser als dieses Schwein von Präsident, das derzeit unser Land regiert.«

Nicolas blickte zu seinem Vater.

»Wir haben jetzt eine Zeugin. Und sie wird aussagen. Gegen dich. Sie hat alles mit angehört.«

Für einen kurzen Augenblick schien es, als würde Alexandre Guerlain einen Ausweg sehen, ein Lächeln erschien auf seinem noch immer edel anmutenden, gleichmäßigen Gesicht.

»Und ich werde alles bestreiten. Aussage gegen Aussage, das wird nicht schön für dich, Martine. Ich werde dich vor Gericht ...«

»Halt die Klappe, Alexandre«, sagte Nicolas' Mutter.

Dann schlug sie ihm so hart mit der flachen Hand ins Gesicht, dass er zurückstolperte. Und als Alexandre Guerlain, ehemals mächtiger Leiter des französischen Inlandsgeheimdienstes, sich wieder gefasst hatte, da sah er, wie Nicolas etwas aus seiner Jackentasche zog.

Ein Handy.

Nicolas drückte einmal auf das Display, und es war seine eigene Stimme, die Alexandre Guerlain an diesem Ort über den Klippen hörte, klar und deutlich.

»Es stimmt, ich habe unter Eid falsch ausgesagt. Ich war vorher bei ihr. Mehrmals sogar. Ich habe alles geplant. Und es war ein guter Plan.«

Nicolas spulte die Aufnahme vor, stoppte, wieder erklang die Stimme seines Vaters.

»Deine Julie hat diese Drogentussi natürlich aus Notwehr erschossen. Aber mein Mann hat blitzschnell geschaltet: Messer verschwinden lassen und Julie belasten.«

Für einen Moment lang sagte keiner von ihnen ein Wort. Alexandre Guerlain rieb sich die glühende Wange, während Nicolas nach der Hand seiner Mutter griff.

»Du bringst es in Ordnung, Vater. In wenigen Tagen werden die Geschworenen in Paris ihr Urteil fällen. Und bis dahin erwarte ich, dass du es in Ordnung bringst. Weil ich das hier sonst veröffentliche. Und weil Maman sonst gegen dich aussagt.«

Sein Vater sprach kein Wort. Sein Hemd war aus der Hose gerutscht, seine Krawatte hing schief um seinen Hals.

Sein Hochmut war verschwunden, zusammen mit seinem Siegerlächeln.

Nicolas nickte in Richtung der Klippen.

»Und weil ich dich sonst hole, Vater. Ich hole dich und stoße dich hier runter. Glaub mir, das werde ich tun.«

Kurz darauf standen Nicolas und seine Mutter vor ihren Wagen, am Fuße der Klippen. Der Duft von Muscheln und Knoblauch hatte sich über die Straßen gelegt, die wenigen Restaurants waren noch nicht bereit, Étretat dem Winter zu überlassen.

Nicolas' Mutter strich ihm über das Gesicht, er ließ es geschehen.

Er fühlte sich leer.

»Komm mit nach Deauville«, sagte sie leise. »Wir gehen essen, wir reden, wir haben so viel zu besprechen.«

Aber Nicolas blickte auf die Uhr und dann in den Himmel, der sich jeden Augenblick verdunkeln würde.

Er durfte nicht zu spät kommen.

Er gab seiner Mutter einen Kuss auf die Stirn.

»Danke für alles, Maman. Du warst großartig. Aber ich muss wirklich los.«

»Nach Paris?«, fragte sie. »Dann fahr vorsichtig, bis dahin ist es eine weite Strecke.«

Nicolas lächelte.

»Heute habe ich es nicht mehr weit. Ich muss ein Dorf erreichen, das am Fluss gelegen ist. Er ist hungrig, dieser Fluss, und ich will verhindern, dass er sich sattfrisst.«

Nicolas verließ Étretat, er jagte seinen Wagen durch die auch im Winter grünen Hügel, in die Dunkelheit. Hinter ihm, über dem Meer, verschwand das letzte Sonnenlicht, und als er die Autobahn erreichte, schaltete er die Scheinwerfer an. Er machte das Radio an und ließ sich von der Stimmung alter Chansons durch den Abend tragen, in Gedanken halb bei Julie, halb am Seineufer, wo Vieux-Port einer denkwürdigen Nacht entgegensah.

KAPITEL 31

Vieux-Port
Eine Stunde später

Als Nicolas sich dem Dorf am Fluss näherte, war das Erste, was ihm auffiel, die Stille. Er hatte auf den letzten Kilometern das Wagenfenster ein Stück heruntergelassen, um dem feinen Regen zu lauschen, der seit seinem Aufbruch in Étretat vom Himmel fiel.

Je näher er dem Dorf kam, desto dichter schienen die Bäume zusammenzustehen. Dunkel lag der Wald zu beiden Straßenseiten.

Dort oben auf den Felsen von Étretat hatte sich so viel entschieden.

Zumindest hoffte er das. Aber sein Vater hatte geschlagen gewirkt, geschwächt und nachdenklich, als sie ihn verlassen hatten.

Jetzt lag es nicht mehr an ihm und nicht mehr an Julie. Es lag nur noch an seinem Vater, er würde Mittel finden müssen, seine Aussagen vor Gericht wieder in Einklang mit der Wahrheit zu bringen.

Es lag an ihm, ob Julie freigesprochen wurde.

Alexandre Guerlain hatte das alles begonnen, nun war es an ihm, es zu beenden.

Durch die Bäume hindurch konnte Nicolas die blauen Lichter eines Polizeifahrzeuges sehen, das kurz vor Vieux-Port auf der Straße stand. Als er den Wagen langsam den Hügel herunterrollen ließ, stieg einer der Beamten aus und machte ihm ein Zeichen anzuhalten.

Vieux-Port hatte begonnen, sich auf eine lange Nacht einzurichten.

»*Bonsoir*«, begrüßte ihn der Beamte und wollte gerade nach seinen Papieren fragen, als er Nicolas erkannte.

»Ah, Sie sind es, bitte entschuldigen Sie.«

»Keine Ursache«, antwortete Nicolas und deutete in Richtung der ersten Häuser.

»Ist irgendetwas vorgefallen?«, fragte er den Polizisten, aber der schüttelte den Kopf.

»Im Gegenteil«, erklärte er, »die haben offenbar alle beschlossen, früh ins Bett zu gehen. Seit einer Stunde ist niemand mehr auf der Straße.«

Nicolas lächelte.

»Die schlafen noch lange nicht«, sagte er, »dafür haben sie viel zu viel Angst vor dem, was passieren könnte.«

»Wir haben eine zweite Sperre am Ortsausgang errichtet, außerdem steht ein Wagen am anderen Ufer, die Kollegen beobachten das Dorf die ganze Nacht. Glauben Sie mir, die Leute hier sind sicher.«

»Wollen wir es hoffen«, sagte Nicolas, verabschiedete sich und fuhr langsam nach Vieux-Port hinein.

Als er kurz darauf den Wagen vor der kleinen Pension abstellte, sah er, dass im Gastraum Licht brannte.

»Tito hat Hunger«, murmelte er leise. Der Regen prasselte mit einem feinen, wispernden Geräusch auf die Vordächer der Häuser. Nicolas zog die Kapuze seiner Jacke über den Kopf, schloss den Wagen ab und entschied, eine Runde durch das Dorf zu machen. Er kam am Gemeindehaus vorbei und an dem Haus, in dem Mathieu damals mit seiner Familie gewohnt hatte und in dem jetzt vermutlich ein kleiner Junge ins Bett gebracht wurde. Zwei Häuser weiter blitzte eine Taschenlampe im ersten Stock auf, als er vorbeikam.

Nicolas hob kurz die Hand.

Er bog um eine Ecke, fünf Reihenhäuser drängten sich hier aneinander. Wieder blitzte eine Taschenlampe auf.

Sie sind auf der Wacht, dachte sich Nicolas. Er hatte im Laufe des Tages die Posten neu angeordnet, hatte die Häuser strategisch besetzen lassen, Anwohner mit starken Taschenlampen und Nachtsichtgeräten versorgen lassen und mit ihnen die kommende Nacht besprochen.

Alle blieben in den Häusern, komme, was da wolle.

Und etwas würde kommen, dieses Gefühl trieb Nicolas jetzt durch die leeren Straßen von Vieux-Port, er blickte in Vorgärten und hinter Holzschuppen, betrachtete nachdenklich die Kirche und schritt dann quer über den Platz zur Pension. Als er das Rauschen der Strömung hörte, blickte er zur Anlegestelle, an der das Motorboot der Wasserschutzpolizei festgemacht war.

Offenbar würde Julien die Nacht in Vieux-Port verbringen.

Alle Schützengräben waren besetzt, alle Schilde hochgefahren.

Und doch wussten sie nicht, ob das Dorf in Sicherheit war.

Nicolas schüttelte das Wasser von seiner Jacke, hängte sie im Flur der Pension an einen Haken und betrat den Gastraum, in dem es nach Eintopf und frisch aufgeschnittenem Baguette roch.

»Ah, Nicolas, wird auch Zeit, dass du dich mal wieder blicken lässt«, knurrte ihn der alte Tito an, der an seinem Tisch am Fenster saß und dabei war, ein Kreuzworträtsel aus einer alten Fernsehzeitschrift zu lösen. Nicolas hörte Stimmen aus der Küche.

»Esthelle und der Wasserschutzpolizist, wie heißt er noch gleich?«, fragte Tito.

»Julien.«

Tito nickte kurz und widmete sich dann wieder seinem Kreuzworträtsel, während er mit der linken Hand Rachmaninoff streichelte, der unter dem Tisch lag.

»Die beiden sind jetzt schon seit zehn Minuten drin. Französischer Sänger mit griechischen Wurzeln, acht Buchstaben.«

»Moustaki«, antwortete Nicolas und blickte durch die Durchreiche, sah aber nur Dampf, offenbar war gerade die Spülmaschine geöffnet worden.

»Bilde dir bloß nichts drauf ein, Bodyguard. Die Kleine ist übrigens oben in ihrem Zimmer.«

»Claire?«

»Wer sonst?«

Nicolas angelte sich ein Glas vom Tresen und schenkte sich Wasser aus einer Karaffe ein.

»Hat es funktioniert?«, fragte Tito leise.

Nicolas lächelte und zog die Zeichnungen aus seiner Jackentasche, die er auf den Klippen von Étretat seinem Vater gezeigt hatte.

»Das hoffe ich«, sagte er, legte sie nebeneinander auf den Tisch und strich sie glatt.

Es waren vier Stück und sie zeigten alle Julie und Nicolas' Vater auf der Place Sainte-Marthe. Tito nahm die Zeichnung, die er zufällig in seiner Wohnung gefunden hatte, faltete sie ordentlich zusammen und steckte sie in die Tasche seines weiten Wollmantels.

»Die anderen drei kannst du wegschmeißen, sie gefallen mir nicht. Kein Wunder, ich habe sie ja schnell zeichnen müssen, gestern Abend.«

Nicolas lächelte.

»Aber sie haben ihre Wirkung nicht verfehlt. Vater dachte, du hättest ihn tatsächlich bei mehreren Treffen mit Julie gesehen. Er hat mir alles erzählt. Und ich habe alles aufgenommen.«

Er legte sein Handy auf den Tisch.

Für einen Moment blickten sie sich schweigend an. Draußen fiel wispernd der Regen, aus der Küche drang gedämpftes Schluchzen.

Dann ergriff Nicolas Titos mit Altersflecken übersäte Hand, hielt sie für einen Moment fest und drückte sie.

»Danke, Tito«, sagte er leise, und als der alte Mann sein Glas erhob, tat er das Gleiche.

»Auf Julie.«

»Auf euch«, erwiderte Tito, und einen Augenblick lang hatte Nicolas das Gefühl, dass das Leben leicht und unbeschwert sein könnte.

»Entschuldigen Sie bitte, ich habe Sie nicht vergessen.«

Esthelle kam aus der Küche, in der Hand einen dampfenden Teller mit Eintopf und ein Glas Rotwein.

»*Bonsoir*«, lächelte sie Nicolas an. »Schön, dass Sie wieder da sind. Sie sehen ja, die Menschen haben sich zu Hause eingeschlossen, einige sind sogar verreist. Wer will es ihnen verübeln.«

Ihre Augen waren rot umrändert, offensichtlich hatte sie geweint. Die Trauer um ihren Vater hatte sich noch tiefer in ihr Gesicht gegraben, und Nicolas hatte den Eindruck, als würde die Schönheit dieser Frau mit jedem Tag verblassen.

»Möchten Sie auch einen Teller?«, fragte sie, aber Nicolas schüttelte den Kopf.

»Danke, nein.«

Julien steckte kurz den Kopf in den Gastraum und winkte ihnen zu.

»*Salut*, Nicolas. Ich bin auf dem Boot, wenn etwas ist. Ich will mal rumhören, ob es auf dem Fluss Bewegung gibt. Vielleicht hat ein Binnenschiffer irgendwas gesehen.«

Nicolas winkte zurück, kurz darauf war Julien aus der Tür nach draußen verschwunden, wo der Regen unablässig auf Vieux-Port niederprasselte.

»Wie soll erst der Winter werden?«, grummelte Tito. Nicolas stand auf und ging zur Bar, hinter der Esthelle einige Gläser wegräumte, sichtlich um Fassung bemüht.

Er reichte ihr ungefragt ein Taschentuch und wartete, bis sie sich gesammelt hatte.

»Entschuldigen Sie«, bat sie und lächelte ihn an. »Es ist nur ...«

»Schon in Ordnung«, sagte Nicolas. »Das alles muss sehr schwer für Sie sein.«

»Ja, das ist es. Mein Vater ist hier überall, ich spüre ihn in jedem Zimmer, jedem Winkel dieses Hauses. Manchmal meine ich, ihn zu hören, wie er etwas ausbessert oder die Heizung repariert. Er ist weg, aber immer noch da, das macht mich wahnsinnig.«

Sie hielt sich mit beiden Händen an der Bar fest.

»Er war so stark. Er ist nie ... von meiner Seite gewichen. Als meine Mutter gestorben ist, brauchte er mich. Und ich brauchte ihn. Wir waren immer schon eng.«

»Sie waren in Paris, nicht wahr?«, fragte Nicolas, um sie ein wenig abzulenken.

Sie lächelte kurz.

»Es war schön dort, ich habe studiert, ich mochte die Stadt.«

»Was haben Sie studiert?«

Esthelle winkte ab und ordnete ihr Haar.

»Brotlose Künste, nichts zum Leben. Ich habe vermutlich ohnehin gewusst, dass ich eines Tages die Pension übernehmen würde.«

»Und sind Sie froh, zurück zu sein?«

Ihr Gesicht verfinsterte sich einen Augenblick.

»Nein, Monsieur, das bin ich nicht. Mein Vater ist ermordet worden, der Pfarrer und der Bürgermeister auch. Wie könnte ich da froh sein!«

Ihre Augen blitzten und Nicolas spürte plötzlich, wie stark sie war.

»Entschuldigen Sie, das habe ich so nicht gemeint, ich …«
Sie lächelte müde.

»Schon gut, Sie können ja nichts dafür. Im Gegenteil, wir sind froh, dass Sie hier sind.«

Nicolas zögerte kurz, dann stellte er ihr die Frage, für die er eigentlich zu ihr an die Bar gekommen war.

»Sie und Julien«, fing er behutsam an. »Sie waren damals Jugendliche, als Mathieu das Dorf verlassen hat. Wie war das für Sie? Ich meine, haben Sie an diesen Fluch geglaubt?«

Esthelle musste nicht lange überlegen.

»Natürlich, ja, ich war damals dabei. Ich kann mich noch genau an die Wut erinnern, an diese … Dunkelheit, die ihn umgab.«

»Warum war er so?«

Esthelle zuckte mit den Schultern.

»Das frage ich mich auch, aber ich weiß es einfach nicht.«

»Konnte er immer schon so gut zeichnen?«

Sie nickte.

»Ja, er mochte Zeichnen. Manchmal saß er stundenlang mit seinem Skizzenblock auf den Stufen vor der Kirche.«

Nicolas hielt überrascht inne. Jemand kam die Treppe im Flur hinab, mit leichten und beschwingten Schritten.

»Wer hat ihm das beigebracht?«

Esthelle zuckte mit den Schultern.

»Er hat es sich wohl selbst beigebracht. Das war, bevor er so … anders wurde.«

Claire betrat den Gastraum, winkte ihnen zu und setzte sich zu Tito an den Tisch.

Vor seinem inneren Auge sah Nicolas, wie hinter dem Schleier aus feinem Regen ein Schatten hervortrat. Er blickte Esthelle an und deutete durch eines der Fenster hinaus, wo sich die Umrisse der Kirche abzeichneten.

»Können Sie sich vorstellen, dass Mathieu missbraucht worden ist?«

Seine Frage riss sie aus ihren Gedanken, erschrocken hob sie den Kopf und starrte ihn an.

»Von wem?« Ihre Stimme zitterte.

»Das weiß ich nicht«, sagte Nicolas. »Ich war damals nicht dabei.«

Sie schüttelte den Kopf. Dachte nach. Horchte in sich hinein.

Dann blickte sie ihn an.

»Das weiß ich nicht, Monsieur Guerlain. Was Sie vermuten ist … furchtbar. Wer sollte so etwas getan haben?«

»Jemand, dem Mathieu vertraute. Jemand, der erst das Vertrauen des Jungen missbraucht hat. Und dann ihn.«

Esthelle war blass geworden.

»Ein Teufel«, sagte sie.

Nicolas nickte.

Jetzt blickte auch Esthelle hinaus zur Kirche.

»Oh, mein Gott«, flüsterte sie und hielt sich eine Hand vor den Mund. Dann hielt sie kurz inne und blickte auf die Uhr, die an der Wand angebracht war.

»Wo ist eigentlich Eugène?«, fragte sie. »Er müsste längst hier sein, er kommt immer um diese Uhrzeit essen.«

Und genau in diesem Augenblick lösten sich die Schatten aus dem Dunkel.

Nicolas' Handy klingelte, draußen wurden Rufe laut und Esthelle hielt sich verängstigt an seiner Schulter fest.

Es war der Moment, in dem der Fluss hungrig auf das Dorf an seinem Ufer blickte, es war der Augenblick, in dem die Menschen ihre Ängste so sehr spürten wie nie zuvor. Einige Bewohner blieben in ihren Häusern und verkrochen sich, andere liefen raus und rannten in die Dunkelheit, voller Zorn, wild entschlossen, zu handeln.

Ohne zu ahnen, was sie damit anrichteten.

»Wir haben ihn«, schrie eine Stimme in Nicolas' Ohr,

durch das Fenster sah er dunkle Gestalten an der Pension vorbeilaufen, in Richtung Waldrand.

Claire war aufgesprungen.

»Scheiße«, fluchte sie, »was machen die da bloß? Die spinnen doch, die sollen in den Häusern bleiben.«

Tito kratzte sich am Hinterkopf.

»Der Teufel ist gerissen, Claire.«

Und das war genau der Gedanke, den Nicolas auch hatte.

»Er hat sie rausgelockt«, rief er, stürmte in den Flur, zog seine Jacke über und riss die Tür der Pension auf, spürte Claire dicht hinter sich.

Im selben Augenblick peitschten zwei Schüsse durch die Nacht.

Und Nicolas lief los.

KAPITEL 32

Vieux-Port

Ein Abgrund hatte sich aufgetan, ein schwelender Brand war ausgebrochen, gleißend und hell. Ängste brachen auf, nackte Wut, Entsetzen. Scham womöglich. Hass.

Im Türrahmen eines unscheinbaren Hauses stand eine alte Frau. Nicolas sah im Vorbeilaufen, wie sie mit aufgerissenen Augen in die Nacht starrte. Sie war barfuß und schlug mit einer großen Schöpfkelle gegen ein Messingschild, das an der Hauswand befestigt war.

Der metallene Klang hallte durch die Straßen und Nicolas dachte an die Glocke an Bord eines alten Luxusdampfers, der einen Eisberg gerammt hatte und dessen Passagiere panisch über Deck rannten, auf der Suche nach Halt.

»Da vorne läuft er!«
»Knallt ihn ab!«
»Jetzt haben wir ihn!«

»Bleibt hier!«, rief er laut und riss einen alten Mann an der Schulter zurück, der einen schweren Spaten trug, offenbar verlieh die Wut ihm ungeahnte Kräfte.

»Lassen Sie mich!«, stammelte er und rang nach Luft, als Nicolas ihn festhielt und ihm in die Augen sah.

»Was ist passiert?«

»Das ist Mathieu, er ist es wirklich! Ich habe ihn gesehen! Plötzlich stand er da, mitten auf dem Kirchplatz, als wollte er, dass wir ihn sehen. Dann sind alle raus, und er ist abgehauen.«

Nicolas drehte sich wortlos um und rannte weiter. In den Straßen von Vieux-Port herrschte heilloses Durcheinander, die Menschen wussten nicht, wohin mit ihrer Angst und ihrem Zorn.

»Geht wieder rein«, schrie Nicolas im Vorbeilaufen, aber sie hörten nicht mehr auf ihn. Und als er in ihre Gesichter blickte, begriff er, warum sie wirklich hier draußen waren, warum sie nicht lassen konnten von diesem Augenblick.

Sie wollten, dass es zu Ende ging. Hier und jetzt, in dieser Nacht. Nicolas hoffte nur, dass es ein Ende werden würde, mit dem sie leben konnten.

Hinter sich hörte er Claire, die ihm trotz ihrer noch längst nicht verheilten Verletzung im hohen Tempo folgte und die dabei jeden einzelnen Dorfbewohner, den sie traf, anfuhr, mit lauter Stimme.

»Rein, alle rein! Genau das will er doch! Bleiben Sie drinnen!«

Sie hat recht, dachte Nicolas, während er an weiteren Vorgärten, an weiteren aufgerissenen Haustüren vorbeihastete, immer der Handvoll Männer hinterher, die schreiend und fluchend Richtung Wald liefen.

Genau das hätte nicht passieren dürfen.

Der Teufel lockte sie in den Wald. Bald hatte er die letzten Laternen von Vieux-Port erreicht, dahinter lag eine Wiese, durch die ein schmaler Pfad führte.

Wieder wurden Rufe laut.

»Da, zwischen den Bäumen!«

Nicolas und Claire blickten in Richtung Waldrand, wo einige Männer mit ihren Taschenlampen in das Dunkel unter den Bäumen leuchteten. Einer hielt einen alten Revolver, ein anderer eine abgesägte Schrotflinte.

Der Dritte hatte ein altes Gewehr in der Armbeuge.

Idioten, dachte sich Nicolas. Ganz offenbar hatten sie seine Bedingung, Waffen aus dem Spiel zu lassen, schon wieder vergessen.

»Wartet!«, schrie er und zwei Männer drehten sich kurz um, winkten und folgten dann dem kleinen Pfad, der die letzten Häuser von Vieux-Port hinter sich ließ und zwischen den Bäumen verschwand.

Dorthin, wo der Teufel wartete.

Nicolas und Claire liefen über die feuchte Wiese, Claire keuchte jetzt laut, während sie ihr Handy aus der Tasche zog.

»Roussel? Hier ist Claire! Ihr müsst sofort kommen, hörst du? Sofort! Wir haben ihn fast, ich weiß nur nicht …«

Ein weiterer Schuss peitschte durch die Dunkelheit, die Schatten der Bäume schienen für einen Augenblick zu erzittern.

»Hast du ihn erwischt?«, erklang eine Stimme.

»Ich weiß nicht! Ich glaube nicht, es ist verdammt dunkel hier.«

Nicolas und Claire erreichten den Waldrand und Claire hatte das Gefühl, als griffen die Schatten nach ihnen, als wollte der Wald sie mit einer eisigen Umarmung begrüßen. Der Pfad wand sich zwischen Findlingen und moosbesetzten Baumstümpfen am Ufer entlang, kurzzeitig ansteigend, um dann wieder leicht abzufallen.

»Scheiße, ist das dunkel«, sagte Claire. Weiter vorne sahen sie Taschenlampen aufblitzen. Sie würden die Männer gleich erreicht haben.

Als Claire auf einem glatten Stein ausrutschte, griff Nicolas reflexartig nach ihrem Arm.

Sie lächelte kurz, während sie weitereilten.

»Mit dir ist es nie langweilig, weißt du das?«

»Ich bemühe mich, Claire. Ich weiß ja, wie sehr du die Ablenkung suchst. Da vorne sind sie.«

Einige Meter weiter machte der Pfad eine Biegung und öffnete sich zu einer kleinen Lichtung hin.

Das Geräusch des Regens, der auf Blätter prasselte, wurde lauter.

Nicolas und Claire erreichten die Lichtung, als beiden auffiel, dass sich etwas verändert hätte.

Bis auf das Geräusch des Regens war es still geworden. Die Rufe der Männer waren verhallt, regungslos standen sie am Rande der Lichtung, keiner von ihnen sprach ein Wort.

»Ihr verdammte Idioten«, schnauzte Nicolas gerade den ersten der Männer an, als Claire nach seinem Arm griff.

»Nicolas«, sagte sie mit leiser Stimme und zeigte auf das kleine Steinhaus, das am Rand der Lichtung lag und aus dessen Schornstein Rauch aufstieg. Es musste jenes sein, in dem seit vielen Jahren der alte Eugène wohnte, etwas abseits des Dorfes, nur wenige Meter vom Flussufer entfernt.

Aber es war nicht der alte Eugène, der unter dem Vordach der kleinen Veranda vor der Haustür stand, ein Holzbeil in der Hand, den Blick auf die Männer vor ihm gerichtet.

Der Blick spöttisch.

Voller Verachtung.

Nicolas zog langsam seine Waffe.

»Keiner rührt sich«, sagte er leise zu den Männern, aber das war nicht nötig. Ihr Eifer war wie fortgeblasen, ihre Wut verblasst, im Angesicht des Teufels.

Mathieu war blass, seine Augen tief verschattet. Wasser rann durch seine dichten schwarzen Haare, es tropfte von seinem Nacken auf die dunkle Jacke.

Er war schmal, fast ausgemergelt, und doch nahm er mehr Raum ein als die anderen Männer zusammen.

Der Junge, der ein ganzes Dorf terrorisiert hatte und der

vor zwanzig Jahren Vieux-Port verlassen musste, war als Mann zurückgekehrt.

»Das ist der Kerl, den ich auf dem Boot gesehen habe«, flüsterte Claire und Nicolas nickte. Er spürte neben sich eine Bewegung, als einer der Männer seine Waffe hob und auf Mathieu zielte.

Es war eine merkwürdige Situation, der stille Höhepunkt einer schlimmen Zeit.

Mathieu war nicht das Biest aus der Dunkelheit, auch nicht der Dämon, der aus der Vergangenheit gekommen war, unheilvoll und mit mächtigen schwarzen Klauen. Der Mann, der drei Menschen ertränkt hatte, dieser Mann hatte ein Engelsgesicht, es war weich und ebenmäßig, seine Augen funkelten grünlich im Schein der Fackel, die er in der linken Hand hielt.

Nur sein Blick verriet den Hass.

»Guten Abend«, sagte Mathieu und seine Stimme klang sanft, beinahe verführerisch.

Nicolas machte einen kleinen Schritt nach vorne, als er sah, wie der Mann mit dem Gewehr sich straffte.

»Keiner bewegt sich«, befahl er wieder. »Lasst eure Waffen, wo sie sind.«

Für den Augenblick hörten sie auf ihn, aber Nicolas wusste, dass es nicht lange so bleiben würde.

Er runzelte die Stirn, als er eine Bewegung hinter dem Haus wahrnahm. Draußen, auf dem Fluss.

Ein Schiff näherte sich, die Lichter waren aus. Aber noch war es weit entfernt.

»Da stehen wir nun«, sagte Mathieu. »Nach so langer Zeit.«

»Es ist vorbei, Mathieu!«, rief einer der Männer. »Du hast genug Unheil angerichtet!«

Nicolas sah, wie Mathieu lächelte, wie er mit der Zunge seine Lippen benetzte.

Er ist in seiner eigenen Welt, dachte Nicolas bei sich und richtete langsam seine Waffe auf Mathieu. Er hatte freie Sicht und atmete langsam aus.

Aber der Mann unter dem Vordach blieb ruhig und fixierte zuerst Nicolas und dann wieder die Männer aus seinem Dorf.

»So lange ist es her und ihr habt mich nicht vergessen.« Obwohl er leise sprach, trug seine Stimme weit.

Die Flamme seiner Fackel loderte kurz in der Dunkelheit, als er mit ihr auf die Männer deutete.

»Ihr habt es alle gewusst. Und ihr habt geschwiegen. Und das kann ich euch nicht verzeihen.«

Nicolas blickte kurz zu Claire hinüber, er sah ihr an, wie sie nachdachte, wie sie nach einem Platz suchte für dieses neue Puzzleteil.

Ihm ging es genauso.

»Ihr habt geschwiegen. Und er hat es ausgenutzt. Jetzt ist er tot. Und er ist nicht der Einzige.«

Nicolas dachte an den Pfarrer, ertränkt in einer Wanne, zerfleddert von Ratten. Ein grausamer Tod.

Und die Rache für eine grausame Tat.

Jetzt meinte er zu verstehen.

Die Geschichte von Vieux-Port erzählte nicht von toten Katzen und Vögeln, von schwarzen Adlern und Teufelsfratzen an Zimmerwänden.

Sie erzählte von einem dunklen Geheimnis und es war der alte Eugène, der sie erstmals auf die richtige Spur gebracht hatte, drinnen, im Gastraum der kleinen Pension.

Vieux-Port, das Dorf am hungrigen Fluss, war ein Ort des Missbrauchs.

An einem Jugendlichen, dem niemand zugehört hatte, dem niemand geglaubt hatte.

Und der gekommen war, um blutige Rache zu nehmen.

Mit einem Ruck hob Mathieu die Fackel über seinen Kopf und schleuderte sie in die Mitte der Lichtung, wo sie mit einem Klatschen im Schlamm stecken blieb und langsam erlosch. Der schwächer werdende Schein des Feuers beleuchtete sein Gesicht, während er mit beiden Händen das große Beil umfasste.

»Eugène hat auch geschwiegen, damals. Und jetzt zahlt er den Preis dafür. Ihr kommt zu spät.«

Sein Lachen klang hell und hart, es war, als würde er die Männer mitten ins Gesicht schlagen.

Er trat zurück, warf ihnen einen letzten Blick zu und warf die Tür hinter sich ins Schloss.

Nicolas reagierte als Erster.

»Claire, du bleibst hier. Ihr kommt mit! Schnell!«

Er riss den Mann mit dem Schrotgewehr mit sich, aus den Augenwinkeln sah er, wie die anderen Männer ihnen folgten.

Nicolas riss seine Waffe hoch, sein Atem ging ruhig und langsam, während um ihn herum die Männer keuchten und schnauften.

»Der bringt ihn um«, sagte einer der Männer. »Scheiße, der bringt Eugène um.«

Nicolas nickte.

»Wenn er es nicht schon getan hat.«

»Er ist der Teufel«, raunte ein anderer.

Sie hatten keine Zeit zu verlieren, es gab keinen Plan, den sie befolgen konnten, kein Vorgehen, das sie besprochen oder eingeübt hatten.

Dies hier war kein Routineauftrag für einen Personenschützer der französischen Regierung, es gab kein Mikro am Ärmel und kein Team, auf das Nicolas sich verlassen konnte.

Dies hier war nichts als eine dunkle Nacht am Seineufer.

Und sie mussten jetzt in dieses Steinhaus, bevor es zu spät war.

Ohne Absicherung, ohne eine Ahnung, was sie da drin erwartete.

Nicolas machte dem Mann mit dem Gewehr ein Zeichen, als sie nur noch drei Meter entfernt waren.

»Die Tür! Jetzt!«

Der Mann zielte kurz und feuerte seine Waffe im Laufen ab, der Knall zerriss die Stille, Krähen, die in den Baumwipfeln gesessen hatten, flogen auf.

Nicolas stoppte nicht ab, als er die Terrasse und das Vordach erreichte. Die Tür hing nach der Wucht des Einschlags schief in den Angeln.

Aus dem vollen Lauf rammte er sie mit der rechten Schulter, sie gab nach, Holz splitterte, Nicolas spürte den Schmerz in seiner Schulter, registrierte das Licht einer trüben Glühbirne. Er rollte sich ab und für einen Augenblick nahm er alles verlangsamt wahr, registrierte ein Detail nach dem anderen, bis die Summe der Eindrücke ein Bild ergab. Die Männer, die hinter ihm auf der Terrasse standen, ihre schweren Stiefel, ihre weit aufgerissenen Augen. Ein Fenster, das zum Fluss hinausging. Eine geschlossene Tür, womöglich führte sie in die Küche. Bücherregale, ein Sessel und ein alter Ofen.

Ein Schreibtisch, unaufgeräumt, auf der Ablage lagen zwei lose Blätter Papier.

Von Mathieu fehlte jede Spur.

In der Luft hing ein fauliger Geruch.

Nicolas riss seine Waffe hoch, blickte in alle Ecken.

»Wo ist er?«, brüllte einer der Männer, der kurz hinter ihm hereingestürmt war.

»Er ist weg! Das kann nicht sein«, rief ein anderer und bald standen die sechs Männer, vollgepumpt mit Adrenalin, in der Mitte der Steinhauses, ratlos und wütend.

Nicolas sah in die Küche und das Bad.

Das Haus war leer. Keine Spur von Mathieu. Keine Spur vom alten Eugène.

Da war nur dieser Geruch und ...

... zwei Blätter mit Zeichnungen auf dem Schreibtisch.

Sie lagen fein säuberlich nebeneinander, als habe sie jemand dorthin drapiert, als habe er Sorge tragen wollen, dass sie auch gefunden und gesehen würden.

»Ach, du Scheiße«, flüsterte einer der Männer, als er die Zeichnungen betrachtete.

Sie waren schwarz und unheilvoll und Nicolas, der sich jetzt ebenfalls über sie beugte, kannte jedes einzelne Motiv.

Die Schwingen eines Adlers, die Häuser und die Flussbiegung.

Alles war da.

Der Platz vor der Kirche, der Schatten des Turmes.

Die ganze unheilvolle Geschichte von Vieux-Port, festgehalten auf zwei Bögen Papier. Nicolas fühlte mit den Fingerspitzen über die Kanten und prüfte die vergilbte Farbe des Papiers.

»Sie sind alt«, murmelte er.

Einer der Männer blickte ihm über die Schulter.

»Also eines weiß ich ganz genau«, sagte er. »Der alte Eugène konnte nie gut zeichnen, von dem sind die sicherlich nicht.«

»Sie sind von Mathieu«, erklärte Nicolas. »Er hat uns seine Geschichte dagelassen. Damit wir ihn verstehen.«

»Hier ist eine Luke!«, rief einer der Männer und deutete auf eine Stelle im Boden. Tatsächlich war bei genauem Hinsehen eine Einfassung zu erkennen, ein Spalt im Holz. Nicolas bückte sich und wollte gerade danach greifen, als er etwas wahrnahm, das ihn innehalten ließ.

Und dann erschauern.

Der Geruch von Gas.
Das laute Rufen von Claire, am Waldrand.

»Nicolas!«

Er sprang auf, blickte durch das Fester und sah sofort, was sie wollte.

Und er hörte es, weil Mathieu wieder lachte, hell und hart, während er am Ufer des Flusses stand und zu ihnen hinüberblickte.

Nicolas spürte sein Herz klopfen, er merkte, wie seine Gedanken rasten, wie er versuchte, alles gleichzeitig zu erfassen, wie er nach einer Verbindung suchte.

Der Fluss.
Der Teufel.
Die Falltür.
Der Geruch von Gas.

Er hörte nichts mehr um sich herum. Er sah die geöffneten Münder der Männer, die etwas riefen, allein, er hörte ihre Worte nicht.

Er sah nur Mathieu, dort unten, im fahlen Licht der Nacht, am Ufer des hungrigen Flusses. Derselbe Schatten, den er vor wenigen Tagen bei der Uferböschung gesehen hatte.

Diesmal aber unter Umständen, die seine Haut kribbeln ließen, die seine Sinne schärften, bis zum Äußersten.

Zu Mathieus Füßen lag, fein säuberlich gestapelt, die Kleidung eines alten Mannes.
Hose, Hemd, Pullover, Socken, Unterwäsche.
Und Nicolas wusste, was das bedeutete.

Aber es war nicht der Kleiderstapel, der ihn am meisten beunruhigte. Es war die Waffe in Mathieus Hand.
Eine Pistole, mit der er jetzt auf die Hütte zielte, mit einem

Lächeln im Gesicht. Er zielte nicht auf Nicolas, er zielte nicht auf die Männer neben ihm.

Er zielte auf den Boden unter ihren Füßen.

»Da geht es runter«, hörte Nicolas jetzt die Stimme eines Mannes hinter ihm, er musste die Luke geöffnet haben, durch die Mathieu entkommen war.

»Seltsam, da stehen Flaschen.«

Es war, als würde der hungrige Fluss sein Maul aufreißen, als würde er sich aufbäumen, um sie alle zu verschlingen. Aufgestachelt von einem Teufel mit Engelsgesicht.

Nicolas sah, wie Mathieu ihm zunickte. Er sah die Schatten der Bäume über dem Wasser, den Rumpf eines Motorbootes, das sich langsam näherte.

Es würde zu spät kommen.

Nicolas schnellte zur Seite, er riss den Mann neben sich an der Schulter mit.

»Raus! Sofort raus hier!«

Niemand zögerte, sie reagierten innerhalb eines Wimpernschlags.

Aus Angst.

Und weil Nicolas noch nie lauter gebrüllt hatte in seinem ganzen Leben.

Er sah, wie die ersten beiden aus der Tür stürzten. Nur Sekundenbruchteile später sprangen auch die anderen von der Terrasse auf die Lichtung, sie landeten im Matsch, einer rutschte gegen den Holzklotz.

Nicolas hörte den Schuss, als er gerade aus der Tür hechtete, den letzten der Männer fest im Griff.

Dann kam die Hölle über sie.

Das kleine Haus wurde förmlich aus dem Boden geschleudert und in der Luft zerrissen, es verwandelte sich innerhalb einer halben Sekunde in Staub und Asche. Nicolas spürte unerträgliche Hitze, er spürte die Druckwelle, die ihn davontrug, die ihn durch die Luft schleuderte. Er sah gleißende Blitze und einen Feuerball in der Nacht, er spürte, wie die Luft aus seiner Lunge wich, als er gegen etwas Hartes geschleudert wurde.

Schwärze, die sich über ihm erhob und die ihn niederdrückte.

Ein Lächeln, in weiter Ferne. Es war das Letzte, was er sah.

»Julie«, flüsterte es in seinem Kopf.

Dann wurde er ohnmächtig.

KAPITEL 33

Vieux-Port
Zwanzig Sekunden später

Das unkontrollierte Zucken in seiner rechten Hand war das Erste, das Nicolas daran erinnerte, dass er noch lebte. Seine Finger kratzten über Moos und Stein, er spürte Nässe auf der Haut.

Regen.

Lichtreflexe rasten auf ihn zu, Bälle von gleißendem Licht, gleich würden sie ihn treffen, er wollte seine Hände heben, um sich zu schützen, aber er fand die Kraft nicht.

Wie aus weiter Ferne drangen Geräusche zu ihm, ein Stöhnen, das Prasseln des Regens.

Das Knistern von Feuer, krachendes Holz.

Wieder Stöhnen, weiter links.

Er spürte seinen Rücken, etwas bohrte sich in seine Wirbelsäule, es schmerzte, ließ ihn wach werden.

Nicolas ließ den Schmerz kommen, er brauchte ihn, der Schmerz war ihm willkommen.

Ein schwarzer Adler flog über ihn weg, mit weiten Schwingen, und verdunkelte den Himmel.

Es wurde schwarz, Nicolas fiel in die Tiefe, sank, er sank bis auf den Grund des Flusses, schwache Lichtstreifen drangen zu ihm.

Er war nicht allein hier unten, Männer lagen dort, nackte Männer, graue Federn trieben durch das Wasser.

Und höhnisch winkte ihm der Teufel zu.

Dann wurde er gestoßen, eine Klippe, wieder fiel er, er sah den Schatten einer kleinen Kapelle auf einem Felsen, er flog, er konnte fliegen, Skenan, dachte er.

»Nicolas.«

Ein großer Raum, Stuck an den Decken, tiefe Fenster, die Sonne fiel herein. Julie saß auf einem Stuhl, sie lächelte, sonst war da nichts.

Und niemand.

»Du hast es geschafft, Nicolas.«

Sie sah ihn an, schön, so schön.

Und langsam, in quälender Zeitlupe, zerrann ihr Gesicht, Flügel sprossen aus ihrem Rücken, sie hatte keinen Mund und keine Nase mehr, nur Augen, und sie sah ihn an, bevor sie durch ein offenes Fenster davonflog.

Dann kam er zurück. Spürte kalte Erde an seiner Wange, eine Baumwurzel in seinem Rücken, den Regen auf seiner Haut.

Schreie.

Stöhnen.

Jetzt, dachte er.

Da war Licht, weit oben, Sterne in halb kahlen Baumkronen. Stöhnend richtete er sich auf, er ließ die Sterne nicht aus dem Blick, er brauchte sie, da war kein Adler, da war kein tiefer Grund.

Claire.

Er blickte sich um, fasste sich mit schmerzverzerrtem Gesicht an den Rücken, schmeckte Blut auf den Lippen.

Langsam atmete er aus.

Bäume brannten, der Boden war bedeckt von Ruß und Holzsplittern, zwei Körper krochen stöhnend darüber. Regen prasselte ins Feuer, als wollte der Himmel die Wunden heilen, die der Teufel Vieux-Port beigebracht hatte.

In Nicolas' Kopf erklang ein schrilles Geräusch, es war die ganze Zeit schon da, er hatte es nur noch nicht vernommen.

Er drehte sich um, blickte hinunter zum Fluss, das Geräusch blieb, als hätte jemand einen Wecker gestellt.

Er presste beide Hände auf die Ohren, aber das Schrillen ließ nicht nach. Langsam zog Nicolas sich an einem Baum hoch, knickte ein, fiel auf die Knie, die Kraft war noch nicht da.

Nur der Teufel, der war da.

Er stand unten am Flussufer, die Pistole, mit der er auf die Gasflaschen geschossen hatte, noch immer in der rechten Hand.

Und er lächelte.

Mathieu betrachtete sein Werk voller Genugtuung, Flammen spiegelten sich in seinen Augen. Er stand dort, zehn Sekunden, zwanzig, während Nicolas stöhnend nach dem Baumstamm griff, sein Kopf explodierte, sein Mund war staubig, Blut rann an seinem Ohr hinab.

Mathieu verbeugte sich in seine Richtung.

Wie ein Schauspieler, der den letzten Vorhang nicht lange genug genießen konnte. Und für einen Augenblick glaubte selbst Nicolas, dass das Knistern des Feuers und das Krachen des Holzes in den Flammen nichts anderes waren als der lang anhaltende Applaus eines beeindruckten Publikums.

Mathieu drehte sich um und wollte offenbar am Flussufer entlang zu seinem rostigen Kahn laufen, der einige Meter flussaufwärts festgemacht war, als er überrascht den Kopf hob.

Aus der Dunkelheit schälte sich ein Motorboot, ohne Lichter, der Bug ragte wie ein scharfkantiges Schwert über das Wasser.

Es war ein Schiff der Wasserschutzpolizei von Rouen.

Es war Julien.

Mit einem Zischen blickte Mathieu auf den Feind, er fluchte, blickte sich um.

Sein Fluchtweg war abgeschnitten, sein Kahn verloren.

Kurz schien er ratlos. Dann rannte er los, vom Ufer weg, vorbei an den brennenden Überresten von Eugènes Haus, durch die stöhnenden Männer hindurch, die am Boden lagen und die versuchten zu verstehen, in welchem Teil der Hölle sie gelandet waren.

Nicolas stand jetzt, seine Knie waren weich, er spuckte Galle und Schleim und sein eigenes Blut.

Lauf, Nicolas. Lauf los.

Jetzt.

Er sah, wie Mathieu dem Pfad folgte, der den Hügel hinaufführte, wie er sich ein letztes Mal umblickte. Dann war er zwischen den Bäumen verschwunden.

Der Schein der Flammen erhellte die Szene.

Er sah Claire, die heftig atmend an einem Baumstamm lehnte, sie schien unverletzt. Sie winkte ihm zu und schloss die Augen.

Jetzt.

Lauf.

Nicolas schrie seine Angst in den Himmel, seine Wut, es war ein lauter, roher Schrei und er kam aus seinem Innersten.

Er drückte sich von dem Baumstamm ab, setzte einen Fuß vor den nächsten, erst langsam, dann schneller. Er sah Schatten näher kommen, Menschen, sie kamen vom Dorf her, es mussten die Bewohner von Vieux-Port sein, die wissen wollten, ob es der Teufel war, der hier im Feuer aufgegangen war.

Er atmete langsam aus, wurde sicherer, seine Hände griffen nach Zweigen und Ästen, er sah den Pfad, er sah die Gestalt, die sich mühsam durch den Regen einen Weg den Hügel hinauf bahnte.

Und Nicolas rannte ihm hinterher, angetrieben von der Gewissheit, dass diese Nacht noch nicht vorbei war.

Zweige schlugen ihm ins Gesicht, als er den Pfad entlanghastete, der Regen nahm ihm die Sicht. Immer wieder rutschte er aus, er hielt sich an Baumstämmen fest und an dem Gedanken, dass Claire und die sechs Männer die Explosion überlebt hatten.

Du hast uns nicht gekriegt, dachte Nicolas.

Wir kriegen dich.

Und dieser Gedanke machte ihm Mut, er trieb ihn an, ließ ihn weiter vorwärtsstolpern, durch die Dunkelheit, die ihn immer mehr einschloss.

Da vorne lief er.

Nicolas sah, wie auch Mathieu ausrutschte, wie er fluchte und sich unter dem herabprasselnden Regen duckte.

Es lagen keine hundert Meter zwischen ihnen und Nicolas spürte, wie der Jagdtrieb von ihm Besitz ergriff, wie seine Kraft zurückkam und sein Wille.

Mathieu hatte eine Waffe bei sich.

Und er nicht, er musste sie bei der Explosion verloren haben.

Aber das spielte jetzt keine Rolle.

Der Pfad wurde steiler, er folgte einer kleinen Anhöhe im weiten Bogen, Nicolas sah ein paar Lichter unter sich, Vieux-Port war nicht weit. »Mathieu!«, rief er durch die Nacht, aber seine Stimme war nur ein Krächzen, der Regen verschluckte seinen Ruf und der Teufel lief weiter und drehte sich nicht um.

Nicolas konnte sehen, dass Mathieu am Ende seiner Kräfte war, und so kam er ihm Schritt für Schritt, Baum für Baum, Stein für Stein näher. Der Pfad machte einen Knick und Nicolas sah für einen kurzen Augenblick im Mondlicht die Umrisse von Hütten in der Dunkelheit, eine verlassene Feuerstelle.

Dies musste das Ferienlager sein, in dem im Sommer

Schulklassen und Pfadfinder untergebracht waren. Zwischen den Bäumen waren Seile gespannt und Hängeleitern führten in die Baumkronen.

Mathieu schien sich hier auszukennen, er nahm eine Abkürzung zwischen zwei Hütten hindurch, um wieder auf den Pfad zu kommen. Hier musste er sich vor seinen nächtlichen Streifzügen ins Dorf versteckt haben.

»Es ist vorbei!«, rief Nicolas, seine Stimme wurde fester, sein Atem ging ruhiger, er spürte den Schmerz in seinem Rücken nicht mehr.

Mathieu drehte sich um, sah ihn, durch die Bäume hindurch, sein Gesicht war rot vor Anstrengung, er zitterte vor Kälte.

Ich habe dich, dachte Nicolas. Gleich habe ich dich.

Einige Sekunden später war es so weit, und es war ein seltsamer Ort, an dem sich der Teufel und der Bodyguard gegenüberstanden.

Mathieu war durch eine kleine Senke gelaufen, er war gestolpert und gefallen, wieder aufgestanden, er hatte wertvolle Zeit und noch wertvollere Meter verloren und Nicolas war den Abhang hinuntergesprungen und hatte sich auf ihn geworfen.

Aber Mathieu hatte sich zur Seite gerollt, war aufgesprungen und weitergerannt, ein letztes Mal.

Der Pfad hatte auf einen kleinen Hügel geführt, und als Nicolas durch die Zweige brach, hielt er inne, verblüfft von dem Ort, an dem er sich befand.

Er und Mathieu, der zwischen den Überresten einiger Steinmauern stehen geblieben war, weil er wusste, dass er Nicolas nicht entkommen konnte.

Schwer atmend standen sie in der Dunkelheit, der Regen prasselte unaufhörlich auf sie herab.

»Wer bist du?«, fragte er und seine Stimme war dunkel und tiefer, als es seine Erscheinung hätte glauben lassen.

Nicolas machte einen Schritt auf ihn zu, aber Mathieu hob seine Waffe.

»Keinen Schritt weiter«, zischte er.

Zwischen ihnen lagen keine zehn Meter, Mathieu zielte nun direkt auf seine Brust.

»Es ist vorbei, Mathieu«, sagte Nicolas und machte einen kleinen Schritt zurück, um ihn zu besänftigen. »Du hast deine Rache genommen, jetzt ist es genug.«

»Wer bist du?«, schrie Mathieu ihn an, durch den Regen hindurch.

»Ich bin Nicolas. Ich bin hier, weil die Menschen im Dorf glaubten, dass sie Hilfe brauchten. Ich bin Personenschützer. Zugegeben, ein Dorf zu beschützen ist ein sehr abwegiger Gedanke, ich bin sonst eher für Politiker verantwortlich und für jene, die sich dafür halten.«

Er redete absichtlich mehr als nötig, er gestikulierte und versuchte Mathieu abzulenken.

Und währenddessen schob er sich langsam näher.

»Ich kann dich einfach abknallen«, rief Mathieu. »Daran hindert mich keiner. Und dann bin ich weg.«

»Wo sind wir hier?«, fragte Nicolas.

Eine weitere Ablenkung. Zeit gewinnen. Raum gewinnen.

Mathieu lächelte.

»Das ist mein Ort. Sie haben ihn für mich geschaffen. Vor fast tausend Jahren.«

Nicolas blickte sich um, er erkannte die Überreste einer kleinen Kapelle, kaum mehr als eine Ruine, mitten im Wald.

»Dies ist die Kapelle Saint-Thomas. Ein Leprosorium. Weißt du, was das ist, Bodyguard?«

»Personenschützer, ich bin Personenschützer, das ist ein Unterschied, ich ...«

»Halt die Klappe!«

Wieder wichtige Zentimeter.

Nicolas hob entschuldigend die Hände und lauschte dabei in die Dunkelheit. Aber da war nur das Geräusch des Regens.
Keine Verstärkung.
Sie waren alleine.

»Was ist ein Leprosorium?«, fragte Nicolas, er hatte den Begriff noch nie gehört.
Mathieu lächelte.
»Ein Ort zwischen Leben und Tod. Hier wurden diejenigen untergebracht, die der Tod geküsst, aber noch nicht zu sich geholt hatte. Menschen, die wie Aussätzige behandelt wurden. Menschen wie ich.«
Irgendwo in den Tiefen seines Kopfes leuchtete ein schwaches Licht, Nicolas suchte nach einer Erkenntnis, fand sie aber nicht.
»Leprakranke«, half ihm Mathieu. »Dies war im Mittelalter ein Ort für Leprakranke. Hier wurden die Todgeweihten hingebracht, mitten in den Wald. Sie wurden behandelt, gepflegt. Und doch alleine gelassen. Und hier starben sie auch, immer wieder, Hunderte von Jahren lang.«
Mathieu schien für einen Augenblick die Überraschung in Nicolas' Gesicht zu genießen und übersah dabei, wie er weiter langsam auf ihn zukam.

»Aussätzige wie du«, folgerte Nicolas. »Deshalb ist es dein Ort.«
Mathieu nickte langsam und blickte über Nicolas' Schulter hinweg in Richtung Fluss, dorthin, wo Vieux-Port lag.
»Ich werde auch sterben«, sagte er leise. »Ich weiß es seit einigen Wochen. Die Krankheit ist nicht aufzuhalten. Im Mittelalter war es Lepra. Oder die Pest. Heute ist es der Krebs.«
Er lächelte kaum merklich.

»Aber ich hatte noch etwas zu erledigen, hier, in Vieux-Port. Und ich habe mir geschworen, dass ich das noch schaffe. Für mich. Aber nicht nur.«

Nicolas sah den Jungen vor sich, wie er vor zwanzig Jahren das Dorf verlassen hatte, mit seinen Eltern.

»Deine Mutter ist bereits gestorben, nicht wahr?«, fragte er, um das Gespräch nicht abreißen zu lassen.

Er brauchte mehr Zeit.

Er wusste nur noch nicht genau, wofür.

Mathieu nickte, sein Blick war traurig.

»Vater hat es mir geschrieben. Er hat eine Brieftaube geschickt, seine Lieblingstaube. Er hielt früher Tauben im Garten. Ich durfte sie streicheln und manchmal auch fliegen lassen. Die Tauben waren die Einzigen, die mich verstanden haben. Sie haben mir zugehört. Das tun sie noch heute.«

»Und die Adler?«, wollte Nicolas wissen, aber Mathieu antwortete ihm nicht. Seine linke Hand fuhr über das feuchte Gemäuer.

»Die Menschen im Dorf dachten, ich sei nur ein böser Jugendlicher. Ein unzähmbares Kind, voller Hass und Wut. Sie haben nichts verstanden, dabei hätten sie verstehen müssen.«

Nicolas schob langsam seinen rechten Fuß nach vorne.

»Aber sie haben nie gefragt, warum«, sagte er zu Mathieu.

Für einen Moment schwiegen sie und lauschten dem Regen.

»Keiner hat geholfen. Obwohl sie es geahnt haben, natürlich müssen sie es geahnt haben. Es ist so ein kleines Dorf. Und keiner hat mir zugehört. Auch Vater nicht.«

Er weint, dachte Nicolas. Tatsächlich zitterte Mathieu jetzt noch mehr, Tränen, Rotz und Wasser tropften von seinem Kinn.

»Sie wussten, was er tut. Oder zumindest ahnten sie es. Aber die Menschen halten zusammen. Lieber schmeißen sie einen aus dem Dorf. Sie haben mich vertrieben. Weil ich die

Wahrheit wissen wollte. Während sie nur ihre Ruhe wollten!«

Nicolas verlagerte sein Gewicht auf das rechte Bein, als er sah, wie Mathieu mit seiner Waffe herumfuchtelte, wie sein Gesichtsausdruck immer zorniger wurde.

Er musste jetzt handeln, sonst würde Mathieu ihn einfach abknallen.

»Hast du den Pfarrer gefunden?«, fragte Mathieu ihn plötzlich und Nicolas nickte.

»Kein schöner Anblick.«

»Er hat es verdient.«

Es waren noch vier Meter.

Zu weit für einen Sprung, aber Nicolas hatte keine Zeit mehr. Er sah, wie Mathieu einen Entschluss fasste.

»Hat der alte Eugène es auch gewusst, hast du ihn deshalb umgebracht?«

Für einen kurzen Augenblick blitzte etwas in Mathieus Augen auf, etwas, das vorher noch nicht da gewesen war.

Es schien, als überlege er, als wolle er seine Worte genau abwägen. Dann jedoch weiteten sich seine Augen, seine Züge wurden hart, sein Zeigefinger spannte sich über dem Abzug.

Aber seine Pistole war nicht mehr auf Nicolas gerichtet.

»Mathieu! Leg die Waffe runter!«

Es war Julien, der zwischen den Bäumen aufgetaucht war und der nun keine dreißig Meter entfernt mit gezogener Waffe im Regen stand.

Nicolas atmete langsam aus, sein rechter Stiefel drückte sich in den Schlamm.

Mathieus Augen waren nur noch Schlitze, sein Gesicht eine Fratze voller Hass und Wut.

»Du!«, schrie er, und als er einen Augenblick nach Worten suchte, da sprang Nicolas ab.

Ein Schuss fiel, in dunkler Nacht.
Ein zweiter.
Ein Schrei, aus tiefster Kehle.
Zwei Körper, die aufeinanderprallten, eine Waffe, die in die Luft geschleudert wurde.
Blut vermischte sich mit Blut.
Eine Kugel bohrte sich in den Stamm eines Baumes.

Nicolas' Blickfeld drehte sich, die Bäume, die alten Mauern, der Nachthimmel, er rollte über Mathieu hinweg, riss ihn mit sich, prallte gegen einen Stein, schrie, immer noch, laut jetzt, noch lauter, er schlug zu, mit der rechen Faust, sie krachte gegen Mathieus Nase, die brach, leicht wie Papier.

Schlamm in den Augen, Wasser im Gesicht, die Knie zitterten, wo war die Waffe, er brauchte die Waffe, Mathieu durfte sie nicht haben.

Mathieus Körper war jetzt unter ihm, sie rollten, fielen, da war ein Abhang, Zweige in seinem Gesicht, grüne Augen über ihm …

Nicolas' Hinterkopf knallte gegen harten Stein, es wurde schwarz, dann wieder hell, Lichtblitze, Regen in seinem Gesicht, die Waffe, seine rechte Hand griff nach einer Jacke, zerrte an dem Stoff, hell schwebte Mathieus Gesicht über seinem, der Teufel behielt immer die Oberhand, der Wald brannte, der Fluss rief nach ihm, er holte sie alle zu sich, es war …

Vorbei.

Es war das Klicken eines Sicherungshebels, der ihn zurückholte. Der kalte Stahl eines Pistolenlaufs an seiner Stirn.

Sein Hinterkopf pulsierte.

Sie waren einen steilen Abhang hinuntergerutscht und lagen nun am Rande einer Landstraße. In der Ferne waren Lichter zu sehen.

»Es ist vorbei«.

Mathieu kniete über ihm, mit schmerzverzerrtem Gesicht. Aus einer Wunde an der Schulter tropfte Blut.

Die Lichter kamen näher.

Der Teufel lächelte.

Nicolas' Schläfe pulsierte unter dem Stahl. Er blickte Mathieu in die Augen.

»Ich sterbe. Das Dorf stirbt. Aber zuerst stirbst du, Bodyguard.«

Die Pupillen verengten sich. Nicolas konnte sehen, wie aus einem Gedanken eine Absicht wurde und aus einer Absicht eine Handlung.

Ein Zeigefinger, der sich krümmte.

Und der Stuhl, auf dem Julie gesessen hatte, war jetzt leer.

Nicolas bäumte sich auf, mit einer gewaltigen Anstrengung, sein Kopf schnellte hoch, seine Stirn krachte gegen Mathieus gebrochene Nase und doch spürte er noch immer Stahl an seiner Schläfe.

Mit aller Kraft schleuderte er Mathieu über sich hinweg, er sah die Überraschung, die Wut in seinen Augen.

Er sah die Lichter.

Und er hörte den Aufprall.

Das Quietschen von Bremsen, Reifen auf einer nassen Fahrbahn, heftiger Regen, der auf die Ladefläche eines Lasters trommelte. Den Flügelschlag einer Krähe in der Dunkelheit. Seinen eigenen Atem. Das Rauschen in seinem Kopf.

Dann hörte er nichts mehr.

Weil da nichts mehr war.

Nur die Nacht.

Und der Fluss.

Teil drei

DIE LETZTE ÜBERLEBENDE

KAPITEL 34

Drei Wochen zuvor

Über den Felsen von Culver Down hatte sie eine letzte Runde gedreht, dann war sie hineingestoßen, in die kalte Luft über dem Meer, sie hatte das Rauschen der Brandung gehört, Wassermassen, die gegen Felsen schlugen.

Sie hatte den Schatten gesehen, der hinter ihr hinabstürzte, und doch hatte sie sich nicht aufhalten lassen, war unbeirrt aufgestiegen.

Sie hatte ihren Rhythmus gefunden, sich eingerichtet, zwischen Wellen und Wind. Die Böen hatten sie schnell aufsteigen lassen, sie hatte sich treiben lassen, hatte nicht gegen die Kraft des Himmels angekämpft. Sie war schlau, schlauer als die anderen.

Geduldig hatte sie abgewartet, sich dem Spiel des Windes überlassen und war ruhig geblieben, als ihr kleiner Körper absackte und hinab in das eisige Meer zu fallen drohte.

Aus den Augenwinkeln nahm sie die Küste wahr, die Felsen und das grüne Hinterland. Sie sah, wie der Schnee, der auch ihr Gefieder bedeckt hatte, auf die kleinen Häfen fiel, auf die Strände und die Straßen, die sich durch Äcker und Felder wanden.

Und dann war da nur noch die See, tief unter ihr, ein graues, aufgewühltes Meer, in dem sie keine zehn Sekunden überleben würde, sollte der Wind sie plötzlich hinabdrücken.

Ayleen spürte ihr Herz pumpen, ihre Flügel schlugen jetzt ruhiger, gleichmäßig und kraftvoll.

Sie spürte die Papierrolle an ihrer linken Kralle, das Gewicht beunruhigte sie nicht, ganz im Gegenteil. Sie hatte eine Aufgabe und das war ihr vertraut. Jemand wartete auf sie.

Der Wind schob sie jetzt an, sie spürte die Kälte in ihrem Gefieder, sie machte ihr nichts aus, ihr schneller Flügelschlag hielt warm. Einen Augenblick ließ sie sich treiben, der Rückenwind gab ihr Sicherheit.

Unter ihr durchpflügte ein Frachter die Wellen, weiße Gischt wirbelte auf.

Alyeen flog. Immer Richtung Südosten, durch einen grauen Himmel und über ein ebenso graues Meer hinweg, ab und an argwöhnisch beäugt von einer Möwe, die ihren Weg kreuzte. Wenn sie mal wieder eine Böe hinunterdrückte, konnte sie Schatten unter der Wasseroberfläche erkennen, Fischschwärme, die durch das Wasser zogen.

Sie stieg wieder auf, blickte über das Meer und dorthin, wo der Horizont mit dem Wasser verschmolz.

Dann war sie alleine.

Nur sie, das Meer, der Wind, die Kälte. Unter sich die Wellen, vor sich ihr Ziel, das sich bald vor ihr ausbreiten würde.

Die Normandie.

Die Zeit schien wie festgefroren, Minute um Minute kämpfte sich die Taube durch die Kälte über dem Ärmelkanal, ohne Halt und ohne Rast. Ihr graues Gefieder ging im Grau des Himmels auf, ihre blassblauen Flügel verschmolzen mit der Farbe des Wassers. Immer wieder reckte sie den Kopf, ihre blassgrünen Augen suchten den Horizont ab, nach einem Anhaltspunkt. Aber da waren nur vereinzelte Fischerboote, die sie überflog, die Rufe der Mannschaft drangen zu ihr auf. In den Netzen glänzten silbrig die Fische, die blauen und roten Mützen der Fischer glichen bunten Punkten im Grau der See.

Weiter, nur weiter, sie durfte nicht rasten.
Jemand wartete auf sie.

Nach einiger Zeit, als sie gerade spürte, wie ihre Kraft nachließ, sah sie es. Aufwind hob sie empor, sie schwebte einen Augenblick hoch über den Wellen, auf deren Kämmen die ersten roten Bojen tanzten.

Der Horizont änderte seine Farbe, aus Grau wurde Braun, ein feiner Strich erschien vor ihren Augen und da spürte sie, dass sie es wieder einmal schaffen würde.

Aus dem Strich wurde ein Strand, Felsen zu ihrer Linken, ein Hafen, die Mündung eines großen Flusses. Sie sah die ersten Häuser, Industrieanlagen, Menschen, klein wie Ameisen, die am Strand spazieren gingen. Die Taube flatterte über eine Handvoll heimkehrender Fischerboote hinweg, sie überflog eine Fähre, die einen großen Hafen verließ, sie spürte, wie der Wind sich veränderte, sie gurrte, als sie den silbernen Lauf des Flusses sah.

Hier war sie richtig.

In einer schwungvollen Kurve ließ sie sich weiter abwärtstrudeln, über Autos, eine Küstenstraße, Häuser mit spitzen Giebeln. Sie überflog einen kleinen Hafen zu ihrer Rechten, sie roch den Geruch von Fisch und Muscheln, sie hörte Gelächter, als sie über einen kleinen Platz hinwegflatterte.

Zu gerne hätte sie innegehalten, zu gerne hätte sie sich dort unten kurz hingesetzt, hätte nach Brotkrumen gepickt oder den Resten eines Mittagessens. Aber sie musste weiter, sie war noch nicht am Ende ihrer Reise.

Sie überflog eine Uferpromenade und schoss hinaus auf den Fluss, der hier in den Ärmelkanal mündete. Sie bog nach rechts ab, ließ sich kurz über der Wasserfläche treiben und erblickte die riesigen Pfeiler einer Brücke. Ohne zu zögern, flog sie durch die langen Metallstreben des Pont de Normandie hindurch.

Dann lag die Brücke hinter ihr und sie folgte dem silbernen Band der Seine ins Landesinnere, an dichtem Buschwerk und Laubbäumen vorbei, immer weiter hinein ins dunkle Herz der Normandie.

Dicht über dem Wasser flatterte Ayleen ihrem Ziel entgegen.

Vieux-Port.

Das Dorf an den Ufern des hungrigen Flusses.

Wo jemand auf sie wartete, und auf die Botschaft, die sie überbrachte.

Jemand, der Unheil anrichten würde.

Aber die Taube wusste nichts von alldem und so öffnete sie ihren Schnabel und gurrte, als sie ihr Ziel erblickte. Die ersten Häuser von Vieux-Port, hinter einer Flussbiegung, auf der sich feuchter Nebel festgesetzt hatte. Sie sah den Kirchturm und den kleinen Platz davor, die Häuser, Straßen, Vorgärten und Hecken. Sie nahm etwas Schwung und steuerte ihr Ziel an.

Alles sah friedlich aus, das Dorf lag still am Seineufer.

Wie schnell der Lauf der Geschichte sich ändern konnte.

Ayleen sah den Kahn sofort, er war unter einigen Bäumen festgemacht, direkt hinter einem der Gärten und doch verdeckt von den Blicken der Anwohner. Sie sah das Führerhaus, die dreckigen Planken, sie roch den köstlichen Duft frischen Taubenfutters. Flatternd landete sie direkt oben auf dem großen Käfig, der mit einer Plane abgedeckt war.

Ihr Herz pumpte, ihr Atem ging schnell, unruhig tippelte sie über die Plane, gurrte. Sie war am Ziel, aber ganz offenbar war sie alleine.

Einige Minuten vergingen, die Taube wandte ihren Kopf, blickte in alle Richtungen, gurrte, als wollte sie ihre Ankunft über den Fluss hinausrufen.

Und plötzlich spürte sie eine Bewegung, der Kahn schwankte

leicht. Sie hörte Schritte, hinter der Fahrerkajüte, sie merkte, wie das Wasser des Flusses an der Bordwand gluckste.

Ayleen wartete.

Dann schob sich ein Gesicht in ihr Blickfeld, plötzlich und ohne Vorwarnung. Die Taube zuckte zusammen und tippelte einige Zentimeter zurück.

Sie hatte ein anderes Gesicht erwartet. Dieses hier kannte sie nicht.

Und da merkte sie, dass etwas nicht stimmte.

Mit einer schnellen Bewegung griff eine Hand nach ihr, packte sie und drückte sie so fest, dass die Luft aus ihrem Schnabel entwich, mit einem leisen Krächzen.

»Komm her, Taube«, sagte eine Stimme.

Ayleen spürte, wie jemand das Gewicht von ihrer Kralle entfernte, und sie entspannte sich, als die Hand sie unter die Plane steckte, in den Käfig, den sie kannte und in dem es wunderbar nach Futter roch. Sie blinzelte kurz, tippelte umher, bis ihre Augen sich an das dämmrige Licht gewöhnt hatten.

Dann stürzte sie sich auf das Futter.

Und draußen vor der Plane rollte eine Hand sorgfältig und ohne Hast die Botschaft aus.

Lieber Mathieu,
wenn du dies liest, dann sind wir fort.
Deine Mutter hat nun ihren Frieden gefunden. Und ich folge ihr.
Ich weiß, dies ist fürchterlich für dich, aber es muss sein. Schreckliches ist passiert, damals. Und wir haben nichts getan. Dafür, mein Sohn, kann ich Dich nur um Verzeihung bitten, wenigstens jetzt, nach all den Jahren. Es lässt sich nicht wiedergutmachen, genauso wenig wie die Zeit danach, die für Dich so schwer war, in den Heimen, alleine, weil Du alleine sein wolltest.

Weil Du nicht vergessen wolltest, was damals geschehen ist.
Ich weiß, was nun in Dir vorgeht, ich ahne, dass Du nun nach Rache sinnen wirst. Ist das falsch? Bestimmt. Und doch bin ich es, der Dir nun mit diesen letzten Zeilen den Weg ebnen mag. Es ist Dein Weg, geh ihn, wenn Du willst.
Dir dies und jetzt zu schreiben, kann ich nicht mehr bereuen. Dafür ist es zu spät.
Vieleicht aber ist Dein Weg auch das Vergeben, ich wünsche es mir. Dir etwas zu wünschen, das steht mir nicht mehr zu.
Ich liebe Dich. Wir lieben Dich.
Adieu.

Für einen kurzen Moment war es still draußen und die Taube pickte weiter Körner, als die Stimme erneut zu ihr in den Käfig drang.

Diesmal klang sie härter und kälter. Es war die Stimme eines Menschen, der einen Entschluss gefasst hatte.

»Oh nein«, flüsterte sie. »Sein Weg wird sicher nicht das Vergeben sein. Ganz im Gegenteil.«

Ayleen beschloss, dass sie genug gehört hatte, genug gegessen und dass sie vor allem genug geflogen war an diesem Tag. Sie war müde und so schloss sie ihre Augen und steckte ihren Kopf in ihr kaltes Gefieder.

Und das Letzte, was sie hörte, war die Stimme, deren Ton ihr nicht gefiel.

»Dafür werde ich schon sorgen.«

KAPITEL 35

Deauville
Jetzt

In einer Ecke des Besprechungsraums im *Commissariat* von Deauville flackerte eine defekte Stehlampe. Die Luft war abgestanden, schon eine ganze Weile hatte in diesem Raum niemand mehr einen klaren Gedanken gefasst. Leere Pizzakartons lagen auf dem Tisch, leergerauchte Zigarettenpackungen und benutzte Espressobecher aus dem Bistrot gegenüber teilten sich die wenigen freien Flächen mit den Protokollen und Ergebnissen eines abgeschlossenen Falls.

Die fünf toten Männer von Vieux-Port. Ihre Namen standen auf einer weißen Tafel, verbunden mit bunten Linien, daneben hefteten Aufnahmen ihrer Leichen.

Pierre Meunier, der Besitzer der kleinen Pension, dessen nackte Leiche bis ins Hafenbecken von Deauville getrieben war.

Pascal Leval, der Bürgermeister des Dorfes, der Nicolas um Hilfe gebeten hatte. Und der kurz darauf am Seineufer im Schlick gefunden worden war, ebenfalls nackt und argwöhnisch beäugt von einer feisten Kröte.

Georges Renoir, der alte Pfarrer, ertränkt in einer Wanne voller Flusswasser in einem Gewölbe unterhalb seiner Kirche.

Mathieu, der als Vertriebener zurückgekehrt war, um Rache zu üben. Für einen Missbrauch, der zwanzig Jahre zurücklag, verübt an ihm. Zwischen ihm und dem alten Pfarrer waren die bunten Linien auf der Tafel am dicksten. Mathieu, den die Leute von Vieux-Port den Teufel nannten, war nicht mehr. Überrollt von einem Laster, der unterwegs an die Küste gewesen war, um frischen Hummer für die Restaurants in Rouen aufzunehmen.

Und schließlich der alte Eugène.

Sie hatten ihn in den frühen Morgenstunden gefunden, zwei Kilometer weiter flussabwärts. Seine nackte Leiche hatte sich in der Ankerkette eines Öltankers verfangen. Untersuchungen bewiesen, dass der alte Mann genauso gestorben war wie Mathieus andere Opfer.

Hinterrücks mit einem schweren Gegenstand niedergeschlagen, vermutlich einem dicken Ast, worauf Holzfaserreste in der Wunde hinwiesen. Und dann ausgezogen und in den Fluss geworfen. Wo er jämmerlich ertrunken war, ohne noch einmal zu Bewusstsein zu kommen. Und am Ufer, neben seiner Hütte, lag seine Kleidung, fein säuberlich gestapelt, versehen mit einer einzelnen, grau durchzogenen Taubenfeder.

Alle waren sie jämmerlich ertrunken, aber am schlimmsten hatte es den Pfarrer erwischt. Denn er hatte gemerkt, was passierte, er hatte sich gewehrt und geschrien. Und hatte zugesehen, wie das Wasser in der Wanne sich über ihm schloss. Er hatte Mathieus Blick gesehen und begriffen, dass das Ende gekommen war.

Durch das bodentiefe Fenster konnte Claire in den Hof hinaussehen, wo in diesem Augenblick zwei Polizisten in einen Streifenwagen stiegen. Sie würden hinaus in die Rue Désiré le Hoc fahren und von dort aus weiter in die Stadt und hinüber nach Trouville. Sie spielte mit dem Teebeutel, den sie auf einen kleinen Pappteller gelegt hatte, die kalte Flüssigkeit rann über die Pappe und hinterließ mäandernde Spuren.

Wie ein Fluss, dachte Claire und fuhr sich müde durchs Gesicht. Ihr gegenüber saß Sandrine Poulainc, den Kopf gegen die Wand gelehnt. Sie hatte die Augen seit einigen Minuten geschlossen und Claire vermutete, dass sie eingeschlafen war.

Kein Wunder, es war ein langer Tag gewesen.

Und eine lange Nacht.

Der Regen hatten sich am frühen Morgen zuerst in Graupel verwandelt und war dann in feuchten Schnee übergegangen. Der wiederum war erneut einem feinen, flüsternden Regen gewichen, der im Laufe des Nachmittages nachließ und schließlich ganz aufhörte. Die Straßen glänzten feucht, von den Dachrinnen der Häuser tropfte das Wasser auf die Trottoirs und Claire konnte sich nicht erinnern, jemals einen trostloseren Tag erlebt zu haben.

Am Tischende saß Roussel und unterschrieb einige Protokolle, die ihm Kollegen dagelassen hatten. Missmutig blätterte er sie durch, las je ein paar Zeilen und setzte dann seine Unterschrift darunter. Sie hatten die ganze Nacht und den ganzen Tag in Vieux-Port verbracht und hatten die Vergangenheit dieses dunklen Ortes aufgewühlt.

Claire war irgendwann schlecht geworden.

Ein Pfarrer hatte offenbar einen Jungen missbraucht. Und niemand wollte etwas gewusst haben. Aber dass dieser Junge wütend und böse geworden war, dass er nicht gewusst hatte, wohin mit seiner Verzweiflung, dass er Tiere getötet und Kinder verängstigt hatte, so lange, bis sie ihn aus dem Dorf getrieben hatten, ihn und seine Eltern – das wussten sie wohl.

Sichtbare Folgen sind den Menschen wichtiger als das, was sie verursacht hat, dachte Claire und griff nach einem kalten Stück Pizza.

»Was für eine Scheiße«, murmelte Roussel neben ihr zum wiederholten Mal.

Er war frustriert, wie sie alle. Mathieu war tot, der Fluch von Vieux-Port hatte ein jähes Ende genommen.

Es würde keinen Toten mehr geben, der Täter war gestorben, sein Motiv war offensichtlich.

Und doch war alles so unendlich trostlos. Für Stolz oder Erleichterung ließ diese Geschichte keinen Raum.

Aus rot umränderten Augen blickte Roussel Claire an.

»Geh nach Hause«, sagte er. »Und lass dich ein paar Tage krankschreiben, bevor du in Caen den Dienst antrittst. Du siehst nämlich beschissen aus.«

»Vielen Dank, Roussel«, entgegnete Claire. »Wobei ich sagen muss: Du siehst noch beschissener aus.«

Roussel warf einen Stift nach ihr.

»Ich meine es ernst, Claire. Versprochen?«

Claire nickt ihm zu.

»Versprochen.«

Dann blickte sie hinüber zu Sandrine, die tatsächlich sehr gleichmäßig atmete.

»Und du sagst es ihr endlich, Roussel. Das musst du mir versprechen. Sozusagen als Gegenleistung.«

Roussel runzelte die Stirn.

»Was soll ich ihr sagen?«

Claire warf den Bleistift zu ihm zurück.

»Dass du sie liebst, Idiot.«

»Das weiß sie doch«, entgegnete Roussel mürrisch und Claire hob die Hände zu der flachen Decke des Besprechungsraumes.

»Herr im Himmel, hilf diesem Mann«, stöhnte sie und gähnte dann laut.

»Ich sag Bescheid, jemand soll dich fahren«, beendete Roussel kurzerhand die Diskussion um männliche Gefühle und weibliche Erwartungen.

»Und der Herr im Himmel hatte in letzter Zeit genug zu tun. Und richtig entschieden hat er dabei nicht immer. Von seinem Personal am Boden ganz zu schweigen.«

Claire blickte hinüber zum Foto des alten Pfarrers an der weißen Tafel.

»Du Arschloch«, sagte sie laut und sie störte sich nicht daran, dass sie einen Toten beschimpfte.

Er hatte es verdient, fand sie.

Nicht den Tod. Aber wenigstens ihre Verachtung.

Roussel klappte eine Akte zu und verschloss sie mit einem Gummizug.

»Wir haben keine Beweise gegen ihn. Die brauchen wir ja auch nicht mehr. Aber die Kirche wird sich einige Fragen anhören müssen, das kannst du mir glauben, Claire.«

Es hatte gedauert, bis sie endlich einen Hinweis gefunden hatten, dass es tatsächlich der Pfarrer gewesen sein könnte, der Mathieu damals missbraucht hatte. Die Aussage eines Gemeindemitgliedes an der Küste, nördlich von Dieppe, dort, wo Georges Renoir angestellt gewesen war, bevor er die Stelle in Vieux-Port angenommen hatte.

Dass Renoir einen Jungen belästigt hatte. Kurz darauf war er nach Vieux-Port gegangen und offenbar hatte es niemand für nötig gehalten, dem Ganzen nachzugehen.

Claire kannte diese Teile der Ermittlungsakten mittlerweile auswendig. Das Einzige, das fehlte, war ein Beweis für den Missbrauch an Mathieu.

Aber den brauchten sie jetzt ohnehin nicht mehr, da hatte Roussel recht.

Alles war klar.

Und alles war zu Ende gegangen, nicht im Guten, sondern im Bösen.

Sie gähnte erneut, Roussel stand auf und streckte sich.

»Wir brauchen nur noch den Abschlussbericht der Gerichtsmedizin zur Leiche des alten Eugène, dann können wir den Fall abschließen.«

Er weckte Sandrine mit einer zärtlichen Berührung.

»Lass uns schlafen gehen«, sagte er leise. »Wir haben alles erledigt, mehr können wir nicht tun. Claire, der Kollege kommt sofort und bringt dich nach Hause.«

Roussel nahm Claire fest in den Arm und blickte ihr dann ernst in die Augen.

»Ruh dich aus, kleine Praktikantin. Und werde gesund, alles andere sehen wir dann.«

Claire lächelte.

»Mit *alles andere* meinst du wahrscheinlich meine aufstrebende Karriere bei der Polizei in Deauville«, erwiderte sie.

Roussel zwickte sie leicht in den Arm.

»Ich sag es ja nur ungern, aber du wirst mal eine gute Polizistin.«

»Eine verdammt gute, wolltest du sagen, Roussel«, korrigierte ihn Sandrine und nahm ihn bei der Hand.

»*Bonne nuit*, Claire.«

»*Salut*, ihr zwei.«

Kurz darauf war Claire alleine.

»Was für ein Geschichte«, murmelte sie und gähnte, während sie ihre Jacke überzog. Dann machte sie das Licht im Besprechungsraum aus und ging in den Empfangsraum, aus dem ein leises Schnarchen drang.

Sie lächelte, als sie Alphonse sah, dessen Kopf auf die Tischplatte gesunken war. In seinem rechten Mundwinkel schimmerte etwas Senf, die Reste eines hastig verschlungenen Hotdogs lagen auf einer Papiertüte vor ihm. Sie räusperte sich leicht und lächelte ihn an, als er mit einem Ausdruck schlechten Gewissens hochschnellte.

»Oh, Claire, entschuldige! Ich muss kurz ... mein Gott, ist der Chef noch da? Hoffentlich hat er mich nicht ...«

Claire lachte, sie mochte Alphonse, den dicklichen Polizisten, der stets mit seiner zu engen Dienstuniform kämpfte und der für ein gutes Frühstück jeden Straftäter laufen lassen würde. Alphonse erinnerte sie daran, dass das Leben ein gutes war.

Lebenswert.

Und sie hatte in den vergangenen Monaten wahrlich genug erlebt, um daran mit Fug und Recht zu zweifeln.

Sie war dem Tod gleich mehrmals von der Schippe gesprungen. Und der Gedanke, dass sie womöglich zu einem zu frühen Zeitpunkt ihres Lebens jeglichen Kredit aufgebraucht hatte, beschäftigte sie mehr, als sie vermutet hätte.

»Keine Sorge«, log sie, »Roussel und Sandrine sind hinten rausgegangen, sie haben nichts bemerkt.«

Alphonse nickte erleichtert und wischte sich den Senf aus dem Mundwinkel. Dann blickte er auf die Uhr und Claire vermutete, dass er die Minuten bis zu seinem Abendessen zählte. Als draußen ein Wagen vorfuhr und ein junger Kollege ihr durch die Scheibe zuwinkte, beugte sie sich zu Alphonse und gab ihm zwei schnelle Küsse auf die Wangen.

»*Merci*, Alphonse«, sagte sie und winkte ihm zu.

Sie sah, dass er rot geworden war, verwundert blickte er sie an.

»Wofür … ich meine …«, stotterte er, aber da war sie schon aus der Tür hinaus in die kühle Abendluft getreten.

Der nasse Asphalt glitzerte im Licht der Straßenlaternen, die vor wenigen Minuten angegangen waren, weil die Dämmerung eingesetzt hatte. Claire sah die Menschen in den Straßen, sah ihre Unbekümmertheit, sie sah die Unschuld eines Abends im Herbst, die erleuchteten Schaufenster, sie bemerkte den Duft von Fisch und scharf angebratenem Fleisch, sie hörte das Lachen eines Jungen, der seine Zuckerwatte stolz in die Luft reckte, während ein Vater ihn auf seinen Schultern nach Hause trug. Claire sah den Rücken eines Mannes, der im Café auf der anderen Straßenseite saß, sie sah an seiner Schulterhaltung, dass er müde war. Das Essen vor ihm auf dem Tisch hatte er nicht angerührt.

Sie überlegte kurz, ob sie zu ihm hinübergehen sollte, als sie sah, dass er nach seinem Handy griff und eine Nummer wählte. Sie lächelte und blickte auf ihre Armbanduhr.

18 Uhr.

Sie nickte dem jungen Polizisten zu und stieg in den Wagen. Der Mann im Café brauchte sie jetzt nicht. Alles, was er brauchte, befand sich am anderen Ende der Leitung.

Sie wollten gerade losfahren, als plötzlich Alphonse aus dem Eingang des *Commissariat* nach draußen geschossen kam, in der Hand hielt er einen kleinen Karton. Claire ließ ihr Fester runter und blickte ihn erstaunt an.

»Claire, ich habe was vergessen«, japste er und sie konnte sehen, wie zerknirscht er war.

»Was ist das?«, fragte sie. Das Paket war fest verschnürt, sie konnte eine ausländische Briefmarke darauf erkennen.

»Es kam vor einer Stunde an, ich muss kurz … also, ich war vielleicht ganz kurz nicht da und … jedenfalls … es ist aus England!«

Er hielt Claire das Paket hin.

»Ich meine, wenn ich jetzt Roussel damit komme, dann weiß er ja …«

Claire blickte auf den Absender.

Die Polizei in Ryde, Isle of Wight, Großbritannien.

Sie verstand sofort, was Alphonse von ihr wollte.

»Du meinst, wenn ich so tue, als sei das Paket erst jetzt abgegeben worden und als hätte ich es mitgenommen …«

Alphonse blickte sie zerknirscht an.

Mit einem Lachen nahm sie ihm das Päckchen ab.

»Ist gut, Alphonse, das geht in Ordnung«, beruhigte sie ihren Kollegen. Sie war ohnehin viel zu neugierig darauf, was sich darin befinden mochte.

»Aber dafür musst du mir auch einen Gefallen tun«, sagte sie und Alphonse nickte ihr freudig zu.

»Alles, Claire!«

Sie deutete hinüber zu dem Mann in dem Café, der in diesem Augenblick den Kopf hob, weil am anderen Ende der Leitung jemand seinen Anruf entgegengenommen hatte.

»Pass auf, dass ihm nichts passiert.«

Kurz darauf verließ das Polizeifahrzeug die Rue Désiré le Hoc und bog am Kreis in Richtung Ponts des Belges ab. Claire sah durch das Wagenfenster die Masten der Segelboote, die Laternen auf der Brücke und weiter hinten die matten Lichter des Casinos. Das Wasser der Touques glitzerte, die Platanen am Hafenbecken standen verschwiegen in der aufziehenden Dämmerung.

Der Tag ging.

Eine neue Nacht brach an.

KAPITEL 36

Deauville

Hallo Julie, hier ist Nicolas.«

Er hatte diesem Anruf entgegengefiebert, er hatte ihn durchgespielt, er hatte seine Freude gespürt, es war keine Vorfreude, es war tiefe Erleichterung. Freude darüber, dass die Worte, die er zu ihr sagen würde, alles veränderten.

Zum Guten.

Sie hatten so lange darauf gewartet, er, sie, beide.

Gemeinsam und doch getrennt voneinander.

Er spürte ihren Atem an seinem Ohr, er roch ihre Haare, sie kitzelten an seinem Hals, er sah ihre Augen, ihren Blick, er spürte, dass er aufgeregt war.

Und er hörte, dass sie weinte.

»Nicolas ...«, sagte Julie leise und in diesem einen Wort klang all ihre Erschöpfung mit.

»Wie geht es dir?«, fragte er besorgt, während der Ziegenkäse im Salat zerschmolz und das Bier schal wurde, weil er es seit einer halben Stunde nicht angerührt hatte.

Hinter ihm verließ ein Polizeifahrzeug die Rue Désiré le Hoc, ohne dass er es bemerkte. Ein Polizist kehrte auf der anderen Straßenseite zurück an seinen Arbeitsplatz und behielt ihn im Auge, sorgsam und misstrauisch.

»Es geht mir gut«, sagte Julie. »Entschuldige, es ist nur ...«

»Es ist alles gut«, flüsterte er. Er wollte sie in den Arm nehmen.

»Es ist nur ... ich habe einfach Angst«, sagte Julie. »Übermorgen werden sie das Urteil fällen. Sie werden mich verurteilen und bestrafen, dabei habe ich das nicht getan ... Ich meine ... ich musste es tun ... aber nicht, wie sie es sagen ... es war Notwehr.«

»Ich weiß«, sagte er leise und er spürte, wie aufgewühlt sie war, verzweifelt und erschöpft.

»Ich ... wir haben nichts ... ich verstehe das alles nicht ... Mein Kollege war dabei, er hat alles gesehen. Warum sagt er nicht die Wahrheit, Nicolas? Warum hat er ausgesagt, dass ich die Frau absichtlich ...«

»Ich weiß jetzt, warum, Julie«, versuchte er sie zu unterbrechen, aber es gelang ihm nicht. Er drang nicht zu ihr durch.

»Ich meine ... der Kollege ... Rémy Foire war dabei, er hat alles gesehen! Warum sagt er nicht die Wahrheit, Nicolas? Er hat doch gesehen, dass ich in Notwehr geschossen habe ... Warum hat er ausgesagt, dass ich ...«

»Julie, hör mir zu!«, versuchte Nicolas es wieder.

»Ich hätte es dir damals erzählen sollen. Ich hätte nicht auf deinen Vater hören dürfen. Dieser Auftrag, ich hätte ihn nicht annehmen dürfen, ich hätte zu dir kommen müssen ... Mein Nicolas, ich bitte dich, du musst mir verzeihen, verstehst du? Ich konnte dir nichts sagen, ich durfte dir nichts sagen ... aber ich hätte es tun müssen.«

Es war wie eine Schleuse, die sich öffnete, eine Flut, die jetzt, nach all den Jahren, losbrach. Nicolas blickte sich um, die Menschen kamen und gingen, er spürte die Verletzung an seiner Stirn, ein misslungener Kopfstoß gegen einen Mann, der kurz darauf von einem Laster überrollt worden war.

Julie atmete zu schnell.

»Bleib ruhig«, beschwor er sie. »Du hast es fast geschafft, ich habe eine Lösung, es wird alles gut.«

Aber jetzt gab es für sie kein Halten mehr, sie redete

und er hörte ihr zu. Alles, was sie ihm verschwiegen hatte.

Und es machte Sinn.

Sein Vater, der Julie für einen Auftrag gewinnen wollte, undercover und ohne das Wissen seines Sohnes.

Julie, die abgelehnt hatte, mehrmals.

Bis zu jener verhängnisvollen Nacht, als sie eine Frau erschossen hatte, in Notwehr, in einem Abbruchviertel in der Rue de Maubeuge in Sken City, dem Pariser Drogenviertel. Notwehr, die im Nachhinein zu Vorsatz geworden war, innerhalb von Stunden.

Und als alles verloren schien, war Alexandre Guerlain erschienen.

Nicolas' Vater.

Und hatte sein Angebot erneuert. Und sie hatte angenommen und war verschwunden, für lange Zeit.

»Nicolas, du musst wissen ...«

»Nein, Julie, du musst mir jetzt zuhören«, bat Nicolas sie eindringlich.

»Nein!«, schrie sie plötzlich, so laut, dass die Gäste im Café ihre Stimme durch den Hörer hörten und sich nach Nicolas umdrehten.

»Nicolas, ich durfte dir nichts sagen, ich darf es immer noch nicht, aber es ist mir egal, hörst du. Jetzt ist es mir egal, es ist ohnehin alles verloren ... alles ist vorbei.«

»Julie, ich habe eine Lösung. Er wird ...«

»Du bist der Grund, Nicolas.«

Für einen kurzen Moment war es still. Nicolas blickte auf die Serviette neben seinem Teller, auf seine linke Hand, die auf dem Tisch lag. Er sah das Messer, die Gabel, er sah die Lichter der Straßenlaternen, die sich im Spiegel über dem Tresen spiegelten.

Er spürte, dass die Würfel fielen.

»Hörst du, Nicolas?« Julies Stimme war leise, fast flehentlich.
»Was meinst du damit: Ich bin der Grund?«
Sie schluckte.
»Er hat mir gedroht. Dein Vater hat mir gedroht, von Anfang an. Wenn ich dir erzähle, dass er mich angesprochen hat, wenn ich dir sage, was er von mir will, dann zerstört er dich. Das waren seine Worte: Ich zerstöre ihn. Nicht dich, Julie. Ich zerstöre Nicolas.«

Seine Gedanken rasten.
Er hätte es wissen müssen.
Es ging nicht um Julie, es war noch nie um Julie gegangen. Es ging um ihn.
Um ihn und seinen Vater.

»Er weiß etwas, Nicolas. Er hat etwas gegen dich in der Hand, ich weiß nicht, was es ist … aber da ist etwas … er mir einen Umschlag gezeigt … mit Unterlagen … über dich. Er sprach von Eignungstests, von Protokollen, kann das sein?«
Seine Hand fegte Messer und Gabel vom Tisch, klirrend fielen sie zu Boden. Er hörte seinen eigenen Atem in der Leitung, stoßweise und laut.
»Nicolas, dein Vater sagte, du wüsstest, was das ist. Und dass es dich zerstören kann. Hätte ich dich doch … warum habe ich dich nicht einfach gefragt …«
Julie schluchzte, Nicolas spürte ihre Verzweiflung, ihre Scham, ihre Wut darüber, dass sie sich von Alexandre Guerlain hatte erpressen lassen.
Mit Unterlagen in einem Umschlag, den Nicolas nur zu genau kannte.
Er hatte nur mit niemandem jemals darüber gesprochen.
Auch nicht mit Julie.

Jeder von uns hat seine Geheimnisse, dachte er bei sich. Auch er hatte sich ihr nie anvertraut.

»Was sind das für Dokumente?«, fragte sie leise, mit bebender Stimme.

Nicolas schluckte schwer. Eine Bedienung sah ihn misstrauisch aus einiger Entfernung an.

Er überlegte kurz. Und fasste einen Entschluss.

Dies war nicht der Zeitpunkt für die Wahrheit.

»Sie sind nichts, hörst du? Sie sind egal, du darfst nicht auf ihn hören, Julie!«

Jedes Wort brannte auf seiner Seele.

»Er ist böse, Nicolas.« Julies Stimme brach, sie schluckte. »Er hat mich … er wollte mich … er hat versucht … es war schlimm, so schlimm. Ich habe ihn zurückgewiesen, aber er hat nur gelacht. Ich werde es nie vergessen, dieses Lachen.«

Er spürte kalten Schweiß in seinem Nacken.

In der breiten Fensterscheibe sah er die hässliche Fratze eines schuldigen Mannes.

»Alles wird gut, Julie. Ich habe eine Lösung. Vertrau mir.«

Dann legte er auf. Ohne ihr zu sagen, was er hatte sagen wollen, so dringlich und mit solcher Vorfreude.

Weil die Kraft ihn verlassen hatte.

Weil er an allem Mitschuld trug.

Und weil er nicht wusste, wie er jemals damit würde umgehen können.

Eine halbe Stunde später fuhr in den Bahnhof von Deauville der Zug nach Paris ein. Nicolas stand am Gleis und betrachtete sich in den Zugfenstern.

Er erkannte sich nicht wieder.

Er stieg ein, setzte sich in ein verlassenes Abteil und spürte kurz darauf das Ruckeln, als der Zug langsam aus dem Bahnhof fuhr.

Er musste schlafen.
Aber er konnte nicht.

Der Zug nach Paris schlängelte sich durch das Hinterland der Normandie, und hätte er aus dem Fenster gesehen, Nicolas hätte bemerkt, wie sich die Wolken über ihm erneut zusammenzogen, wie sie ihre Form veränderten und die dunklen Schwingen eines Adlers bildeten.

Am Rande einer Landstraße parkte ein Wagen, die Tür war geöffnet, der Fahrer stand draußen und rauchte. Claire saß auf dem Beifahrersitz, eine kleine Schachtel mit Fotos vor sich, die meisten waren verrußt und kaum noch zu erkennen. Claires Herz schlug wild in ihrer Brust.

In Deauville standen sich zwei Menschen gegenüber, müde, erschöpft, enttäuscht voneinander, weil es nicht voranging, weil der nächste Schritt nicht erfolgte, weil männlicher Stolz und weibliche Erwartungen nicht immer zusammenfanden. Die Frau griff nach ihrer Jacke, eine Tür wurde zugezogen, eine Bierflasche wurde geöffnet, halb ausgeleert und gegen eine Wand geschmissen.

Langsam fuhr ein Boot flussabwärts.

Ein Seil wurde geworfen, das Boot befestigt, Schritte entfernten sich, langsam, zögernd.

Die Tür einer kleinen Pension öffnete sich, ein Lächeln erhellte ein Gesicht.

An einer Landstraße wendete ein Wagen mit quietschenden Reifen.

Eine Hand sammelte die Scherben einer zerbrochenen Flasche auf, in einer Wohnung in Deauville. Eine Schnapsflasche wurde geöffnet, Eiswürfel fielen in ein Glas.

An einem Tisch in Vieux-Port saßen ein Mann und eine Frau, sie blickten hinaus auf den kleinen Platz vor der Kirche. Keiner von beiden sprach ein Wort.

Draußen vor dem Fenster kam ein Wagen zum Stehen. Julien betrachtete ihn für eine Weile, er sah die junge Polizistin, die zu ihnen herüberblickte.

Esthelle winkte ihr zu.

»Ich mag sie irgendwie«, sagte sie.

Aber Julien hörte ihr nicht mehr zu.

KAPITEL 37

Paris
Am nächsten Morgen

Der Anruf riss Nicolas aus einem unruhigen Schlaf. Es war Viertel vor acht, er war müde und konnte jeden einzelnen Muskel seines Körpers spüren. Hinter seiner Schläfe pochte es hart und schmerzhaft, sein Brustkorb war wie eingeschnürt, er rang nach Atem.

Er brauchte drei Sekunden, um sich zu orientieren, die Wunde am Kopf zu betasten und die blauen Flecken an seinem Brustkorb. Das Klingeln des Handys erstarb, er überlegte, wo er es abgelegt hatte, nachdem er nachts mit dem Taxi von der Gare Saint-Lazare hierhergefahren war. Müde ging er ins Badezimmer und betrachtete sich im Spiegel.

Es sollte ein hoffnungsvoller Tag werden.

Ein Ende und ein Neuanfang.

Heute war der letzte Prozesstag, der Tag, an dem das Urteil über Julie gesprochen würde. Er hatte noch nichts von seinem Vater gehört, keine Bestätigung der Absprache, die sie getroffen hatten.

Alexandre Guerlain sollte den Verdacht der vorsätzlichen Tötung einer jungen Frau durch Julie entkräften, ein für alle Mal. Andernfalls würde Nicolas seinen Meineid vor Gericht öffentlich machen, mithilfe des Gesprächsmitschnitts.

Aber noch hatte er nichts gehört.

Zehn Sekunden später klingelte sein Handy erneut und

mit einem Seufzen angelte er es aus der Tasche seiner Jacke.

Es war Gilles Jacombe, sein Teamleiter.

»*Salut*, Gilles.«

»Es gibt ein Treffen, es ist wichtig«, sagte der Leiter des engsten Sicherheitskreises des Präsidenten knapp. Nicolas blickte auf die Uhr.

»Ich muss um elf im Palais de Justice sein«, sagte er und erwartete eine abschlägige Antwort seines Teamleiters. Die Sicherheit des Präsidenten kannte keine anderweitigen Termine. Aber offenbar wusste Gilles um die Bedeutung dieses Tages für Nicolas.

»Das ist kein Problem, es wird schnell gehen. Kein Einsatz. Es geht um eine Drohung. Im Élysée-Palast, in einer Stunde. Der Präsident wird da sein. Ich schicke jemanden, der dich abholt.«

Zwanzig Minuten später trat Nicolas aus der Haustür und lächelte, als er Tito, seinen alten Nachbarn, sah, der auf einer der Bänke unter den Platanen saß und zeichnete. Rachmaninoff lag zu seinen Füßen auf dem Boden und wurde von einer nicht uncharmanten Morgensonne beschienen. Nicolas blickte auf die Uhr, der Wagen war noch nicht da.

Rasch betrat er das kleine Café an der Ecke, bestellte einen Espresso und nahm ihn mit nach draußen, wo er sich neben Tito auf die Bank setzte.

»*Salut*, Nicolas«, grummelte der alte Mann, ohne von seiner Zeichnung aufzublicken. Er trug wie immer seinen durchlöcherten Wollmantel, dazu Handschuhe und eine dicke Mütze mit Ohrenklappen.

»Bist du gut aus der Normandie zurückgekommen?«, fragte ihn Nicolas und blinzelte in die Sonne.

Tito nickte.

»Stell dir vor, die haben uns bis hierher gefahren, Rachmaninoff und mich. Ein netter Kerl, dieser Roussel, das muss ich sagen. Bisschen kantig natürlich ...«

»Na, dann passt er doch zu dir«, erwiderte Nicolas mit einem Lächeln.

Einen Moment lang schwiegen sie, nur das Kratzen eines Bleistifts mit weicher Mine auf der sich langsam füllenden Seite eines Zeichenblocks war zu hören.

»Schlimme Sache, das in Vieux-Port«, sagte Tito schließlich und Nicolas nickte.

»Aber es ist vorbei.«

»Ja, das ist es wohl. Die armen Menschen.«

Sie hörten die Geräusche eines näher kommenden Wagens und kurz darauf bog ein dunkles Fahrzeug auf die Place Sainte-Marthe ein.

Nicolas stand auf und stellte die Espressotasse auf die Bank.

»Ist gut, ich bring sie zurück«, grummelte Tito. »Und ich wünsche dir viel Glück nachher.«

Nicolas blickte ihn an.

»Uns, Tito. Wünsche uns viel Glück.«

»Ist gut, Junge. Hol sie einfach zurück.«

Kurz darauf verließ der Wagen die Place Sainte-Marthe und Tito tätschelte den Kopf seines Hundes, während er nachdenklich eine Taube betrachtete, die zwischen den Bäumen nach etwas Essbarem suchte.

»Mit geht dieses Lied nicht aus dem Kopf, Rachmaninoff«, murmelte er. »Der schwarze Adler. Ein schönes Lied. Aber auch ein schlimmes. Ich weiß nur nicht mehr, warum.«

Nicolas erreichte die Rue Saint-Honoré nach einer Fahrt durch den morgendlichen Berufsverkehr nur wenige Minuten vor der von Gilles Jacombe angesetzten Zeit. Der Fahrer ließ ihn an einem Seiteneingang raus, Nicolas zeigte den Sicherheitsbeamten seinen Ausweis und seine Zugangsberechtigung zu allen Bereichen des Sitzes des Staatspräsidenten und eilte einen Flur entlang, an dessen Ende ein Besprechungsraum lag.

Der Erste, den er sah, war sein Freund und Teamkollege Bertrand, der sich gerade aus einer silbernen Kanne Kaffee eingoss. Er begrüßte ihn mit einem knappen Nicken, sie arbeiteten mittlerweile so lange zusammen, dass sie selten viele Worte brauchten.

»*Salut*, Nicolas.«

Gilles kam auf ihn zu und begrüßte ihn herzlich.

»Alles in Ordnung so weit?«, fragte er leise. »Schlimme Sache, in der Normandie.«

»Ja, aber das ist vorbei«, antwortete Nicolas und begrüßte die übrigen Anwesenden, allesamt Mitarbeiter entweder des Sicherheitskorps des Staatspräsidenten oder aus anderen Abteilungen seines Dienstes. Er stutzte, als er einen kleingewachsenen Mann erkannte, der in der Ecke des Raumes stand und ihn durch eine nickelfarbene Brille mit kalten Augen ansah.

Der Mann wartete, bis Nicolas alle begrüßt hatte, dann gab er ihm lächelnd die Hand.

»*Bonjour*, Monsieur Guerlain. Es freut mich, Sie zu sehen. Es ist ein großer Tag für Sie, nicht wahr?«

Es war Charles Pleyel, der Chef des Inlandsgeheimdienstes.

Der Nachfolger seines Vaters.

Der Mann, der Julie hatte abführen lassen, vor einigen Monaten, vor einem deutschen Weltkriegsbunker, hoch über den Klippen von Arromanches.

Aber ihm blieb keine Zeit, Charles Pleyel zu antworten, denn in diesem Augenblick betrat François Faure den Raum, mit einem breiten Lächeln und der berechnend einnehmenden Art eines Spitzenpolitikers, der seinen Wert kennt.

»Worum geht es hier?«, flüsterte Nicolas Bertrand zu, aber der schüttelte den Kopf.

»Ich weiß es nicht genau. Irgendeine neue Gruppe Aktivisten. Was auch immer das bedeutet.«

»Fangen wir an«, rief Faure und blickte auf die Uhr. »Ich habe 15 Minuten, dann kommt dieser Typ aus Togo, keine Ahnung, was der hier will, aber ich werde ihn freundlich begrüßen, nicht wahr?«

»Guinea, *Monsieur le Président*«, flüsterte ein Mitarbeiter seines Stabs. François Faure zögerte und drehte sich dann zu dem Mann um, der in der zweiten Reihe an der Wand saß.

»Vielen Dank für die Information«, sagte er mit kalter Stimme.

»Das war ein Fehler«, raunte Bertrand und Nicolas stupste ihn unter dem Tisch an. Der junge Mann tat ihm leid, er würde es fortan nicht leicht haben.

François Faure war nachtragend.

»Warum sind wir hier?«, fragte er in die Runde und Nicolas sah, wie Charles Pleyel die Schultern straffte und einem seiner Mitarbeiter zunickte, der einen Beamer anschaltete. An der Wand erschien eine Internetseite. Ein Mitarbeiter verteilte Ausdrucke an alle Anwesenden.

»Es geht um eine Drohung, *Monsieur le Président*«, sagte Charles Pleyel mit leisem, aber bestimmtem Ton.

»Na, damit kennen wir uns ja wohl aus«, feixte François Faure und betrachtete das Bild. »Gucken wir uns jetzt hier Pornoseiten an?«

Nicolas betrachtete das Bild an der Wand. Und ihn überkam ein mulmiges Gefühl.

Die Seite zeigte die nackte Brust einer jungen Frau. Charles Pleyel klickte auf das Bild und blickte den Präsidenten an.

»Ehrlich gesagt, *Monsieur le Président*, mir wäre wohler, es wäre nur eine Pornoseite.«

Die Brust verschwand allmählich und darunter erschien ein Foto von François Faure. Es war eine Aufnahme am Wahlabend, als er als strahlender Sieger vor die Kameras getreten war, die Blitzlichter der Fotografen erhellten sein Gesicht, seine Augen glänzten.

Keiner im Raum sprach ein Wort, sie alle ahnten, dass es dabei nicht bleiben würde. Und tatsächlich erschien, als Charles Pleyel erneut auf das Bild klickte, ein Schriftzug unter dem Foto.

Es war nur ein Wort.

Assez.

»Genug«, murmelte Nicolas und sah mit wachsender Sorge, wie ein Fadenkreuz auf Faures Gesicht erschien, gemalt mit blutroter Farbe.

Der Präsident räusperte sich und blickte Gilles Jacombe an.

»Mein lieber Gilles, auf Sie kommt Arbeit zu«, sagte er mit einem süffisanten Lächeln. Offenbar war er der Einzige im Raum, der sich von der abgebildeten Internetseite nicht einschüchtern ließ.

Nicolas sah, wie Charles Pleyel seinem Mitarbeiter ein Zeichen machte, woraufhin dieser Farbkopien unter den Anwesenden verteilte.

»Wir haben einen Hinweis über eine neue Gruppierung bekommen«, erklärte Charles Pleyel und wartete einen Augenblick, bis alle das Blatt vor sich liegen hatten.

»Das ist eine Aufnahme vom Flughafen in Marseille, sie ist etwa eine Woche alt.«

Nicolas blickte auf die Ausdrucke. Es waren die unscharfen Aufnahmen einer Überwachungskamera, er sah den Bereich hinter dem Zoll. Insgesamt sechs Personen, fünf Frauen und ein Mann, verließen mit Rollkoffern und Reisetaschen die Sicherheitsschleuse.

Die Aufnahmen erschienen jetzt auch an der Wand des Besprechungsraumes und Charles Pleyel deutete mit einem roten Laserpointer auf eine der Frauen, die am Bildrand zu sehen waren.

Sie standen zusammen, keiner der Reisenden beachtete sie.

»Vermutlich haben wir es mit einer Gruppe aus wenigen Aktivisten zu tun, überwiegend Frauen. Wir wissen noch nichts über ihre Hintergründe oder Absichten. Wir wissen aber, dass die Internetseite, die ich Ihnen gezeigt habe, auf diese Frau hier eingetragen ist.«

Er deutete mit dem Pointer auf eine Frau in weißer Bluse mit Kopftuch, die in der Mitte der Gruppe stand und telefonierte.

»Ihr Name ist Rose Béliard, sie stammt aus dem Languedoc. Gegen sie laufen mehrere Verfahren wegen Störung der öffentlichen Ordnung.«

Nicolas hatte sie kaum beachtet – etwas anderes hatte seine Aufmerksamkeit gefesselt.

Etwas, das ihm den Atem stocken ließ.

»Wir wissen außerdem, dass sie über Informationen verfügen, die nicht frei zugänglich sind«, fuhr Charles Pleyel fort und Gilles Jacombe blickte ihn erstaunt an.

»Was soll das bedeuten?«

Charles Pleyel öffnete wieder die Internetseite, klickte das Foto des Präsidenten an und wartete, bis es verschwand.

Ein weiterer Schriftzug erschien.

»*Soyez préparé.*«

»Seid vorbereitet«, las Gilles Jacombe laut vor. »Was hat das zu bedeuten?«

»Das hier«, sagte Charles Pleyel und mit einem Mal wussten alle Anwesenden im Raum, warum sie hier waren.

Nicht aufgrund nackter Brüste, auch nicht aufgrund eines Fadenkreuzes auf der Stirn des Präsidenten. Und auch nicht aufgrund einer Gruppe von Aktivisten, die vor einer Woche am Flughafen von Marseille eingereist war.

Sondern aufgrund der Informationen, die jetzt an der Wand abgebildet waren.

Es waren Daten, Orte, Uhrzeiten.

Es war der Terminkalender des Staatspräsidenten der kommenden Wochen.

Paris, Brüssel, London.
Straßburg, Dijon, Lyon.
Parlament. Senat. Kabinett.
Auftritt im Fernsehen, Interview mit ›Paris Match‹, Einweihung eines Autobahnabschnittes in der Picardie.
Telefonate mit Washington, Berlin, Warschau.

Charles Pleyel klickte immer weiter, Zahlen erschienen, Routen, Hotelreservierungen.

Die ganze geheime Logistik hinter dem Arbeitsalltag eines Staatschefs.

Er sah, wie sein Teamleiter in seinen Stuhl sackte.

»Das ist ein Albtraum«, flüsterte Gilles Jacombe und selbst der Präsident war verstummt.

»Das ist es, meine Herren«, erklärte Charles Pleyel. »Und meiner Ansicht nach haben wir zwei Probleme.«

Er deutete auf die Auflistung.

»Erstens: Wir müssen die Sicherheitsmaßnahmen für jeden einzelnen Termin erhöhen. Und zwar deutlich. Außerdem werden Sie Abläufe ändern, andere Anfahrts- und Abfahrtswege wählen und Hotels umbuchen.«

»Das ist schlimmer als ein Albtraum«, fluchte Bertrand neben Nicolas.

»Und zweitens«, nun wandte sich Charles Pleyel direkt an Gilles Jacombe, »müssen wir eines festhalten: Sie haben ein Leck im Sicherheitsgefüge. Und zwar ein riesiges. Ich muss Sie bitten, Monsieur Jacombe, dieses Leck schnellstmöglich ausfindig zu machen. Mit allen Mitteln.«

Nicolas sah, wie sein Teamchef immer blasser wurde.

Charles Pleyel hatte recht.

Kaum jemand kannte all diese Informationen, der Terminkalender des Staatspräsidenten war nicht für die Öffentlichkeit bestimmt. Nun war er frei zugänglich für alle.

Fünf Frauen und ein Mann hatten sich zusammengetan, sie hatten ein virtuelles Fadenkreuz auf die Stirn des Präsidenten gezeichnet und jetzt warteten sie.

Die Frage war nur, wie lange. Und worauf.

»Was für eine Scheiße«, murmelte Bertrand. »Und ich wollte in Urlaub fahren.«

»Das kannst du vergessen«, sagte Nicolas und beugte sich erneut über die Aufnahme, die vor ihm auf dem Tisch lag.

»Wir wissen so gut wie nichts über diese Gruppe«, wiederholte Charles Pleyel. »Nur die Frau in der Mitte ist registriert, sie ist eine bekannte Aktivistin, wir fahnden nach ihr, aber sie ist abgetaucht.«

Sechs Menschen, verborgen in der Ungewissheit einer verpixelten Aufnahme vom Flughafen in Marseille.

»Das war's, meine Herren«, sagte François Faure schließlich und die Besprechung löste sich rasch auf, weitere Treffen wurden vereinbart, die Vorgehensweise abgestimmt.

Eine Minute später saß Nicolas alleine an dem großen Tisch.

Von draußen drang Straßenverkehr durch die gekippten Fenster, die Geräusche einer Stadt, die noch nicht wusste, was auf sie zukommen würde.

Auch er wusste es nicht.

Genauso wenig wie er wusste, warum er der Runde nicht mitgeteilt hatte, dass er eine der Frauen auf den Aufnahmen kannte.

Persönlich.

Sie stand am Rande der Gruppe, sie hatte einen Rucksack in

der Hand, ihr Haar war zusammengebunden, sie sah aus wie eine junge Frau auf einer Welt- oder Europareise.

Sie hatte ein hübsches Lächeln.

Er erinnerte sich daran. An ihre Sommersprossen.

Er erinnerte sich an das kalte Wasser im Hafenbecken von Le Havre.

»*Au revoir*, Bodyguard.«
»Das würde mich wundern. Aber gut: *Au revoir*, Marie.«

Das Leben, so schien es ihm, war nichts anderes als eine hämisch lachende Möwe. Sie kreiste hoch über seinem Kopf. Und er schmiss mit Steinen nach ihr und traf sie nicht.

Er würde sie nie treffen.

Und sie würde weiterlachen. So lange, bis er mitlachte.

KAPITEL 38

Normandie
Zur gleichen Zeit

Irgendwo rollte ein Glas über Fliesen, etwas klirrte. Roussel spürte sein Gesicht nicht, es schien, als würde ein trockenes Tuch in seinem Mund stecken.

Es war seine Zunge.

Wieder das Hämmern in seinem Kopf.

An der Tür. Jemand hämmerte gegen die Wohnungstür.

Roussel stöhnte, fasste sich an den Kopf, öffnete die Augen.

Da war grelles Licht, es flackerte, sein Fuß fühlte sich feucht an.

Das einzige flackernde Licht, das er kannte, war die Deckenleuchte im Badezimmer, sie war seit Wochen defekt.

»Oh, Scheiße«, fluchte er und seine Worte schmeckten nach Schnaps.

Er lag in seiner Badewanne, angezogen und durchnässt von einem tropfenden Duschkopf.

»Leck mich doch!« Mühsam stützte er sich auf den Rand der Wanne, atmete vorsichtig ein und aus und blickte sich um.

Eine halb leere Flasche auf dem Boden.

Eine weitere auf dem Toilettendeckel.

»Na prima«, sagte er, stellte sich auf unsicheren Beinen vor den Spiegel und zuckte zusammen. Er sah aus wie sein eigener Großvater.

Nur älter.

Wieder hämmerte es an der Tür.
Und in seinem Kopf.
Roussel blickte auf die Uhr, es war kurz nach neun.
»Ist ja gut, ich komme! Scheiße, nicht so laut!«
Drei Minuten später zog er mit zitternden Händen die Sicherheitskette seiner Wohnungstür beiseite und blickte auf den Grund für seinen Zustand.
Für einen Moment schwiegen sie, Roussel war zu erstaunt, um etwas zu sagen.
Und zu beschämt.
»Sandrine ...«, murmelte er, das Hämmern in seinem Kopf hörte nicht auf.
Sie musterte ihn, aber ihr Blick war offen, ohne Mitleid oder Wut.
Dieser Blick machte ihm Mut.
»Roussel, wir haben ein Problem.«
»Offensichtlich«, sagte er und versuchte, ein schwaches Lächeln aufzusetzen.
Sandrine schüttelte den Kopf.
»Es geht um die Kollegen in Caen. Der labortechnische Bericht über den alten Eugène, das letzte Mordopfer. Ich bin mir nicht sicher, aber ... ich glaube, wir haben etwas übersehen.«
Roussel fasste sich an den Kopf und schloss für einen Moment die Augen.
»Sandrine, können wir das später vielleicht ... Ich bin wirklich nicht in der Verfassung ...«
Offensichtlich hatte sie ihre spontane Trennung nicht mit Alkohol verarbeitet, ihr Blick war hell und klar.
»Ich glaube, er war es nicht, Roussel.«

Es dauerte einen Augenblick, bis die Information bei ihm ankam.
»Was sagst du da?«, fragte er leise.
»Ich rede von Mathieu. Ich bin mir nicht sicher, ob er den

alten Eugène umgebracht, ihn ausgezogen und dann seine Kleidungsstücke ans Ufer gelegt hat. Da ist kein einziger Fingerabdruck von ihm auf der Kleidung, keine Hautpartikel, keine Haare, nichts.«

Roussel rieb sich über seinen Schädel, der mächtig brummte.

»Dann hatte er eben Handschuhe an.«

»Hatte er nicht. Wir haben keine gefunden. Nicolas meinte, er habe keine angehabt. Und Nicolas übersieht nichts. Aber dafür haben die Kollegen der Spurensicherung etwas anderes gefunden. Unten am Ufer.«

»Und was?«, gähnte Roussel. »Einen Dreizack? Die Schwanzspitze des Teufels?«

Sandrine rollte mit den Augen.

»Fußabdrücke auf dem feuchten Boden. Von schweren Stiefeln.«

»Meinetwegen ...«

»Mathieu hatte Turnschuhe an.«

Roussel murmelte etwas, seine Zunge schien geschwollen, seine Gedanken standen hintereinander in ihrem eigenen Vollstau.

Sandrine schlug mit der flachen Hand gegen die Wand neben der Tür.

»Mann, Roussel! Reiß dich zusammen! Ich sage dir gerade, dass ich glaube, dass es jemand anderes war! Jemand, der uns die ganze Zeit hinters Licht geführt hat. Zumindest beim alten Eugène bin ich mir sicher, dass wir etwas übersehen haben. Oder besser gesagt: jemanden!«

»Aber den alten Pfarrer hat er definitiv auf dem Gewissen«, sagte er leise und blickte sie an.

Sandrine Poulainc nickte.

»Aber Esthelles Vater und auch der Bürgermeister – das wissen wir nicht hundertprozentig. Wir sind einfach wie selbstverständlich davon ausgegangen. Die Staatsanwaltschaft wird nach Beweisen fragen. Das ist mir heute Nacht noch mal klar geworden. Neben vielen anderen Dingen.«

Bei ihren letzten Worten sah er, wie sich ihre Augen mit Tränen füllten.

»Verdammt, Sandrine ...«

Roussel schloss wieder die Augen.

Er stank nach Schnaps und Tränen.

»Ich ziehe mich schnell an«, murmelte er, aber Sandrine war offenbar noch nicht fertig.

»Da ist noch was.«

»Was denn noch, um Himmels willen?«

»Es geht um Claire. Ich fürchte, sie ist seit gestern Abend verschwunden. Da hat sie ihr Handy ausgemacht.«

Jetzt war Roussel mit einem Schlag wach und bat Sandrine in die Wohnung.

»Wo war sie zuletzt? Sie sollte nach Hause fahren, verdammt!«

Sandrine blickte ihn an.

»In Vieux-Port. Wir haben ihre Handydaten überprüft. Das Gerät wurde zuletzt in der Nähe von Vieux-Port geortet, dann ist das Signal verschwunden. Gegen 21 Uhr.«

Roussel wanderte mit weichen Knien durch seine Wohnung, er kickte eine leere Bierflasche zur Seite und legte einen schmutzigen Teller in die Spüle. Dann drehte er sich zu Sandrine um.

»Warum habt ihr überhaupt nach ihr gesucht?«, fragte er. »Ich meine, es gab keinen Grund ...«

Sie deutete auf sein Handy, das auf dem Tisch lag, der Akku war alle, etwas, das ihm nie passierte.

Nicht passieren durfte.

Sandrine hielt ihm ihres hin.

»Schau es dir an. Und dann geh duschen. Ich warte unten. Wir müssen wirklich schnell nach Vieux-Port. Bevor noch Schlimmeres passiert.«

Mit offenem Mund betrachtete Roussel das Foto, das das Display ihres Handys zeigte, während sich hinter ihr die Tür schloss und ihre Schritte sich im Treppenhaus entfernten.

Das Foto war vergilbt und an den Rändern angefressen. Er dachte kurz an das Feuer, das ein reetgedecktes Haus auf der Isle of Wight niedergebrannt hatte.

Offenbar hatte es nicht alles zerstört. Und Claire musste dieses Foto irgendwie …

Es zeigte Mathieu, noch als Jugendlichen. Den Teufel, wie sie ihn im Dorf getauft hatten. Das Foto musste mehr als zwanzig Jahre alt sein.

Er stand vor einer Wand aus roten Backsteinen und sah mit ernstem Blick in die Kamera. In der Hand des Jungen erkannte Roussel einen Vogel, einen Spatz womöglich.

Am unteren Bildrand war ein Mauervorsprung zu erkennen, offenbar hatte Mathieu die Kamera dort abgestellt, um ein Selbstauslöser-Bild zu machen.

Aber es war der Hintergrund, der Roussel fluchen ließ.

Das Hämmern in seinem Kopf verschwand und wich einem überraschend klaren Gedanken.

Der Teufel war nicht alleine.

Neben Mathieu stand Julien, er hatte einen Arm um seine Schulter gelegt. Gemeinsam betrachteten sie einige Striche, die auf die Backsteinwand gemalt waren.

Roussel hatte keine Mühe zu erkennen, was dort zu sehen war.

Die schwarzen Schwingen eines Adlers.

Er fluchte laut.

»Dieser Julien hat uns die ganze Zeit verarscht!«

Zehn Minuten später saßen Roussel und Sandrine schweigend nebeneinander im Wagen.

KAPITEL 39

Normandie & Paris
Zur gleichen Zeit

Im Rückblick würden manche Beteiligten den Eindruck nicht loswerden, ab einem bestimmten Augenblick sei die Zeit schneller vergangen.

Als habe irgendwer die Uhren aufgezogen, als liefe ein Countdown ab, von dem niemand zu sagen wusste, wann er enden würde. Autos rasten, Menschen rannten, der Regen prasselte heftig zu Boden und verwandelte Erde in Schlamm und nur die Seine schien das sich anbahnende Schauspiel unbeeindruckt zu betrachten.

Über dem Wasser lag Nebel.

Blaulicht fiel durch die Bäume, ein Wagen fuhr im hohen Tempo in das Dorf, wendete auf dem kleinen Platz und kam mit quietschenden Reifen zum Stehen. Weitere Einsatzfahrzeuge folgten, Beamte sprangen heraus und verteilten sich in den Gassen, irgendwo kläffte ein Hund.

Und alles übertönten die knappen Befehle von Luc Roussel, Leiter des *Commissariat* von Deauville, der eine schlechte Nacht gehabt hatte und dem ein noch schlechterer Tag bevorstand.

Sie mussten Julien finden.

»Ich wette, er wusste die ganze Zeit, wo Mathieu steckt«, sagte Roussel zu Sandrine. »Und er hat ihm auch geholfen, seinem engen Freund aus alten Tagen. Er hat zugesehen, wie

Mathieu sich an dem Dorf rächte, und erst eingegriffen, als es fast zu spät war.«

Sandrine blickte nachdenklich hinüber zur Anlegestelle, die verlassen war.

»Er wird seine Gründe gehabt haben«, murmelte sie. »Schau dir nur diese Häuser an, Roussel, das warme Licht hinter den Fenstern. Alles sieht normal aus. Aber Normalität hat es hier nie gegeben.«

»Was meinst du?«, fragte Roussel und betrachtete sie von der Seite. Er hätte gerne über ihren Streit und ihre Trennung gesprochen, aber dies war offensichtlich nicht die Zeit dafür.

»Wenn es wirklich um Missbrauch geht, dann kann es doch sein, dass Julien genauso betroffen war wie Mathieu. Und das würde bedeuten …«

Roussel nickte grimmig.

»… dass wir nicht einen, sondern zwei Teufel in Vieux-Port haben.«

Sein Kopf dröhnte, sein Gesicht fühlte sich taub an und sein Rachen brannte. Kopfschmerztabletten ohne Wasser, er ahnte, dass das keine gute Idee gewesen war. Aber er würde schon jemanden finden, an dem er seine schlechte Laune auslassen konnte.

»Wo ist dieser verdammte Flusspolizist!«, brüllte er. »Ihr grabt mir diesen ganzen verfluchten Ort um.«

Das Unwetter breitete sich nach Osten aus, heftiger Regen fiel im ganzen Hinterland der Normandie, in Rouen, den Gärten von Giverny, in Mantes-la-Jolie, den Autofabriken von Poissy und den Parkanlagen von Versailles, Touristenboote schlossen ihre Verdecke, bunte Regenschirme wurden aufgespannt, entlang der Warteschlangen vor dem Eiffelturm. Das Wasser floss die Stufen am Montmartre hinab, rann in die Kanaldeckel vor dem Louvre und bildete Pfützen vor dem Palais de Justice auf der Île de la Cité.

Nicolas wäre fast in eine hineingetreten, als er zur Seite sprang, um einem Taxi auszuweichen.

Er hastete von Vordach zu Vordach, seine Füße in den feinen Lederschuhen suchten vergeblich nach einem trockenen Flecken auf dem Trottoir, sein Anzug war zu dünn, er fror und er war angespannt.

Sein Vater hatte sich nicht gemeldet. Es gab keine Anzeichen dafür, dass er einlenken würde, dass er dieses miese Schauspiel tatsächlich beenden wollte.

Und Nicolas wusste: Wenn sein Vater nicht aufgab, würde er ihn zwingen. Er würde ihn vor Gericht zerren, wegen Meineides, er würde seinen Ruf zerstören.

Er erreichte den Seiteneingang des Gerichtssaales, schüttelte seinen Mantel aus und zeigte den Beamten an der Einlasskontrolle seinen Ausweis. Dann legte er seine Schlüssel, sein Handy und einige Münzen in einen kleinen Kasten und durchschritt die Sicherheitsschleuse.

Durch ein Fenster fiel schwaches Licht in das Gebäude, auf dem Marmor hatten sich kleine Pfützen gebildet.

Er hastete die breite Treppe hinauf in Richtung des Vestibule de Harlay, er war spät dran, ausgerechnet heute.

Für einen kurzen Augenblick schoss ihm Marie durch den Kopf.

Nackt im Wasser. Schwer zu erkennen auf der verpixelten Aufnahme vom Flughafen in Marseille.

Eine neue Gruppe, die Ziele unbekannt, die Absichten keine guten. Darunter mutmaßlich Marie. Und Nicolas wusste nicht, warum er bei der Besprechung im Élysée-Palast nichts gesagt hatte.

»Es spielt jetzt keine Rolle«, murmelte er und betrat den riesigen Vorraum, in dem er vor knapp drei Wochen gesessen hatte, bevor er seine Zeugenaussage machte. Es schien ihm, als sei es eine Ewigkeit her. Verwundert blieb er stehen.

Alle Gäste und Prozessbeobachter standen vor der schweren Eichentür, die geschlossen war und von einem Saaldiener flankiert wurde.

»Der Verhandlungsbeginn verzögert sich um eine halbe Stunde«, teilte er Nicolas mit.

»Warum?«, wollte er wissen, bekam aber nur ein unwirsches Kopfschütteln als Antwort.

As Nicolas Pauline in der wartenden Menge sah, ging er zu ihr hinüber und begrüßte sie mit einem Lächeln.

»Das dachte ich mir, dass Sie sich das Urteil nicht entgehen lassen«, sagte er zu ihr.

Sie nickte.

»Natürlich nicht. Wir fragen uns nur alle, was da drinnen los ist.« Nicolas sah, dass sie ein Foto in der Hand hielt, immer wieder blickte sie nervös zur Tür hinüber.

»Das weiß ich leider auch nicht«, antwortete Nicolas. »Ist mit Ihnen alles in Ordnung, Pauline?«

»Ja ... ja, natürlich«, erwiderte sie freundlich. »Es ist nur das Wetter, es macht mir zu schaffen. Diese Feuchtigkeit geht mir in die Knochen.«

Nicolas verabschiedete sich von ihr und zog sich in einen ruhigen Winkel des Vorraumes zurück, wo er sein Handy herausholte und Roussel anrief.

Er wollte wissen, ob die Ermittlungen abgeschlossen waren und ob in Vieux-Port wieder Ruhe eingekehrt war. Aber als Roussel seinen Anruf entgegennahm und ihn durch die Leitung anschrie, wusste er sofort, dass dem nicht so war.

»Nicolas, ich kann jetzt nicht! Es regnet hier wie hundert Eimer Wasser und wir finden diesen verdammten ... Was ist? Was meinst du? Ich verstehe dich kaum!«

»Roussel, wo seid ihr überhaupt?« Nicolas deckte sein Handy mit der Hand ab, damit Roussels Flüche nicht den ganzen Palais de Justice aufschrecken.

»Ach so, du weißt es ja noch gar nicht ... es ist noch nicht vorbei, hörst du? Nicolas? Dieser Mathieu war nicht alleine!«

Nicolas musste sich setzen, als er nach und nach begriff, wovon Roussel redete.

Mathieu.
Julien.
Claire.

»Wir waren alle blind«, murmelte er. »Wir hätten wissen müssen, dass Mathieu das alles niemals alleine ... Roussel, bist du noch da?«

Aber die Leitung war tot.

Und als er überlegte, noch einmal in der Normandie anzurufen, kam Bewegung in die wartende Menge.

Die schwere Eisentür zum Verhandlungsraum hatte sich geöffnet.

Der letzte Prozesstag begann.

In der Normandie steckte unterdessen Roussel genervt sein Handy weg und betrachtete eine alte Frau, die seit ihrer Ankunft im Eingang ihres Hauses stand und in den Regen blickte.

»Sie sind weg.« Sandrine deutete auf die verlassene Anlegestelle.

»Dann sucht den Fluss ab, verdammt! Meinetwegen von hier bis Rouen!«

Dann wandte er sich mit einem Lächeln, das beruhigend wirken sollte, an die alte Frau.

»Verehrte Dame, noch mal für mich zum Mitschreiben: Sie sagten vorhin, Mathieu und Julien waren damals eine Zeit lang beste Freunde.«

Die alte Frau nickte und deutete auf eine Seitenstraße, die vom Kirchplatz abzweigte.

»Da hat er gewohnt, der Julien. Seine Eltern sind beide tödlich verunglückt und er ist dann bei seiner Tante aufgewachsen. Als sie starb, hat er das Dorf verlassen.«

»Wann war das?«

Sie zuckte mit den Schultern.

»Da war er mit der Schule fertig. Julien wollte immer schon zur Polizei. Aber die haben ihn wohl nicht genommen. Dann hatte er bei der Wasserschutzpolizei Erfolg. Ich weiß da nichts Genaues. Und Mathieu zog ja dann weg.«

Sandrine machte Roussel ein Zeichen und deutete zu der Pension hinüber, hinter deren Fenstern die Gardinen zugezogen waren.

»Ich rede mal mit Esthelle Meunier«, sagte sie und lief geduckt durch den Regen davon.

Roussel blickte die alte Frau an.

»Hören Sie, ich habe jetzt wirklich keine Zeit für Höflichkeiten, das verstehen Sie hoffentlich?«

Sie nickte.

»Gut. Madame, sagen Sie, hat der Pfarrer auch Julien missbraucht, damals?«

Die alte Frau fuhr zurück und hielt sich erschrocken die Hand vor den Mund. Entgeistert blickte sie an Roussel vorbei in Richtung der kleinen Kirche.

»Was ... wie meinen Sie?«, stotterte sie.

»Sie haben mich richtig verstanden, Madame«, bohrte Roussel weiter. »Hat der Pfarrer damals ...«

»Nein!«, entfuhr es der alten Frau. »Sind Sie verrückt, warum soll der alte Georges, Gott hab ihn selig, so etwas Fürchterliches getan haben? Und warum haben Sie eben ›auch‹ gesagt?«

»Wir gehen davon aus, dass er damals Mathieu missbraucht hat. Und dass dem armen Jungen niemand geholfen hat. Also zog er sich in sich zurück und verarbeitete das Ganze auf seine Weise. Mit Wut und Aggressionen. Gegen das ganze Dorf.«

Mit offenem Mund starrte sie ihn an.

»Mein Gott«, hauchte sie schließlich. »Das wäre ja schrecklich, das hätte ich nie ... Doch nicht Georges. Er war so sanft, so verständnisvoll. Das kann ich mir nicht vorstellen!«

»Was können Sie sich denn vorstellen, Madame?«

Er sah ihr an, dass sie etwas bewegte. Da war Scham in ihrem Blick, sie wand sich.

»Ich weiß nicht ... es ist bloß ...«, sagte sie leise, als ein lauter Ruf durch den Regen zu ihnen drang.

»Chef!«

Einer der Beamten kam zu ihnen gelaufen, von der Kapuze seiner Dienstjacke tropfte das Wasser.

»Chef! Wir haben ihn!«

Roussel wirbelte um die eigene Achse und steckte sein Notizbuch weg.

»Wo ist er?«

»Auf dem Fluss, nur wenige Kilometer weiter stromaufwärts, unterhalb des Nationalparks. Offenbar hat er genau in der Flussmitte geankert.«

»Natürlich«, knurrte Roussel. »Dieser verdamme Fluss. Es war ja klar, dass alles dort endet.«

Er verabschiedete sich von der alten Frau und rannte mit dem Kollegen zu den Fahrzeugen.

»Ich will ein Sondereinsatzkommando vor Ort, an beiden Ufern, ich will, dass niemand sich dem Polizeiboot nähert. Und haltet die übrige Schifffahrt auf!«

»Geht klar, Chef!«

»Roussel!«

Sandrine Poulainc kam jetzt ebenfalls durch den Regen zu ihm gelaufen, auch sie war durchnässt bis auf die Knochen. Für einen Augenblick dachte Roussel an ihren schönen Körper, er wollte sie in den Arm nehmen, sie wärmen.

Aber es war zu spät.

»Esthelle ist ebenfalls spurlos verschwunden«, sagte sie, als sie keuchend vor ihm stehen blieb.

»Das kann doch nicht wahr sein!« Roussel blickte sich

suchend um. »Dann müssen wir davon ausgehen, dass er sie auch an Bord hat. Habt ihr alle Straßen durchkämmt? Kann sie bei einem ihrer Nachbarn sein?«

Seine Männer schüttelten den Kopf und Roussel schlug mit der flachen Hand auf das Dach seines Wagens.

»Dann fahren wir los und holen uns diesen Kerl!«

Durch den Regen drang das Geräusch zuschlagender Türen, Gardinen wurden wieder zugezogen, der Nebel lag unverändert auf den Straßen und über der Seine. Die ersten Wagen verließen im hohen Tempo das Dorf.

»Warte!«, rief Sandrine plötzlich und legte Roussel eine Hand auf den Arm.

»Was ist?«, knurrte er. »Wir haben es eilig, Sandrine!«

»Ich weiß«, schon sprang sie aus dem Wagen in den Regen. »Es ist nur so ein Gefühl!«

Sie rannte über den Platz und bog neben der Kirche in die Büsche ab. Roussel sah, wie sie Zweige zurückbog und unter einem tiefhängenden schweren Ast hindurchtauchte, dann war sie verschwunden.

»Deine Gefühle haben mich besoffen in der Badewanne enden lassen«, murmelte er, als Sandrine plötzlich wieder auftauchte und ihm hektisch zuwinkte.

Roussel stieg aus dem Wagen und folgte ihr, zögerlich erst, dann mit hastigen Schritten.

»Die Falltür«, rief sie durch den strömenden Regen. »Jemand hat einen dicken Balken über die Falltür gelegt.«

Roussel sah sofort, was sie meinte.

Er packte den Balken mit beiden Händen und zerrte ihn zur Seite. Für einen kurzen Moment dachte er an die Ratten, die sie das letzte Mal erwartet hatten.

»Warte«, sagte er zu Sandrine. Er zog seine Waffe und packte mit links den eisernen Griff. Mit einem Quietschen öffnete sich die rostige Falltür.

Sie brauchten einen Augenblick, bis ihre Augen sich an die Dunkelheit gewöhnt hatten. Wasser lief ihnen in Strömen über das Gesicht.

Dann sahen sie sie.

Sie saß an eine Wand gelehnt, der Kopf war ihr auf die Brust gesackt, ihre Beine ragten in den dunklen Gang.

»Oh nein«, flüsterte Sandrine.

Roussel ging vorsichtig die feuchten Stufen hinab.

»Claire!«, rief er und spürte, wie sein Herz klopfte und wie auch der letzte Tropfen Alkohol aus seinem Blut verschwand.

»Claire, verdammt!« Er erreichte sie, legte seine Waffe auf den Boden und berührte sie sanft an der Schulter.

»Hey, Küchenmädchen, wach auf. Es ist vorbei!«

Claire zuckte kurz, sie stöhnte und ihr Kopf hob sich für einen Millimeter.

Roussel sah, dass ihr Hinterkopf blutverkrustet war. Im Hintergrund hörte er das aufgeregte Piepsen von Ratten.

»Wie hast du es geschafft, dass sie dich in Ruhe gelassen haben?«, fragte er und hob behutsam ihr Kinn an. Langsam öffnete Claire die Augen, sie waren matt und blutunterlaufen.

»Angebrüllt ... die ganze Nacht.« Ihre Stimme war kaum mehr als ein Krächzen.

»Wir brauchen einen Krankenwagen!«, rief Roussel nach oben. »Alles wird gut, Claire, es ist vorbei. Du blöde Kuh, ich hab eine Scheißangst gehabt!«

Er drückte sie an sich und schämte sich nicht, als er seine eigenen Tränen an ihrer Wange spürte.

Als er sie wieder anblickte, konnte er sehen, wie sie allmählich wieder wegdämmerte.

Ihre Lippen bewegten sich leicht, als ihr Kopf in seine Hände kippte.

»Esthelle ... Julien ... hat ... Schiff ...«

»Ich weiß«, flüsterte Roussel. »Mein Handy war aus, es tut

mir leid, Claire. Es tut mir so leid. Aber glaub mir, wir kriegen ihn. Wir schnappen uns den Kerl.«

Aber Claire war wieder weggetreten.

Der Regen fiel immer weiter, ohne Unterlass, während Roussel und Sandrine kurz darauf Vieux-Port verließen, flussaufwärts, in Richtung Nationalpark. Roussel atmete langsam aus, dann holte er sein Handy hervor und wählte Nicolas' Nummer.

»Er geht nicht dran«, murmelte er. »Sein Handy ist ausgeschaltet.«

»Ist nicht heute der letzte Prozesstag?«, fragte Sandrine, während ihr Wagen den Fluss entlangraste.

»Scheiße, das habe ich völlig vergessen«, fluchte Roussel. »Ich hoffe, sein Plan hat funktioniert.«

»Ich hoffe, der Plan hat funktioniert«, murmelte Nicolas in diesem Augenblick und blickte die alte Pauline von der Seite an, die einige Plätze neben ihm in den Besucherrängen saß, mit durchgestrecktem Rücken. Sie tuschelte mit ihrem Sitznachbarn und hob den Kopf, als Julie durch eine unscheinbare Seitentür trat und zu ihrem Platz geleitet wurde.

Sie hatte sich verändert, das war das Erste, was Nicolas auffiel. Sie war weniger blass, ihre Haare waren kurz geschnitten, sie trug ein dunkles Jackett über einem weißen Oberteil.

Ihr Blick suchte seinen, fand ihn, und sie lächelte.

Und er lächelte zurück.

Und doch war da dieser Gedanke, der ihn nicht mehr losließ, seit einigen Tagen schon und spätestens seit dem vergangenen Telefonat, in dem sie ihm endlich gesagt hatte, dass sie ihn hatte schützen wollen.

Vor seinem eigenen Vater.

Der Gedanke, der ihn umtrieb, war vielmehr eine Frage: War die Julie, die sich dort vorne jetzt auf ihre Bank setzte, dieselbe Julie wie jene, die ihn vor so langer Zeit verlassen hatte?

»Bitte erheben Sie sich!«
Der Ruf des Saaldieners hallte durch den Verhandlungssaal, kurze Zeit später betrat die Vorsitzende Richterin den Raum, gefolgt von ihren Beisitzern und den Geschworenen. Nicolas fragte sich, was sie veranlasst haben mochte, die Sitzung mit deutlicher Verspätung zu beginnen.
Und dann sah er es.
Den schlecht gelaunten Blick des Staatsanwaltes.
Das Schulterzucken eines Geschworenen.
Julies Verteidiger, der ihr zuzwinkerte.
Alles würde gut werden.
Nicolas hörte sein eigenes Herz klopfen.

»Guten Morgen«, eröffnete die Vorsitzende Richterin den letzten Prozesstag und blickte sich um. »Bitte entschuldigen Sie den verspäteten Beginn, das Gericht musste sich nach einer überraschenden Entwicklung zu einer Beratung zurückziehen. Sowohl die Staatsanwaltschaft als auch die Verteidigung wurden darüber informiert. Ich gebe zu, dass ich eine solche Sachlage in meiner langen Zeit als Richterin an der Cour d'Assises noch nicht erlebt habe. Und ich gebe auch zu, dass ich über die Art und Weise dieses Vorgangs nicht erfreut bin.«
Das Publikum begann zu tuscheln.
Julie drehte den Kopf, sie blickte Nicolas jetzt direkt an.
Sie war angespannt.
Sie weinte.
Er spürte, wie Tränen sein Gesicht hinabliefen.
Ihr Verteidiger drückte Julies Hand, sie nickte ihm zu.

Die Richterin fasste den Prozessverlauf zusammen, zitierte über zwanzig Minuten die Expertisen der Ballistiker, der Gerichtsmediziner und die Aussage des Polizisten, der damals an Julies Seite gewesen war und der gegen sie ausgesagt hatte.

Und schließlich seine eigene Zeugenaussage und die seines Vaters.

Es waren die längsten zwanzig Minuten in Nicolas' Leben. Unruhig rutschte er auf seiner Bank hin und her, er spielte mit seinem Handy, blickte aus dem Fenster, vernahm den Verkehrslärm von der Place Dauphine.

Er hörte den Regen, der hier in Paris genauso stark war wie in der Normandie.

Unaufhörlich prasselte er auf das Wasser, schlug gegen die Scheiben der Polizeifahrzeuge, die zu Dutzenden zu beiden Seiten des Ufers standen, am Rand des Nationalparks. Roussel war aus seinem Wagen gestiegen, er scherte sich nicht um das Wasser, das ihm in den Kragen lief, er registrierte nicht mal, dass er zitterte. Aufgestützt auf die Motorhaube, blickte er durch ein Fernglas hinaus auf den Fluss.

Ein Reiher zog vorbei, aufgescheucht von den Männern, die entlang der Uferböschung nach einem Unterschlupf suchten, nach einer guten Position.

Um zu sehen.

Und um zu zielen.

»Alle Mann sind vor Ort«, erklang eine Stimme durch ein Funkgerät im Wagen und Roussel nickte grimmig.

»Jetzt haben wir dich, du Arschloch«, murmelte er und blickte erneut durch sein Fernglas. Er sah den Rumpf des Polizeibootes, die Fahrerkajüte, das Deck und die Luke, von der eine kleine Treppe in das Innere hinabführte.

Dort musste er sein.

»Achtung, Bewegung!«

»Es ist die Frau«, sagte die Stimme im Funk. Die Männer auf der anderen Seite waren etwas näher dran, aber da an dieser Stelle keine Brücke über den Fluss führte, mussten

Roussel und Sandrine sich mit ihrem Blickwinkel zufriedengeben.

»Ich sehe sie jetzt auch«, sagte sie leise und Roussel stellte sein Fernglas scharf, bis auch er Esthelle erkannte.

»Scheiße«, sagte er. »Sie blutet.«

Sie sahen, dass Esthelle aus dem Bauch des Polizeibootes geklettert war, sie schleppte sich über das Deck, fiel hin, kroch weiter. Bis sie erschöpft liegen blieb.

»Was passiert da bloß?«, murmelte Sandrine.

»Er knallt sie ab, wenn wir nichts unternehmen«, fluchte Roussel und blickte sich um.

»Wir haben freies Schussfeld«, hörte er wieder die Stimme aus dem Funkgerät.

»Keiner schießt ohne meinen Befehl«, schrie Roussel in das Funkgerät und griff nach einem Megafon, das ihm ein Kollege hinhielt.

Der Regen klatschte auf das Deck des Polizeibootes, sie konnten sehen, dass Esthelle völlig durchnässt war. Ängstlich starrte sie den Mann an, der jetzt aus der Luke kletterte.

Es war Julien.

Und er trug eine Waffe in der Hand.

»Scheiße«, fluchte Roussel und drückte auf den Knopf des Megafons.

Seine Stimme zerteilte den Regen, drang bis zu Julien, der an Deck seines Bootes stand und Esthelle mit seiner Waffe bedrohte.

»Julien! Hier spricht die Polizei! Geben Sie auf, es ist vorbei!«

Sie konnten sehen, wie Julien zusammenzuckte, wie sein Blick von einem Ufer zum anderen flog, dann wieder zurück zu Esthelle. Esthelle schrie ihn an, sie konnten ihre Stimme nicht hören. Sie konnten nichts tun als warten. Aus den Augenwinkeln sah Roussel, wie sich ein Polizeiboot langsam näherte. Er selbst hatte es vor wenigen Minuten angefordert.

Sie wussten nicht, was Julien vorhatte. Und sie durften kein Risiko eingehen.

»Legen Sie die Waffe nieder, Julien! Lassen Sie uns an Bord kommen!«

Durch den Regen hindurch sahen sie, wie Julien etwas brüllte, aber sie verstanden ihn nicht.

»Immer noch freies Schussfeld«, erklang die Stimme im Funkgerät.

»Halt die Klappe«, murmelte Roussel und wischte sich mit dem Jackenärmel das Wasser aus dem Gesicht.

»Julien! Ich bin es, Roussel! Es ist vorbei, hören Sie. Wir wissen alles! Über Mathieu. Über Sie! Wir können Ihnen helfen!«

Wieder drehte sich das Schiff im Wasser, für einen Augenblick verloren sie die beiden aus den Augen.

»Scheiße, was passiert da!«, rief Roussel ins Funkgerät.

»Er bedroht sie noch, nein, Moment, er …«

Im selben Augenblick wurde auf dem Wasser ein Schuss abgefeuert.

»Oh, verdammt«, flüsterte Roussel.

Das Schiff drehte sich wieder in ihre Richtung, sodass sie sahen, dass Julien die Waffe gehoben hatte.

»Er hat in die Luft geschossen«, erklang die Stimme aus dem Funkgerät.

Im selben Augenblick sahen sie, wie sich der Bug des Schiffes in der starken Strömung hob und senkte.

»Julien!«, brüllte Roussel in sein Megafon, aber an Bord des Schiffes antwortete niemand. Stattdessen sahen sie, wie Julien sich an der Reling festhielt und seine Waffe in die andere Hand nahm.

Und sie sahen, dass Esthelle plötzlich aufsprang, sie wollte die Gelegenheit nutzen, sie wollte sich nicht kaltblütig erschießen lassen. Mit einem gellenden Schrei, der bis zu ihnen ans Ufer drang, stürzte sie sich auf Julien, riss ihn mit, sie fielen übereinander, ihre Körper schlugen gegen die Reling.

»Scheiße, was macht sie?«, fluchte Roussel und starrte durch sein Fernglas, so wie auch Sandrine neben ihm durch ihres blickte.

Sie konnten nichts tun.

»Sichtkontakt verloren«, teilte die Stimme im Funkgerät mit.

»Das Polizeiboot soll sich nähern, aber langsam!«, rief Roussel zurück.

»Sie kämpfen«, sagte Sandrine und auch Roussel sah es jetzt.

Esthelle saß auf Julien, sie kratzte, spuckte, schlug seine Arme weg. Aber er war stärker als sie, sie sahen, wie er sich zur Seite warf, wieder fielen sie übereinander.

Es war ein stummer Kampf für die Beobachter, kein Laut drang zu ihnen, das Schiff war zu weit weg. Da waren nur der Mann und die Frau, im Kampf vereint, in Verzweiflung und Wut, in der Mitte des hungrigen Flusses.

Esthelle fiel auf den Rücken, sie schlug sich den Kopf an.

»Freies Schussfeld«, erklang die Stimme, diesmal mit Nachdruck.

»Wartet noch«, antwortete Roussel.

Julien bückte sich. Hob seine Waffe auf.

»Roussel ...«, flüsterte Sandrine.

Und Roussel schloss kurz die Augen.

Die Richterin hatte ihre Ausführungen beendet, es war still geworden im großen Verhandlungsraum der Cour d'Assises.

»Jetzt«, flüsterte Nicolas leise und senkte den Kopf. Er sah den Holzboden, seine Schuhe, er sah die feinen Risse im Parkett.

Niemand sprach ein Wort.

Die Richterin öffnete eine Mappe und entnahm ihr ein Blatt Papier.

»Vor zwei Stunden ist dem Gericht ein Schreiben zugegangen«, fuhr sie schließlich fort.

Nicolas hob den Kopf, er blickte zu Julie hinüber, sah, dass sie die Augen geschlossen hatte.

»Rémy Foire, der Polizeibeamte, der an dem Polizeieinsatz beteiligt war, als Clementine Marcellin erschossen wurde, widerruft seine Zeugenaussage schriftlich. Er ist bereit, dies unter Eid auch vor Gericht zu tun.«

Nicolas atmete langsam aus.

Dann wieder ein.

Atme, Nicolas, sagte er sich. Atme.

Im Publikum wurden Ausrufe des Erstaunens laut, die Menge begann zu tuscheln, die anwesenden Journalisten reckten die Köpfe, blickten sich verwundert an.

Julie hielt noch immer die Augen geschlossen.

»Er hat schriftlich und vor einer Stunde auch telefonisch angegeben, unter hohem psychischem Druck gestanden zu haben, die Vorfälle hätten ihn belastet und er fühle sich schuldig. Er widerruft seine Aussage, wonach die hier Anwesende Julie Malraux unter Vorsatz gehandelt habe, als sie den tödlichen Schuss abfeuerte.«

Nicolas lehnte sich zurück und blickte an die Decke.

»Roussel …«

»Wartet, verdammt, wir können nicht einfach …«

»Roussel, er hat die Waffe, ich bitte dich …«

»Freies Schussfeld. Ich wiederhole: freies Schussfeld!«

»Roussel, verdammt!«

Einige Prozessbeobachter waren aufgesprungen, andere wechselten ratlose Blicke.

Sein Herz raste, seine Atmung ging jetzt schnell.

»Ich bin gleich wieder da«, hatte Julie zu ihm gesagt.
Dieses Gleich war jetzt.
Endlich.

»Freies Schussfeld. Ich wiederhole: Wir haben freies Schussfeld. Erwarten Befehl!«
»Roussel, er hat die Waffe gehoben.«

»Ich bitte um Ruhe im Saal!«
Die Vorsitzende Richterin blickte streng in den Saal.
»Ich betone ausdrücklich, dass dieser Prozess noch nicht beendet ist. Zu viele Fragen sind noch offen, die sowohl die Polizei als auch der Inlandsgeheimdienst zu beantworten haben. Der Vorwurf der Staatsanwaltschaft, die hier anwesende Julie Malraux habe vorsätzlich geschossen, konnte hier vor Gericht nicht bestätigt werden. Ich verfüge daher …«

»Roussel!«
»Befehl erteilt. Sie haben Freigabe!«
»Verstanden. Freigabe gehört.«

»… dass die Angeklagte mit sofortiger Wirkung und unter Auflagen aus der Untersuchungshaft entlassen wird. Ich muss Sie darauf hinweisen, Mademoiselle Malraux, dass Sie verpflichtet sind, sich stets zur Verfügung der ermittelnden Organe zu halten.«

Der Schuss peitschte über das Wasser und traf Julien in dem Augenblick, in dem er seine Waffe auf Esthelle richtete. Die Kugel traf ihn unterhalb des Halses, er taumelte über das Deck, drehte sich um die eigene Achse, seine Waffe fiel ihm aus der Hand.
Sein Körper krachte gegen die Reling, kippte über das Seil

und fiel, begleitet von den Blicken Dutzender Einsatzkräfte an beiden Ufern des hungrigen Flusses.

Reglos klatschte Juliens Körper auf das Wasser, tauchte unter, Fische stoben aufgescheucht davon. Kam wieder hoch und drehte sich, das Gesicht in Richtung Grund, die Arme und die Beine ausgestreckt.

Er trieb für einen Augenblick am Bug, dann wurde er von der Strömung erfasst und davongetragen. Begleitet vom lauten Schluchzen von Esthelle, die an Deck zurückgeblieben war, verletzt, aber am Leben.

In der Cour d'Assises leerte sich der große Verhandlungssaal rasch. Nicolas hatte Pauline aus den Augen verloren, er hätte sich gerne von ihr verabschiedet.

Und nun saß er da, alleine auf seiner Bank, und wartete.

Die Richterin und die Geschworenen hatten bereits den Saal verlassen. Die Journalisten warteten draußen, die Saaldiener hatten ihm erlaubt, sitzen zu bleiben.

Dann kam sie.

Ihr Anwalt umarmte sie nochmals, sie verabschiedete ihn, atmete langsam aus.

Sie sah gut aus, fand er.

Verändert. Aber gut.

Julie setzte sich neben ihn, ohne ein Wort zu sagen. Gemeinsam blickten sie auf die Reihen vor ihnen, auf die Anklagebank, den Platz der Richterin, die Stühle der Geschworenen.

Dann griff sie nach seiner Hand.

Und ließ sie nicht mehr los.

KAPITEL 40

Paris

Nicolas und Julie verließen den Palais de Justice durch einen Seitenausgang, einer der Saaldiener hatte Julie zugelächelt und ihnen den Weg durch den verschachtelten Gebäudekomplex gewiesen. Nachdem sie durch eine Vielzahl von Innenhöfen und Treppenfluchten gekommen waren, traten sie schließlich hinaus auf den Quai de l'Horloge, von wo aus der Pont Neuf und der Pont au Change von der Île de la Cité auf die Rive Droite führten. Die Seine lag friedlich vor ihnen, Lichtreflexe huschten zu ihnen herüber, als die Sonne auf das Wasser fiel. Nicolas hatte Julie nicht mehr losgelassen, seit sie das Geschworenengericht verlassen hatten.

Julie lehnte ihren Kopf an seine Schulter, während sie auf das Wasser blickten.

Da war der Straßenlärm, die Schritte der Passanten auf dem Trottoir. Die Rufe der Buchhändler vor ihren Holzkästen am Seineufer, das Hupen der Autos, das Fluchen eines Cafébesitzers, der eine Taube verscheuchte. Das Dröhnen der Metro unter ihren Füßen, die monotone Stimme eines Fremdenführers auf einem der Bateaux Mouche, den Touristenbooten unten auf dem Wasser.

Und nichts davon drang zu ihnen.

Sie spürten nur das Licht, die Helligkeit, den warmen Druck ihrer Hände und das nicht zu übertreffende Gefühl, dass alles vorbei war.

Dass alles gut würde.
Bis zu dem Augenblick, in dem Nicolas' Handy klingelte.

Mit einem Seufzen löste er sich von Julie, sie hielt die Augen geschlossen, ihr Kopf lag an seiner Brust, sie wirkte zart, zerbrechlich und doch auf wundersame Weise stark. Er küsste sie auf die Stirn, ihm fielen keine Worte ein, die zu diesem Augenblick passen könnten, und er sah, dass es ihr genauso ging.

Sie würden schweigen, wenn es sein musste, den ganzen Tag, die ganze Nacht, so lange, bis die richtigen Worte gefunden wären.

»Entschuldige«, sagte er leise und nahm das Handy ans Ohr.

Sofort waren die Geräusche da, der Lärm, die Kakophonie, die sie umgab. Der Zauber war gebrochen, es brauchte dafür nur zwei Wörter.

»*Salut*, Nicolas.«

Es war sein Vater und instinktiv drehte sich Nicolas um, musterte die Passanten, blickte hinüber zu den Wagen, die am Straßenrand geparkt waren, suchte nach einer vertrauten Silhouette auf der Pont de Notre-Dame.

Aber da war nichts.

»Vater«, sagte er mit trockener Stimme.

Er konnte förmlich hören, wie sich die Mundwinkel seines Vaters zu einem spöttischen Lächeln verzogen.

»Glückwunsch«, hörte er ihn sagen. »Du hast bekommen, was du wolltest, Nicolas.«

Nicolas spürte Julies fragenden Blick.

»Wenn du erwartest, dass ich mich bei dir bedanke, Vater, muss ich dich enttäuschen.«

»Ich erwarte gar nichts, Nicolas, keine Sorge.«

Wieder blickte Nicolas sich suchend um.

»Was willst du dann, Vater?«

Sein Vater schwieg einen Moment und Nicolas hörte durch

die Leitung hindurch das Geräusch eines Schiffsmotors. Er blickte auf das Wasser und hinüber zum anderen Ufer.

Und da sah er ihn.

Hochgewachsen, aufrecht, schwarzer Mantel. Sein Vater stand im Schatten der Bäume an der Rive Droite und blickte zu ihnen herüber. Als er sah, dass Nicolas ihn entdeckt hatte, hob er kurz die Hand.

»Ihr seht gut aus zusammen.«

Nicolas spürte, wie Julie sich neben ihm versteifte, wie ihr Atem schneller wurde.

»Lass uns in Frieden, Vater«, sagte er leise.

Sein Vater lachte kurz auf.

»Hat sie es dir gesagt, Nicolas? Hat Julie dir erzählt, warum sie sich letztlich doch für den Auftrag entschieden hat? Und warum sie dir nichts gesagt hat?« Sein Vater sah ihn prüfend an. »Ja, das hat sie, nicht wahr?«

»Hör mir zu, Vater, es ist mir egal, was du weißt oder glaubst. Ich ...«

»Nein, Nicolas, du hörst mir zu!«, zischte sein Vater. »Du hörst mir ganz genau zu. Du denkst, du hast mich geschlagen, du denkst, du hast mich ausgetrickst. Du denkst, du hast etwas gegen mich in der Hand ...«

»Das habe ich, Vater. Du hast vor Gericht falsch ausgesagt, du hast das Gericht wissentlich belogen.«

»Spiel nicht mit mir, Nicolas.« Die Stimme seines Vaters hatte einen kalten Klang. »Ich rate dir, genieß den Augenblick. Denn wenn du glaubst, du bist der Einzige, der tricksen kann, dann hast du dich getäuscht. Und zwar gewaltig. Du wirst schon merken, wenn die Zeit gekommen ist. Ich rate dir nur: Vergiss mich nicht. Vergiss mich nie, Nicolas.«

Nicolas blickte zu seinem Vater hinüber, zu jenem Mann, der einst so mächtig gewesen war.

Und der seine Macht zurückhaben wollte, das war ihm nun klar.

Sein Vater hatte etwas gegen ihn in der Hand und Nicolas wusste nur zu gut, was das war.

Fehler aus der Vergangenheit, von denen er gehofft hatte, sie würden ihn nicht einholen.

Die Leitung war tot, sein Vater hatte aufgelegt. Und war in den Schatten unter den Bäumen verschwunden.

Für einen kurzen Moment stand Nicolas einfach da, ohne etwas zu sagen, ohne etwas zu denken, ohne etwas zu fühlen.

Dann war es Julie, die ihn zurückholte, die ihm in die Augen sah und ihn küsste, bis er alles andere vergessen hatte.

»Lass es gut sein«, murmelte sie. »Es ist vorbei und was auch immer kommen mag, ich bin wieder da.«

Er lächelte sie an, berührte ihre Finger, strich ihr eine Strähne aus der Stirn.

»Du siehst gut aus«, sagte er schlicht.

»Ich sehe aus wie meine ältere Schwester«, erwiderte Julie mit einem Lachen. »Oder besser, wie mein eigener Schatten!«

»Du hast keine Schwester.«

»Aber einen Schatten«, sagte sie und ihre Finger suchten seine. »Und ich will ihn loswerden.«

»Und da komme ich ins Spiel.«

»So ist es. Lass uns nach Hause fahren, Nicolas.«

Ein Taxi fuhr sie durch die sonnenhellen Straßen, durch die Boulevards ihrer Stadt, sie saßen eng beieinander auf der Rückbank und redeten über das Wetter und den Verkehr, über die Touristen, die immer mehr wurden, über die Tauben am Himmel und das schlechte Essen im Gefängnis.

Sie hörten nicht auf zu reden, auch nicht, als das Taxi sie auf der Place Sainte-Marthe absetzte. Sie unterhielten sich über den Sommer in der Bretagne und den Winter in den Alpen, über Filme und über Musik, die sie hören wollten, gemeinsam. Julie erzählte Nicolas von einem Buch, das sie in der Haft gelesen hatte, während er die Tür zum Treppenhaus aufschloss, immer noch hielten sie einander an den Händen, sie sprachen über gemeinsame Bekannte, über den Streik der französischen Bahn, sie redeten über den neuen Supermarkt an der Ecke, während Nicolas die Wohnungstür öffnete, sie überlegten gemeinsam, was sie essen wollten, während Julie ihn auszog, während er sie auszog, sie machten gemeinsam eine Liste von Dingen, die sie wieder brauchen würde, eine Zahnbürste natürlich, neue Schuhe bestimmt, sie wollte einen alten Plattenspieler, so wie Tito einen hatte, und erst als sie aufstöhnte, weil sie jetzt auf ihm war, und als er ihre Haare in seinem Gesicht spürte, ihren Atem an seinem Ohr, ihre Hitze, da verstummten sie.

Später glitzerten die Lichter des Eiffelturms in der aufziehenden Dämmerung, sie standen am Rande der Dachterrasse, es war nicht warm, aber sie hielten einander im Arm. Julie hielt ein Glas Rotwein in der Hand, sie hatten den Wein unten im »Le Vannier« geholt und Spaghetti mit Muscheln gleich mit, sie hatten im Bett gegessen und in der Badewanne getrunken und nun standen sie hier über der Stadt und alles lag vor ihnen.

»Glaubst du, dass wir uns verändert haben?«, fragte Julie plötzlich.

»Vermutlich«, murmelte er in ihr Ohr.

»Ich glaube es auch«, sagte sie und nahm einen Schluck. »Es wird nicht alles so leicht werden.«

Hätte Nicolas auch nur im Ansatz geahnt, wie recht sie damit hatte, er hätte sie noch fester in den Arm genommen und sie nicht mehr losgelassen. Weil aber in diesem Augenblick das Kratzen einer Plattennadel auf dem Balkon unter ihnen erklang und kurz darauf die ersten Takte eines alten Liedes zu hören waren und weil Julie sich von ihm löste und mit einem hellen Lachen an die Brüstung trat und hinunterwinkte, kam Nicolas ein so düsterer Gedanke nicht in den Sinn.

Es hätte auch nichts geändert.

»Tito!«, rief Julie nach unten. »Ich bin wieder da! Und ich weiß genau, was du gleich tun wirst!«

»Was denn, Mademoiselle Julie?«, erklang Titos knarzende Stimme von unten.

»Du malst einen Kreidestrich auf meine Seite der Tafel«, rief Julie aufgeregt. »Ich bin wieder im Spiel! Joe Dassin, *Et si tu n'existais pas!*«

Und wenn es dich nicht gäbe, dachte Nicolas bei sich. Tito hatte wahrlich ein Gespür für die Magie dieses Augenblicks.

»Endlich wieder ein Gegner von Format«, grummelte der alte Tito. »Ich muss zugeben, Ihr junger Bodyguard hat sich wacker geschlagen, aber Sie, Mademoiselle Julie, sind ein anderes Kaliber.«

Und so vergingen die nächsten zwei Stunden unter dem Himmel von Paris mit Rotwein und alten Liedern, Julie tanzte auf der Dachterrasse und Nicolas saß in einem Korbsessel und überlegte, was mehr funkelte, der Eiffelturm oder Julies Augen. Sie hörten Moustaki und Cabrel, Etienne Daho und Dalida, Bécaud natürlich und Charles Trenet und immer wieder Brel, den Mann aus dem Norden, dessen Stimme ihn sofort berührt hatte, als Julie ihn damals in diese Welt eingeführt hatte. Sie küssten sich, berührten sich, blickten sich in die Augen, unter ihrer Wolldecke, es war frisch hier oben, als die Sonne unterging. Und dabei sang Souchon über ihre Köpfe hinweg und Gainsbourgs Stimme rieb sich an dieser Nacht, sie stöhnte ihnen leise ins Ohr, sodass sie nicht anders konnten, als sich erneut zu lieben, hier und jetzt, leise, unter dem Himmel von Paris.

Und für die Dauer eines trügerischen Augenblicks dachte Nicolas tatsächlich, alles sei vorbei.

Dann jedoch erklang die Stimme einer alten Dame, dunkel

und unheilvoll, und Julie murmelte in sein Ohr, wie schrecklich traurig dieses Lied sei und dass nur wenige wüssten, wovon es wirklich handele.

Es war die Stimme Barbaras, der längst verstorbenen Sängerin.

L' Aigle Noir.
Der schwarze Adler.

»Alle denken, sie besingt einen schönen Tag am See«, sagte Julie leise. Er spürte ihren Herzschlag.

> *Dans ma main, il a glissé son cou.*
> *C'est alors que je l'ai reconnu:*
> *Surgissant du passé,*
> *Il m'était revenu.*

Julies Stimme drang durch einen Nebel von Vorahnungen zu ihm.

> *Er schmiegt seinen Hals in meine Hand.*
> *Und da erkenne ich,*
> *dass er zu mir zurückgekommen ist,*
> *aus der Vergangenheit.*

Mit einem Ruck setzte sich Nicolas auf.

»Und wovon erzählt dieses Lied wirklich?«, fragte er sie. »Ich meine, von wem?«

Mit hastigen Worten erzählte er Julie von den Geschehnissen in Vieux-Port, von den Kohlezeichnungen, dem vermutlichen Missbrauch durch den Pfarrer.

Julie hörte ihm zu, überlegte kurz und schüttelte dann den Kopf.

»Wenn das Lied wirklich eine solche Rolle spielt, dann kann das nicht sein.«

Nicolas blickte sie entgeistert an.

»Was meinst du damit? Um wen geht es in diesem Lied? Wer ist der schwarze Adler wirklich?«

Julie hatte sich nun auch aufgesetzt, sie blickte ihn an und sie beide wussten, dass ihr Wiedersehen hier vorerst enden musste.

Nicolas musste zurück in die Normandie.

Jetzt sofort.

»Es geht um den Vater«, sagte Julie leise. »Sie verarbeitet in dem Lied den Missbrauch durch ihren Vater.«

KAPITEL 41

Vieux-Port
Am Abend

Alles fügte sich. Es entstand ein Bild von Macht und Missbrauch, ein Bild, das Luc Roussel, müder und erschöpfter Leiter des *Commissariat* von Deauville, erst sehen würde, wenn es beinahe zu spät war.

Aus einem grauen und todbringenden Tag war ein dunkler Abend geworden, die Lichter der wenigen Laternen beschienen die leeren Straßen von Vieux-Port, in den Fenstern der Häuser brannten Kerzen, es roch nach Kaminholz und Geborgenheit.

Mathieu war tot, Julien, sein vermeintlicher Gehilfe, ebenso, erschossen von einem Scharfschützen der Polizei, in dem Augenblick, in dem er seine Waffe auf Esthelle gerichtet hatte, in der Mitte des hungrigen Flusses.

Und doch würde es lange dauern, bis sich die Menschen in Vieux-Port von den Geschehnissen der vergangenen Tage und Wochen erholen würden. Die Vergangenheit würde diesen Ort so schnell nicht freigeben.

Roussel blickte durch ein Fenster der Pension hinaus auf den Kirchplatz.

»Das wird ein Scheißwinter«, murmelte er und umschloss die Tasse mit dem heißen Grog mit beiden Händen, die vor ihm auf dem Tisch stand.

»Und ein verdammt einsamer noch dazu«, sagte er zu sich selbst und nahm einen kräftigen Schluck. Sandrine war mit den anderen Kollegen vorgefahren, ohne ein weiteres Wort an ihn zu richten. Er hatte noch hierbleiben wollen, kurz innehalten, nachdenken, an einem unruhigen Ort zur Ruhe kommen. Dabei war alles aufgearbeitet, protokolliert und vermerkt, die interne Aufarbeitung des Einsatzes auf dem Fluss würde noch viele Tage in Anspruch nehmen.

Der hungrige Fluss hatte genug bekommen, die Macht des Fluchs war gebrochen, die Dorfbewohner sicher.

»Was für eine miserable Geschichte«, murmelte er erneut und prostete seinem Spiegelbild in der dunklen Scheibe des Fensters zu.

»Auf dich, einsamer Wolf.«

Der Grog schmeckte mit jedem Schluck besser.

Hinter ihm ging die Tür zur Küche auf und Esthelle betrat den Raum. Roussel drehte sich um und blickte sie mit einem aufmunternden Lächeln an, weil er wusste, wie sie in den vergangenen Stunden gelitten hatte. Esthelle trug ihren rechten Arm in einer Schlinge, auf ihrer Stirn hatten die Sanitäter eine Platzwunde nähen müssen. Sie war mit dem Kopf gegen die Reling geprallt, als sie vor Julien auf das Deck geflohen war.

Mit einem schüchternen Lächeln setzte sie sich zu ihm an den Tisch.

»Sie mochten ihn, nicht wahr?«

Sie nickte stumm und nahm einen Schluck aus einer blauen Teetasse. Zwischen Zeige- und Mittelfinger hielt sie einen Kugelschreiber, offenbar hatte sie gerade Abrechnungen gemacht, sich mit der Arbeit abgelenkt.

»Wussten Sie, dass ... der Pfarrer ... Also haben Sie gewusst, dass er sich auch an Julien ...«

Sie schüttelte heftig den Kopf.

»Nein, das wusste ich nicht«, sagte sie mit rauer Stimme. »Ich meine ... es ist alles so lange her. Ich zermartere mir das

Hirn, ich suche nach Hinweisen … aber da ist nichts. Er hat mir nie etwas gesagt … und dann ist er ja weggegangen, für ein paar Jahre. Ich habe ihn erst wiedergesehen, als er auf dem Fluss als Polizist angefangen hat. Dann kam er regelmäßig hierher. Ich dachte …«

Ihre Stimme brach und sie senkte den Blick.

»Sie dachten, er sei Ihretwegen hier«, vermutete Roussel und sie nickte. Gedankenverloren bemalte sie eine Serviette, Kreise, Rechtecke und schwarze Tupfen.

»Er war immer schon … verliebt in mich«, sagte sie leise. »Bestimmt hat ihn das noch mehr verletzt, dass ich ihn nicht wollte … Ich mochte ihn, aber ich wollte ihn nicht als … er war manchmal so … melancholisch … ich weiß auch nicht.«

Er sah, dass sie jetzt leise weinte.

Scheiße, dachte Roussel, ich bin nicht gut in so was. Er wünschte sich, Sandrine wäre hier. Er wünschte sich, sie wäre hier und würde nicht mehr gehen.

Immerhin schmeckte der Grog.

Esthelle blickte aus dem Fenster und er sah, wie ihr Blick hart wurde, als er die Kirche streifte.

»So ein Schwein«, murmelte sie.

»Wir werden alles untersuchen«, versprach er ihr. »Wir müssen wissen, ob nicht noch andere …«

Einen Augenblick schwiegen sie, er hörte das Kratzen des Kugelschreibers, er sah ihre Tränen.

»Ich werde von hier fortgehen«, sagte sie schließlich. »Ich muss einen Schlusspunkt setzen.«

»Wo wollen Sie hin?«

Sie zuckte mit den Schultern.

»Es gibt genug Interessenten für die Pension, ich werde einen guten Preis bekommen. Ich weiß nicht, vielleicht Paris. Oder Marseille, ich war noch nie in Marseille, es muss schön sein dort.«

Roussel nickte.

»Das ist gut. Gehen Sie in den Süden, lassen Sie das alles hinter sich.«

Sie nahm einen letzten Schluck Tee.

»Wie geht es Ihrer Kollegin?«, fragte sie schließlich.

»Oh, die ist hart im Nehmen.« Er dachte an Claire, die im Krankenhaus in Rouen lag und vor allem unterkühlt war. Sie war noch immer nicht aufgewacht.

»Sie wird sicher noch mal vorbeikommen«, sagte er, während Esthelle sich langsam erhob.

»Das wäre schön.« Sie lächelte.

Roussel wollte gerade nach seinem Grog greifen, als sein Blick auf die Papierserviette fiel, die Esthelle während ihres Gesprächs mit dem Kugelschreiber behandelt hatte.

Rechtecke, Kreise. Spiralförmige Linien. Wellen.

»Ich bin in der Küche, wenn Sie etwas brauchen«, sagte sie.

Roussel blickte ihr nach, sah, wie schmal und zerbrechlich sie war, und hoffte, dass sie die Geschehnisse in Vieux-Port eines Tages würde ablegen können.

Mit einem Seufzen stand er auf, nickte ihr zu und ging zur Tür, vorbei an der Bar, auf der einige Faltblätter lagen, mit Ausflugstipps in der Region, fein säuberlich gestapelt, neben einem alten Telefon, das noch eine Wählscheibe hatte.

»Geht der Apparat noch?«, fragte er verblüfft und Esthelle lächelte ihn an, während sie sich eine Strähne aus dem Gesicht schob.

»Natürlich«, sagte sie, »ich habe ihn reparieren lassen, er passt so wunderbar hier rein.«

»Da haben Sie recht.«

Roussel nahm die Serviette, die er noch in der Hand hielt, und wischte damit einen Fleck auf dem Tresen weg.

»*Salut.*«

»*Au revoir*«, erwiderte sie und Roussel wollte gerade hinausgehen, als sein Blick auf ein Paar Gummistiefel fiel, die in einer Nische neben der Tür standen. Sie waren schwer und klobig und an ihren Absätzen klebten Schlammreste.

Roussel sah sofort, dass es Männerstiefel waren.

»Haben Sie noch Gäste?«, fragte er und zeigte auf die Stiefel. Esthelle hob verwundert die Augenbrauen und lächelte dann.

»Nein, die gehörten meinem Vater. Ich trage sie ab und zu im Garten, ich habe große Füße, müssen Sie wissen.«

»Verstehe.«

Aber Roussel verstand nicht, er wollte es auch gar nicht.

Denn er sah noch etwas anderes.

Hinter dem alten Telefonapparat lag ein Papierblock auf dem Tresen. Er war klein, das Papier ohne Linien. Nummern standen darauf, Namen auch. Offenbar hatte Esthelle sich hier rasch Reservierungen aufgeschrieben.

Aber es war nicht das Einzige, was auf dem Papier zu sehen war.

Roussel hatte die Hand bereits an der Klinke, durch ein Fenster blickte er hinaus auf den Platz, auf dem in diesem Augenblick ein Wagen einbog und vor der Kirche anhielt.

Hinter ihm rückte Esthelle einige Stühle zurecht.

Er wartete.

Und blickte erneut auf den Block, bevor er langsam die Hand von der Klinke nahm.

»Wissen Sie, was mich immer noch umtreibt?«, sagte er mit leiser Stimme.

»Nein, was denn?«, fragte Esthelle und richtete sich auf, er konnte spüren, dass sie jetzt gerne alleine wäre.

Draußen glich das Grau des Himmels immer mehr der Farbe des Wassers im Fluss.

Alles zerfließt, dachte Roussel für einen kurzen Augenblick.

Langsam drehte er sich zu ihr um, betrachtete die Naht an ihrer Stirn, ihren verbundenen Arm und die Traurigkeit in ihrem Blick.

»Wir haben kein Wort gehört von dem, was Sie beide auf dem Boot gesprochen haben. Julien und Sie.«

»Was meinen Sie damit?« Ihr Lächeln wirkte jetzt künstlich, nervös fuhr sie sich durch die Haare.

Roussel blickte sie direkt an, diesmal ohne zu lächeln. Mit der rechten Hand zog er den kleinen Block hinter dem Apparat hervor.

»Auf dem Boot, draußen auf dem Fluss. Als Julien Sie als Geisel genommen hat. Ich meine, wir haben nichts von dem gehört, was Sie gesprochen haben. Vielleicht haben wir ja etwas Entscheidendes überhört.«

»Ich verstehe nicht ganz ... Ich muss jetzt wirklich weitermachen, ich muss noch aufräumen und ...«

Mit zwei großen Schritten war sie bei ihm und griff nach dem Block, aber Roussel war schneller.

»Nicht so hastig«, sagte er. »Es ist lustig, ich zeichne auch immer, wenn ich telefoniere oder nachdenke. Ich habe auch so einen Block neben dem Telefon auf meinem Schreibtisch. Bei mir sind es Strichmännchen, nicht sonderlich schöne, aber irgendwie entspannt es mich. Geht es Ihnen auch so? Offensichtlich. Aber Sie können es offenbar viel besser als ich.«

Er sah, wie sich Esthelles Gesichtsausdruck veränderte, wie ihr Blick härter wurde, ihre Haltung aufrechter und ihre Bewegungen drängender.

»Geben Sie das her!«, keifte sie ihn an, so plötzlich, dass er zusammenzuckte.

Schnell hatte sie sich wieder gefasst.

»Entschuldigen Sie, ich bin müde. Mir tut alles weh und ...«

Aber es war zu spät. Sie hatte ihm einen kurzen Blick auf ihre verstörte Seele erlaubt und das hatte gereicht.

Er hatte begriffen.

Langsam dreht Roussel den kleinen Block zu ihr hin, sie blickte auf die Nummern, die Namen, zwei Adressen.

»Sie zeichnen wirklich viel besser als ich«, sagte er. »Nur, dass es bei Ihnen keine Strichmännchen sind.«

Er sah, dass ihre rechte Hand zitterte, ihre Augen waren rot umrändert, das war ihm bislang kaum aufgefallen. Ihr Blick huschte über das Papier.

»Was ist das, hier am Rand?«

»Ein Vogel«, flüsterte sie.

»Ein Adler«, präzisierte er und sah, wie sie zusammenzuckte. Und als er die Seite umschlug, da wurde sie blass, ihre Finger gruben sich in ihren Unterarm, ihre Zunge fuhr über die trockenen Lippen.

»Und das«, fragte er weiter, dabei kannte Roussel die Antwort.

»Der Fluss. Das Dorf«.

Für einen Moment blickten sie sich schweigend an, als wollten sie das Unausweichliche hinauszögern.

Roussel atmete langsam aus.

»Mathieu konnte nie zeichnen«, sagte er schließlich. Es war ein Schuss ins Blaue. Und er traf mitten ins Schwarze.

Langsam nickte sie.

»Die Zeichnungen in seinem alten Zimmer. An den Wänden der Kirche. Die sind nicht von ihm. Und schon gar nicht von Julien. Sondern von Ihnen, Esthelle.«

Roussel wunderte sich, welche Wucht seine Sätze zu haben schienen, beinahe, als würde Esthelle jedes Wort spüren wie einen Schlag in die Magengrube.

Er machte einen Schritt auf sie zu.

Versuch es weiter, sagte er sich, rate einfach drauflos.

»Sie haben Mathieu benutzt. Seine Rache, Sie haben das ausgenutzt. Wollen Sie mir sagen, warum, Esthelle? Ich höre Ihnen zu.«

»Bleiben Sie da stehen!«, schrie Esthelle ihn plötzlich an, und als Roussel sah, wie sich ihr Ausdruck änderte, wie die Maske der Trauer verschwand und lange aufgestaute Wut erschien, da fiel ihm ein, warum sie als junge Frau nach Paris gegangen war.

Zum Studieren.

An der Schauspielschule in Paris, wie sie mittlerweile wussten.

Sie hatte das Studium abgebrochen und war zurückgekehrt. Aber das Schauspielern hatte sie einfach fortgeführt.

»Sie haben uns allen etwas vorgemacht.« Gegen seinen Willen spürte er etwas wie Bewunderung gegenüber dieser Frau.

»Sie haben dem ganzen Dorf etwas vorgemacht, heute genauso wie damals.«

Aber die Frau vor ihm hatte genug zugehört, er begriff es nur zu spät.

Mit einem lauten Aufschrei wirbelte Esthelle herum, griff in eine Schublade hinter sich und hielt plötzlich eine Pistole in der Hand, sie war matt, es war ein älteres Modell, aber offenbar noch gut in Schuss.

Sie entsicherte sie geübt und richtete die Waffe auf Roussel.

Roussel hob besänftigend die Hände.

»Machen Sie keine Dummheiten, Esthelle«, sagte er mit ruhiger Stimme, während er fieberhaft nach einem Ausweg suchte. Er hörte, wie die Tür der Pension leise geöffnet wurde, er sah einen Schatten in den Raum gleiten.

»Bleiben Sie weg!«, schrie sie ihn an.

Ihr Blick flatterte.

Sie hat gelitten, dachte Roussel plötzlich. Etwas in ihr war vor langer Zeit gestorben und sie hatte versehrt weitergelebt, hatte weitergemacht, allen etwas vorgespielt.

Und dann war es genug gewesen.

»Erzählen Sie mir, was passiert ist, damals«, bat er behutsam. »Erzählen Sie mir von Georges Renoir, dem alten Pfarrer. Sie sind das Opfer gewesen, nicht wahr? Was hat er Ihnen angetan?«

Zu seiner Überraschung lächelte Esthelle jetzt.

»Sie haben nichts verstanden«, sagte sie und richtete die Waffe auf seine Brust.

»Doch, das haben wir.«

Esthelle wirbelte herum, als sie die Stimme vernahm, die von der Tür kam. Roussel verpasste die Gelegenheit, ihr die Waffe zu entwenden, und so zog sich Esthelle jetzt zitternd einige Meter zurück und richtete sie abwechselnd auf Roussel und den Neuankömmling.

»*Salut*, Roussel«, sagte Nicolas und betrat den Raum, während er behutsam die Tür hinter sich schloss.

In der rechten Hand hielt er seine Waffe.

»*Salut*, Bodyguard. Gerade noch rechtzeitig.«

»Keinen Schritt weiter!«, keuchte Esthelle.

»Ich glaube, wir haben in den vergangenen Tagen nicht richtig hingesehen, nicht wahr, Mademoiselle?«

Der Lauf ihrer Waffe zeigte jetzt auf Nicolas.

»Es geht nicht um den Pfarrer, habe ich recht?«, fuhr er fort. »Er hat niemanden missbraucht, auch nicht Mathieu. Es geht um jemand ganz anderen. Wollen Sie uns sagen, um wen?«

Nicolas machte einen Schritt in den Raum hinein, die Waffe auf Esthelle gerichtet. Die Frau stand mit zusammengepressten Lippen vor ihnen, sie schwitzte.

Sie zielte jetzt auf Roussels Brust.

»Ich erschieße ihn!«, rief sie Nicolas zu und er konnte sehen, wie sehr sich innerhalb weniger Sekunden ihre Welt verändert hatte.

»Erzählen Sie uns von Ihrem Vater«, flüsterte er. »Er hat Sie missbraucht, nicht wahr? Und ich nehme an, Mathieu wusste davon. War es so?«

»Nein.« Ihre Stimme war gebrochen, sie sprach leise, während ihre Waffe jetzt nur noch auf Roussel gerichtet war.

»Es war viel schlimmer.«

Nicolas und Roussel blickten sich an.

»Erzählen Sie uns davon«, redete Nicolas beruhigend auf sie ein.

Esthelle schluckte schwer, dann lächelte sie kurz.

»Da gibt es nichts zu erzählen, Monsieur«, antwortete sie. »Nichts, was von Belang wäre. Ein Vater missbraucht seine eigene Tochter, immer wieder. Weil er sie liebt. So sagt er. Darf ein Vater denn nicht seine Tochter lieben, in Vieux-Port?«

Sie flüsterte jetzt nur noch.

»Ein Junge will ihr helfen. Aber keiner glaubt ihm, nicht mal seine eigenen Eltern. Und dann vergeht sich mein Vater auch an ihm, an Mathieu. Ein einziges Mal, ich werde diese Nacht nie vergessen. Alle anderen hab ich vergessen, nur diese eine nicht.«

Nicolas spürte, wie sein Innerstes sich zusammenzog. Der Fluss, die Wälder, dieser Ort – er musste fort von hier.

»Das ist der Grund, warum Mathieu sich so verändert hat, warum er so ...«

»... böse geworden ist?«, unterbrach sie ihn. »Nein, Monsieur, böse, das waren die anderen. Wir waren Opfer, wir sind es bis heute. Aber ich habe keine Lust mehr, zu erzählen!«

»Ganz ruhig, Esthelle«, sagte Roussel, während Nicolas ihren gekrümmten Zeigefinger beobachtete, er atmete jetzt langsam ein und aus.

Sie waren an einem Punkt ohne Ausweg angekommen.

»Hören Sie zu, wir sind hier, weil wir Ihnen helfen können. Ja, Sie sind das Opfer, nicht die Täterin, Sie können ...«

Esthelle lachte laut auf und machte einen weiteren Schritt von ihnen weg. Ihr Blick war jetzt klarer, sie hatte sich offenbar gesammelt.

»Ich kann gar nichts mehr«, sagte sie. »Schon lange nicht

mehr. Und eigentlich ist es gut, wenn es jetzt endet, es ist genug verschwiegen worden in diesem Dorf.«

Nicolas senkte seine Waffe, um ihr zu zeigen, dass er nur reden wollte.

»Sie haben es gehasst, nicht wahr? Vieux-Port meine ich, Sie haben es gehasst. Sie gehören nicht hierher, Sie gehören in die weite Welt, nach Paris, dorthin, wo das Leben spielt.«

Esthelle nickte langsam.

»Wann hat das angefangen?«, fragte Roussel mit leiser Stimme. »Erzählen Sie, wir hören zu.« Langsam setzte er sich auf einen Stuhl und Nicolas nickte ihm zu.

Sie hatten ihre Rollen gefunden.

Und Esthelle ließ sich überzeugen, wenigstens für diesen Augenblick.

»Als ich noch ein Kind war«, begann sie mit brüchiger Stimme, ohne jedoch die Waffe sinken zu lassen. »Da hat er sich zum ersten Mal zu mir gelegt. Er hat …«

Sie schwieg kurz, Tränen rannen ihre Wangen hinab.

»Es ist gut, Esthelle«, redete Roussel behutsam auf sie ein.

Aber sie war jetzt in Tränen ausgebrochen.

»Und Julien?«, fragte Nicolas. »Wusste er von alldem?«

Esthelle schüttelte langsam den Kopf.

»Ich bin aus Paris zurückgekommen, als meine Mutter gestorben ist. Ich wollte … meinen Vater bestrafen … ihm sagen, dass meine Zeit kommen wird, dass ich mich rächen werde, eines Tages. Ich weiß, es klingt verrückt, aber ich musste einfach zurück. Und Julien … er hat mich schon immer … er hat es wohl geahnt, ich weiß es nicht. Aber erzählt habe ich es ihm nie. Ich habe es ihm nie erzählt, das mit meinem Vater.«

»Aber er kannte Ihre Zeichnungen«, vermutete Roussel, und diesmal nickte sie.

»Natürlich«, fuhr sie stockend fort. »Er dachte zuerst, so wie alle, dass es nur Mathieu ist, der sich rächen will. Aber dann waren da die Zeichnungen, er wusste, dass sie nur von mir sein können. Er wollte mich schützen, er dachte, er könne mich so vielleicht ... dieser Idiot. Es tut mir leid um ihn, aber am Ende wollte er mich verraten.«

»Warum Pascal Leval, der Bürgermeister?«, fragte Nicolas, ohne seine Waffe herunterzunehmen.

Nur weil sie redeten, hieß das noch lange nicht, dass alles vorbei war.

»Er war der beste Freund meines Vaters. Er hat gewusst, dass mein Vater mich ... und er hat nie etwas gesagt. Alte Freundschaft, er dachte, das würde vorbeigehen. Jetzt sind sie vereint, in ihrem Schweigen!«

Kurz blitzte wieder die Wut, ungebrochen, Esthelles Augen funkelten.

»Und der Pfarrer?«

»Das war der Einzige, der wirklich von Mathieu getötet worden ist. So, wie er es angekündigt hat: Und du Ratte, wirst der Erste sein. Mein Vater hat in der Kirche oft gebeichtet, aber nie seinen Missbrauch an mir. Nur den an Mathieu, den hat er dem Pfarrer eines Tages gebeichtet. Und der hat nichts gesagt. Er durfte nicht. Aber das war Mathieu egal, er hat seine Rache bekommen. Und ehrlich gesagt, ich habe sie ihm gegönnt, von ganzem Herzen!«

Für einen Moment schwiegen sie, angesichts der Toten und angesichts der fürchterlichen Dinge, die geschehen waren. Esthelle weinte jetzt leise, ihre Tränen tropften auf ihre Bluse und Nicolas dachte an das verpfuschte Leben eines Mädchens aus Vieux-Port.

»Und Claire kam genau im falschen Moment zurück.«, schloss Roussel.

Esthelle nickte langsam.

»Ihre junge Kollegin war zur falschen Zeit am falschen Ort«, sagte sie. »Sie hatte alte Fotos gefunden, darauf waren

Julien und Mathieu zu sehen. Es war mein Glück, dass sie sich auf Julien konzentriert hat, genau wie Sie alle.«

Roussel blickte sie an.

»Wie gesagt, wir haben vom Ufer aus kein Wort verstanden.«

Esthelle lächelte und da sah Nicolas, dass es Hoffnung gab.

»Julien wollte, dass ich aufgebe. Er wollte auf mich warten, er würde immer auf mich warten. Aber ich will frei sein, endlich frei.«

»Sie wissen, dass das nicht mehr möglich ist«, sagte Nicolas.

Roussel begann, sich langsam von seinem Stuhl zu erheben, aber Nicolas machte ihm ein Zeichen.

Langsam atmete er aus und blickte Esthelle an.

Dann steckte er seine Waffe zurück in das Holster.

»Der Fluss hat genug Menschen verschlungen«, sagte er leise. »Sie soll er nicht auch noch kriegen. Tun Sie sich selbst den Gefallen, hören Sie auf. Wenn nicht für sich, dann für Julien.«

Für einige Sekunden war es still.

»Esthelle, bitte«, sagte Nicolas noch einmal. »Stellen Sie sich. Nicht uns. Sondern sich selbst.«

Er sah, wie sich etwas in ihr löste. Sie weinte, ohne einen Ton von sich zu geben.

Und dann war es zu Ende.

Esthelle drehte die Waffe in ihrer Hand und reichte sie Roussel. Sie rieb sich über das Gesicht, setzte sich kurz, stand wieder auf, schwankte, blickte ihn an.

Und lächelte.

»Kommen Sie mit. Ich … ich zeige Ihnen, wo alles begonnen hat.«

»Wohin gehen wir?«, fragte Nicolas.

»Zum Fluss natürlich.«

Bald darauf standen sie zu dritt im Schatten der Weiden, unterhalb des Hauses, in dem vor so langer Zeit Mathieu mit seinen Eltern gewohnt hatte und in dem jetzt ein kleiner Junge friedlich in seinem Bett lag. Das Wasser gluckste gegen das Ufer, es nieselte leicht und vor ihnen, an der alten Anlegestelle vertäut, lag ein rostiger Kahn, an dessen Deck unter einer Plane ein Verschlag untergebracht war.

»Das ist Mathieus Boot«, stellte Roussel erstaunt fest und Esthelle nickte. Sie deutete hinauf in den Garten.

»Früher hatte sein Vater hier einen Taubenschlag, gleich da oben, bis sie weggezogen sind. Aber Mathieu hat diesen Kahn hierhergebracht und einen neuen Taubenschlag errichtet. So hat er weiter mit seinem Vater Kontakt gehalten.«

Nicolas blickte sich in der Dunkelheit um. Das Wasser des Flusses glitzerte im Mondlicht.

»Und so war es auch vor einigen Wochen?«

Esthelle nickte.

»Ich habe die Taube vor Mathieu gefunden. Und ihre traurige Botschaft. Dass seine Mutter gestorben war und dass sein Vater ihr folgen wollte. Dass er von nun an keine Eltern mehr hatte.«

Nicolas begann jetzt erst, das ganze Ausmaß des Dramas zu begreifen.

»Und Sie wussten, wie er reagieren würde.«

Esthelle nickte langsam.

»Mathieu ist nie wirklich im Leben angekommen. Er hatte immer nur Feinde, weil er nicht verstehen konnte, dass Unrecht nicht bestraft wird. Dass Missbrauch ungesühnt bleibt. Mathieu war krank, sein Leben war gescheitert. Er brauchte ein Ventil für seine Wut und dann fiel ihm die Drohung ein, die er vor zwanzig Jahren so dramatisch ausgesprochen hatte«, sagte sie leise.

»Und Sie haben das für sich ausgenutzt und die Männer getötet, die Sie schon so lange hassten.«

Esthelle blickte hinaus auf das Wasser.

»Plötzlich war alles so einfach. Mein Vater. Leval. Ich habe sie allein am Ufer getroffen, sie hatten keinen Grund, mir zu misstrauen. Ein Schlag mit einem schweren Ast, fertig. Ich hätte früher darauf kommen sollen ...«

»Und der alte Eugène?«, fragte Nicolas.

Traurig schüttelte sie den Kopf.

»Um den tut es mir leid. Wirklich. Aber ich hatte keine Wahl, er hat begriffen, dass die Zeichnungen nicht von Mathieu, sondern von mir waren.«

»Wie?«, fragte Nicolas.

Esthelle blickte den Fluss hinab.

»Ich habe ihn an dem Tag in seiner Hütte besucht. Ich bringe ihm ab und zu Essen vorbei, wenn etwas übrig bleibt. Und da habe ich Zeichnungen auf seinem Schreibtisch gesehen. Sie sind viele Jahre alt, ich hatte sie ihm einmal geschenkt. Er hat mich zur Rede gestellt. Ich hatte keine Wahl.«

»Was ist dann passiert?«, fragte Roussel.

Esthelles Blick wirkte leer.

»Ich habe es so gemacht wie bei den anderen auch. Lass uns ein Stück am Fluss laufen, habe ich gesagt. Der Rest ist so einfach ...«

»Nur dass Mathieu Sie diesmal überrascht hat.«

Esthelle nickte.

»Er stand da plötzlich im Gebüsch. Ich wollte mit ihm reden. Das alles musste aufhören. Aber er ist weggelaufen und wenig später haben sie ihn durch den Wald verfolgt, bis zur Hütte.«

»Er hat nichts gesagt«, murmelte Nicolas. »Im Gegenteil, er hat so getan, als hätte er den alten Eugène ...«

Esthelle lächelte müde und sagte mit leiser Stimme etwas, das Nicolas so schnell nicht vergessen würde.

»Ach, wissen Sie: Missbrauch verbindet.«

Von der Straße her drang leises Motorengeräusch zu ihnen,

Blaulicht flackerte zwischen den Laubbäumen auf, als sie ein leises Gurren hörten. Roussel hob die Plane an und eine mittelgroße Taube mit grünlich schimmerndem Hals blickte sie aus der Dunkelheit des Verschlages heraus an. Ihre Federn waren glatt und glänzten, ihr Blick war wach und neugierig.
Sie gurrte, als Roussel seine Hand zu ihr hineinstreckte.
Nicolas sah, wie zwei Polizeiwagen weiter oberhalb am Ufer hielten und Sandrine Poulainc mit einigen Beamten ausstieg. Er hatte sie angerufen, als er nach Vieux-Port hineingefahren war.
Esthelle blickte ihn an, ihre schmale Silhouette zeichnete sich vor dem Wasser des Flusses ab.
»So endet es also«, sagte sie müde. »Genau hier, wo alles begonnen hat.«
Nicolas legte ihr eine Hand auf die Schulter.
»Vielleicht ist es ja genau umgekehrt«, sagte er.

Feiner, leichter Regen fiel, als Esthelle aus Vieux-Port fortgebracht wurde. Sie saß mit geschlossenen Augen auf der Rückbank eines Polizeiwagens und Nicolas vermutete, dass sie keinen Blick mehr zurückwerfen würde, auf dieses Dorf, dem sie so viel Leid zugefügt hatte.
Und das ihr so viel Leid zugefügt hatte.
Er blickte zurück zum Ufer und sah Roussel, der kleine Steine auf das Wasser hinausschleuderte.
»Springen sie?«, fragte er, als er zu ihm trat.
Roussel schüttelte den Kopf.
»Noch nicht mal das haut hier hin«, murmelte er und Nicolas sah, wie müde auch er war.

Kurz darauf verließen sie Vieux-Port in aller Stille. Die Vorhänge waren zugezogen, die Lichter in den Häusern ausgeschaltet. Niemand hatte die letzte Wendung in diesem Drama miterlebt, morgen erst würden die Dorfbewohner erkennen, dass wieder jemand fehlte. Nicolas dachte an das, was Esthelle gesagt hatte, bevor die Polizisten sie abgeführt hatten. Sie hatte die Taube angeblickt und gelächelt.

Und Nicolas hatte gespürt, wie einsam sie war. Schon seit Jahren. Einsam und verloren an diesem Ort, an dem ihr niemand zugehört hatte. Bis sie sich Gehör verschafft hatte.

»Passen Sie gut auf sie auf«, hatte sie geflüstert und ihre weiche Stimme hatte sich sanft über das dunkle Wasser der Seine gelegt.

»Ihr Name ist Ayleen. Sie ist die letzte Überlebende.«

KAPITEL 42

Deauville
Vier Tage später

Auf den spitzen Giebeln des »Hotel de la Plage« lag Schnee, nicht viel, gerade genug, um das imposante Gebäude wie gezuckert erscheinen zu lassen. Einige dicke Flocken wirbelten durch die Luft, als eine Möwe auf einer Fensterbank im obersten Stock landete und ihren Kopf reckte, der Sonne zu, die am späten Vormittag bereits hoch am Himmel stand. Hinter der breiten Promenade und dem Strand, dessen Sonnenschirme schon seit Wochen weggeräumt waren, lag leuchtend und ruhig der Ärmelkanal.

Der Schnee lag in einer feinen Schicht auch auf den Dächern der Umkleidekabinen, auf den abgezogenen Tennisplätzen und auf dem Trottoir vor den Cafés und Restaurants, in denen Pelzmäntel an der Garderobe hingen und wo sich frühe Gäste an der Bar langweilten. In diesem Augenblick hielt ein Wagen am Rande des Boulevard Eugène Cornuche, schräg gegenüber des Casinos, niemand beachtete die alte Frau, die ausstieg, nicht einmal die Möwe.

Stattdessen entdeckte der Vogel Croissantkrümel auf einem Fensterbrett, von drinnen drang das Geräusch eines Staubsaugers heraus, ein Zimmermädchen schüttelte die Decke eines großen Bettes aus, zwei leere Kaffeetassen standen auf einem Tisch am Fenster.

Eine Zeitung, Marmelade, über einem Stuhl hing eine dunkle Krawatte. Ein Sonnenstrahl fiel auf einen aufgeklappten Koffer, der auf einer Ablage lag und aus dem der Ärmel einer Frauenbluse hing.

Die Möwe krächzte, erfreut über ihren Fund, gleichgültig gegenüber der Staffage dieses Tages. Die Tür des Hotelzimmers wurde kurz darauf geschlossen, das Zimmermädchen hatte seine Arbeit beendet, die Tassen weggeräumt, die Blumen in der Vase ausgetauscht, das Bettlaken noch einmal nachgezogen.

Das Zimmer war leer.

Und das Paar, ein Mann und eine Frau, die am Vorabend im »Hotel de la Plage« eingecheckt hatten, spazierte Arm in Arm über einen winterfest gemachten Badestrand.

Alles lag vor ihnen, das Meer, der Strand, das halbe Leben.

Sie wollten eine ganze Woche bleiben, dort oben in dem Zimmer unter dem schneebedeckten Dach des »Hotel de la Plage«, sie wollten ganz bei sich sein, hier in dieser Stadt, wo sie sich als Jugendliche begegnet waren, auf den Planken der Promenade, vor den grünen Türen der Umkleidekabinen.

In einem ganz anderen Leben.

»Komm mit«, sagte Julie und ergriff Nicolas' Hand, sie zog ihn über den Sand, hinter ihr glitzerte das Meer, nie war sie schöner gewesen.

»Wo willst du hin?«, fragte er, aber er wusste es bereits.

Sie waren fast alleine am Strand, die wenigen Touristen, die um diese Jahreszeit nach Deauville kamen, saßen bereits in den Restaurants und wärmten ihre kalten Finger und ihre Gemüter an einer Muschelsuppe.

Sie erreichten die Planches, Nicolas betrachtete die grünen Türen, vom Holz blätterte die Farbe ab, viele Nummern waren kaum noch zu erkennen. Auf den weißen Geländern, die die Türen voneinander trennten, standen in schwarzer Schrift die Namen der Schauspieler, die im Laufe der Jahrzehnte das amerikanische Filmfestival von Deauville besucht hatten. Julies Hand strich über das Holz, über die Türen, während sie langsam an den Kabinen vorbeischritt.

»Warte«, sagte er plötzlich und er wusste nicht, warum es ausgerechnet diese Stelle war, an der er stehen blieb.

Zwischen Rock Hudson und Shelly Winters, wo die Sonne auf das Holz schien und wo die Tür in ihren Rücken warm genug war, um sich anzulehnen.

»Hier?«

»Gut«, sagte Julie und sie setzten sich beide vor die grüne Tür, so wie damals, als Schüler, als Julie schon andere Jungs geküsst hatte und Nicolas noch gar nicht wirklich wusste, was ein Kuss eigentlich war.

Und wie er sich anfühlte, im Dämmerlicht einer offen stehenden Kabine, deren Tür angelehnt war und in der das Geräusch der Brandung sich mit dem Duft von Sonnencreme und Kaugummi mit Erdbeergeschmack vermischte.

Und jetzt saßen sie hier und weder Julie noch Nicolas hatten das Bedürfnis, etwas zu sagen. Sie saß in seinem Arm, das Gesicht mit geschlossenen Augen der Sonne zugewandt, Nicolas spürte ihre Wärme, er fragte sich, ob es das war.

Das Leben.

Julie drehte sich zu ihm, ihre Haare berührten seine Nase.

»Hallo, Bodyguard«, flüsterte sie und gab ihm einen Kuss.

»Personenschützer«, sagte Nicolas. »Das ist wirklich ein Unterschied, es ist …«

»Das kannst du mir nachher erzählen«, murmelte sie und schloss die Augen.

Und Nicolas spürte, wie die Schwere ihn verließ, wie alle Sorgen sich verflüchtigten.

Der hungrige Fluss war weit weg, Vieux-Port nur ein Schatten, der sich im Nebel auflöste.

Und sein Vater ein Geist, den er verdrängte.

»Meine Mutter will uns zum Mittagessen einladen«, murmelte er in Julies Ohr und sie lächelte. »Sie freut sich auf dich.«

»Ich mich auch auf sie«, sagte Julie. »Sie ist ein bisschen anstrengend, aber ich mag sie. Ich mochte sie schon immer.«

»Sie will ihre Boutique im Hotel verkaufen und überlegt, in den Süden zu ziehen.«

»Hm.«

Er wusste, was sie dachte. Weil auch er es dachte.

Seine Mutter wollte denselben Dämon bannen wie er selbst. Den Mann, den sie geliebt hatte, von dem sie sich getrennt hatte, dem sie sich wieder angenähert hatte, nach vielen Jahren, und in dem sie schließlich das erkannte, was sie nie hatte sehen wollen.

Einen Mann, der Menschen manipulierte.

Sogar den eigenen Sohn. Und er würde es weiter tun.

Julie blickte hinaus aufs Wasser.

»Holst du mir etwas Warmes zu trinken?«, fragte sie schließlich. »Eine Schokolade, einen Kaffee, völlig egal. Drüben auf der anderen Seite ist ein Café. Und danach gehen wir zu deiner Mutter.«

»Gute Idee.« Nicolas stand auf, während Julie es sich an der grünen Tür bequem machte.

Er drehte sich noch einmal zu ihr um, als er auf den Planches davonging.

»Ich bin gleich wieder da.«

Aber sie antwortete nicht. Julie hatte die Augen geschlossen, sie sah glücklich aus und unbeschwert.

Nicolas bog auf die breite Promenade ein, die zurück zum Hotel führte, er sah den blauen Himmel, die schneebedeckten Dächer, er sah die breiten Treppen des Casinos, er dachte an einen alten Freund, den er genau an diesem Ort vor einer schrecklichen Tat bewahrt hatte.

Und der noch immer im Gefängnis saß.

Wie immer nahm Nicolas Details seiner Umgebung wahr, ohne groß darüber nachzudenken. Die Risse im Holz der Türen, das verblichene Schild eines geschlossenen Eisgeschäftes, zwei Tauben, die träge auf einer Balustrade saßen, ihre gelben Schnäbel in ihr Gefieder gesteckt. Er sah die Giebel des »Hotel de la Plage«, das Fenster ihres Zimmers, er sah den Wagen, der schräg vor dem Casino parkte. Er hatte ein Pariser Kennzeichen, er sah es, aber er dachte sich nichts dabei.

Er nickte freundlich einem Straßenkehrer zu, er dachte an Hugo, den Betreiber der kleinen Fähre im Hafen, er würde ihn heute Nachmittag oder morgen besuchen. Er sah die Schaufenster der teuren Boutiquen, den Sand auf dem Bürgersteig, als er den Boulevard überquerte.

Und er sah die ältere Dame, die an ihm vorbeilief, zögerlich zuerst, dann zielsicher, gebeugt zuerst und dann mit erhobenem Kopf, weil es nun entschieden war. Er registrierte ihren knielangen Rock, die zarten Hände, die in weißen Spitzenhandschuhen steckten, die Handtasche, und dass sie billig aussah und nicht recht zu der Umgebung passte.

Nur ihr Gesicht sah er nicht, weil es unter der weiten Kapuze eines Wintermantels verborgen war.

Nicolas erreichte das Café, öffnete die Tür, der Duft gerösteter Kaffeebohnen und frischer Croissants hüllte ihn ein, er nickte drei Männern zu, die am Fenster saßen und von denen er einen von früher kannte, er wusste nicht mehr, wie er hieß, aber was zählte das schon.

»*Salut!*«, nickte er dem Mann zu und der tat das Gleiche, und Nicolas dachte sich, dass es angenehm war, nicht zu viel zu denken.

Zwei heiße Schokoladen, ein kalter, sonniger Tag, das Meer, ein Hotelzimmer und ein Bett, in dem er nicht alleine aufwachte.

Mehr braucht es nicht, dachte er bei sich, während er am Tresen auf seine Bestellung wartete.

Auf einem Fernseher über der Bar liefen ohne Ton die

Nachrichten, er sah den Élysée-Palast, ein Ministerium, er beobachtete ohne großes Interesse die Berichterstattung über die Nationalversammlung und über den neuesten Streik der Eisenbahner. Als der Palais de Justice zu sehen war, runzelte er die Stirn. Julies Verteidiger sprach in die Kameras, der große Gerichtssaal wurde gezeigt, ein Reporter schien live vom Prozessausgang zu berichten.

Jetzt ist es also raus, dachte er bei sich.

Kurz darauf war Julie zu sehen, auf der Anklagebank, offenbar eine Archivaufnahme. Am unteren Bildschirmrand erschien eine Textzeile.

Angeklagte entlastet und aus U-Haft entlassen.

Nicolas lächelte. Sie hatten beschlossen, sofort ans Meer zu fahren, nach Deauville.

Hier, wo ihre Vergangenheit wiedererwachte, würden sie die Zukunft planen.

»Hier, Ihre Schokoladen«, sagte der Mann hinterm Tresen und Nicolas legte drei Münzen hin.

»*Merci.*«

Und dann erschien auf dem Bildschirm das Foto einer jungen Frau, erschossen in Notwehr von einer Polizistin bei einer Razzia vor vier Jahren.

Nicolas kannte das Bild.

Er kannte den ernsten Blick, die spitze Nase, die eingefallenen Wangen und den hohen Stirnansatz.

Und doch bemerkte er es erst jetzt.

Erst viel zu spät begriff er es.

»Hey! Pass doch auf!«

Der Mann hinter dem Tresen fluchte laut, als er sah, wie Nicolas die beiden Pappbecher aus der Hand glitten, wie sie zu Boden fielen, auf die Fliesen, wo sie mit einem trockenen Geräusch aufprallten. Die Becher platzten auf und braune Flüssigkeit ergoss sich über den Boden.

»Scheiße, was ist denn mit dir los!«

Ich habe mich noch gar nicht vorgestellt, entschuldigen Sie. Ich bin Pauline.
    Freut mich, Pauline. Ich bin Nicolas.

»Das machst du selbst wieder sauber, hier ist ein Lappen! He, wo willst du hin!«

Kennen wir uns von irgendwoher? Ihr Gesicht kommt mir bekannt vor.
    Nein, wir kennen uns nicht.
    Seltsam. Ihr Gesicht ... es ist, als hätte ich es schon einmal gesehen.

»Komm zurück, hey! Spinnst du?«
    Nicolas riss die Tür auf, kalte Luft strömte herein, er blickte zu dem Wagen hin.
    Pariser Kennzeichen.

Sie war es, glauben Sie mir. Diese Unschuldsengel sind oft die wahren Schuldigen.

Über ihm krächzte eine Möwe, und als sie auf den Holzplanken auf der anderen Seite des Boulevards landete, da war ihm alles gegenwärtig.

Der Wagen.
    Die weite Kapuze eines Wintermantels.
    Die Härte in ihrer Stimme, im Vorraum des Geschworenengerichtes.
    Die Hände in weißen Spitzenhandschuhen.
    Pauline, einsam in den Zuschauerrängen, ihr Blick leer.
    Die Handtasche, billig und nicht nach Deauville passend.

Pauline, die keineswegs die interessierte Besucherin eines spannenden Prozesses war.

Sondern die Mutter einer jungen Frau, die viel zu früh gestorben war.

Eine Mutter, die ihnen bis hierher gefolgt war, nach Deauville, an den Strand.

Der Rest war Angst.

Sie trieb ihn an, ließ ihn loslaufen, die Straße überqueren, ohne Rücksicht auf die wenigen Autos, Reifen quietschten, Möwen flatterten auf, als er die Promenade hinabrannte, vor ihm tänzelten Schneeflocken durch die Luft, er sah die Sonne auf dem Wasser, den Strand, er sah das verblichene Schild eines geschlossenen Eisgeschäftes.

Er sah bereits das Schlimmste vor sich, er konnte spüren, wie sein ganzer Körper schrie, er flog über die Planken, hielt die Luft an, die grünen Türen der Kabinen kamen näher, noch wenige Schritte, er musste um die Ecke biegen, er wollte schreien, aber es kam ihm kein Laut über die Lippen, nur Angst, die Angst war überall.

Der Schuss fiel unmittelbar, bevor er um die Ecke rannte.

Er zerfetzte seine Eingeweide, traf ihn ins Herz, noch bevor er sehen konnte, was er nicht sehen wollte.

Weil es nicht wahr sein durfte.

Nicolas bog um die Ecke.

Und sah sie.

Sie lag zwischen Rock Hudson und Shelly Winters. Und das Blut an ihren Beinen trocknete nur langsam.

KAPITEL 43

Paris, Avenue Montaigne
Théatre des Champs-Élysées
Drei Wochen später

Der schwere Vorhang bewegte sich leicht, einer samtenen Welle gleich, ein Rollen von links nach rechts. Nicolas überlegte, ob es wohl ein Musiker war, der auf der Bühne seinen Platz einnahm, etwa der erste Geiger, dessen Schulter den schweren Stoff streifte, während er den Kollegen zunickte, in ernste, angespannte Gesichter blickte. Es könnte auch der Dirigent sein, ein letztes Gespräch, eine Absprache, Händeschütteln, mahnende Blicke, es war ein wichtiger Abend, das Konzert war ausverkauft.

Nicolas' linke Hand lag auf dem leeren Platz neben ihm.

Er blickte sich um, sah, wie sich die Logen langsam füllten. Leise Gespräche, es ging um Musik, Politik, das Wetter. Weihnachten stand vor der Tür, Reisen wurden angedacht, die Provence um diese Reisezeit, London zu Weihnachten, das Leben war leicht und voller Verheißungen.

Wieder rollte eine Welle über den Vorhang, Nicolas überlegte, wo Ebbe war und wo Flut, zerstreut dachte er, was mag im Roten Meer verborgen sein. Er beobachtete das nicht enden wollende Gezeitenspiel, Musiker kamen, mit Bratschen und Trompeten womöglich, mit Querflöten und Violinen.

Dann wurde es ruhiger. Hinter dem Vorhang und davor.

Ein letztes Stühlerücken, ein Cello wurde justiert, das

Mundstück einer Tuba zum letzten Mal geputzt. Eine Brille zurechtgerückt, ein Notenblatt glatt gestrichen.

Nicolas spürte einen Luftzug auf seiner linken Hand, seine Finger krallten sich in das Polster, aber da war nichts.

Schnee fiel auf die hölzernen Planken von Deauville, eine Möwe blickte zu ihm herüber, ihr Blick voller Spott.

Das Leben war noch nicht fertig mit ihm.

Er atmete langsam aus, schloss kurz die Augen, öffnete sie wieder.

Das Licht ging aus.

Und in den aufbrandenden Applaus mischte sich das Geräusch hastiger Schritte.

Sie lag dort, auf dem Holz, ihr rechtes Bein leicht verdreht, ihr Blick in den Himmel gerichtet. Sie lächelte, er konnte es sehen, als er langsam näher kam.

Er fror.

Er sah die Blutspritzer an der Tür, ein Schuh war ihr vom Fuß gerutscht, der Schuss klang noch in seinen Ohren nach.

Nicolas sah die Waffe auf den Holzplanken, ihr Lauf war nach Westen gerichtet, hinaus auf das Meer, es fiel ihm auf, er wusste nicht, warum.

Hinter dem Vorhang erklangen jetzt Schritte, jemand holte tief Atem, konzentrierte sich, nahm seinen Platz ein.

Der Dirigent hatte die Bühne betreten.

Noch aber blieb der Vorhang geschlossen.

Nicolas hörte ein Murmeln, links von sich.

Drei Türen noch, fünf Schritte zählte er, aus der Ferne drang das Tuckern eines Fischerbootes.

Er hörte heftiges Keuchen, sah ihre weit aufgerissenen

Augen. Und als er Julie erreichte, da dachte er, dass sie beide diesen Moment nie mehr würden vergessen können. Er blickte auf sie herab und sah, wie etwas in ihr starb, wie das Licht in ihren Augen hinter einem Vorhang verschwand, der grau war, wie die Flügel einer Taube.

Der Vorhang öffnete sich, langsam und erhaben, er gab den Blick frei auf das Orchester und seinen Dirigenten, auf die Oboen und die Pauken, auf die Posaunen und die Harfe.
Nicolas nahm seine linke Hand von dem leeren Platz.

»Sie haben mein Kind ermordet.«
Ein Lächeln, seltsamerweise, in diesem Augenblick.
Ein Blick aus müden Augen, die bereit waren, sich für immer zu schließen.
»Und jetzt ermorden Sie mich.«
Die alte Pauline hatte sich den Lauf ihrer Waffe in den Mund geschoben, bevor Julie irgendetwas sagen konnte, und sie hatte abgedrückt, bevor sie irgendetwas tun konnte.
Ein weißer, spitzenbesetzter Handschuh, der in einer roten Lache lag.
Nicolas würde diesen Anblick nie vergessen. Und Julie würde diesen Anblick nie überwinden. Er hielt sie, so fest er konnte, er flüsterte ihr irgendwas ins Ohr, hörte die Schreie einiger Strandspaziergänger.

Der Vorhang öffnete sich weiter, der Applaus wurde stärker, schwoll an, schwebte hinauf bis an die Decke, der Dirigent straffte die Schultern.
Und Julie setzte sich auf den leeren Platz, eine kleine Handtasche in ihren Händen.
Sie lächelte ihn an, ihr Blick war müde. Er wollte nach ihrer Hand greifen, tat es aber nicht. Der Dirigent hob seinen Taktstock und Nicolas stellte sich vor, wie Julie sich noch schnell

zu ihm hinüberbeugte und ihm einen Kuss auf die Wange gab.

»Ich habe doch gesagt, ich bin gleich wieder da.«

Aber sie blieb stumm.

Vor der grünen Kabinentür zog er sie langsam hoch, nahm sie in den Arm. Sie zitterte, als sie zu der alten Frau blickte, die am Boden lag.

»Es ist vorbei«, sagte er leise. Aber das war es nicht.

Der Taktstock senkte sich.

Die Geigen setzten ein.

Als Nicolas zur Seite blickte, da sah er, dass Julie weinte.

Und er konnte nichts dagegen tun.

DANKSAGUNG

Die Geschichten – denn nichts anderes wollen sie sein – um Nicolas Guerlain sind das Ergebnis vieler Fügungen, jede einzelne ein Geschenk. Damit aus einem Gedanken eine Idee wird und aus einigen wenigen eingereichten Seiten gleich mehrere Bücher, dafür braucht es Menschen, die daran glauben, mehr noch als ich selbst. Mein Dank geht deshalb natürlich an Konstanze Renner, für ein Telefonat im Regen und dafür, dass sie ihren Kaffee kalt werden ließ, weil sie nicht aufhören wollte zu lesen. Er geht auch und vor allem an Elisabeth Kurath für ihre beruhigende Hand auf meiner Schulter und auf meinen Manuskripten. Er geht an Esther Böminghaus und Alice Huth, deren beider Zuversicht ansteckend ist und die mir immer wieder zeigen, wie sich Großes durch Kleines verändert.

Meine Familie nehme ich fest in den Arm, sie ist da, wenn ich es nicht bin, weil Nicolas seinen Raum und seine Zeit braucht. Die vielen fehlenden Stunden kann ich nicht zurückgeben. Ich versuche es dennoch. Allen anderen, den Verwandten und Freunden, den Lesern und Zuhörern, den Wegbegleitern und Wegbereitern sage ich: Vielen Dank, aus ganzem Herzen.

Ich muss aber auch Nicolas danken. Der mir vertraute, als ich ihm versicherte: »Wir finden sie.« Wir haben gemeinsam vieles durchlebt und werden es auch weiterhin tun.

Nun aber sitzt er dort, im Théâtre des Champs-Élysées in der Avenue Montaigne. Was er nicht weiß: Nur wenige Reihen hinter ihm sitzt eine junge Frau.

Sie beobachtet ihn.

Ihr Name ist Marie.

Und sie ist nicht alleine.